KB263444

영남 구전자료집

6

경상남도 합천군

조흥욱 · 박인희 · 조재현 엮음

도서출판 박이정

발간사

구비문학은 살아 있는 문학이다. 삶의 현장에서 구연자의 입담 좋은 구연(口演)과 청중의 적극적 호응이 상호 작용할 때, 구비문학은 비로소 문학으로서 생명을 얻게 된다고 볼 수 있다. 그런데 이러한 현장성이 구비문학과 기록문학의 변별점인 동시에 구비문학 연구자가 가장 먼저 맞닥뜨리는 난점이기도 하다. 구비문학 연구는 일회성의 텍스트를 대상으로 하기에 기록문학과 동일한 수준의 텍스트를 얻기란 불가능하다. 그러나 사정이 그렇다고 해서 텍스트 선택에 엄정을 기하지 않아도 좋다는 것은 아니다. 오히려, 더욱 엄정한 텍스트 확보가 요구되는 것이 구비문학 연구이기도 하다. 즉, 현장성이 가장 잘 살아 있는 텍스트 확보가 구비문학 연구의 전제조건이 된다.

현장성이 있는 구비문학 자료의 확보를 위해 이제까지 많은 연구자들이 현장조사에 힘을 쏟은 바 있다. 그 결과, 『한국구비문학대계』(한국정신문화연구원)나 『한국구전설화』(임석재)와 같은 전국적인 규모의 자료집 출간이 이루어졌고, 경기북부나 강원 등 특정지역에 대한 세밀한 조사가 행해지기도 하였으며, 특정 지역의 뛰어난 구연자가 발굴되기도 하였다. 그 밖에도 많은 대학에서 민속조사라는 이름으로 구비문학 자료에 대한 조사를 행하여 상당한 성과를 올리고 있다. 그러나 많은 성과들이 사장(死藏)되고 있을 뿐 아니라, 특정지역을 중복 조사하는 등 개선해야 할 부분이 있음도 사실이다. 따라서 많은 비용과 노력을 소모하여 진행되는 현지조사가 단순한 조사로 그칠 것이 아니라, 얻어진 자료가 앞으로의 연구에 계속 이용될 수 있도록 보존되어야 할 것이다.

국민대학교 국어국문학과에서는 1988년부터 『구비문학개론』 수업의 일환으로 구비문학 현지조사를 행하여 왔다. 조사방식은 우선, 설화, 민요 등 구비문학 자료만을 조사 대상으로 한 정함으로써 집중적인 조사가 가능하게 하였다. 아울러, 『구비문학대계』에 빠져 있는 지역을 중점적으로 조사하여 지역적 균형도 고려하였다. 조사지역은 상대적으로 도시화가 덜 진행되어 구비문학의 전통이 살아 있다고 여겨지는 군(郡) 단위 지역을 대상으로 하였으며, 각 면(面)에 조사단을 파견하여 가능한 많은 지역에서 조사가 행해질 수 있도록 하였다. 이로써 명실상부한 지역 구비문학 조사가 될 수 있었음을 자부한다. 지금까지 조사를 행한 지역은 충북 단양(1988), 경북 상주(1989), 강원 명주(1991), 전남 구례(1992), 경북 문경(1993), 경남 산청(1994), 경남 함양(1995), 경남 하동(1996), 경남 거창(1997), 경남 합천(1998), 경남 창녕(1999), 경남 의령(2000), 경남 함안(2001), 전남 나주(2002), 전남 고흥(2003) 등이었다.

지난 2001년도의 조사로 영남, 특히 경남지역에 대한 조사는 일단 끝내기로 하였다. 이번에 그 성과 중 우선 정리가 끝난 설화 자료를 묶어 세상에 내놓는다. 민요 자료는 정리가 끝나는 대로 별권으로 속간할 예정이다. 영남지역에 대한 조사를 일단락하기까지 10년이란 시간이 소요되었다. 2002년부터는 호남지역으로 조사 대상지를 옮겼다. 커다란 고개 하나를 넘어가고 있다는 느낌을 지울 수 없다. 한 고비를 넘으면서 지금까지의 성과를 정리, 반성한다는 의미에서 이번 자료집을 기획하게 되었다. 여러 가지 미비한 점이 있겠으나, 이를 통해 영남지역 구비문학의 지형도가 어느 정도 그려질 수 있을 것으로 기대한다. 또한 앞으로 진행될 구비문학 현지조사에도 일조할 수 있을 것으로 생각한다.

이들 지역에 대한 조사를 행함에 있어 『구비문학개론』 수강생들의 역할이 절대적이었음을 밝혀 두는 바이다. 그들은 스스로 조사지역을 선택하고, 사전조사를 행하고, 조사를 성실히 수행하였을 뿐 아니라, 조사 결과를 채록하여 보고서로 만드는 등 조사의 전과정에서 절대적인 역할을 충실히 수행해 주었다. 이제는 모두 졸업하여 사회인이 된 그들에게 이 자리를 빌어 노고를 표하고, 명단을 각 권별로 수록하여 사의를 표한다. 아울러, 기업의 경영자로서는 별 도움이 되지 않을 이 책을 그 의의만 보고 선뜻 출판을 맡아준 박이정출판사의 박찬익 사장님과 어려운 편집 작업을 훌륭히 해주신 홍현보 편집장님과 김숙영님께도 깊은 감사의 뜻을 전하는 바이다.

2003년 5월　조희웅

차례

합천군 묘산면

합천군 봉산면

합천군 용주면

합천군 대양면

경상남도 합천군

Ⅰ. 조사 개관

1) 조사 기간 : 1998년 4월 1일(수) ~ 4월 4일(토)

2) 조사 일정
4월 1일(수) : 오전 10시 : 학교 출발

오후　3시 : 합천군 도착

오후　5시 : 각 조별로 조사지역 도착. 숙소확정. 이후부터 각

조별로 조사 활동

4월 2일(목) : 각 조별로 조사 활동

4월 3일(금) : 오후 5시 : 합천군 숙소 도착

오후 6시 : 교수님께 보고. 이후 정리 및 식사

4월 4일(토) : 오후 12시 : 출발

오후　6시 : 학교 도착

Ⅱ. 합천군 개관

1) 연 혁

시대	연도	연혁
선사시대	B.C?~미정	·합천읍 교동, 대양면 대목리의 석기류 출토와 합천다목적댐 건설시 유적발굴로 인해 석기시대부터 사람이 살았던 것 같음.
삼한시대	B.C?~미정	·삼한시대(변한, 진한, 마한)에는 변한에 속하였으며, 부족국가로는 대량국(합천지방), 초팔혜국(초계지방), 사이기국(삼가지방)이 있었음. ·특히 대병면(창리, 하금, 대지), 야로면(금평, 월광), 삼가면(양전) 등지에 많은 고분이 있으며, 쌍책면 성산리 옥전고분 발굴로 미루어 볼때 강력한 지배세력이 있었던 것으로 추정됨.
삼국 및 통일시대	A.D 562	·신라 24대 진흥왕 23년(562년) 신라장군 이사부와 부장 이다함에 의하여 대가야국이 멸망됨에 따라 합천이 신라에 귀속됨.
	642	·신라 27대 선덕여왕 11년(642년) 8월에 백제장군 윤충(백제 의자왕 2년)이 군사 만여명을 거느리고 신라 대야성을 침공하니 대야성주 김품석(신라 태종무열와 김춘추 사위)은 중과부적으로 전사하고 합천출신 화랑 죽죽장군은 끝까지 싸우다 장렬히 전사함으로써 삼국통일의 기원이 되었음. (죽죽장군비 : 조선 12대 인조 22년(1664년) 당시 합천군수인 조희인이 비문을 세우고 한사 강대수가 비문을 지음)
	757	·신라 35대 경덕왕 16년(757년) 12월에 합천을 주(州)에서 군(郡)으로 강등시켜 강양군으로 개칭하였음.
	803	·신라 40대 애장왕 3년(803년) 순응대사, 이정대사 해인사 창건.

시대	연도	연혁
고려시대	1018	·고려 8대 현종 9년(1018년)에 강양군을 합주로 승격시켜 초계현, 아로현, 삼기현, 가수현을 속현으로 하였음. ·고려 27대 충숙왕 3년(1334년)에 현인 정순기, 변우성이 왕실에 큰공을 세워 초계현으로 승격시켜 지군사를 두어 다스리게 하였음. ·고려 31대 공민왕 22년(1373년)에 삼기현에 감무를 두어 다스리게 하였으며, 별칭 마장이라고 했다.
조선시대	1413	·조선 3대 태종 13년(1413년)에 지방행정구역의 개편에 따라 9개면으로 축소되었음.
	1893	·군청이전(야로면 야로리→합천읍 789번지)
	1895	·조선 26대 고종 33년(1896년)에 13도제로 바꾸면서 경상남도 합천군으로 되었다.
	1914	·부령 제111호(1913. 12. 29 공포)에 의거 궁유면이 의령군으로, 신원면이 거창군으로 되었다.
대한민국	1977. 12.	·신청사로 이전(합천리 789번지→337번지)
	1979. 5.	·대통령령 제9409호(1979. 1. 10 공포) 합천면이 읍으로 승격되어 1읍 16개면으로 되었음.
	1983. 2.	·대통령령 제11027호(1983. 1. 10 공포)로 적중면 권혜리와 묵방리를 의령군 부림면에 편입.
	1987. 1.	·대통령령 제12007호(1986. 12. 23 공포)로 봉산면 죽죽리가 용주면으로, 봉산면 저포리는 동면 계산리로, 동면 노파리는 고삼리, 술곡리로, 대병면 창리는 동면 회양리에 편입됨. ·대통령령 제12557호(1988. 12. 22 공포)로 대양면 오산리
	1989. 1.	일부가 의령군 봉수면에 편입되고, 삼가면 외토리 일부가 의령군 대의면에 편입됨.

2) 자연환경과 기후

군 면적의 92.5%가 산지이고 하천 유역에 소규모의 경작지와 초계분지(草溪盆地)와 같은 큰 평야를 이루고 있는 곳이다. 농경지는 전면적의 18%, 임야가

75%이며 농업에 종사하는 인구는 전체인구의 84%를 차지한다. 이 군은 동쪽으로 낙동강을 끼고 창녕군, 남동쪽으로 의령군, 북쪽으로는 경북 성주군과 고령군, 남서쪽으로 산청군, 서쪽 및 북쪽으로 거창군에 접하고 있으며 가야산, 두리봉, 남산, 이상봉, 비계산, 두무산, 오도산 등 1,000m 이상의 고산으로 둘러싸인 천장천을 이루고 있으며 많은 소류지가 있어 관개용수로 이용된다. 이곳 황강에서는 철새인 백조가 도래하며, 관상목으로 동백이 노천 재배되고 열대성 식물인 파인애플이 특수 재배되기도 한다. 기후는 남방 대륙형으로 1월 평균 1.9℃, 연평균 기온 12.1℃를 나타내고 연강수량은 1,195mm이다. 황강 유역의 비옥한 토지에서는 미곡·맥류·저류가 생산되고, 채소작물로서 우엉·토란·연근, 특용작물로서 완초·면화·대마가 약용작물로서 잎당귀·백작약·구기자·길경·당귀 등이 재배되며 가야면 성기리에서는 고령토가 생산되고 장계리에는 탄광, 용주면에는 금광이 있다. 전통적으로 고령토 생산지역이어서 도자기·기와·옹기 등 전통요업이 성하다. 가야면과 합천읍을 중심으로 생사·벽지 제조업이 발달하고, 그밖에 합천의 토산 민예품으로 초계에서 왕골 제품이 생산된다.

Ⅲ. 조별명단

1조 : 김기진, 장진원, 최석구, 이수운, 김정현, 김은영, 서재인, 박인희
2조 : 김영대, 장명훈, 홍성욱, 한충묵, 김진화, 신미화, 문소연, 노영근
3조 : 박성진, 최승준, 신은수, 최재영, 정재은, 박수미, 한경숙, 조재현
4조 : 이석철, 김진희, 김홍태, 정의호, 김은정, 권혜은, 김윤미
5조 : 임석재, 류춘생, 박만수, 정승호, 나현정, 석순선, 윤진영, 김재석
6조 : 이진석, 공강일, 방느티나무, 경혜주, 양윤정, 엄여의, 김태정, 권문정

합천군 율곡면

Ⅰ. 조사 마을 개관

1. 율곡면(栗谷面)

율곡면은 조선조 중기 이후 율진 천곡·갑산면으로 행정구역이 분리되어 있었다. 1914년 행정구역 개편 때 3개면을 통합 율진의 '율'자와 천곡의 '곡'자를 따서 율곡면이라 이름하고 문림리에 면사무소를 두었다. 그러다가 1958년 8월 1일부로 면사무소를 지금의 영전리로 이전하였으며 영전, 내천, 두사, 갑산, 낙민, 노약, 와리, 율진, 제내, 문림, 임북, 본천, 기리, 항곡의 14개 법정리에 26개 행정리동이 있고 54개의 자연부락으로 형성되어 있다.

율곡은 합천읍에서 동쪽으로 8km지점에 위치하고 있고 동으로는 초계면과 적중면, 쌍책면, 서족에 합천읍, 남쪽에 대양면, 북쪽에 고령군 쌍림면과 접경하고 있다.

특히 황강이 면 중심부를 관류하고 있어 북율곡과 남율곡은 가까우면서도 먼 이웃이었으나 남북을 잇는 제내교가 완공되면서 지리적으로 가까워 졌다.

율곡은 평범한 시골이지만 호국정신이 배어있는 여러 가지 유물과 유적지가 곳곳에 산재해 있다. 임진왜란 때 격전지인 백마산성은 성둘레가 1.5km로 지금은 흔적만 남아 있지만 권율 장군이 이곳에서 진을 치고 왜적과 싸운 곳이다.

2. 율곡면 마을 1 - 율곡면 영전리

율곡면의 면소재지. 면사무소, 우체국, 초등학교 등이 있는 남율곡의 중심 마을이다. 황강을 끼고 있어 경치도 일품인 조용한 마을이다. 조금은 큰 마을에 속하지만 조사할 때 많은 분들이 참석치 않아서 아쉬웠다. 면사무소의 공무원 분들이 사전답사 때부터 많은 도움을 주셨다.

3. 율곡면 마을 2 - 율곡면 낙민리 매실마을

매실마을은 영전리에서 약 1.5킬로미터 정도 떨어진 마을이다. 이 마을은 임진왜란 때 이순신 장군이 백의종군으로 다시 올라가시던 도중에 머물렀던 마을이라 마을 주민들의 자부심이 대단히 강했다. 커다란 마을 회관에서 이십 여 분이 넘는 어르신들을 모시고 조사를 할 수 있어서 기쁘기도 했고 또 어려움도 많았다. 우리가 낮에 찾아가는 바람에 아무 대접거리도 준비하지 못하고 찾아갔는데 오히려 우리에게 수고가 많다며 음료수도 주시고 잘해 주셨다.

4. 율곡면 마을 3 - 율곡면 문림리

율곡면의 과거 면소재지이며, 중요한 문화재인 호연정과 개벼리가 있는 마을이다. 호연정은 조선 선조때 주이(周怡)선생이 예안 현감 사직 후 학문을 위해 창건한 정자로 임진왜란 때 불에 탄 것을 재건한 것이다. 수려한 경관 뿐만이 아니라 정자의 기둥이 어른 두 아름이나 되는 칡나무로 되어 있다는 신비성도 품고 있는 곳이었다. 개벼리는 이순신 장군의 백의종군로로 유명한 길이다.

5. 율곡면 마을 4 - 본천리 새미실마을

산밑에 옹기종기 모여있는 마을임에도 전통양식을 새롭게 응용한 으리으리

한 양옥들이 몇 채 먼저 눈에 들어오는 마을이다. 남평 문씨가 500여년 전에 세웠다는 이 마을은 대대로 나라의 큰 인물이 많이 났다고 한다. 새미실마을의 입구에는 수령이 400년도 더 된 나무가 아주 웅장하게 자리잡고 마을을 지켜주는 듯 했다.

Ⅱ. 조사 기간 및 일정

1. 조사 기간 : 1998년 4월 1일 ~ 3일

4월 1일 : 합천읍에서 하차한 후, 버스로 10여분 가량 거리에 있는 영전리에 도착한 후 면사무소와 이장님의 도움으로 노인정에 숙소를 정한 후 저녁을 먹고 간단한 먹거리를 준비해 조사를 시작했다. 이장님을 비롯해 마을 유지분들 몇 분만이 오셨지만 조사 첫 날 치고는 상당한 성과를 거두었다고 자평하며, 11시경 피곤해 하시는 어른들을 배웅하고 조사를 마무리했다. 첫 조사에 다들 조금은 힘겨워 하는 모습이었지만 숙소를 다시 한 번 정리하고 조사한 것을 정리한 후, 아침에 뵙게 될 다른 제보자들을 기대하며 잠자리에 들었다.

4월 2일 : 6시에 기상해서 조사 준비를 하고 8시 30분경부터 조사를 시작하였으나 기대에 미치지 못하였다. 이장님께서 옆 마을 낙민리 출신이라는 이야기에 10시경 조를 둘로 나눠 영전리와 낙민리에서 조사를 하였다. 영전리에서는 여섯 분의 할머님을 모시고 조사를 진행하였고, 낙민리로 이동한 팀은 낙민리 이장님의 도움으로 마을회관에 계신 20여분의 어른들을 모시고 조사하였다. 낙민리 팀은 민요에서 상당한 수확을 거두었으나 오후에 문림리로 이동을 약속했기 때문에 부족한 시간을 아쉬워하며 철수하였다. 오후 4시경 면사무소 직원의 도움으로 문림리까지 차를 타고 편하게 이동하여 노인정에 짐을 풀었다.

짐을 정리하고 사례 음식을 준비하기도 전에 10여분의 마을 어른들과 주재식 할아버지의 도움으로 바로 조사에 들어가 10시경까지 조사 후, 바빴던 하루를 마감했다.

　4월 3일 : 아침에 일어나자마자 주재식 할아버지께서 찾아오셔서 우리들에게 호연정을 안내해 주시고 본천리의 제보자를 소개해 주셨다. 9시 30분경 짐을 정리하고 조를 둘로 나눠 문림리와 본천리에서 조사를 하고 합천읍에서 합류해서 복귀하기로 하였다. 그러나 장날이었던 관계로 어르신들이 모두 장에 가셔서 오전에 별 성과를 거두지 못하다가 점심 때쯤부터 어르신들을 모시고 본격적으로 조사하였다. 본천리 팀 역시 사전 조사 부족을 뼈아프게 한탄하고 돌아다니며 조사했으나 별 성과 없다가 12시경 장에 가셨던 어른들이 돌아오셔서 상황 대반전으로 상당수 설화 및 민요 조사할 수 있었다. 아쉽게도 소개를 받았던 제보자가 약주를 조금 하셔서 기대에 미치지는 못하였지만 다른 어르신들의 적극적인 협조로 떡까지 얻어먹으며 노인정에서 마지막 조사를 마쳤다. 5시에 합천읍에서 합류한 우리들은 조사 일정의 빠듯함에 아쉬웠지만 열심히 해준 서로에게 웃음을 지어주며 본대와 합류하였다.

2. 제보자

〔 율곡면 제보자 1 〕

영전리, 석판용, 남 · 77.

　영전리 이장님의 친척 형님으로 영전리 우체국장을 맡고 계시다. 빠르지 않은 속도로 많이 웃으시며 구연해 주셨는데 설화보다는 역사에 관련된 전설을 많이 이야기해 주셨다.

　설화 : 1, 12, 15.

〔 율곡면 제보자 2 〕

영전리, 석종만, 남·77.

영전리 이장님으로 조사에 많은 도움을 주셨다. 어릴 적에 향교에 다니셔서 그런지 아시는 것도 많고 여러 방면에 조예가 깊으셨다. 조사자들의 요구에 조금 수줍어 하시다가도 이야기를 시작하면 아주 열심히 하시며 흥을 내기도 하셨다. 춘향전을 술술 막힘없이 읊기도 하시고 민요의 꺾임을 기가 막히게 보여 주셔서 우리들을 놀라게 하셨다.

설화 : 2~4, 8, 10, 11, 13, 16.

〔 율곡면 제보자 3 〕

영전리, 석종악, 남·77.

석판용, 석종만 할아버지의 친척 분으로 조금 조용하신 편이었으나 발음도 정확하시고 이야기도 조리있게 해 주셨다. 처음에는 부탁을 드려야만 이야기를 하시곤 했는데 시간이 지나 분위기가 좀 나아지자 먼저 이야기를 해주시기도 했다.

설화 : 5~7, 9, 14, 17.

〔 율곡면 제보자 4 〕

낙민리, 박단안, 여·73.

처음에는 아주 부끄러워 하셨으나 약주를 조금 드신 후에는 적극적으로 열심히 구연해 주셨다. 수줍음이 많으신 것 같았다. 할머님 특유의 꺾이는 조금 걸걸한 목소리, 특히 민요를 부르실 땐 발음이 분명치 않았다.

설화 : 18, 20, 23.

〔 율곡면 제보자 5 〕

낙민리, 이순임, 여 · 76.

비교적 발음이 정확하시고 적극적이며 열성적으로 민요를 불러주셨다. 각설
이 타령을 해주시는데 끝까지 정확하게 하셨고 다른 민요들도 꽤 길게 불러 주
시는 등 기억력이 상당히 좋으신 제보자였으나 이야기는 많이 듣지 못했다.
　설화 : 19.

〔 율곡면 제보자 6 〕

낙민리, 이점수, 여 · 71.

이야기를 해주시는데 청중이 많아서인지, 아니면 녹음기가 의식되어서인지
속도가 조금 빨랐지만 그래도 알아들을 수는 있었다.
　설화 : 21, 22.

〔 율곡면 제보자 7 〕

문림리, 김순애, 여 · 71.

문림리 마을회관에서 조사를 했는데 조사자에게 구연하신다는 모습보다는
옆의 할머니를 바라보시며 이야기를 하시는 듯 말씀하셨다. 분명한 목소리에
또박또박 말씀하시고 웃음도 많으셔서 즐거운 조사를 만들어 주셨다.
　설화 : 24, 33, 36, 37.

〔 율곡면 제보자 8 〕

문림리, 주재식, 남 · 64.

　조사자의 의도를 분명히 이해하시고 전체 분위기를 이끌어 주셨다. 천천히 설명적으로 말씀하시며 힘 있는 목소리로 재미있고 때론 장난스럽게 청중을 웃겨가며 구연하셨다. 많은 이야기를 해주셨고 조사자를 대신해 다른 어르신들께 조사의 목적과 방향을 인도해 주셔서 가장 기억에 남는 제보자였다. 나중에 당신의 이야기거리가 별로 없다고 생각하셨는지 본천리의 다른 제보자를 소개해 주시고 연락도 해주셨고 아침에 일찍 다시 오셔서 호연정에 우리를 안내해 주시는 등 많은 도움을 주셨다.

　설화 : 25, 26, 28, 30, 31, 34, 35, 38, 40~44.

〔 율곡면 제보자 9 〕

문림리, 김정순, 여·71.

　시종 조용히 계셨지만 조사자에 대해 매우 친절하게 잘 대해주셨다. 조사자들이 조사하는 과정을 매우 흥미 있어 하셨다.

　설화 : 27.

〔 율곡면 제보자 10 〕

문림리, 조갑두, 여·87.

　연세가 많으셔서 말씨를 알아듣기가 힘들 정도였다. 조용조용히 바닥만 보며 말씀하실 뿐 별다른 몸짓도 보이지 않으셨다.

　설화 : 29.

〔 율곡면 제보자 11 〕

문림리, 이학수, 여·73.

마치 친할머님께 옛날이야기를 듣는 듯한 분위기를 느끼게 해주신 분이다. 분명하지만 나긋나긋하게, 손짓도 하시며 재미있게 해주셨다.

설화 : 32, 46, 47~49, 51~53, 55.

〔 율곡면 제보자 12 〕

문림리, 강점련, 여·67.

긴장되셔서인지 조금은 높은 톤으로 구연을 하셨다. 하지만 설화를 구연하실 때는 연신 웃으시면서 재미있게 구연해 주셨다.

설화 : 45, 50, 54.

〔 율곡면 제보자 13 〕

문림리, 주영식, 남·68.

다른 제보자가 너무 잘하셔서 그런지 조금은 위축된 듯한 모습을 보이셨다. 그래서 그런지 기억을 더듬다가 포기하시는 이야기도 있었다.

설화 : 56, 57.

〔 율곡면 제보자 14 〕

본천리, 이호동, 남·69.

본천리의 길가에서 마주쳐서 바로 조사에 응해주신 분이시다. 몸이 조금 불편하셔서 말투도 느리고 발음도 조금 좋지 않았다. 열녀 나무 이야기를 열심히 해주셨다.

설화 : 58.

〔 율곡면 제보자 15 〕

본천리, 유곡순, 여 · 74.

　장에 갔다 오시는 할머니에게 조사목적을 말씀드리자 바로 이야기를 해주셨다. 텔레비젼이나 책에 나오지 않은 이야기만을 골라 해주시려고 무척 노력하셨다. 갑자기 생각이 안 난다고 하셨지만 민요나 설화를 가리지 않고 아주 많이 해주셨다. 조사자의 목적도 확실히 이해하셨고, 떡도 가져다 주시는 등 여러 면에서 고마운 분이셨다.
　설화 : 59~61, 63~68, 71, 75, 80.

〔 율곡면 제보자 16 〕

본천리, 김명림, 여 · 73.

　유곡순 할머니 옆에서 맞장구를 쳐주시는 등 분위기를 잘 맞춰 주셨다. 막상 이야기를 하실 때는 조금 수줍어 하셨다.
　설화 : 62.

〔 율곡면 제보자 17 〕

본천리, 문학주, 남 · 68.

　문림리의 주재식 할아버지께서 소개해주신 분으로 대단한 기대를 갖고 찾아갔다. 그런데 아쉽게도 장에 가셨다가 약주를 조금 드시고 오셔서 많은 성과를 올리지 못했다. 많이 쑥스러워 하시며 기억을 떠올리려 노력하셨지만 아쉬움이 남는 분이셨다.
　설화 : 69, 70.

〔 율곡면 제보자 18 〕

본천리, 이외선, 여 · 73.

밭일을 하시다가 조사자들이 조사하는 것을 구경하러 오셨다가 이야기도 재미있게 해주셨다. 당신은 이야기 보따리를 풀면 밤을 세워도 모자란다고 하실 정도로 색다른(얄궂은) 이야기도 많이 아셨고 구연도 오밀조밀 구수하게 엮어 주셨다.
설화 : 72~74, 76~78, 81.

〔 율곡면 제보자 19 〕

본천리, 문병도, 남 · 80.

조사 이야기를 듣고 밭일을 하시다가 다른 어르신들에 이끌려 오셨다. 다른 분들의 계속되는 권유에 연신 웃으시며 이야기를 해주셨으나 이해하기 어려울 만큼 발음이 안 좋으셨다.
설화 : 79.

Ⅲ. 설화

〔 율곡면 설화 1 〕 T. 1 앞

영전리, 1998. 4. 1., 1조 조사.
석판용, 남 · 77.

허깨비 이야기 1

중부님이지, 큰아버님이지. 중부님께서 농사를 짓는데 이자 이제 인자 소를 끌고 나와 밭을 간단 말이야. 밭을 가는데 윈마지에 사람이 말이야 나타났는데 사람이 말이야. 도깨비 모양이지. 그래가지고 자꾸 씨름을 하자사 그데 우리 백부님께서 힘이 다차셨거든. 그래 이제 쉬었다고.

"이놈, 뭐 내가 지금 밭을 갈고 있는데 네가 뭐 징난하느마."

그래가지고 놔두고 말이야 꽉 까두고, 탁 까놓고 니기 그런 것도 마 등에 주고 업드려 등에다 업은 기라. 날이 세고 나서 보니게 빗자루 봉이라 말이야. 빗자루로 가해서 마 빗장리 몽둥이에다 끄나풀 해가지고 이게 그런 이야기더라. 허깨비 그래보니 그런 기라. 그런데 내가 또 볼 때 허깨비라카는 건 있다고 보고 자기 그 생활에는 그 보기에는 허깨비라카는 거지. 내가 볼 때도 어릴 때 합천국민학교를 댕길 때 해가 질 무렵이라. 오는 도중에서 보니까, 저 먼 데서 키가 큰 게 말이야. 시커먼 사람이 말이야. 퍼뜩퍼뜩 걸어 오는기라. 그런데 그때는 인자 그때는 인자 시장 가는데. 시장 갔다 오는 사람도 많고 건물에 내가 섞여 오는 데 같이 오는 데 큰 사람이 막 걸어와. 뚜벅뚜벅 오는데 내가 보니가 저도 모르게 없어져 버린기라. 그게 바로 허깨비였던 모양이라. 아 그런게 그게 실제 있는 건 아니고 지 마음 속에 눈 앞에 그런 게 허깨비 보이니가 허깨비라꼬. 그런 이야기들이 종종 있지. 있고. 또 중부님도 말이지 허깨비로서 말이지 사촌간인데 그분께서도 그때 이제 이 지역에 이장하고 계실 땐데 그런데 지역에 이장쯤 그 당시되면 그래도 많고 친구들도 많고. 그래한데 이 개벼리라카는 더미에 오는데 (조사자: 어디요?) 개벼리라카는 데. 개, 벼, 리. 개벼리라는 더미진데 지금 밑에 그 고슬랑안에서 다 열어놓고 있는데 고 중턱으로 길이 안 있던가. (조사자: 올라가 보지 못했습니다.) 어 그래 중턱에 올라오시는데 이전에 물에 빠져 죽은 사람 있었는데 친구가 봄에 확 나타난기라. 친구가 봄에. 그때 힙천서 이리 집으로 오는데 그레 나타나니간 겁이 났던 모양이라. 그래 그 월출이라카는 사람이라. 월출이 이름이. (청중: 달 월(月)자 월출이겠지.) 월출이 이놈이 밤에 홀연히 나타나 저는 오히려 또 오제 못오고 돌아서서 합천쪽으로 말이야 도망친 일이 있었다. 그래가지고 그래 인자 갔던 친구가 이제 낮에 같이가자 카는데 중부님께서 앞에 이제 나선기라. 봄에 오면 올수록 좀 그 더미에 허막까지 오는데 아무이나 보낼라꼬 그러니깐 인자 제불겆 월출이를 되서 가는기라. '월출이가 온다'하면 돌을 던진기구. 중부님이 (웃으시면서) 보고 때렸는데 이마에 터져서 그때 뭐 그런 일이 있었다. 호랑이를 본 것도 아니고 미주나무 박혀 있지. 왜 우리 듣는 이야기로 이 아래 골짜기 말이야. 당산나무가 있었어. 당산나무에 그 인자 당제를 지내거든. 정음달되면 당제 지내기 섣달 그믐날 지내나 (청중 : 보름날.) 보름날이제. 당산제를 지내고 (청중 : 정월 보름날.) 당제를 지내면 그거는 당제지낸 사람 중에 뽑는기라. 그 마을에서 뽑아가지고 아주 그 사람을 인자 정신을 가다듬고 말이야. 목욕도 재계하고 아주 정신을 해가지고 가는데 기, 인자 그렇게 해 가지고 가는 사람은 호랑이를 만나는 일도 없는데 어느 뭐 사람은 그 골짜기 거 당산지내고 골짜기 지낼거지. 당산지내러 가는데 지내러 가는데 당산제지내고 우로차로 보니께 불덩거리가 칵 이레 내려오며 나타난기라. 그래가지고 작접을 해가지고. 그때 말이지. 그리고 나서. 그 당산제를 안 지냈다카지 않나. 그 이전에는 호랑이가 산세는 호랑이를 본 사람이가. 그 우에서 오래 밤이 되면 서리를 비치는기라. 시퍼런 불로 불뚱그리. 그전에 마. 그래 마 그래가지고 그 뒤론 그 당산제를 안 지내고 이 밑에 내려와 지낸다지. 그거는 인제 호랑이는 이전에 많이 있었으니까.

〔 율곡면 설화 2 〕 T. 1 앞

영전리, 1998. 4. 1., 1조 조사.
석종만, 남 · 63.

염철녀 이야기

　　나도 아버님한테 대충 애기를 듣고 그때 그 이강씨가 매 이 사람이 합천종가
에 가가지고 전국에서 경상남도 인행 일대를 거처라가는데 염려라 카는 얘기가
매실. 매화 매(梅)자, 열매 실(實)자. 매실이라는 동네가 있는데 거기에 만유자
윤씨내 아들이 십역하고 살았는데, 열집이 넘었다카는 십역하고 살았는데 성조
자 조(曺)가가 한 집에 살았어. 조가의 부인이 청열열 염(廉)씨라. 그 조가의 마누
라 염씨가 아주 인물이 엄청바시 대인이라. 인물이 잘났더라. 그 만유자 윤가가
돈이 많이 있어가지고 청종조가 조가난 사람이 없어가지고 마 그집에 공사내고
먹고 사는 중에 윤가가 돈이 많이 있는 사람이 탐을 내가지고 저 남자의 꾼인
저 여자를 농락할 수도 없고 이놈을 저 소금장수를 대구로 내보네고 내보고 나니
깐. 국체를 졌지. 요요 말을 타고 웅성이 지게를 짊어지고 소금을 한 꾸름 떠오라
이기라. 며칠 되야 좋은기라. 가고나 그마 오뉴월 삼복 더위에 요레 벼를 자르는
데 윤씨가 그만 염씨 그 벼를 자르는데 윤씨가 고만 젖을 지어부었다. 젖을 붙여
가지고
　　"그 제발 노소."
　　나 혼자 헐피 끓어놓고 마이 옛날에 볏자루 헐피 끓어 놓고. 점지난 현저 칼로
자기 손으로 젖을 끊어. 끊어가지고 (청중: 젖을 끊어 버린기야?) 젖이 함이 나오
면 가져와라. 더러운 손이 묻이 이 붙여놓을 수 없다. 사람이 죽고나서 꿈에 선몽
을 자기 남편하고. 그때 초계고을 군수가 무주자 진시라 진 감명이가 책에 보니깐
그래 있두마. 그래가지고 해서 나라 총독부 대통령한테 꿈으로 선몽을 한기라.
초계고을 어는 갑산면 초계군 갑산면 어느 리에 이런 사실에 대한 인곰이 처장고

하니 뭐하니하냐. 이레 인자 꿈에 선몽을 했는데 지금 같으면 전화나 하면 따르릉만 하지만 옛날에 역마를, 말을 타고 보내야 보내가지고 초계 고을에 이 하여 사실을 내려와보니다. 그런 사실이 있거든. 그때 군수가 무주자 진씨가 살림도 없고 구차하지. 자기 남편도 없고. 옛날에 뭐 포졸을 주으라하면 윤씨네 애들은 도망다하고 그래가지고 인자 나라에서, 인자 정부에서 장래를 치루는 데 장마을 매실가면 그 염려는 묘가 상승하고 있어요. 그때 인자 나라에서 지사, 풍속화를 내어보내서 동네에 앞에 정자나무있거든. 옛날에 지다 담뱃제를 가지고 저거 써라 탕탕 피를 토하며 죽인기라. 무시한다 이거지. 방따시 거가서 배 채워가지고 말이지 잘 자고 있는데 아무 저써라. 중 필 토하고 죽었다. 거 정리 한번 해보소. 무시한다 이 말이지. 그래가지고 열녀다 이래가지고 고 매실 앞당 평화당 나무밑에 열녀 정문을 세웠다 말이다. 정문을 딱 세워보니까. 옛날에 말을 타고 말 발자욱이 안 들이고, 볏짐 뒤에 오줌을 누면 오줌이 안 나온데나. 하도 말이지 죽어서 화독성이 있어가지고 오줌이 안 나오고. 말을 타고 가면 방가지 내려가지고 공성에 몰고가서 비켜가지고 가야될 이런 형편이라. 그래서 동네 사람들이 일을 못한데요. 그레 남인 젊은이를 그래서 옮겼다는기라. 일로 옮겼는기라. 여기서 직행렬고 가는기지. 그래인자 그 볏집은 매실 개똥주고 하는 집이고. 그 고순이씨 할마씨고 옮겨버린기라. 애들이 딱 들어와 가지고 중요가 항에 볏집을 뜯어야 하거든. 볏집을 그냥 놔뒀던 말이다. 토사 많이 주고 허탐 털어주는기라. 볏짚치우고 하면 애들이 자빠죽는기라. 그래서 볏집을 남미 오가면 그래 가도가 여자있던가. 그래 볏짚을 가도 텃단 말이지. 난파 애매하이 난파를 났어요 덤을 덜오놓고 볏집에 돌멩이 하나 만들어가는기라. 기왓장 하나 가닥없이. 그래가지고서 창룡조 조씨의 덕봉 조카들이 백이와 산다 말이지 그 친정 앞에 볏짚이 거기 있거든요. 회손이 없다하더라도 우리가 조가들이 능히 보아사 우리 앞에 친정에 옮겼는데 내가 그때 장가가고나서 얼마 안되서 볏짚을 수리한다하지 아마. 내가 볏짚수리를 하는데 떡 보니까. 젊은 사람들이 몇이 가서 고생 많이 했어요. 옛날에 쾌쾌묵은 거 말이야. 뭐 아무기나하고 말자. 거기 가가지고 토사 고생 많이 했어요. 그런 얘기가 있었다고 하는 거. 그거 몇년 전에도 그런 전설이 있었다.

〔 율곡면 설화 3 〕 T. 1 앞

영전리, 1998. 4. 1., 1조 조사.
석종만, 남 · 63.

가난한 효부

그 매실 고승희씨 할마씨 뭔데. 고게 매실 이승율씨 그 제동종몬가 그쯤 될끼요. 그분이 언제 자기 남편의 살림이 하도 구차해가지고 능사해가지고 개똥을, 인자 보살 먹은 개를 보살 먹고 쑤우며 개가 있거든. 이놈의 개를 밤낮 이노마를 보쌈을 담은 기라. 허버가지고 생을 유지한 기라. 그래가지고 그 호도비를 씌워가지고 용맹을 씌워준 기라. 그리고 비가 안 있던기요. 이승률씨가 제가 한 조모쯤 될기요. 그래인자 그 고승희씨 할마씨비라. 고 열녀비 고 옆에 고 있다가 친정으로 들어온기요.

〔 율곡면 설화 4 〕 T. 1 앞

영전리, 1998. 4. 1., 1조 조사.
석종만, 남 · 63.

광대무덤

* 석종악 할아버님이 마지막에 자세히 부연설명을 해 주셨다. *

몽실이라카는 데는 어땠냐. 광대무덤이 있어. 광대무덤. 광대가 옛날에 말로자 매부 꽹과리 치고 광대무덤 이런 거 돌리고 광대 공경달가지고. 광대란 게 있어. 그런게 있었는데 그래 그게 어찌되가 그 동네가 그래 인자 그날 저녁에 그도 옛날에 뭐 뭐 활동사진이 지금 뭐이니 하지만 광대가 또 놀고 하니 거기 들어갔더니 동네때 묘를 쌓단 말이다. 묘를 쌓는데 돌이 이 근방 돌이 아니라. 돌아 돌 한 덩이가 사람이 여덟이 미도 못 미는 돌이라. 이런 돌이 철리를 갔다가 갈아가지고 팍 이 마 바다에 지금 가보면 알아. 여한 하룻밤 한나시 다 쓰러져 버리면 다행이라. 합천강가에 여 막 이레 이제 본데 마을이 서고 막 구경을 시고 있는데 있다가 아침에 자고나니껜 봉락에 해가 비뚝비뚝하는 기라. 돌을 그렇게 해가지고 쌓았단 말이다. 그 동네 촌민이 이 뭐 광대무덤이다. 임자 없는냐. 누가 쌓는지 모른다 말이지. 광대무덤이다. 인자 비루가 광대무덤이다. 지금도 가보면 돌이 거의 돌 사이에 틈이 없어요. 딱딱 맞춰가지고 하룻밤을 만나야 하는기라. 돌을 그러면 지금 찰의 차려놨다가 쓰러졌다가. 여든 날하면 못할긴데 하룻밤 한나시에 마 이런걸 쌓았다. 옛날에 마니성 진시황이 말이지 차쪽으로 돌멩이를 후떡 데가지고 마, 사람손으로 쌓을 수 없는기라. 정말이야. 마니성에 진시황이 말이시 성을 쌓을 때 차쪽으로 후쩍으로 성을 싼기지. 사람 손으로 안되는기라. 이 진짜 그런기라. 돌이 이 큰 돌떵이만한 게 켜력이라. 싹 까놔. 그런기라.

〔 율곡면 설화 5 〕 T. 1 앞

영전리, 1998. 4. 1., 1조 조사.
석종악, 남 · 63.

허깨비 이야기 2

* 무서운 이야기였지만 시종일관 웃음을 잃지 않으셨다. *

요여 전작거리 거기에는 여름 되면 여름이 많이 누지 않습니까. 이런 저 그때는 삼비비고 뭐고 지짓대라 하나 지짓대를 누놨는데 그때만 해도 우리 고 앞에 고 둘부리 돌로 쌓아논 조상여라하나 조상거 조삼이 있었는데 실컷 자고 나니까.

누워 잘 때는 말이지 사람이 하면, 그때 네 명 자면 많이 잔 거든. 실컷 누었다나 니까. 아무도 자기가 혼자더레. 그런데 일어나보니 조상인데 왠 할마씨가 불 꾼을 딱 서가 있더레. 그 촛불에 (조사자: 촛불이요?) 촛불에 뭣이가 볼로 딱 환하니. 할마씨가 앉아있기로. 그 어른이 연세도 그 당이로 많으시고 아주 유엄한 저기 뭐고. 동명이 좀 있었는데 소변을 해가지고 눈을 싹 딱아본게 없더레. 내 그런 이야기를 (석판종: 나때는 불로서 아니 있었는데.) 그래가지고 눈을 뜨고 보니께 무섭기도 무서워 가보니까 거보니까. 할마씨가 말이지 떡 앉아있는데 불로 딱 써놓고 앉아 있는데 하 이싱하다 말이지. 그래싶어서 소변을 해 가지고 눈을 딱아 서 보니께 앞이 안 보이더라. 그런데 그 이야기를 내가 (제보자: 언제 들으셨어 요? 그 이야기는?) 내가 그 이야기가 뭐꼬 아주 적 들은 적이 있어. 그래서 접동 형님이 인자 그 뭐꼬 당했다고 이야기를 그때 들었고 그때 한번 들었고. 그때 꼽으면 여기 돌무지가 있었는데 (석판종: 수상백 어른은 백 한 열 살이나 됐을기 라. 지금은.) (조사자: 살아계셔요?) 연대는 백 한 십년. (청중: 전설이라는 건 정 확한 연대도 없고 정확한 사항도 없고) (일동 웃음.)

〔 율곡면 설화 6 〕 T. 1 앞

영전리, 1998. 4. 1., 1조 조사.
석종악, 남 · 63.

장군대좌산

　　요산이 말이지. 요 골짝 산이 여기 지리를 장군대좌산이라하지. (청중: 대좌 장군이 앉아 있는 산이라고 장군대좌산이라카는 말이.) 저게 옛날에 그 저 비가 안 올라치면 마 이제 기후제를 지내던 그런 마 정기를 드렸던 자리지. 그러던 어느 누가 묘를 쌓네 묘를. (주위가 어수선함) 묘를 쌓는데 비가 안 와. 비가 안 오는기라. 저게는 저 산의 경계사 상계면이지. 율곡, 대간, 초계지. 고 저 가면은 반에는 우리의 요 앞에 그 산. 하루는 딱 있었는데 허씨 방이 붙은기라. 제 벽보 같은 거. 벽보를 붙여가지고 며칠 날 묘 파러 가야지. 그 당시에는 마 꾕과릴 치고 사람이 올라가는데. (청중: 하, 그때 많이 올라갔지. 보하니 올라갔지. 초계 면, 율곡면 뭐 이레가지고.) 대량형, 상여면 저 산에 마 올라가 묘를 팠는데 묘를 팠는데 그 유례가 뭐 처음에 그 묘를 팠는데 실제로 묘를 팠는데 시체를 영제로까 지 가가지고 그 시체를 저이에다 안 줄라고 들에다 부었다. 들에다 밭에 부었다. 나무세밭에 나무세밭이란 채소밭에 묻어가지고 위에 채소 심을라고 고래 감쪽같 이 해놨는데 아무도 모르는기라. 그리고나서 묘부에 그럴싸. 비가 막 (조사자 : 뭘 묻었어요? 묘 파서.) 묘 파서 그래인자 물이레 오는기라. 그러고 인자. 그러고 나서 비가 와 뿌리는기라. 그래서 시체를 갔다가 밭에다 심어노매 고만 채소가 올라 오거든. 이 사람들이 말이지 이자 묘 주인들이 시체를 찾을러 어 그때 우리, 나도 하는데 고만 각운유마다 쫓아다니면서,

　　"자기 할아버지 내놓으라."

이기야. 그리고 이저 그래가지고 결국 그 시체를 깨끗한 정신들을 데려다 산에다 됐다가고 말이지 안 내주다가 결국 그 시체를 내줬어. 시체를 내주고 고 다음에 또 한 사람이 매웠었어. 또 그래가지고 탁 마 절에 묘가 쓰면 현재까지 비가 안 오는기라. 물이 없어서 그러는기라. (청중: 기우제 지내는 그러기 전에 상계면에 기우제 지내던 자린데, 예 그거는 이전부터 몬 쓰게 되었는데 명산이라고 좋다고 그래가지고 욕심이 있는 사람들이 가지고 묘를 쓰고 묘를 심으면 비가 안 와 여 이상하게도. 그런 게 있었어.) 지금은 가보면 저 산에 우리가 검불에 했는데 인력 으로 파가지고 산 형태가 된기라. 약간 이렇게 했는데 대대져 버렸어. 나도 며칠 전에 가보니깐 다시 묘 모습으로 부디기 깊히 파고 있고. 그런데 이제 그 사람들 이 인자 전례로 내려오는 말에서 장군. 우째서 장군대좌산이냐. 이전에도 노인네 가 하는 말이 요 넘어가는 옛날에 산길로 많이 다니거든. 그 길이 질매, 질매라카 나? 질매라 하지. 말에 장군이 말 위에 타는 안장, 안장이라고 하재. 고 길이 고 밑에 보면 봉이 하나 투우봉, 투우봉이 있는데 그리고 요 밑에가면 칼등이 있어. 칼등 이리오는 산 그 우리 집이 고 인자 등자가 내려오는데 칼등이라 그래. 장군 의 칼이라고 장군의 칼, 칼 이게인자 그리고 요 앞에 가면 백마산, 백마산이라고 백마산인데 그게 강가에 있는데 백마리 강가에서 물로 먹고 풀을 뜯어 먹는 위치

란다. 이게 인자 지리를 져 장군대좌산이라카는 설로 잡안. 우리가 듣기론 그래서 저기에는 에 저기에서 나시는 장군이 난다. 또. 또 그런 말이 좀 있지.

[율곡면 설화 7] T. 1 앞

영전리, 1998. 4. 1., 1조 조사.
석종악, 남 · 67.

영천리 유래

* 할아버님의 제보가 끝나도 다른 할아버님께서 다양한 뒷이야기를 해주셨다. *

여지게 전에가 들었는데 여지 동네 이름이 길영자라고 그래 길 영(永), 밭 전(田)잔데, 긴 밭이 생겨가지고 여기는 긴 밭이 이쪽으로 저 건네에는 요 낭민이라카는 데는 옛날에 산악질이 있었는데 마 지명이 참 재미나는 이거 요요 가면 기봉리라카는, 기봉리. 지그 동네이름이 구부인이라 구부인. (청중: 아홉 부인이, 고 고만 고함 골짜기에서 구 부인이.) 아홉 부인이 거기서 인자 피난을 했다고 해서 고마 그게 자꾸 불의의 속에 나오지만 기봉이라. 기봉세웠다 카는데. 기봉 그 요세 구부인카나. (청중 : 기봉.) 기봉이라하나. 기봉. 구부인이 썼다가 (석판 종: 구부인이 이제는 기봉이지.) 이전에 그런 소리를 들었어.

[율곡면 설화 8] T. 1 앞

영전리, 1998. 4. 1., 1조 조사.
석종만, 남 · 63.

박문수 설화

저 성주골에 들어서 가지고 그래 참 고때 밤에 길을 잃었어요. 박문수가 길을 떡 인자 길을 요 캄캄한데 들어가서 보니께 불이 빨간게 보니께 어느 총각이 신을 이레 짚신을 삼고 있는기라. 그래인자 귀한 손님이 박문수가 기진해 있는데 박문수가 기진해가지고 있는데 그래가지고 인자 저쪽 방안에는 자기 누부가 어 그인자 있고 있는데 그 기린 삼베가 귀한 손님이 인자 방안에 봉지 하나가 딱 뛰어가거든. (조사자: 봉지요?) 이런 약봉지. 한의원들 약품 달아놓는 딱 뛰어가 보니 쌀이라. 뛰어가니 해초우가 있어. 뛰어가보니 쌀봉지라. 배는 고파 죽을긴데 그래 들어가서 저쪽 방에 보니 누님이 살고 있는데 그 인자 밥을 인자 지으게 됐거든. 그걸 그래 짓고 있는데 이야기를 떡 하니깐. 그 총각도 역시 박가라. 심시문 박가라. 그래인자 족보책을 딱 내놓고 보니 어이구 심삽 대를, 족보를 찾아 보니께 13조 조칸가. 이야기를 해다가 13조 조카라. 인자

"닌 우째 사느냐?"

하니께 이제,

"자기 누부랑 산다."

이기야. 사는데,

"어째 이 골짜기에 혼자 사느냐?"

"옛날에는 살림이 좀 그대로 살았는데 뭐 우째 구차하게 됐다."

"그래 인자 이레 살 수 있는냐?"

"위에 누부가 있다."

이기다. 누부가 있고 자매도 먹어야제. 그래 전세에 예에 그 위에 인자 김자소라 카는 사람이 있었어. 김자소 아들하고 박무지 그 박종하 하고 혼인을 하게 했는데 이놈이 이자 살림이 구차한께니 그래 보니께 인자 당장에 목이 아픈 게 있는기라. 그래 그럼 내가 인자 서울에 아무 사람 박진사라 부른데 그래 사전에 애기를 한기라.

"그래 저분 이때마구 너참 너 나 장가 못가게 하는기라."

그 남자손 한 사람만 그네만 성주골 어디 그 김자손 한 사람만 딸하고 결혼하게 이제 못 상대는 그 김자소의 딸도 이젠 시집을 가게 하고 총각으로선 있단

말이다.

"그러면 됐다. 너 장가갈 준비해라."

이래놓고 밥은 띠어온게,

"저게 무어냐?"

"쌀봉지라."

그래인자 산 골짜기에서 감자나 옥수수를 이걸 가지고 열매를 샀는데 저번에는 사대 봉지사 제사지내고 쌀을 인제 미우에 허를 따 삼모롱하니께 쌀은 인자 쌀은 제사 진하장마다 한봉지썩 뚝 떼어 제사 모실라고 딱 납골에 달아놓은기라. 이레인자 딱 그래 그 어느 인자 김자소하고 박자소하고 말하자면 어제 뭐 혼인한단기라. 그러믄,

"잘 시집갈 준비해라. 장가갈 준비도 해라."

이래놓고 그래 가지고 인제 잡아가는 걸 봤어. 집에 찾아간기지. 그런데 암행어사를 불러가지고 떡 잤다. 그래인자 그 박총각이 이 김자소 딸하고 혼인하기로 하고 저 딸 혼자 저 총각하고 하기로 하고 그런 그 박문수 그 사람 전설은 얼굴 떡 내밀어 이야기하고 (청중: 오과리간 게?) 오과리 간 거는 강부자. 강부자가 옛날 중이 이래인자 목화동냥을 하러 갔어요. 목화동냥을 하니. 강부자 이메나이 아주 인물이 자다하던지. 목화동냥을 주고 간게. 뒷끝을 보니께 아주 잘났더라이거라. 가방에 큰 부잣짐을 그냥 있을 수 없거든. 이래 이뭐 비발을 벗어놓고 나서 강탈하러 탁 들어간께 맘을 안 주거든. 뭐 칼날을 찔러버린기라. 그래 고마 중이 그래놓고 도망을 쳐뿌다. 그래 이 인자 강부자가 인자 참 오래 출보갔다 오면 동구박에 어디쯤 가며 자기 매느리가 나와서 마중을 나온 자리였는기라. 만날 이런겨. 그러고 인자 나오도 안 한기라. 이상하다. 그래싶어서 이웃사람이 봤거던. 아니 안 나오니까. 떡 보니께 문을 열어 보니께 피를 토하고 칼을 찔러 죽었단 말이다. 소문이 나기로 어떻게 소문이 났느냐. 매느리가 어 그저 시아바이가 매느리한테 말이야 가타가타 죽였다. 이런 소리. 그래 이 염감 마 마 형무소 뭐 뭐이 소레머니 말가면 지그머니 옥살이 생활을 하는겨. 오꼭닷이 많이 묵을라고 이런게 아닌데 이웃사람이 봤다 이기야. 꼭닷이 인자 옥살이 하고 있는데 그래 인자 그 암행어사가 박문수 어사가 고령저 또는 고을에서 고령서 이레 자기가 하룻밤 자게 되었는데 중하고 같이 인자 하룻밤을 동거하게 됐는기라. 그래서 인자 나는

안물엽이다. 안물엽 이렇고 이렇고 저렇고 전설은 나하고 이렇고 중하고 애기한 기라. 애기한께 중이 특히 물은게 내거 오고자카는 방에 가저 강부자 집에 가서 이런 게 사실이다. 하 그래 해 가지고 잡았단 말이지. 그래 그 목화동냥해 가지고 말이지 요레 강부자 뭐 매느리 쥑였다. 이 무 박문수 어사도 보니께 입이 남루하지 옷도 남루하지 이래 하니께 뭐 한번 자다보니 한 번마 자다보면 정열이 들어온 던게 그러고 인자 함룻한 뺌이다. 그래 이 청장이 아 그 됐다.

"어디 사느냐?"

전라돈 저 사건은 절에 잇다이기야. 그래 당장 와가지고 그래인자 오과리청년 저저 야유고을, 야유고을 아닙니까. 요기는 초게 고을이고 이 뒤로는 염류가 삼각고을 아닙니까. 야유고을에서 그 그 고을에 가서 당장 그마 질을 싸서 어디가서 잡아오니라. 잡아왔다. 그거를 인자 저 강부자가 모면한 뭐 그런 이야기야.

〔 율곡면 설화 9 〕 T. 1 뒤

영전리, 1998. 4. 1., 1조 조사.
석종악, 남 · 67.

대암산성터

요요 올라가면 나아거든 여 저저 대암산이라카는 대암산성이 있어. 임란 때 성을 지금 성터가 있지. 그 가면은 장군발자국이 있어. (석판종: 그게 참 나도 보긴 봤는데. 이게 어디쯤인고?) 요요 저저 뿔땅고개 거 아닙니꺼. 장군발자국이 이만치 커요. (조사자: 장군발자국이요?) 말발자국이지, (일동 웃음) 아니고 장군 발자국도 있고 쪼메 가면 말발자국도 있고. 그런데 그거는 내가 우리가 알기로는 우리가 알기로는 인자 거 실제로 가보면은 (청중: 사람이 얼마나 큰데 돌 위에 섰는데 그 발자국이 생기나? 이런 참.) 그 당시로는 한국에 한국장군이 우리 나라 에는 이러한 장수가 있다카는 것을 판박께. 고레보면 그 이야기가 한국 그 어느 그 장군이 말이지 왜놈들이 올라올칠 때 우리 나라에도 이러한 이미 돌로 짚어도 툭 파이는 말이지 그 아 저 그 장군발자국이 이만해. 이만하고 마 돌에 푹 들어있는데 그러면서 이저 푹 빠져 가지고 돌에 쑥 모래바리 꼬롬하게롬 실제로 뚝 살을 만드는. 그러고 인자 고 뒤에 가보면 바우가 있는데 말발자국을 파 났는데 또 새끼 밭이하고 인자 밑에 쳐 났는데 그것도 우리나라에 이러한 장군이 있다. 또 그래고 이러한 말 강한 말이 있다 카는 걸 요 대암산성이라카면 장군발자국하고 집에 있으면 우리 나라에도 진짜 무진장 자료가 될끼구만.

〔 율곡면 설화 10 〕 T. 1. 뒤.

영전리, 1998. 4. 1., 1조 조사.
석종만, 남·63.

이오쉰 설화

내가 또 얘기 하는데 우리 옛날에 초기 행조라카는 기 조선인구하고 십삼돈데 이 난자가 이 인자 사신을 가지고 중국에 이제 떡 들어간기라. 중국에 사신을 가지고 들어가니까, 대국천자가 하는 말이,
"그래 인자 우리 한국에도 이 말이지 공자님을 모시고 이래인자 아가 인자 동방의 오인이 정일두, 이위제, 조정암, 김한남 이런 거 이런 데 공자님도 모시고 해났냐. 안 됐다카면은 이 뭐 아주 뭐 그럴끼고?"
그중간에 했다 이 말이지.
"예 해났습니다."
"그래 그러면 내가 대구천자가 내가 조선을 한번 가볼거구만."
그러고 와서. 자기 집에 떡 와서 자기 사철을 세 꾸며가지고 중국문양이레 가지고 막 상 찾아기지며 대성대성 문선이다 아까 여기 책에 보면 뭐 해가지고 어디 니 맹자왈 짐자왈자 이레 가지고 다섯번 모시가 떡질을 해라. 그 동방예의지

국이다 해가지고 그래인자 이오선이가 말이지 그럼 삼종이를 떡 보고 조선을 내
려보니께 인재가 엄청바시 많이 났으구마 많이 났으며 산주름을 잡았다 카는기
라. 우리 한국에 그만 막 나오곤 다 뺏다. 합천에서 삼약주를 걷다가 구텡이에
들어갔단 말이지. 이오선이가. 산하에 줄을 딱 그으니간 막 겨가 피가 나와. 나온
게 떡 들어가니게. 모르는데 하느 아가 말을 타고 턱 나오는데 안취했단 말이지.
개빈 이오선이 앞에 어데다. 개빈 이오선이 군사들이 마 그 아를 보고 구퉁이에서
    "아하 이 조의를 벗어서 이 큰 사람이 낫다."
    나보고 그렇게 얘기를 해 중국의 사람들이. 한국이 여 합천이 에 대한민국
팔능산이 우리 합천군에다 얼혀가 있어. 일갑산, 이옥정, 산가정 대학용 박사 이
런 사람이 많기 때문에 산가촌을 갖다가 이오선이가 타고 중국으로 구퉁이로 들
어간기라. 조선에 인재가 낫다. 한국에 인재가 낫다.

〔 율곡면 설화 11 〕 T. 1 뒤

영전리, 1998. 4. 1., 1조 조사.
석종만, 남 · 63.

강씨네 이야기

    작년에 절이 저 안에 있어가지고 한참 더시기 살때 그 대사가 지리산 어디
대사가 내려와가지고. 하다 그 뭐 나쁜 사람들 오거든 뭐 중이나 제일 처음에
    '여봐라 저놈 잡아 오너라.'
하면 호연정에 따라 그 기대가 발을 메어 가지고 호통을,
    "양마을 사는데 어디 이 오노."
    이레 가지고 열며니 전라도 지리산이 대사가 내려와가지고 그래인자 땅고양
이 먹으러 돌멩이를 턱 가지고댕겨서 깼단 아입니꺼. 그게 왜 살맹이 깨거든. 저
게 인자 갖잡두면 더 크기가 짓고 호연정에다가 쏘고,

"뱀장어 그 놈 잡아 없애라."

무파 그걸 잡어. 그래 뭐 마 갚았다. 강정무는 이것도 저 강감탄 이거. 이것도 강씨네들이 하루 세인이 와서 대산이 말이여 증거도 없고 내가 보니께 내가 한번 몇번 몇번 눈 속에 올라갔어. 눈이 오면 뭐고 딴 얘기 안 하데. 바짝 말두고. 눈이 안 보이더라고. 내가 이삼 번 올라갔어요. 본께 딴 얘기 안하고. 그게 인자 보면 대사가 조금 노를 파 조금 옴겨가 가지고 그래 뭐 하지 안한다 타갔다. 그래가지고 이 강씨네들 세이부터 그거는 딴디 안가요. 타부다. 눈이 이만큼 고였는데 거기는 눈이 없어요. 눈이 따셔가지고 녹아.

[율곡면 설화 12] T. 1 뒤

영전리, 1998. 4. 1., 1조 조사.
석판종, 남 · 77.

석용 전설

* 마지막에는 석종악 할아버님이 사진을 예로 들면서 설명해 주셨다. *

그리고 인자 석용있었는데 개벼리 안에 있어. 그전에 우리가 학교를 댕기면 길을 지금 보다는 적지. 차는 당기고. 근데 그 댕기면은 인자 그 고무산을 갖다가 있는 사람이 그때 일제시대니까 있는 사람이 고무산을 갖고 이랬는데. 길을 가거면 우리 작은 차는 댕기고 큰 차는 몬댕기고 이랬는데 인자 길을 넓히기 위해서 등을 깍았는데 등 깍안 옆에 이 인자 돌이 그기 뭐 수십종이 그 짐승이라. 그인자 마 그때는 이름을 짓기로 석용이라 지었지. 돌용이다. 뭐 이런데. 그기 석용인데 그게 또 생기기로 크기 이만했어. 이런기 또 울퉁불퉁 이래가지고 몸을 막 감아가지고 뿔이 조바심 나오고 이러는기라. 그때 그 대가리를, 머리를 그때 일본 놈이 떠가갔다카는데 가다가 죽었다고 이런 소문이 났는데 그거는 뭐 실제로 모르고 근데 그 원누름을 떠어갔는데 나머지 있는 게 막 이레 둘레 막 감아 있는기라. 돌이. 첨 들땐 무거웠거든. 돌이. 착하는 돌인데 무겁고.그걸 보면은 비늘이 이막사지. 누런 게 마 붙어 있고 이레됐는데 지금 내가 지금 있으면 그게 행통해.
지금 있으면 우주케 해가지고 가주왔을긴데.

〔 율곡면 설화 13 〕 T. 1 뒤

영전리, 1998. 4. 1., 1조 조사.
석종만, 남 · 63.

용문정 컨설

  내가 또 이야기할께. 요 위에, 합천 위에 용문정이라카는 용문. 용문이라카는
게 있어. 여 밑에 가면 또 유공이 갑성이 용님이 듬이라카는 게 있니라. 말하자면
옛날에 동명의 촌명을 지을 때, 옛날에 지을 때 이 무슨 뜻이 있어 지었을 거여.
전두환 전대통령이 요 밑에 내쳐났거든. 낙동강에서 용이 한 마리 올라오고 또
여서 용이 한 마리 내려오고 내천 요서 용이 서로 맞대가지고 키스하는 이런 형태
다. 말하자면 이 강의 형태가, 물 형태가 용이다. 또 여서 한 마리 내려오는 건
이쪽에 진양벌 용발이고 또 인자 저쪽 올라오는 건 근텨는 전부 용발이고 이래가
지고 낙동강 가기 전에 발이 되가지고 용이 내천 그 전두환 전대통령 생가 그에서
같이 입이 맞댄 곳이다. 즉 말하자면 그 뭐이 정이학자가 비리박사가 즉 말하자면
대통령이 나와 이 전설을 내렸어. 즉 말하자면 그렇다. 그러면 저위에 왜 그 용문
정이다. 용문정이 있냐. 또 용님이 듬은 뭐 할라고 용님이 등을 만들었냐. (조사
자: 용 뭐요?) 그 밑에 용님이 듬이라고 있지. 그런데 용이 나타난기라. 그기 인자
평퇴되가지고 그래서 지었을 거 아닌가.

〔 율곡면 설화 14 〕 T. 2 앞

영전리, 1998. 4. 1., 1조 조사.
석종악, 남 · 67.

풀에 대한 전설

그때 누가 이야기해 주던가. 내 그거는 모르겠는데 못재거리로 그 이야기를 할게. 백마산에 거기에서, 이제 말하자면 못있는 재를 갔다가 이제 침목을, 함락을 못시키는 거라. 점령을 못하는기라. 그래서 이 주막집에 가서 아줌마가 있으니 이 저 군사들이,

"당신이 저 노마가 우째되겠느냐?"

"그거는 모른다."

고 마 그러니까 나대로서 이 여자가,

"당신이 저 산을 점령하려고   한다면 말꼬리를 잡고 올라가시오."

말이오. 말꼬리를 잡고 (청중들 감탄함) 올라가면은 올라잡고 올라가면은 왜나면 돌림을 삭후비치니까 우에서. 말은 죽어도. 사람은 그래가지고 못재를 다 뺏기고 여차해서 점령을 했다 말이다. 주막집에 그 주막아줌마가, 주막아줌마가 말 안 했으면은 이 사람들이 오히려 이 효성한테 질 것인데 그래인자 말꼬리를 잡고 올라가라고 그런 말이.

〔 율곡면 설화 15 〕 T. 2 앞

영전리, 1998. 4. 1., 1조 조사.
석판용, 남 · 77.

무학대사

* 무학대사 이야기를 해달라고 청하자 처음에는 거부하시다가 주위의 도움으로 기억해 내셨다. *

무학이가 그 생산백일을 여서 내가 듣기로는 무학대사 저그 어머이가 식모로 있은기라. 부잣집에 (청중: 절에 안 있었나, 절.) 에잉. 절이 아이고. 그때 어느 부잣집에 식모로 있었는데 몸종 비슷한 게 있었는데 그 인자 몸종인가? 천년을 아뺐나? 무학대사가 (청중: 내가 알기로 저번에 우리 사돈하고 저 가면서 난 이레 들었는데 저번에 우리 사돈하고 그때 저 뭐꼬 저 저 댐에 안 갔십니꺼. 그 대복이 형님이 저한테 이런 말씀하시던데 여른하고 사돈 우리집에 오셔가지고 합천 구경한다고 집안 이야기를 말씀하시는데 지금 합천댐 밑에 가면 탑들이 있어. 탑. 옛날에 절에 가면.) 아니. 그런데 내 그러니께. 인제 무학이가 난 것까지가 인제 이 주글의 아들이지. 그런데 무학이 모친이 식모 뫼시려 있었는데 그래 인자 부잣집에 에 고 인자 나물 뜯으러 간기라. 이 식모가 사는. 나물 뜯으러 갔는데 뜯어온 게 본께. 인삼 잎파리 뜯어온 게야. (청중: 산삼 이파리다.)

"야 이거 도대체 어디서 이놈을 뜯노?"

그래 인자 주인이 물어보니까 사실데로 이 아기가,

"산에 가니까 이 어느 총각이 말이야, 총각이 각충 종이를 그래 해가지고 질 문까지 덮어놓은 기라. 같이, 총각이. 그래니깐 그 뭐 시간을 보네가지고 나중에 인자 많이 몬판게 집에 가면 나물 뜯으러 갔는데, 뜯으러 갔는데 나물 하나 몬뜯고 가면 난 어찌 되느냐. 이렇게 하니께 민망하다."
카면서,

"고 바구니에 가져가지고 그것만 술술 담아가지고 (청취불능) 넣어 가져가라.고."
카지. 가져가니 산삼잎파리다. 그래 그런데 주인이,

"니 행동은 어찌하느냐?"

주인이 물을 거 아니가. 총각이 말이야 구슬로 이레 하나 가지고 그 총각 입에 넣었다가 또 처녀 입에 넣었다가 말이야 자꾸 너봐 보는기야.

"그래 요번에 가서 고마 구슬을 니가 삼켜 버려라."

이레 된기야.

"먹어 버려라."

그러니 주인이 그랬으니 고마 그러니까 그 나물 뜯으러 간 여자가 말이지 참외 문기라. 입에 물기엔 사람도 없고 그런기라. 그러고나서 뭐 배가 살살 부른 기 고마 잉태가 되버린기라. 그래 되가지고 인자 놓고나니께 무서워 살겠나 이제.

그러니깐 뭐 그때 그 무서움당하다. 이노매 쪼매 애일 때부터 얼매나 영리한지 마 말도 못한기라. 이따가 그 주인집에 그리고 이 절에 들어간기라. 절에 아내가, 절에 들어가 인자 아내가 이제 절에 들어가니깐 절 근처에서 인자 오두막집 지어 가지고 어머니 모시고 이랬는데 그래인자 이 모시고 갔는데 즈그 어머니가 한 애기가,

"야 잠 기다려."

즈그 어머니가 인자 야 모시고 가는데 야 절에 가는데 어머니가 하는 애기가 밥을 얻으러 댕기는 거라. 절에 있는니까 아들은 절에 매껴놓고 어머니는 인자 그집에 나와가지고 인제 밥을 얻으러 가는데 갔는데 발측에 길리는 게 고마 이게 칡넝쿨말야. (조사자 : 칡넝쿨이요?) 칡넝쿨이 발에 칭칭 걸려쌌는기라. 그래 저 그 아한게,

"야, 내가 밥을 얻으는데 칡넝쿨이 마 걸리는 자꾸 잡아지면 그럴건 없다" 했는데, 그리고나서 그 이듬해에는 칡이 한 발도 안 나는기라. 칡넝쿨이 마 더 안 나는기라. 그래서 또 한 번은 동생이 그러고 본께 집에 온께, 집에 온께 허하니 또 이 분위기 뭐 행실이 보이니까. 그래인자 그건 또 전에 보니깐. 그래인자 전에 물이 흐르거든. 그 인자 물이 이제 막 흐르거든. 그러니깐 물이 흐르니 허하니 안보이도록 뭐 이게 박으로 세도 물이 흘러내려가도 지금도 역시 그 박으로 세면 그런게 있제. (청중 : 그리고 그 마호히도 흐르는 소리도 안 나고.) 소리도 안 나고. (조사자 : 그래서요?) 그래가지고 인자 그 또 뭐꼬 그 갈대가 (청중 : 예, 갈대가.) 갈대가 산에 있는 또 갈대가 수세미 (청중 : 제주도 가면 뭐라카나? 그저 그래서 그 가을에 피는 갈대, 억새 (다른 이들이 맞장구를 쳤다.) 억새가. 그래 항상 니가 보니까 말이지. 허하니 보니께 니한테, 억새한테 많이 쫓긴다. 잃는 거재. 지그 아 또 기상마치 이레 보니까 그 동생이,

"아 그래요."

그럼 억새 이놈이 화를 몬배는기라. 패다가 고만 쪼마사되면 고만 살살뿌고 이런기라. 마 이런기 있고. 그래가지고 인자 그러니깐 영리하지 뭐. 인제 절에 있고 이러니까네. (청중 : 고 앞에 무학 감나무밭이라고.) 그래가지고 그거는 인자 또 그런 게 있지. 에 감나무 지금이 무학이가 죽을 때, 떠날 땐가 죽을 땐가? (청중 : 지날 때에.) 떠날 때에 그 감나무밭이지. 감나무 자긴가 뭔가 그걸 팍

뽑으면서,

"이 감나무가 죽거든 내 죽은 줄 알아라."

뭐 이런 말이 있었지. 뭐 말 제수지. 그러니간 그 보면은 그 감나무 다른 인자 감나무 이레 보면은 이거 말이지 밑에 껍질이 말이야 발을 이레 슬며시 놓고 있는데 그건 똑 끊어져. 지금도 가보면 고거는 영 다르지. 다른 감나무보단 다르지. (석종악 할아버님이 이어서 제보하심) 고 감나무 딱 가보면 뎀있는 데 가보면 감나무 하나있어. 고 무학 하나 딱 서 있는데 도로변에 있어, 있으면. 요 감나무 이 우에 등지는 한 갠데 감이 일곱 가지, 여섯 가지 달려. 하나는 이만한 게 나오고 하나는 납작한 요러고 하나는 찔쭉한 게 요러고 또 어떤 거는 찢어지게 나오고 (조사자 : 모양이 다 틀려요?) 모양이 일곱 가진가. 한 나무에 고 나무를 심은 내가 요 나무에 이 떠날 적에 꽂아넣고 가는데 이 나무가 죽었으면은 죽으면은 내가 죽을지 알라고 떠나가면은 고 가면은 뎀에 가면은 고 뎀 (석판종 할아버님이 이어서 하심) 무학샘이라고 이 저 개울이 있는데 인물들이 없는데도 거시기. 거가 보면은 마 물이 생이 안 마르고 물이 한곳에 넘어 개울바닥에서 넘어서 나온다코 무학샘이 그있고. 고런기 하나 있고. 그래서 음 그러게 문씨네 그 듣는 이야긴데 문씨네들이 그 문장, 그 가문에서 주로 의논되는 부분이 우리 고마 밤에 나서는데 그 사람은 집을 나서는데 자기도 모르는 사이에 마 걷는다고 걸은기라. 걷고 걷고 이랬는데 그래 한군데 갔는데 참 막 절 며칠 뒤에 이 문의 한 되가 있는데 그러한께 그 인자 어서 장기를 이레 두는데 허하니 들어가니,

"그래 니 올 줄 알았다."

이카면서 그래 울로 서간다케. 서가 있어 인제 올라가는데 그 장기를 떠나면서 특별히 인자 동네 뭐 함부로 못보네고 그래인자 이야기가,

"내가 무학이다. 그래가지고 무학이를 만나레고 왔다."

이런 이야기를 그때 뭐 들었는데 그거는 뭐 전설이지. 그런데 우리 웃대 어른들이 무학이가 만내고 왔다, 만나고 왔다. 이런게 있고. 또 그 산이 그 인자 절 앞에 산이 높구마 아끼는 산이라꼬 고 산이 큰 산인데 그래가지고 마 섣달그믐날 되면은 분유방을 하는기라. 산만나이 충원이. 그러면 무학이가 일년에 한 번씩 인자 꿀 따러 온다고 뭐 그런 말이. (조사자 웃음) 무학이가 꿀 따러 온다고 그것도 마 (조사자: 어디 저어졌는데요?) 고기 인자 그 인자 어이 고 (청중: 악귀산이

라 그라제. 악견산) 악견산. 악, 견, 산. 악견산이라고 악견산인데 에 인자 고기 인자 보면 절터가 그 인자 집대문 밑에 그 절터가 있지. 그 탑돌이라카이. 탑돌. 탑돌이라. 탑돌인데 거기 인자 탑이 서가 있었어. 내 앉은 목에 있은데 (청중 : 대머리에 고마타.) 대머리에 고마 이게 도난동이가 어디서 가아가지고 갔다는 소문을 들었어. 마 그런에 고 거는 촛대라 카는 것은 거기 절이 있었어. 인자 말간데 거가 절도 있고 무학이가 살았다카는 게 증명이라꼬 할 수 있고. 그래가지고 그 인자 대병 문씨넨가 보면은. (청중 : 대병 문씨 고 저 악귀산 넘어 고 바로 문씨라요.) 그런데 거는 인자 그 사람들 족보상 이레 말이지 들춰보면은 기 나와 있다카는기아. 그 사람들은 확실한 거는 없어도, 없어도 고 연대를 맞춰보면은 아 고게 맞아들어간다카는 것은 요게 인자 대병의 일이라카는 거는 알고 있었어. 근데 그래 어느 어네부터 길은 잘 모르는데 그런데 지금은 현재 이 합천이 아니고 다른 데서 그 또 무학이라카는 말이 일어나가지고 결국은 뭐 고사람들이 고마 주도세 우리에서 나온 사람이다. 마 이러코 있다는 사실 (청중 : 요 위에 가면 무학대사 거하는….) (청중 : 우리는 무학대사가 여기서 발전이라고 보는데 다른 지역에서 고마 저 뭐고 뭐 사실은 합천 사람인데 합천에서 출생했는데.) 이런 게 인자 거 저쪽에서 뭘 갖다 그 사실을 갖다 꾸며가지고 그래 마 무학대사가 저그시 여기서 나왔다. 그런 소문을 내가 들은 적이 있어. 원래는 합천사람이 맞아.

〔 율곡면 설화 16 〕 T. 2 뒤

영전리, 1998. 4. 1., 1조 조사.
석종만, 남 · 63.

죽었다 살아난 사람

* 경천 대덕에 살면서 들은 이야기라고 한다. *

한방에서 자는데 이 사람이 사름이 새커매야 이 손이 잘록잘록하더라. 이 사람 이름이 석판용이야. 자는데 자다가 떡 예의를 하사,

"어어 석씨. 내가 이 죽었다 살아났다."
케. 죽었다가 살아났다. 살아났는데 반다시 염을 해가지고 가여서 자살을 할라코
하는데 어이 뭐 선몽이, 꿈에 선몽이 오는데 아무리 기픈일 잡아놓고 집어넣고
오난 말여 나와라케서 그럼 살아났다케. 염을 해가지고 뭐 딸 아들 울고 있었어.
그래 살아났는데 그래서 그 이튼날 바또 꿈이라 싶어서 그 어느 삼바시 동네를
갔는데 김판용이 거 잡아오라키 이상하이 거 가보니 그 사람 죽었다. (청중들
감탐) 그 고이 작자 이레 그기 죽이가 아프기더라고 그래 겁 나더라 겁이 나여
그런데 이름을 같이 안 진다하는 이런 처제에 있는 사람.

〔 율곡면 설화 17 〕 T. 2 뒤

영전리, 1998. 4. 1., 1조 조사.
석종악, 남 · 67.

날개달린 아기 장수

    내 그런 이야기 하나 해줄께. 그 저 뭐고 초계향교 이야기 봤나. 초계학교
바로 옆에 거 가면, 그 저 가더 여여 초계 향교 귀신이라해. 사람은 그 저 뭐고
고 제일 명진데 조 망도 하나 세웠데 망돌. 저 망돌을 세웠는데 바로 요자리라카
데. 고 저 공자부활 저 초계학교 거 뭐고 대선학위 바로 요짝같으면 중간에 요짝
쪽에 망도를 딱 세웠는데 바로 요 자리, 요 자리는 하도 사람이 머리를 넣어갔다
싸서 바로 고 자리라케. 그래 고 망도를 세워놨다케. 그래 그 저 뭐이가 그 사람이
하선생이 나름대로 지방에 거슬있었는데 요 근방에 소나무를 보라그라데. 그 지
역에 소나무가 참 괜찮아. 상주 쪽으로 이기 요레 골짜기가 있으면 향교가 있으면
여기에는 나무가 전부다 이 이로 기울었어. (조사자: 아 향교 쪽으로요?) 향교
쪽으로 그거는 마 여게 그런데 결혼했는데 전에가 그 뭐꼬 그 사람 하는 말이
물진자 재시네들이 묘를 썼는데, 맞제 물진자 재시네들이 묘를 썼는데 써놓고

그 향교에 향교터를 정하고 나서 그 묘를 갔다가 파니까, 명지라카는 걸 그 묘파고 나서 알았다고 하데. 그 파고 나서 그 자리가 명지라카는 걸 알았데. 그런데 거는 과장된 이야긴지도 모르지만은 파고 나서, 파고 보니간 머 유골이 변색이 됐는데 아주 그뭐 대단해 웃때는 묘를 파문을 해볼라 치면 유골이 대부분 뭐 이래 누렇기나 한데 아주 그거는 아주 빛이 나는 마, 빛이 나는 아주 그 유골들이란 말야. 그래서 파고 나면은 그 당시에는 자기네들, 진시네들이 상당히 그 건설하게 살림도 이레 막 많이 해 났는데 그 파보고 하고 나니간 집안이 큰 손해를 뭐 큰 손해를 봤다 그라지. 어이 상이 망하지 망하고 그 유골에 그 유공에서 밑에 땅형태가 어떤 동물형이 하나 떡 생기는데 동물형이다. 유골 밑에 동물형이 생겼는데 우리가 말하자면은 옛날에 가장 귀한 것을 같으면 용 아닐라치면 학 또 사람이 사람으로서 탈 것은 백말 또 이런 걸 하지 고 세 가지가 가장 우리가 숭배하는 이 인자 용마, 즉 말하자면 말이지. 그런데 뭣인가 그 형태가 있는데 그기 말가우 생긴 형태다. 그 시체가 백마를 탔다 말이지. 그러한 말이 나왔다. 그러니 고 자리가 그래가서 굴육이 국가에서 하니까 그 인자 그 향교는 돈 내고 그랬는데 거기에다가 반산으로 말이지. 이 우리도 요기 저 우에 고 장군대좌산에 묘를 잡았있는디 거게다 안매장해. 암매장. 이 봉두 없이 평장해. 평장을 해 몬찬고로 그래도 사람들이 찾아 내는 기라. 뭐 이래 꼬쟁이를 쑤셔가지고 여게는 그런게 기억이 많은 곳이라. 그런데 뚫어라. 뚫을 이 어느 신재로 본꼼 인자 얼마나꼼 자기 사람이지 잘났다고 그러지 지 욕심에서 그런 거지. 자기 아버지 들어도 보고 마 작으니깐 말이지. 그러면은 밤에 선몽을 한께 관리자에게, 관리자에게 그 인자 뭣있는데 시체가 도타꼬. 아 그러니께네 (조사자: 꿈 속에서 그런?) 꿈 속에 그게 관리하는 여같으면 관리하는 거가면 장이라카는 분이 있어. 하도 있어서 고 자리에 몬하고로 요 저저 묘 옆에 가면 이런 돌멩이 세워놨제. 고걸 이제 다 꼽아놨어. 다시 몬 문고로. 거가면 실제로 다 있어. 고 가면 초계현요가면 아주 고개가, 고개가 파 나간 자리 고자리에 보면은 다시 그거는 거기에 손 몬 대도록 사람들 때가 묻었싸서. (석종만 할아버님이 이어서 하심.) 그래 그게 인자 거게가 아주 묘터가 이 대지라서 참 능사헤 이래가지고 그 무진사 진시네들 인자 이 거기에 향교라카면 공잔님을 집을 지이놨어. 공자님 제사 지내는 집을 지었는데 이 묘를 파가지고 마 어디에 있어도 말을 안 할 거니깐 쓰시오. 그래서 요 택능정 올라가 한골 뒤에 지루 산이 있었거든 그랬었거든. 그래인자 이 우리가 요쪽 도랑건너 초게고을에는 어디가 묘터가 제일 낫느냐. 일갑산 이옥정 산간에다 동네는 어디가 제일 낫는냐. 일잡니 이부는 상해걸텅이다. 일잡니 이불홍 삼행걸텅이 잘했다. 그러면 성은 누가 잘 많이 샀냐? 노전안이다. 그래인자 저 유아가면 저족 그 불우자 유쎈데 저 저 호걸체에 그거 장군산이라 묘를 쌓는기라. 그래인자 묘를 쌓는데 장군이 났다. 불우자 유가 장군이 난기라. 나가지고 옛날자로 지금 국민학교가 아니고 학문벽이 더 있나니 그 내가 그 저 유가 하고 그 저 내가 게울이 엄첨바이 컸단 말이다. 여여로 비를 엄첨바이 온기라. 서동불하러 오면 이놈 짜다 며칠갔다. 그래 고 마을 본게 비가 소나이(소나기) 와가지고 막 도랑물이 콱 차게 들어갔는데 그래 그 인자 동네 어른이 며꿀져 보러가가지고 이제

“야 우리 빠지거든 오도가도 집에 가라.”

그 방주독에 아가씨 빠졌다고 확 후득떨며 푸득푸득 개구리만 퍼뜩 건너가거든.

‘아, 이거 큰일 났다. 저 안무지기 저 아들이 저 이상하다.’

싶어서 그래 그 인자 장군이 난기라. 마을에 저짝에는 지금 날게 엄청 났다 이래가지고 옛날에 잘 되면 충신이라 못되면 역정이라. 그러면 좌우해. 그래고만 그 지방에서 그를 역적으로 몰아 아를 쥑여야 된님 옛날에 그래 뭐 비리 뭐 이레 알아야 뭘 났다 있기로. 그래 그 장군이 났는데 그 죽여 없애는 기라. 그래가지고 그 전설이 있어. 그래 가슴바이 혹 던져 그 혹 댕겨란게 퍼득퍼득 건너가는기라. 그걸 본게 그래 동네 어른이 가만히 있으니 저 희한한 놈이거든. 보는 사람 이러는 기라.

“뭐시 아들이 말이고 문장이요. 나를 날라간다.”

날라가더래. 그래가지고 그 이 장군이 말이야 날뒤 뭐 쫓겨갔다 이래가지고 집안에서 즉 마 역적으로 몰려 죽을까 싶어 동네에서 집안에서 없애 마 엄마한테 걸려가지고 아 없애야지. (석종악 할아버님이 이어서 하심) 아무리 저 뭐고 초계 거게 저 면사무소 다신데 거 옛날에 골론이 그저 뭐고 요사이 군소재지 골곤 그저 뒤에 거 보면은 나무가 막 큰게 있고 그 못있디. 그 옛날에 거 못이있데 거서 바로 사람들 교수형시켰다해. 옛날에 골곤이면 사람 사행시 지었으면 상당했을 텐데 아 지금도 그 요 사이는 확 나무다 비어내고 있는데 거가면 무시무시해. 거가면 어릴 때 시커먼데 그로를 막 그림이 콱 서있는게. 옛날에 그 인자 골곤이

있었던 요사이로카면 골론 그 골곤 청사가 있었던 곳인데 거 보면은 오익대가
이런게 시커먼게 피 서인데 고마 무시워. 그래가 저 고 가면은 고게 그 초계 그
고울에 누가 날개가 돋았다카는데 그 제단 밑에 그노마 그때 이제 영수생이야기
하더라. 한데 보니깐. 결국 그 사람도 이 장군으로 태어났는데 고만 이레 말들어
보면 마 역적이 되마 그 옛날에는 고마 잘난 사람 직였다케.

〔 율곡면 설화 18 〕 T. 3 앞

낙민리, 1998. 4. 2., 1조 조사.
박단안, 여 · 73.

도깨비이야기

*민요를 몇 곡 듣고 이야기는 없냐고 묻자 모두들 들었던 이야기는 다 잊었다고 사양하시
던 중 겨우 생각하시고 구연하셨다. 구연하시면서 손동작을 자주 쓰셨다. *

저, 옛날에 머 베를 반지거넌 그것도 이 앞에 대나 (조사자: 예, 예.) 이저
반 올치네 반 질람아 옛날에는 반질라마 드더반질란데, 무서버서 날로 시누버하
니라고 꼭 들고 댕겼댄다. (작은 목소리로) 야, 근데 애 내가 따라가자 어데가
요 소리긴는 발진데는 소를 몬온다케. (본래 목소리로) 가마떼기를 피 놓고 요
누워 자라고 카면서 고 날고 그 자라고 팔뚝을 길어가꼬 국시, 칼국시여서 팔뚝
길여 가지고 한소끔 퍼놓고 양쪽으로 부을 찌려쎄려 다석을 쌔려 째고 나면 밤중
이 다되가꼬 보낭마낭 집엔 안 간나 찌응그네 한 노인이 이가 빠져가지고 요런
보따리를 싸가고서 요 날로 가자케. 가자케서 내가 따라간다고 따라가는데 반지
금은 다섯이 날 다구 잡는데 나한테 못 이겨요. 그래 마 내가 띠 날라 가드기
가가지구 우치갈루 저 상날한테 가 딱 눕다케. 그래 이제 눕은기네 시누가 어디
뭐 나를 두드려 팼는지 이튿날 어디 보, 보도 몬한다케. 그래가지구 미신을 고여
패 양쪽에 패서 막 그래하가고 아주 막 아이고 우리 언치 손을 같이 뜯어놨어.

아이구 애기 니 봐라. 애기 니 그쳤다. 내 손을 그래 다 안찢어서나. 전부 다 찢어
서나. 정사 다 하따 무서바. 나 무서바 고런데 딱 가서 미부미누버가 있고 두드려
패가지고 날 붙들어. 그런 토재비한테 홀껜 이야기지. 안 무섭더라 응. 미신재가
두드려패갔고 여 보름만에. 그래 토재비한테 홀켰는데 한 무섭더래.

〔 율곡면 설화 19 〕T. 3 앞

낙민리, 1998. 4. 2., 1조 조사.
이순임, 여 · 76.

도깨비 씨름

* 앞의 이야기에 이어 역시 도깨비 이야기를 구연해 주셨다. 좌중이 소란하여 조사가 잘
이루어지지 않았다. *

토재비가 날더러 씨름하자카더란다. 그전에 요여서. 그래 씨름한다고 참 한참
하고 나서 요놈이 내가 머신 (청취 불능) 붙들고 완 게로 붙들고 와서 갔다놓고
인자 이튿날 자고 이게 머시 워시 지뱀이더라. (청중: 피가 묻은 기라.) 졌으면
죽었을 긴데 자기가 이겨서 그놈을 가 가왔으니끼네 살은 기라.

율곡면 설화 20 〕T. 5 앞

낙민리, 1998. 4. 2., 1조 조사.
박단안, 여 · 73.

밤새도록 도깨비 업은 사람

* 계속해서 도깨비, 빗자루 귀신에 관한 이야기를 구연하셨다. *

우리 아버님, 저 우리 큰아버님 우리 장집 지금은 놈집, 저 옛날에 우리 밭, 논이라케. 그래 저저저 어린, 이래 막 서로 그러거던. 새복할려구. 서로 볼리기네. 새파란 복을 입고 반간참 입은 사람이 막 업어달라카더라네. 오야 업자 여 내 업고 보니께 새끼를 하나시 시거거 논에 맨거 그걸 풀어가지고 팔에다 통통 감아 이래 독키 매고 업고 새벽에 날 다 샌 년에 밥으로나 풀어가본께 빗자루몽뎅이만 있데. 빗자루 몽뎅이만 있더라케. 그게 토재빈거라.

〔 율곡면 설화 21 〕 T. 3 앞

낙민리, 1998. 4. 2., 1조 조사.
이점수, 여 · 71.

도깨비 씨름

* 이어서 역시 도깨비 이야기를 들려주셨다. *

그전에 저저 시가 저 안산 우돈쯤 거 있을 적에 시시 시삼촌 그런게 그러니께 네 시 이조부지. 고래 리 저 초개 장에 갔다가 인자 물건해가고 오는데 키가 팔대 장성같은 사람이 나보더니만은 씨름하자 카더란다. 그럼은 씨름을 이래해갔고 저놈한텐 뭐 안돼겠더란다. 안 돼서 자기가 인자 차고 데니던 댓구칼을 빼 가지고 뭐 모가지를 마 푹 띠벗단다. 똑 띠버니까 팍 넘어가더란다. 그럼 뭐 칼을 빼가지고 집에 와 가지고 그래 인자 이튿날 아침에 시방 시계로 말하면 한 다서 시쯤 되어 그래 아들놈 방에 가가서,
　"야 야 인나라, 저 고개 좀 올라가자."
그래 와 인제,
　"고개는 뭐하거 가자캅니꺼?"
　"엇그제 날로싸 어떻게 씨름하자카 쌌는지 내 힘으로는 아무래도 안 돼서 모가지를 내가 칼로 찔러놨는데 그 처치를 해야된다."

그래 그카믄 인자 올라간께, 데불구서 올라간께 그 고목나무께 것다가 그 왜 안에 나무 안 있었나? (청중: 응.) 그게 오래 돼서 인제 죽어버렸지. 옛날에는 꼭 크거던. 꼭 크더란 건 아이고 그래 그 한가운데다 이래 댓구칼을 이래 딱 끼워 놨어. 그래 허깨비 가지고 그래 그런 거라.

〔 율곡면 설화 22 〕 T. 3 뒤

낙민리, 1998. 4. 2., 1조 조사.
이점수, 여·71.

꼬마 귀신

* 민요를 대강 다 듣고 이야기는 더 없냐고 청하자 귀신 이야기 하나 할까 하시며 이야기
  를 시작하셨다. *

내가 당형인데 내가 저 살 적에 저저저 그 전에 저 들조마라 카는데 저저 들어오는데 저 집안이 있어요. (청중: 여쩐야 니 거까지.). 거 있어. 아무 소리 마 좀 있어보소 그래. (조사자: 예.) 내가 거 살 적에 농사 지으면서 일꾼이 모자래 가지고 일꾼 알아본께네 요요 들어오는데 집안이 있어요. 요요요. 그래(조사자: 예, 예.) 그기, 내가 거 살았는데, 그래 그날 저녁 먹고 인자 땅껌 들락 할 떡에 들어논께네 일꾼 한다고 들어온께네 학생이 하나 마 한 6학년씩이나 고런 학생인 데 요런 학생이 하나 나보로 옷을 고하니 입고 책보따리를 옆에 찌고 그래 인자 내 앞에 들어오는 기라. 들어오는데 인자 쟈가 틀림없이 오늘 학교서 무슨 죄를 저질르고 선생한테 붙들려가 몬 오고 인자 인자서 오는갑다 싶어서 이 틀림없이 동네 안데 이 동네 안데 그래 인자 아무리 따라올라케도 그 학생을 따라올라케도 그 아를 따라오지를 몬하는기라. (조사자: 예.) 그래 인자 그 수도 아이 그 수도 집을 디났는데 그래 수도국 인자 문을 열어놓고 있는데 그게 아가 쏙 드가데. 그래 드가서 틀림없이 요 인자 드갔는데 요게 누 집 안지 내가 여 보믄 알겠다

싶어 그래 인제 그 수도 안에 다리본끼네 행방불명이라. 아가 없는 기라. 아무
것도 없어 고마. 그래가주고 동네 아라고 생각하고 아 따라 갔는데 하모 그래가지
구 인자 그르구 그 드가는거 보고 내가 그 수도 안에 드리다본끼네 아가 없는데
그때는 고마 썸뜩한기라, 하하. 이기 고가 고고 공릉산이 있기던 공릉산이 있는데
고 좀 나븐데라. (청중: 그 공동묘지거던.) (조사자: 아, 공동묘지요.) 아하, 이 내
가 그 귀신이구나. 그때는 그런 생각이 든기라. 이눔이 저 들어온는데 들어오는데
우리집으루 갈라케도 무서버 몬가겠고 이리불라케도 인자 발이 안 떨어지고 큰
일 난기라. 그래 서 가 있으니께네 참 느그 조카가 자전걸 타고 인자 들에 나오데
그래 내가,
　　"학철이, 학철이제?"
　　"응."
그래,
　　"니 어디가노?"
그르니께네,
　　"들에 놀러간다."
이케,
　　"아이구 야야 시방 내가 일끝나구 들어가는데 여 앞에, 여 아가 하나 자꾸
따라 들어오리마는 시방 행방불명인데 내가 도저히 집에도 몬 가겠고 들에도 옴
가겠다."
근끼네 지가 하는 말이,
　　"그럼 가입시데 내 바래 드리고 가꾸요."
　　그타믄서 그래. 날로 여 인자 동네꺼정 인자 바래주고 그래 저는 인제 들로
놀러가는기라. 그래 그것도 예화 아닌교.

〔 율곡면 설화 23 〕 T. 3 뒤

낙민리, 1998. 4. 2., 1조 조사.
박단안, 여 · 73.

도깨비불

* 실제로 겪은 이야기라며 구연하셨다. *

나는 옛날에 그 인자 저 주무시는데 우리 영감도 참 무서붐 많이 타기라. 그래
오늘은 요 내가 배가 아파서 요 이막에 못갈린데케.

"그럼 아버님은 집에서 디 주무시오. 지가 가겠습니더."

영감이 안 갈라케.

"여 인나라. 여 내 같이 가자."

내가 우짜잘찐데. 원두막 저기 들에 땅저기 일어섰는거.

"너랑 내랑 가자. 이밭에 가자. 여여 저 너그 아버지가 날러카는데 할아버지
갠찮다마. 저 가자. 내 가께 가자."

가니 그거 인자 어리럽다 듣고이니 아열다기디 참말 다 불이 이만해. 저 원두막이
이마 있고, 우리 이막가 저마치 있고 이런데 당외 재니오나 무서버서 재는 불이
저방줄에서 대번 이리 갔다가 저리 이리 갔다가 이랬다 하지. 도둑놈 왔다크마
일로인자 갔다갈기고 할 말 있나 도둑놈은 왔다 소리 몬 하고 저그저 지그 아버지
도 갔거던.

"홍은아, 홍은아 그 모게 안 가느드나."

인자 깨갔고 도둑놈 붙잠으라 인자 그래 부른다. 부른끼네,

"아이고 야도 모게 있어가지고 자도 몬 하고 있는데요. 아요 홍은이 까도보내
어 할머니 잠든네 이나쁘소. 그 자고 있는교, 안 잤는교."

"안 잤는데요."

아이고, 안 잤으면 저 도둑놈 있는데 우리 이막에 있으면 알겠다 싶어서 그
도둑놈이라고는 생각해도 토재비라고는 괘안을긴데 그러고 있다가 인자 날이 고
마 참 민밋하더라. 여서 시나 야 유시나 되었는갑다.

"아 저저 천 저 아버지요. 야 어찐이고. 도둑놈 있다라고서 그렇게 불러 불러
해갔는데도 몰랐는교. 그게 토래비불, 토재불 아닌교 그게?"

난 잠을 잠을 잘라고 고개를 돌렸드니만 아이고 답답해라, 그럼 내한테 인제
두지. 그럼 무슨 상수요 하늘이 부끄러 토재비 불이 그래 있대. 이리 갔다 저리

갔다 틀림없이 나 호래비불 본기라.

〔 율곡면 설화 24 〕 T. 4 앞

문림리 1998. 4. 2., 1조 조사.
김순애, 여 · 71.

도깨비 씨름 3

* 조사자가 도깨비 이야기 같은 거 해달라고 하니까 어릴적 겪은 이야기라고 하시며 말씀
해 주셨다. *

　쪼맨했을 때 그 아래인자 베타작을 해갔고 (할머니께서 카세트를 좀더 밀어
넣던 조사자를 신경쓰시자 조사자 : 말씀하세요.) 베타작을 해가지고 오빠보다
그래니께네 안 오는게다 사람이. 이름이 종인인데 종인아. 종인아. 아버지가 불러
싸도 그래 뒤안에 가니까네 새끼사리를 안고 자꾸만 새끼가 솔솔솔. 빠져서 가더
라칸다. (청중: 아이고 아야.) 그래가지고 우리 논이 저기 먼 데 있거든애. 그래
횃불을 쐈갔고 새끼따라서 가는께라. 찾아서 가는께라 막 믹산에서 니가 이기나
내가 이기나 씨름을 하고 이래 그래가지고 사람들이마 횃불을 쐈가지고 간기네
토깨비는 어디 가부렀나 없고 그래마 귀퉁이를 때리니께네 정신이 들더라 집에
데리고 왔는데 죽지는 않했어. 쪼맨할 때다.

〔 율곡면 설화 25 〕 T. 4 앞

문림리, 1998. 4. 2., 1조 조사.
주재식, 남 · 64.

소금장수

*"내가 이야기 한 번 할까." 하시며 이야기를 시작하셨다. 조사자들이 원하는 이야기 종류
를 아주 천천히 자세히, 사투리도 알기 쉽게 이야기 해 주셔서 이해가 잘 되었다. *

　　부모한테 아주 효도하는 사람이야. 그랬는데. 옛날에 등금장사. 잘 모를꺼야
등금이라는 것은 소금을 말하는 것이야 소금. 옛날엔 다 못 살았잖어. 살기 위해
서 옛날에는 지게로 짊어지고 통을 요런 통을 소금을 한 가득. 등금이지. 등금을
한 가득 씌어가지고 종이를 골목마다 등금 사소, 당금사소, 돌아다니는기라. 그런
데 아무리 이놈의 등금을 팔라도 팔지 못하는 거다. 그래가주고 그럭 저럭 인자
이 마을 저 마을 돌아다니다가 해가 어스룩 어스룩 깜깜한 밤이라 말이다. 그러니
까 옛날엔 전기불도 없었고 전부다 호롱불 요놈을 켜가지고 사는 시절이었었는
데 어느 마을에 입구에 들어서니까 외딴집. 집이 한 채 있었느니라. 한 채가 있는
데 그집에 불을 보고 등금장사가 찾아 들어갔지. 그래가지고,
　　"주인어른 계십니까?"
하니께네 하얀 머리에다가 (청중: 귀신이다.) 할머니 혼자서 딱 쪼고시 앉아서
(청중: 아, 무서버라.)
　　"누구세요. 들어오시면 됩니다."
그러니께 바깥에서 들을 때 사람은 틀림없다 말이여. 문을 쑥 열고 들어갔단 말이
야. 들어가니께 고령 노인이 한분이 참, 깨끗하기는 깨끗한데 머리가 하애가지고
앉아있는 거여. 그래서,
　　"저는 등금장산데 해가 져서 저물어서 청상 이집밖에 없어서 이집에 들어왔
으니 쫌 하루밤만 자고 갑시다."
　　그러니까 주인이 있다가,
　　"아이고 예, 그라이소. 우리집엔 아무도 없고 내 혼자 살고 있습니다." (문여
는 소리 들리며 할아버지 한분들어오심)
　　아무리해도 그래서 다시 그 사람이 나와서 나왔는데 나오는 도중에 대변이
하고 싶더라 대변이 하고 싶은데 그 외딴집이 있다 뿐이지 변소가 없어. (조사자:
네.) 없어서 사방을 보니까 밭 가운데, 밭 가운뎬데, 밭 가운데서 대변을 본 거지.

소금장사가. 대변을 보고 또 딱을라하니께 딱을 게 없단 말이여. (청중 웃음) 그래서 살살 더듬어 보니께 돌이 이만한게 하나 딱 손에 쥐이는거야. 그래서 돌인가 싶어서 살살 더듬어 보니까 뼈가지라 무슨 뼈라, 뼈. 그래서 요즘 처럼 화장지도 없을 때고 해서 그넘밖에 없는 거야. 그래가 뼈가지로 쓱 딱아버렸어. 딱고 일어서서 인자 나서는데 뒤에서 뭐라카는냐 하면은,
    "똥 닦게, 똥 닦게."
 하면서 따라와. (청중 웃음) 한 발작 걸으면 또,
    "똥 닦게."
    그래서 사방을 봐도 역시 또 집이 없어. 그래서 다시 그 불쓴 자리에 들어가서 또 주인을 찾으니 또 그 노인이라. (청중: 그 노인이 그뼈야.) 문을 열고 들어간데 또,
    "똥 닦게, 똥 닦게."
    계속 따라오는거. 그래서
    "할머니, 할머니. 내가 청상 이집에 자고 가야 되겠으니 잘 때도 없고 해서 다시 들어왔습니다."
    "아이고 그래요. 참 감사 합니다. 응? 청상 저녁은 안 자셨게고 저녁을 내가 차려가지고 올테니까 쪼끔만 기다려 주이소."
    그래서 이상하다 싶어서 있는데 정말 상을 이래 차려오는거야. 차려왔는데 밥은 밥인데 쌀가지고 만든 밥인데 반찬이 이상한거야. (청중: 사람 죽은 고기다.) 그래서 밥 한 번 떠먹고 반찬을 먹고 해보니 봐도 채소 나물 다 이상한거여. 그래서 밥을 안 먹고 상을 내미는데 (목소리 커지며) 그 노인이 뭐라카는기 아이라.
    "당신은 대변을 하고 닦을 때 뭘로 닦았는냐?"
는거여. 그래 뭘 주어가지고 딲았다 카는데 말소리가 사람 말소리가 아니고
    "콩게."
하며 따라오더래. (청중 웃음) 그래서 아. 그래 이러카면은 대는데 그 노인이 계속 상대편이 말만 하면 한 발자국 쑥 들어와서
    "콩게." (청중 웃음)
    그래가지고 계속 이 사람은 무서워서 자꾸 사족이 다 오그라질 거 아냐. 옹그러지고 또 또 얘기를 하면은,
    "콩게."

하면은,

"거기 뉘가?" (할아버지가 할머니께 위협적으로 손을 뻗으시자 모두 웃음을
터뜨렸다.)

그 등금장수가 담방 집으로 가는거지. (청중: 아.그래도 그 할마시가 해꼬지는
안 했는가바.) 해꼬지는 안 해. 자기 아들이 아주 참. 집에서 술이나 먹고 도박이
나 하고 애를 많이 멕였어. 그랬는데 그 자기. 애 아버지가 그런 일을 당했거든.
그래가지고 아들한테 그 얘기를 했어. 얘기 하니까 과연 참. 응? 얼마나 혼이
빠졌는지 그 아들이 그 다음부턴 부모한테 효도를 하더란다.

〔 율곡면 설화 26 〕 T. 4 앞

문림리, 1998. 4. 2., 1조 조사.
주재식, 남 · 64.

구렁이가 알려준 범인

열녀라. 열녀. 아주 미인이었어. 아마 그 춘향이 쯤이나 되었던 모양이지. 얼
굴이 잘 생기고 한마을에 살면서 얼굴이 아주 뛰어났는데, 이 사람이 얼마나 얼굴
이 잘 생겼는지 주위에 마을 주변에 있는 사람들까지도 이 아가씨를 굉장히 좋아
하는 총각들이. 그랬는데 하루는 우연히 자기 아버지가 결혼날짜를 정했어. 옛날
엔 그랬잖아. 요즘이야 뭐 처녀총각이 봐가지고 서로 좋으면 하는데 옛날에는
뭐 남편이 어떤 건고, 신랑이 어떤 건고 그것도 모르고 어른들 사성 주고 날짜
받아가지고 보내라카고 그랬단 말이야. 그런 시절이었었는데 하루는 우연히 아
버지가,

"야야. 이리 앉아봐라. 너가 이제 성인이 되었으니 아무개 어느 동네 아무
것이 총각한테 시집을 가게 되니 시집을 가거들랑 정말 부모한테 효도하고 또

남편한테 사랑하고 그래서 그 가문을 지키라."
하고 결혼을 하게 되는거야. 결혼을 하게 되는데 결혼을 하고 일 년 있다가 옛날에는 가마를 타고 시집을 갔어. 응? 인제 오늘 결혼 했다 하면은 설 새고 그 이듬해 시집을 가는거야. 시집을 갔는데 (청중: 옛날에는 그렇게 했거든.) 참. 시집을 갔는데 시집가는 시가댁에 그 마을에 아주 동네 앞에 큰 정자나무가 있어. 정자나무 밑에 인자 시집을 오게 되면은 집안 그 마을 사람 할 것 없이 마중을 나와. 옛날에는 가마를 타고 상투를 쪼고 갓을 쓰고 인자 뒤에 상견이라 데리고 가면은 처녀는 인자 앞세우고 그렇지 않으면 가마를 타고 앞에 가고 상배는 뒤에 따르고 했는데 그 정자나무 밑에 사람들이 그 많은 사람들이 마중나온 사람들이 하는 얘기가,

"아. 정말 참. 그 색시가 참 미인이다. 어째 그 사람은 저리 좋은 며느리를 볼 수 있느냐."

그런 말들이 막 웅성웅성 하는 차에다가 집에까지 시집을 간 거지. 그래서 그날 인자 시집을 가고 나서 다 인사하고 잔치하고 그날 저녁에 시가댁에서 자게 되는거지. 자게 되는데 옛날에는 시집가는 그날 또 신랑신부가 자지를 못하고 대반이라고 있어. 대반. 대반이라는거는 신부의 대변인. 대변을 할 수 있는 사람하고 신부하고 잤단 말이야. (조사자: 신랑하고요?) 아니, 신랑은 못 자는거지. 신랑은 그 이튿날 자게 되는거야. 그랬는데 하루아침에 딱 자고 일어나니까 신부가 죽어버린거야. 아, 신부가 죽잖애 (조사자: 신랑 아닌가요?) (당황하시며, 언성을 높이신다.) 이튿날 아침, 이튿날 밤인데 첫날밤에는 대변인하고 자고 무사했는데 이튿날 신랑하고 신부하고 자는 날, 자고나니까 신랑이 죽어버렸어. 그래서 이상하다 싶어서 이게 뭐 참 큰일이거든. 시집 와가지고 이튿날 저녁에 신랑이 죽고 났으니 그집에 시가댁에 어른들은 신부가 죽였다고 확인을 하는거야. (청중: 그렇지.) 그러니까 사돈댁하고 엄청난 투쟁 싸움도 하고 투쟁도 하고 그러싸다가 결국은 신부가 징역을 살게 되는거지. 요즘 말하자면 형무소지.

형무소 생활을 하는데 그 형무소 안에는 샘이 한 4-5m하는데 아주 샘 옆에 큰 배나무가 있는거야. 배나무가 있는데 인자 처음에는 징역을 살면서 자유롭게 몸을 못하잖아. 갇어놓고 지금처럼 지금이사 화장실이 따로 있고. 그지? 때문에 뭐 화장실에 갔다가 구치소에 갔다가 마음대로 하는데 옛날에는 그러지도 못했

단 말이야. 이런데 보면 나무 같은데 이래 매어가지고 그 안에 집어 넣어놓고 그런 시절인데 그래서 한 이십 일 구치소에서 살다가 보니까 인자 서로 안면도 알고 구치소 관리하는 사람도 잘 알고 하니까 이 신부가 하는 말이,

"여보, 여보소. 내가 청상 오늘은 세수를 좀 해야되겠는데 우물가에 가서 세수를 할 수 없느냐?"

그런 얘기를 하니까 그 지도하는 사람들이,

"아유. 그러세요. 그러나 담장 밖에는 나가서는 절대 안됩니다."

그래서 보니까 담장이, 아 높은 담장을 다 쌓아놨는데 갈 때도 없고 그래서 샘이 있는 거기서 얼굴을 씻고 있으니까 뭐시 배나무 잎이 떨어져가지고 신부 세수대야에 딱 떨어지는거야. 이래 쳐다보았단 말이야. 보니까 큰 굴이. 구렁이라 그러지. 이런게 나무에다가 딱 걸어가지고 내려다보고 있는거야. 보니까 그놈이 배 잎파리를 따서 미루기는 미루는데 그 배 잎파리가 보니께 가운데 공이 딱 고마 있는거야. 다른 배나무 잎은 가운데 딱 고마 공이 없는데, (조사자: 구멍이요?) 아 구멍이지 공이 아니고. 근데 딱 떨어진건 구멍이 딱 고마 떨버져 있는거야. 그래서 이 이 색시가 하도 이상해서 (청중: 이상하지.) 생각지도 못한 일이거든. 그래서 배나무 잎파리를 가지고 인자 구치소에 들어간거지. (청중: 구렁이는 거 그 있고.) 한 이삼 일 있다가 재판날이야. 그래서 재판을 받는데 이사람은 그 아가씨.색시는 사연을 모르니까 하도 이상해서 재판관 앞에 가서,

"이거 판사님 이걸 좀 보고 재판을 해주이소."

한다고. 그래 재판관이 뭐 배나무 잎파리 가운데 고마 구멍 떨펀 거 가지고 어떻게 재판을 걸겠어. 그래 재판관이 하는 말이,

"이 배나무 잎을 왜 당신이 가져와서 내한테 재판을 걸라카는냐. 배나무 잎하고는 무슨 상관이 있느냐?"

그건 재판 못한다 하는거야. 그 순간에 그 구치소 안에 심부름 하는 사람이 있어. 뭐 요즘 말하면 전달부라고 해도 무방하지. 이 사람이 싹 지나가다가 그 소리를 딱 들었어. 그러니까 판사얘기도 들어고 하니까,

"판사님 그 저가 재판을 한 번 해볼까요?" (청중: 어, 그 사람도 머리 좋다.)

"내 이놈아. 니가 뭘 알아서 재판을 해."

"저는 생각대로 재판을 하겠습니다."

　　그기 아마 여러분들 뭐이라고 생각이 되겠어요. 고기 재판이라고. 고 배나무 잎에서 죄인을 찾아내는거야. 그래서 그 전달부 애가 재판을 하는거야. 범인을 지금 찍어내는거야. (청중: 아, 머리 좋다.) 그래서 뭐이라고 그랬냐 하면은,
　　"성은 배씨입니다."
　　맞지? (청중: 아….) 그렇지? 틀림없지? (청중: 배씨가 죽였단 말이네.) 그런께네 이름은 공. 또 그 다음에 잎.
　　"배공잎입니다."
　　"그러면 배공잎이라는 사람이 이 고을 안에 있느냐. 이놈 찾아봐라."
　　찾아나가보니까 배공잎이라는 사람이 있었다. 그사람을 잡아가지고, 그 사람을 잡아가지고 추달을 하니까 하도,
　　"그 정자나무 밑에서 마중나갔을 때 하도 그 색시가 예쁘고 미인이라서 저 남자를 죽이고 내가 그 여자하고 살겠다는 그런 생각으로 남자를 밤에 가서 죽였습니다." (청중: 세상에.)
　　그래가지고 과연 그것이 참 판사보다 (청중: 더 머리가 좋네.) 아무리 등신 같은 사람이라도 그렇지, 머리를 개발하고 활용만 잘 하면은 할 수 있다. 그러니까 인자 그 구렁이는 그 아가씨가 하도 이 세상에 살았을 때 어릴 때부터 좋은 일 많이 하고 그래서 돌봐줬다고 이래 전설로 내려와. (청중 웃음)

〔 율곡면 설화 27 〕 T. 4 앞

문림리, 1998. 4. 2., 1조 조사.
김정순, 여 · 71.

도깨비가 된 빗자루

　　* 정말 도깨비 이야기라 하시며 자신의 사촌 이야기라고 연이어 해 주셨다. *

　　토깨비 얘기는 우리 사촌이, 사촌이 어디 갔다오니께네 그래 밤인데예. 그래

자꾸 뭐시 자꾸 쫓아온다케예. 쫓아와서 뛰가도 뛰가도 그 자리고 그 자리고 막 토깨비가, 우리 사촌이 몸이 크고 담이 세서 몰래 싸우고 이래도 밤새도록 싸우고 이래도 가지도 못하고 맨 그 자리야. 아침에 자고 이러나니께네 아무 것도 없고 빗자루만 있다케네. (조사자: 빗자루요?) 예. 빗자리, 빗자루. 그게 토깨비래예. 그것만 이래 밤새도록 싸우고 싸우고 이란께네. 있긴 있어예. 토깨비들이. 죽었을 긴데.

[율곡면 설화 28] T. 4 앞

문림리, 1998. 4. 2., 1조 조사.
주재식, 남 · 64.

형 살린 아우

> * 도깨비 이야기에 이어 학생들이니까 교훈적인 이야기를 해 주신다며 구연하셨다. 옆에 서 김순애 할머님이 이야기를 앞서나감에도 불구하고 전혀 상관치 않으시고 계속 이야기 해 주셨다. *

　　옛날에 한 가정을 꾸미고 사는데 형제, 아들 형제만 딱 뒀는데 에. 이 아들이 한 애는 큰아들은 여덟 살 먹고 작은아들은 여섯 살 먹고 그래 한 가정에서 키웠는데 이 두 애가 아주 잘 지내는지 자기 아버지가 볼 때에는 참 그렇게 좋을 수가 없어. 잘 지내니까.

　　그랬는데 이 애가 항상 좋아하는기 연 때우는거 알지. 연 때우는거. 연을 때우는데 이 작은 애가 특히나 더 그 놀이를 좋아하는 거야. 그래도 자기 혼자만 할려고 생각을 안 해. 항상 하나 하면은 만들어 가지고 하게 되면은 또 형은 하나 해달라고 자기 아버지한테 그런께 그 얼마나 좋은 일이야. 그렇게 해가면서 하는데 하루는 형이 연을 때우다가, 형제간에 연을 때웠지. 연을 때우다가 이제 수년 간 흘른 모양이지. 연을 때우다 연줄이 딱 떨어졌어. 연줄이 떨어졌는데 이 애가 그 연을 얼마나 사랑을 하는지 그 연을 따기 위해서 한늘만 쳐다보고 바람따라

연은 가는 기거든. 바람 따라서 주체 없이 떠나는 거야. 그래서 해가 어지간히 지니께 바람이 자면 연은 아래로 가라앉이거든. 그래가지고 어느 지역인지도 모르고 하늘만 보고 자꾸 연을 따라가다 보니까 해가 져서 어떤 큰 정자나무에 착 걸린단 말이야. 걸렸는데. 어두워서 밤에 연을 딸 수가 없어. 그랬는데 그 당시에 자기 형이 결혼 때문에 얘기가 오고가고 했던 그 시절이었어. 그랬는데 어짜피 연은 못 따는거고 집에 돌아 갈라카니 밤길이라서 자리를 몰라서 거기서 자야하는 형편인데 그 연, 연이 걸린 나무 옆에 쪼끄만한 집이, 초가집이 있었어. 있었는데. 거기 보니까 요즘이야 뭐 전부 이래그뭐 쓰레바치고 있었지만 옛날에는 청이 따로 있었고 마루가 따로 있잖아. 마루 밑에 가만히 보니까 상당히 널비가 커서 그 집주인도 아무도 몰래 마루 밑에 가서 인자 하룻밤 자기로 그 애가 결정을 한거지. 그래서 밤에 거기서 자는 도중에 가만히 얘기들어 보니까 그 집에서 아가씨가 하나 들락날락 들락날락 뭐 시집갈 정도로 되었는데 아가씨가 밤에 왔다갔다 왔다갔다. 이상한 소리가 아주 진지하게 들리는 거야. 그러니까 이 애도 별다르게 생각 안 하고 거기에만 집중해서 소, 소식을 듣는 거지. 얘기를 듣는 거지. 하는데 가만히 보니까 며칠날쯤 결혼을 하게 되는데 아마 결혼을 하게 되면 현재 얘기하고 있는 그 총각하고는 맘이 안 맞다. 그러니까 당신하고 살고 싶다. 그런 얘기가 주고받는다 말이야. 그래서 보다 귀를 기울려 들어보니까 만약에 그날 딱 되면은 옛날에 농은 이중으로 조그만하게 이런기거든. 옷 넣는 농이 두 개 아닙니까. 내 저기 들어가 있을기니까 잠이 들 사이에 첫날밤에 칼로 죽이라는 거지. (청중: 아이고, 아고.) 그런께 처녀총각이 약속을 하는거지. 그때 그 참 뭐, 조그만 애가 들었을 때 이상한거지. 그러니까 귀담아 딱 듣고 있다가 상황만 좀 보는거야. 그러고로 날이 새가지고 뭐 저녁 굶고 아침 굶고 인자 집으로 찾아가는 거야. 집으로 찾아갔는데 집에 가서 보니까 자기 아버지가,

　"야 이놈아 아무리 니가 이놈아 연을 좋아해도 밤도 모르고 어디가서 이자 오느냐?"

　막 꾸지람을 치는 거지. 그러니까

　"아버지, 아버지 나는 연을 말이지. 따가지고 돌아왔는데 연 이건 인자 그만 할렵니다. 아버지도 뭐라카고 하니까 이거는 그만하고 다른 놀이를 하렵니다."

　"그럼 야 이놈아 니가 그거 안 하고 뭐할래."

하도 긴 세월 동안 연을 좋아하니까 인자 자기 아버지가 이상하거든. 그래,
  "뭘 할라나?"
하니께네. 엽전을 좀 달라 이거야. 엽전 참, 열닷 냥만 달라 이거야. 그러면,
  "임마, 엽전 열닷 냥이 어딨어?"
하니까 안그렇다 이거야. 아니 이놈이 자기 아버지한테 죽기 아니면 살기로 달려
드는거여. 하도 자식한테 못 이겨가지고 열닷 냥을 줬다 이거야. 열닷 냥을 주니
까 아버지가 나는 못 들고 가니까 요즘 말하면 뭐라그러냐 옛날 경상도 말로는
승냥간이라고 그랬는데 요새는 대장간이라고 하지. 우리 경상도는 승냥간이라고
하고. 대장간까지만 좀 갖다달라는 거지. 이놈이 하도 자기 아버지한테 붙들고
하니까 어찌 할 수도 없고 귀엽기는 귀엽고 해서 이놈이 뭘 할란가 싶어서 그
갖다 줬단 말이야. 그러니까 그 대장간 주인한테 칼을 하나 만들란다. 그래가지고
그걸 녹여가지고 칼을 이만하게 만들어주니까 쓱쓱 갈아가지고 시퍼렇게 갈아가
지고 나무만 있으면 탁탁 치는거야. 이게 워낙 쳤사니카 잘 안들거든.
  "아유 아버지 내가 칼 연습을 해가 작문하고 싶은데 칼이 이래가지고 안 되겠다."
  돈 그만큼 더 달라는거야. 그러니까 그 아버지가 어처구니가 없거든.
  "아 이놈이 그 좋은 것도 뭣한데 칼이 안 든다카면은 또 문제가 다른데 나는
요것만 하는데 내가 가지고 있으면 형님도 가지고 있어야 안 되나."
  그러는거다.
  "형제간에 똑같이 가지고 있어야 됩니다."
  형에 마, 돈 그만큼 달라 해겠지. 그러니께 참, 가만히 생각해 보니까 자기
아버지로서는 참 기특하고 고맙고 이 애가 보통애가 아니다. 그때 느낀거지.
  "그러면 좋다. 니 마음껏 해봐라. 그러나 이 칼보다 니 형칼이 더 좋아야 된다."
  "네, 그럼요."
  또 갖다 줬단 말이지. 또 대장간에 가가지고 칼이 그 길이 보다 약간 더 길게
비가지고 얇게 해가지고 이놈이 칼질을 배운 거지. 그리고 참, 배우는데 하루는
저녁을 먹고 나니까 이 아버지하고 엄마하고 혼사 이야기가 나왔어. (목소리가
작아지며) 아들이 몇일날 결혼을 하면 우리는 거기에 관한 준비라든지 날을 몇일
날 받았다. (청중: 큰아들이?) 그렇지. 이런 식으로 얘기를 하는 거야. 가만히 생
각해 보니까 (청중: 아까 들은.) 이게 아닌가 싶은 감각이 드는 거지.

"아버지 형님 장가가면 나 따라 갈라요."

"옛! 이놈의 자슥. 형 장가 가는데 동생이 따라가면?"

요즘이야 뭐 신혼여행 가는데 형, 동생 가고. 옛날에는 그런 게 없었거든. 그러고로 있었는데 결혼 날짜가 되었단 말이야. 되었는데. 자기 아버지는 갓을 쓰고 도복을 입고 인제 아들은 가마를 타고 장가를 가는 거지. 가는데 요놈 칼로 딱 품안에 품었는지 그건 안보이고 볼볼볼 따라와요.

"형 장가가는데 나 가요."

"땍. 이놈의 자슥. 어딜. 형 장가가는데 동생이 어디가."

그러면 멈추고 섰다가 자기 아버지가 몇 발자국가면 보르륵 따라, 또 가는거야.

"야. 너 집에가. 형 장가가는데 동생이 따라가는게 어딨어!"

멈춰서가지고. 그러고로 자꾸 간 것이. 인자 결혼하는 처녀집까지 가는거야. 보니까 그 마을 입구에 딱 들어서니까 그 애가 연 딴 바로 그 집이라. (청중: 아.) 그래서 그때는 가만 있다가 결혼식 옛날엔 예식을 혼례를 두르고 이럴 때는 가만 있는 거지. 그것만 마치고 나면은 상병은 상병대로 사랑방에 들어가고 신랑은 신랑대로 방에 안 들어갑니까. 들어갔는데 사랑방에는 안 들어가고 큰방으로 쫓아가가지고,

"형, 내 왔어."

"이놈의 자슥이 여기 뭐하러 왔노. 집에 가거라."

안 가는거야 이게. 하도 안 가니까 자기 아버지한테 애길하는 거지. 자기 아버지가,

"이리 오니라."

내려가니께네,

"아, 이놈이 집에 안 가고, 왜 여기 왔노?"

하니까,

"아유, 나 형수도 보고 형님 장가왔는데 얼마나 좋으냐고 말이지. 근데 내 여기 저녁먹고 갈긴데 걱정하지 마이소."

보르륵 올라와삔다. 자기 아버지가 생각하기에는 어처구니가 없거든. 그래 저녁 식사를 하고 인제 옛날에는 참, 그 동네 집안 사람 모이가지고 신랑을 놀리고 다루고 뭐 노래도 부르고 이래쌌는데 옆에서 있는겨. 이 애가. 딱 앉아가지고.

신랑 노래 부르라카면,
　"아, 우리 형님보다 내가 더 잘 불러요."
　"참. 못 됐다."
　"왜 못 돼요? 못 대면 칼갖다 되소. (청중 웃음) 아 형님요. 얼른 까먹겠다."
　"참. 별소리 다 듣네. 아니 이놈 자슥요. 봉알 까버린다." (청중 웃음)
그러칸단 말이야. 옛날 어른들은.
　"깔라면 까소."
이러는거야. 얼척이 없어서.
　"당신들이 내 봉알까면 나는 저 위에 있는 상자 저거. 딱 손으로 짜르요."
　신랑에 놀려온 사람은 모르는거지. 사실 애 봉알을 깔 수 있어요? 못 까지.
　"야 이놈아 우린 니 봉알 못 깐다."
이거야.
　"그러니까 니 이 상자 손으로 짤라봐라."
　그래가지고 방 가운데 상자를 딱 내려놓은께 가슴에서 칼을 꺼내 딱 자르는
데 안에 사람이 있다 이거야. 안에서 비명을 지르는거야. (청중: 그 안에 남자가
들었단 말이제.) 그래가지고 완전히 그 사람하고는 못 살게 되고 자기 형하고
살게 되었는데 그 동생 때문에 자기 형이 살았어.

〔 율곡면 설화 29 〕 T. 4 뒤

문림리, 1998. 4. 2., 1조 조사.
조갑두, 여 · 87.

빈소를 지키는 효자

　* 조사자들이 이야기를 청하자 한 마디 한다고 하시며 이야기 해 주셨다. 이가 안 좋으신
　지 소리가 작았다. *

옛날에는 참, 부모가 죽으면 산에서 이래 막을 쳐놓고 그때 옛날에는 삼년상을 했거든. 빈소를 모셔놓고 때때로 참, 상도 올리고 그래 했는데 이곳 며느리인데, 며느리는 빈소를 모시고 그래 삼 년을 해오고 아들은 상주라고 산에다 산막을 쳐놓고 사는기라. 집에도 안 가고 그래서, 하필이면 산에 집을 지으고 있으니께 자기 남편이 상주라 상복을 입고 그런 법이 있을 수 없다고 내가 못 꺼내주겠다고 하니께 남자가 문구녁을 이래 칼로 도려내더라. 그래 참, 여자가 부모도 부모지만은 이렇게 하다가 참, 남편을 죽일랑가 싶어서 할 수 없어 문을 끌러 줬는데 상복을 벗어서 쫙 저리놓고 그래 하룻밤 자고 갔는기라. 그래 집은 안 돌보고 삼 년을 그리 빈소에서 사는기라. 지금은 빈소라 안 할기다. (청중: 빈사야. 혼을 모셔놓은 집.) 혼백을 모셔놓고 제사 지내고 그랬지. (청중: 옛날에는 그걸 삼 년까지 했거든.)

〔 율곡면 설화 30 〕 T. 4 뒤

문림리, 1998. 4. 2., 1조 조사.
주재식, 남 · 64.

뱀의 예언

* 앞의 이야기가 끝나자 또 한 도막 하신다며 웃으시며 "오늘 애기 값 해야해" 하시며 또 이야기를 해주셨다. *

열녀가 있었어, 열녀. 자기 딸이 아버지한테 잘 하는데, 아들도 없이 부녀지. 아버지하고 딸하고 살았으니까. 참, 심청이처럼 얼마나 못 살았는지 그 딸이 인제 잠만 자고 나면 밥을 얻으러 다니는거야. 자기 아버지를 공양하기 위해서 다니는데 그렇게 다니면서도 자기 아버지를 공양하는데 어느 날 이만한 뱀이라. 뱀이 자기 담장을 쑥 넘어오는거야 집으로. 그런데 그 뱀이 나타난 이후부터는 20-30m 거리로 왔다갔다 하지 다른 데로는 안 가는거야. 그래서 그 인자 아가씨가 하도 뱀이 하는 행동이 수상해서 과연 저 뱀이 나하고 어떤 인연이 있을는지

해서 항상 거기다가 먹을 걸 갖다놨단 말이지. 요놈이 수시로 그걸 주니까 (청중: 거기서 맴돌다 그지?) 맴돌지. 멀리 안 가고. 배고프면 또 나타나지. 또 주고 나면 또 스르륵 없어졌다가 또 나타나고 그러고로 몇 년이 지났는데 이 애도 크고 뱀도 상당히 컸단 말이지. 그러니까 이 뱀은 보통 뱀이 아니고 참, 요즘 말하면 구렁이라고 하지. 특수한 뱀이었어. 그랬는데 이 애도 수년간 그 뱀하고 같이 살다보니까 한 가족처럼 뱀도 마 아가씨만 나타나면 꼬리를 살살살 (청중 웃음) 흔들면서 좋아하고 또 아가씨는 저 뱀이 내 눈에 나타났을 때는 또 배가 고픈가보다 하고 얻어 가지고온 밥도 주고 고기도 주고 그러고로 한 십 년 동안 같이 살았어. 살았는데 그 뱀은 엄청나게 큰 거야. 근데 이 아가씨는 시집을 갈 나이가 되었는데 자기 아버지가 우연히 하루는 그 친구하고 놀다가 결혼을 약속을 한 거지. 그래서,

"야야. 너는 아무거시 아는 친구하고 혼사말이 오고 갔는데 참, 어느 마을에 어른의 손자가 참 좋다카더라. 그래서 가문 봐도 다 할 만하다. 그러니까 너 글로 시집을 보내고 싶은데 너 어떠노. 생각이?"

그래 이 애가 효녀라 보니께네,

"뭐 아버지 말씀이라면은 굳이 내가 반대할 필요도 없고 아버지 좋다카면은 시집을 가겠습니다."

설명을 하고. 어느 날 시집가는 날이 가까워져가지고 내일 마침 시집을 가는데 그 마을에는 참, 마을에서 내려오면은 백사장이라. 백사장 주변에는 수향버드나무 같은 것이 주로 많이 있고 나무가 이래 많이 있는데 참, 시집을 갈라고 출발을 하는데 뱀이 안 보이는거야. (일동: 아.) 그래 이 아가씨가,

'뱀을 한 번 보고 갔으면은 참, 시집도 잘 갈건데 왜 그 뱀이 안 나타나노?' 싶어서 마음 속으로 굉장히 서운하게 생각하면서도 인자 시집 걸음을 갔는데 마을 밑에 쓱 내려오니까 백사장 있는데서 그 뱀이 나타나더라. (청중: 아이고 무시라.) (청중: 그래도 그 아가씨는 안 무섭지.)

"아버지 저 뱀이 나타났습니다."

"그래."

하는데 뱀이 글을 쓰는거야. 그래서 이상하다 싶어서 자기 아버지가 유심히 보니께네, '선사'라고 쓰는 거야. 배 선(船)자 죽을 사(死)자. (일동: 아.) 그래서 그 뱀을 글자만 딱 머리 속에 넣어놨다가 시집을 가는데 그 뱀은 간 곳이 없어요.

글만 딱 써불고 가버린거여. 그래서 길을, 옛날에는 하인이 짐을 짊어지고, 옷 같은거 해가지고 가면은 따라가고 그랬는데 이 집에는 하도 가난해서 가마도 못 타고 걸어갔는데 가는 도중에 딱 강이 있는거여. 강이 있는데 나룻배지. 자기 아 버지가 옷을 벗는거여. 옛날이야 양반 상놈간에 엄청난 차이가 있었고 하물며 그래도 상변(?)을 하러 가는데 상변이 어떻게 옷을 벗고 강을 건널 수 있느냐. 그러니까 딸이 있다가,

"아버지 저 건너 배가 지금 있는데 손님을 싣고 오는데 우리가 이쪽으로 도착 하면은 그 배를 타고 가십시다."

그러니까 아버지가 딱 하는 말이,

"야야. 그 뱀이 선사라고 썼다. 저 배를 타면 위험 하니 우리는 걸어가자."

그래가지고 참, 그런 얘기를 하니까 시집가는 아가씨야 말할 것도 없지. 같이 옷을 벗고 뱃길은 물이 깊으고 건너가는 데는 얕고 그렇거던. 알로는 깊은데 자기 아버지 울고 가. 울로 걸어가는데 그 저, 무릎팍 정도, 걸어갔는데 한 강을 한 가운데 가니까 저쪽에서 배가 오더래. 사람을 두 사람을 싣고, 사공이 딱 뭐라그 러느냐.

"저 손님. 건너가시지 말고 이 배가 곧 도착 할꺼니까 이 배를 타고 가쇼."

그래도 자기 아버지는 들은 척 만 척 하는기여. 그러자 이쪽에 사람은 덜 건너 갔는데 배는 건너 와가지고 사람을 또 싣고 있는거여. 옛날에는 강이 있으면 다리 가 있나. 계속 왔다갔다 계속 있거든. 배를 타고 출발한 지점에서 얼마 안 되서 배가 뒤집어 진거야. 그래 이 사람들이 저 건너 다 건너 가가지고 인제 단장을 하는 거지. 양말 신고, 버선 신고, 옷을 다 갈아입고 그래가지고 시집을 가가지고 잘 살았 다. 그러니까 짐승이라도 도와줘야 되는거지. (청중: 은혜를 갚는다 그거지.)

〔 율곡면 설화 31 〕 T. 4 뒤

문림리, 1998. 4. 2., 1조 조사.
주재식, 남 · 64.

곶감을 얻은 효자

아들만 하나 두고 한 가정이 살았어. 그런데 이 애가 얼마나 부모한테 효도하는지 말도 못해. 말도 못했는데 참, 부자간이거든. 부자간에 살다가 우연히 자기 아버지가 어느 해 세상을 떠난거야. 그러니까 이 아들은 거 참, 하나밖에 없는 부모가 세상을 떠났으니 그 뭐, 슬픈 마음은 말할 것도 없겠지요. 그러자, 이 아버지가 언제 죽었냐 하면은 오 월달에 세상을 떠난거야. 오 월달에 세상을 떠났으니 제사를 모실라카니께네 한 가지 없는게 있는거야. 내가 몸을 팔아서라도 재물 알지? 명태, 은어, 합자 옛날에 말하자면 그지? 사과, 배, 대추 기타 이런게 재물인데 한 가지 없는 게 있는거야. (조사자: 뭔데요?) 뭐냐 하면은 곶감이 없다 이거야. 곶감이 없는데 제사를 모실려고 하는데 곶감이 없다 이거야. 그러면 불효자식이잖어, 그렇지? (조사자: 예.) 세상 사람들이 다 제사를 모시면 한 가지, 한 가지 빠지지 않고 뭐, 적더래도 다 하나씩 갖추고서 제사를 모시는데 곶감이 없는거여. 제사를 채려놓고 이 애가 제사를 못 지내는거여. 얼척이 없는거여. 그래서 그 정성을 자기 아버지 제사상 앞에서 엄청나게 정성을 들어넣는거야.

"아버지 곶감이 없습니다. 불효막심한 이 자식 용서해 주십시오."

그러나 뭐, 세상을 떠난 사람이 말이 있어? 없지. 우연히 이 아들이 소변이 보고 싶은 거야. 소변이 보고 싶어서 바깥에 나가니까 큰 호랑이가 불을 확 떠가지고 제사 모시는데 앞으로 딱 비추는거야. 그래 애 소변보러 나가다가 그래 되는데 보통 놀래는거 아니지. 큰 호랑이가 불을 쓰고 앞에, 마당 가운데 있는데 깜짝 놀라니까 호랑이가 꼼짝도 안하고 눈에 불만 싹 끄는거야. 그래서 이 애가 참, 하도 이에 신기해서 소변하러 호랑이 옆에 가. 호랑이 옆에 가서, 호랑이는 그대로 쪼고시 앉아가 앞다리만 딱 세우서. 소변을 하고 옆으로 돌아나오니까 호랑이가 딱 업는거여. (청중: 아를 업는다. 업어.) 업고는 막 뛰는거여. 그 호랑이라는게 옛날에 보면 엄청나게 날래고 엄청나게 이놈이 달아나는데, (할머니들이 옆에서 계속 호랑이에 대한 이야기를 하신다.) 그런게 맹수란 말이여. 그래가지고 어느 집에 한참 뛰는데 애는 어디가 어딘지 모르는 것이지. 떡 내리니께네 과연 그 집에도 제사를 지내더라. 호랑이는 떡 엎드려있다가 마, 몸을 자꾸 움직이는 거야. 내리라고. 거 내렸다. 그러니께네 그집에도 과연 제사를 지내는거라. 그 주인이 재물을 채려놓고 있는데 애가 쑥 들어오거든.

    "야야. 너는 여기 뭐 하러 왔노? 난 모르는 앤데."
하니까 이 애가 하는 말이,

    "오늘 우리 아버지 제산데 내가 불효 막심한 놈이 되어서 곶감을 준빌 못했습니다. 살라케도 살 데도 없고. 때도 오 월달이고 해서 내가 제사를 못 모시고 있었더니 호랑이가 나를 업고 여기까지 왔습니다."
그러니까,

    "하하하, 이놈이 참!"
    머리를 쓰다듬으면서,

    "이놈이 참 부모한테 효도하는 놈이구나. 내가 이 제사를, 우리 아버지 제산데 우리 갈라서자."
게 곶감이 있었던 모양이지. (청중: 고맙다.) 그래가 곶감을 줬더래요. 곶감을 두 개 얻어가지고 호랑이가 역시 그 자리에 그대로 있는거야. (청중: 너무나 효도하니께네 호랑이도 도와준다.) 그래서 보니까 호랑이가 낼름 엎는거야. 그래갔고 자기 집까지 또 가는거야. 그 곶감을 가지고 자기 아버지 제사를 지내고 그러니까 효도를 하면은 짐승도 도와주는거야.

〔 율곡면 설화 32 〕 T. 4 뒤

문림리, 1998. 4. 2., 1조 조사.
이학수, 여 · 73.

은혜를 갚은 새

    * 위 이야기가 끝나고 더 해달라고 하자, 청중들이 웃는 가운데 할머니가 이야기 한 번 해 보까 하시며 시작하셨다. *

옛날에 포수가 총질을 참 잘 하는기라. 들어가니께 집이 한 채, 여자 한 사람이 있어. 내 총 있고, 총질 잘 하는데 큰 골짜기 들어가도 꿩도 한 마리 못 잡고 돌아오는기라. 그래고로 해가 서산에 떡 걸려가지고 있는데, 막 새가 내 죽으라고 짹짹짹, 막 지어싸. 보니까 이만한게 구렁이가 새알을 먹을라고, 내 먹을라고 있는거야. 총으로 구렁이를 쐈어. 그러고 한참 내려오는데 오두막집에 불이 딱 써있는데, 그래,

"이집에 자고 갑시다."

하니께,

"네. 자고 가이소. 오늘 저녁에 우리 남자는 출장갔는데 한쪽 구석에 자면 된다."

딱 이래 자는데 총을 딱 재야가지고 품속에 딱 재워놓고, 참, 각시가 명을 잘 하는데. (청중: 명이라면 목화.) 물레라고 하지. 명줄이 딱 떨어지니께네. 씨가 떨어지는거여. 뱀씨가. 씨를 내는데 뱀씨라. 그때 정신차리고 안 자고 가만히 있으니께 각시가, 구렁이가 나가는기라. (청중: 각시지?) 구렁이가 쥑일라고 나왔는데 막 새가 내죽는다고 짹짹 지저쌌는데 고마 새가 지저싸거든. 새소리 듣고 구렁이가 사람한테 못 달려드는기라. 그래 사람 이래 나오는데 (청중: 구렁이가.) 쥑였다했던가 어쨌다 했던가 그러는데,

"아. 내가 먹으려 했는데 할 수 없겠네. 시간이 늦어서."

그러고 보니께네 옛날 집도 아니고 듬바꾸 밑이라. 큰 가시 밑에 듬바꾸 밑에. (청중: 자기 눈에는 집으로 보이고 나중에 보니께 집이 아니라.) 구렁이가 나와 없어진거래.

"우리 남편의 원수를 갚으려 했는데 할 수 없다. 시간이 늦어서 할 수 없다"

카더라. 그래 이 사람 살아나왔어. (청중: 새가 도와줘서. 안그랬으면 그 죽었다.) 죽었지.

〔 율곡면 설화 33 〕 T. 4 뒤

문림리, 1998. 4. 2., 1조 조사.

김순애, 여 · 71.

제사상의 주인

* 조사자들이 다과를 꺼내 놓고 이야기를 청하자 위의 이야기에 이어 곧바로 구연을 시작
하셨다. *

옛날에 어느 정승이 (조사자들이 다과를 내오자 할머니, 할아버지께서 고맙
다고 하셨다.) 살림은 부자였는데 자식이 없는기라. 아들이 없어. 일단 자기 옷을
벗어가지고 자기 마누라 방에 들어 보내는기라 종을. 그래 종이 영감 옷을 입고
들어가가지고 종하고 잤는데 아들을 낳은기다. 이 영감이 종을 들여보내가지고
아들을 얻었는데 종을 살려놓으마 인자 소문이 나면은 거참, 양반의 체면이 아니
거든. 그래서 종을 시켜가지고 일단,
    "내가 너를 한 살림을 줄꺼니께네 종을 없애도라."
이랬는기라. 그러니께네 재산 얻을려고 종을 죽일라고 마음을 먹었는데. 이 종을
못 죽이는기라. 사실이 이렇고 요런 일이 있으니께네 니가 이 바닥에 있지 말고
딴 데로 가라고. 못 죽이고 살려 보내버린기다. 보냈버렸는데 이놈이 부잣집에
살다가 나가보니 먹고 살 길이 없는기라. 깡패질도 하고, 뭐하고. 이래 살다가
어디 가갔고 맞아서 죽었비린기다. 자식은 종의 자식이고. 그러고 이 정승이 죽었
버린기다. 죽어버렸는데 정승의 친구가, 참 친한 친구가 있었던 모양이야. 삼년상
을 내고 첫 제사가 돌아오는데 그 친구가 제사를 보러 가는기라. 이 젊은 애가
제사를 어떻게 지내는가 싶어서. 사랑에 가서 딱 친구가 누워 잠들었는데, 인제
제사 지낼 시간이 딱 되었는기라. 이 선비 꿈에 자기 친구는 와가지고 처음에
제사상 앞에 앉았는데, 막 옷에 피가 묻고 얼굴도 마 피가 묻고 이런 게 하나
들어오더란다. 그러니까 정승이 제상 옆에 비껴서드란다. 친구가 꿈이 이상하다
아인가. 그래서 그 애를 불러다가 물어봐도 소용도 없는기고. 부인을 불러다가,
    "내가 친구 제사를 보러 왔는데 꿈이 이렇고 이랬는데 이 경위가 어떻게 되는
지 부인은 알 거 아니냐?"
    그런게 부인이 말을 안 할 수가 없는기라. 그 부인도 그때까지 자기 자식인

줄 알지 종놈의 자식인 줄 몰랐는데, 그런께 자기는 몰란다 카드랜다. 그래가지고
종놈들을 불러다가 이 영감이 종을 친기다. 그래,
"어떻게 되서 이러노? 너희는 알 거 아닌가?"
종이 참, 쥑였버렸으면 저기 할긴데 안 죽이고 살려보내논게 깡패질 하다가
맞아가지고 피투성이로 죽었비린 거지. 그 종이 사실대로 보낸 사람이 자기는
한 살림하고, 그리 이야기를 하는데 사실이 요상하고 이 정승이 참, 자식을 못
보니께네 이래이래 해가지고 자기 옷을 벗겨가지고 자기 마누라한테 들여보내가
지고 아들을 낳았는데, 그 사람을 쥑일불라 하고 나를 한 살림을 줄라케도 차마
내가 그 사람을 죽일 수가 없어서 사실 이래됐은께 넌 이 바닥에 있음 죽는다
어디가서 깡패질 하다 맞아 죽었다. 자기 자식이니께네 그 제상머리에 정승은
못 먹고 그 피투성이가 제상을 먹었다 한다. (청중: 정승은 자기 아들이 아니니까
못 먹지.) 처음엔 이래 떡 와서 앉더니 피투성이 된 사람이 오니까 정승이 쓱
물러나는거 보고 말이다.

〔 율곡면 설화 34 〕 T. 4 뒤

문림리, 1998. 4. 2., 1조 조사.
주재식, 남·64.

무식해서 살은 원님

* 앞의 이야기와 비슷한 이야기인데 그 전설은 분명치가 않다며 이야기를 해주셨다. 다른
분들이 한 마디씩 거들어도 이야기의 흐름을 잘 유지 하셨다. *

확실한건 모르지만 전설인데, 옛날이면 고을인데 지금 말하면 군 단위로, 옛
날에는 고을 원장이라 그랬거든. 요즘은 군수지요. 이 고을 원장이라 하는 사람이
아주 나쁜 짓만 하는거여. 순전 백성들한테,
'나락 몇 섬 가지고 오니라. 뭐 좀 가지고 오니라.'

　　이래가지고 참 나쁜 짓만 하다가 결국은 원장이 죽었단 말이야. 나쁜 짓 하니까 좋을 리가 없지. 죄를 받아도 받지. (청중: 그렇지.) 죽었는데, 그 임금이 그 고을 원장 자리만 앉아놓으면 후임이 요즘 말하면, 앉아놓으면 그 이튿날 또 죽고, 그래 거기 귀신이 붙었단 말이야. (청중: 하하하. 귀신이 있나?) 그래가주고 또 죽고 나면 장사를 하고 또 발령을 내려가지고 고을 원장자리에 앉혀놓고 또 죽는거야. 그래서,

　　‘이 세상이 떠들썩하게 이래선 안 되겠다. 어떤 사람이라도 무식하던지 유식하던지 담이 아주 강한 사람, 이 사람을 앉혀야겠다.’

　　이놈이 그 고을에서 간담이 커가지고 앉혀놓은 사람인데 고을 원장자리에 앉혀놓으면 또 죽고 없어. 그래서 아주 무식한 사람, 아무 것도 모르고 앞뒤도 모르는거여. 그 사람을 인자 그 고을에 앉혀놓으니 이튿날 보니까 눈이 까무작, 까무작. (청중: 하하하. 어떻게 살았지?) 그러니까 사람이 많이 알고 도둑질 해먹는 사람보다도 아무 것도 모르는 사람 앉아놓는게 낫다.

〔 율곡면 설화 35 〕 T. 5 앞

문림리, 1998. 4. 2., 1조 조사.
주재식, 남 · 64.

부모를 거역하지 못한 연인

*　앞의 이야기에 이어 계속 이야기하셨다. 중간에 다른 분이 회관에 들어오셨지만 상관없이 계속 이야기를 하시며 절정 부분에선 몸동작까지 하셨다. *

　　옛날에 처녀, 총각이 부모 말을 거역하고 결혼을 했어요. 그래가지고 자기 부모는 절대 그리 해서는 안 된다고 그러고 처녀 쪽에서도 절대 그래선 안 된다고 하는거야. 그래도 두 사람이 마음이 맞으니까 그거는 누구한테도 이길 수도 없는거고, 반대해봐야 소용도 없는거지. 아주 두 사람이 그 뭐, (이때 회관 문을 열고

한 할아버지께서 들어오시니까 주재식 할아버지의 언성이 높아지시면서) 꼭 결
혼을 할라 하니까 부모들은, 우연히 참, 처녀 총각 집에서,
　"사람을 다 나가라. 눈에 안 보이는게 낫다."
　뭐 부모한테 거역하는 자식은 필요가 없으니까 니 둘이 어디 가서 얻어 먹던
지, 거지 생활하던지 나가라고. 나갔단 말이야. 그 두 사람이 나가가지고 그저
사는 것이 아니고 정식적으로 밀밭 알지? 밀밭. 요즘 밀가루. 밀로부터 나오는
기거든. 밀밭에서 고무신 한 짝이 또 처녀 한 짝이 총각 한 짝이, 양쪽에 물을
떠놓고 두 사람이 밀밭에서 결혼을 하는거야. 그마만큼 자기 부모한테는 거역을
했지만 정신적으로는 그대로 정통을 살린거지. 그래가지고 두 사람이 결혼을 하
고 참, 거기서부터 이제 정처없이 떠나는 거지. 떠났는데 고개가 미아리 고개처럼
있는데, 그 밑에는 엄청난 절벽이 있어. 그 두 사람이 절벽 끝에 앉아서 서로
대화를 하는 거지. 주고받고 하는 거지. 자기네들 한평생, 요즘 말하면 설계라고
하는거지. 설계를 한다거나 그런 것을 하루종일 이야기 하다가 아무리 해도 막연
한 거야. 그러니까 첫째는 부모들한테 거역한게 큰 죄가 되고, 그래서 이 두 사람은,
　"아무리해도 이 사회에 헤쳐서 부모에 거역한 자식은 크게 될 수 없으니까
우리 둘이 여기서 (조사자: 아….) 몸을 던져서 죽자."
　그래서 높은 등 끝에서 빠졌어. 빠져서 두 사람다 목숨을 잃은거여. 잃었는데
거 어떻게 봤는지 길가는 행인이 시체가 물 위에 떠가있다 말이지. 떠가 있으니까
이상하다 싶어서 내려가서 보니까 과연 두 사람이 다 죽어있었어. 그래가지고
두 사람을 건져서 그 고개 도로 위에 비탈긴 산이 있었어. 비탈긴 산에 다가 두
사람을 매장한거지. 매장을 했는데 그게 점차 소문이 자꾸 퍼져가지고 자기 부모
들한테까지 알게 된 거지. 참, 부모가 애통하지요. 물론 반대를 하기는 해도 자식
이 일단 죽었다 하니까 그보다 애통한 일은 없거든. 그래서 묘가에서 자기 어머
니, 아버지가 와가지고 애통한 마음으로 울고 불고 하니까 갑작스럽게 날씨가
안개가 싹, 구름은 아닌데 안개처럼 흐리한 게 묘 근방에 싹 덮더래. 딱 덮는데
묘가 갑작스럽게 딱 갈라지는거야. (청중: 아, 살아나는거 아인가?) 그래가지고
처녀 총각이, 두 사람이 하늘로 올라가는거야. 내가 고런 얘기를 아주 젊을 때
듣고 삼십년 전에 노래가 있었는데 '미아리 눈물 고개 이별 없는 눈물 고개'인가?
있지? 노래가. 그거 하고 비슷한거 같애. 노래 가사가.

〔 율곡면 설화 36 〕 T. 5 앞

문림리, 1998. 4. 2., 1조 조사.
김순애, 여 · 71.

도둑과 맺은 의형제

* 할아버지께 이야기를 부탁하자 그 사이에 자신이 이야기 하나 한다며 시작하셨다. *

옛날에 어떻게 몬 살던지 며느리가 아는 떡 나아는데 젖곡밥 해줄게 없는기라. 내일 아침에, 아침에 밤을 새야 시어머니가 어디로 밥을 얻어가지고 와야 며느리 젖곡밥을 해주는기라.

"아이고. 이 머슴아는 나나꼬마는 뭘 믹여서 살리꼬?"

시어머니가 이래 궁담을 하는기라. 도둑놈이 기래 그집에 도둑질하러 왔는기라. 도둑질하러 왔는데. 방에 앉아서 손자를 보며 뭘 믹이나 하는데. 도둑놈이 인자 얼척이 없거든. 아침에 자고 일어나니께네 시어머니가 나오니께네 주방에다가 가마니가 하나 떡 져났거든. (청중: 도둑놈이 져났다.) 도둑놈이 그걸 들고 가갔고 떡 져다 났는기라. 이래 할마시가 풀어보니께 쌀이 한 가마 있는기라. 그래 아들한테 가갔고,

"아이고, 야야, 우리 주방에다가 쌀을 한 가마 갔다났다. 이거 니가 가져왔나."

"어머니 나는 모릅니다. 어찌 되든 간에 해먹읍시다."

그걸로 며느리 밥을 해다 주고 그거 애기 준다고 한주먹 끓여서 먹고 이래 다 먹었어. 그 애를 낳아노니께 아가 받을 복이 있던가 집이 좀 풀리던 모양이지. 영감이 장에를 갔는기라. 포장마차에 앉아서 술을 이래 먹는데 또 옆에 두 사람이 앉아 술을 먹는기라. 술을 먹으며 이야기를 하는데,

"언제녁에 내가 늦게 아들을 나놓고 젖곡밥을 해줄 수 없었는데 아침에 자고 일어나보니께 쌀가마니가 있어 해먹고 이래 살았니라."

한께네 맞은 앉은께 도둑님이 술을 먹는기라.

    "그 쌀가마니 내가 져다 놨다"
하는기라. 서로 만나갔고 의형제를 맺어갔고 참 평생 살았다.

〔 율곡면 설화 37 〕 T. 5 뒤

문림리, 1998. 4. 2., 1조 조사.
김순애, 여 · 71.

소금장사의 꿈

> * 앞의 이야기에 대해 사람들이 잠깐 이야기하는 사이 이야기를 시작하셨고 좌중은 조용
> 히 이야기 들으셨다. *

   옛날에 어떤 등금장사가, 소금장사가 딱 가는 기라. 걸어가다가 날이 저물어
가지고 어느 집에,
   "좀 자고 가자."
하니께네,
   "자고 가라."
하더라케. 그래 사랑방에 자는데 새벽 3시가 되는가 울음 소리가, 곡 소리가 막
울고 불고 난린기라. 그래서 이 사람이 가만히 듣고 있다가 잠이 들었어. 그 애가
가더니만 어느 집에, 고 집에 싹 들어간다케. 이 어찌된기 싶었는데, 그 사람이
그 꿈을 딱 꾸고 잠을 깼는기라. 그 집에 가갔고 사람하고 자고 났는데 이 머슴아
가 태어나버렸어. 태어나버렸는데 여기 본래의 자기 아버지를 닮았는기라. 닮아
가지고 저 남자가 자식은 지가 나았는데 이 남자를 갔다 자기 여자를 봐가지고
나았다고 의심을 삼고 그랬다그래요.

〔 율곡면 설화 38 〕 T. 5 뒤

문림리, 1998. 4. 2., 1조 조사.
주재식, 남·64.

갈마골

저쪽에 갈마고을이라고 있어. 골짜기를 골 곡(谷)자를 쓰는데. 옛날에 교통이 아주 불편해서 높은 사람들이 말을 타고 다닐 때거든. 그러니까 우리가 여기 살고 있어도 고려말에 일로 내려왔어. 조상들이. 그러면 약 500년인데. 그때 다 지명을 지었거든. 갈마골하면 아무 뜻이 없어. 목마를 갈(渴)자, 말 마(馬)자, 골 곡(谷)자, 써가지고 아하 옛날에 어른들이 말을 타고 다니실 때에 거기 가면 반드시 쪼그만한 샘이 있어. 지금도 있거든. 아하. 목마른 말을 물을 멕이고 가는 골짜기다. 여기 건너편에 샘실이라고 해. 옛날에. 거는 어디라도 파면 물이 나거든. 옛날에 어른들이 지명 지으거 보면은 뺄로 지은게 아니여. 전부 거 지명 특이한 게 있어. 그러니까 우리 세대보다도 옛날 어른들이 더 나았어. 여기를 분림이라고 하지? (조사자: 예.) 문갓이라고 했어. 옛날에 갓은 경상도 이 지방에서 보면 산을 갓이라고 했어. 그러니까 옛날에는 문갓, 지금은 문림. 반드시 이 동네 뒤에는 숲이 있지. 요 앞에 봤지? 숲. 뒤에 가도 숲이 있어. 수풀 림(林)자.

〔 율곡면 설화 39 〕 T. 5 뒤

문림리, 1998. 4. 2., 1조 조사.
주재식, 남·64.

개발산에 얽힌 유래

우선 저 산이 개빌산이라고 그래. 우리 합천군에서 세 번째 가는 이름 있는 산이라. 그런데 개빌이라고. 왜 개빌이냐. 왜정시대 때 도로가 생겼어. 여기 국도 24호선인데 처음에는 닦을 때 왜놈들이 딱았어. 왜놈들이 딱기 전에. 옛날에는 시집을 가면은 친정에 잘 못 오고 통신망 교통망이 참 어려울 때 거든. 그러니까 이쪽에 살고 있는 우리 마을 사람들이 저쪽으로 혼사를 많이 했는데. 이 도로가 생기기 전에 개가, 합천 개하고 초계라하는데, 저 있지. 저기 초계면이라고 있어. 초계면 개하고, 어느 초계면 갠가 합천 갠가 그거는 잘 몰라도, 인자 새끼를 가지기 위해서 발정 기간이 있었던 모양이지. 그래가지고 만나서 그 덤으로 덤으로 해가지고 길이 났다. 그래서 개빌이다. 음력으로 8월 열여섯날 되면은 개빌을 구경하러 많이 왔어. 무슨 뜻이냐 하면은 초계서고 합천서고 여기고 서로 혼사를 해서 연비연비로 서로 사돈되고 얽힌다 말이지. 그러니까 시집을 일단 살게 되면은 그 시가살이만 안다 뿐이지. 세상을 모르고 살았단 말이지. 그니까 딸 구경하러 가고, 거기서 만나는거야. 만나는 광장이라고 보면 되지. 요즘 말하면. 모이는 사람이 굉장히 많이 모여. 옛날에 쑥떡있지? 쑥떡. (조사자: 예.) 쑥떡장사도 있고. 엿장수도 있고. 거기서 8월 16일날 개빌이다 하여 모여가지고 서로 안부도 묻고 시가집 얘기 하고 처가집 얘기하고 이랬어. 그런 전통은 참 좋은 전통이지.

〔 율곡면 설화 40 〕 T. 6 앞

문림리, 1998. 4. 2., 1조 조사.
주재식, 남 · 64.

끝 없이 굴러가는 수박

* 위 이야기 후 계속 조르자 웃으시며 이야기해 주셨다. *

참 그 가정을 다스릴라 캤는데 엄청나게 못 살었어. 못 살다 보니까 뭘 했느냐 하면 수박장사를 했어, 수박장사. 근데 지금처럼 뭐 교통이 좋아서 머 차나 머

이런 수송을 해서 되는게 아이고, 지게로 짊어지고 수박을 바자리 있지, 바자리 잘 몰라? (바자리에 대해 설명하심. 지게 뒤에 싸리 등으로 둥글게 받친 부분) 고 수박을 인자 얹어 가지고 가는데, 지금처럼 이 도로가 개설이 안돼갖고 전부 산으루 해서, 전부 산길. 산길로 해서 인자 등 넘으서 저쪽 동네에 인제 팔러가야 허는데, 이눔이 수박을 한짐 짊어지다 보니까 굉장히 무거울 끼거든. 또 가서 쪼매 세는거여. 요놈은 또 쪼매 가다가 또 올라가다가 또 세. 또 쪼매 올라가다 또 세는거여. 그러고는 이제 산길 만당에 올라간거여. 숨이 찼는지 숨을 몬쉬는 거야. 그래가지고 지게 그놈을 땅에다가 인자 턱 니랴놓고 세는 판이여. 그래서 작지 이놈을 턱 공가 놓그든. 그 공가놓는데, 이눔이 땅이 얼매나 미끄러운지 수박이 막 미끄러져 넘어가가지고 수박이 궁그러 내려가는 거여. 아직까지 궁그루구 내려가. 끝이 없는거여.

〔 율곡면 설화 41 〕 T. 6 앞

문림리, 1998. 4. 2., 1조 조사.
주재식, 남 · 64.

알고 보면 이씨

이성계가 후처를 참 많이 둬가지고, 많이 둬가지고 이제 그 지금처럼 파동(종파)이 이대 삼대로 내려왔단 말야. 임금은 임금대로 세자는 세자대로 대대로 이제 파동이 있었는데, 그래가지고 후처 몸에 난 아들네들이 안 있을라카는 거에, 궁에. 성도 있를 하고 싶지 않다. 그래가지고 그 후대들이 영남으로 내려왔단 말이 있어. 내려와가지고 옥씨라고 성을 바깠단 말야. 그릏께 그 삶들이 이제 지금 보면 옥씨라 카는데, 지금 알고 보면 이씨라는 거지.

〔 율곡면 설화 42 〕 T. 6 뒤

문림리, 1998. 4. 2., 1조 조사.
주재식, 남 · 64.

조산의 유래

* * 마을에 조산이 있다고 말씀하시다가 자연스럽게 설화로 넘어갔다. *

그른게 있어. 돌 이레 모아놓은 조산이라고 있어, 조산. 그 산고개를 주욱 넘어 스며는 그 고개 만당에다가 돌을 이레 떤지고 넘어가. 그 학생들 그른거 들었을 긴데? 조산, 조산이라고. 그르니 자꾸 지나가는 사람마다 모아니까 거이가 다 큰 묘, 옛날에는 뭐 쪼그만한 것도 있지만은 사람이 많이 다니는데는, 옛날에 임금무덤 만큼이나 컸어. 조산이란게. 거기는 큰 오래된 나무들이 있어가지고 이랬는데. 그 조산이란게 왜 생겼느냐.

옛날에 아부지하고 딸하고 살았어. 살았었는데, 이 아버지가 자식한테 성폭행을 핸거지. 딸한테. 성폭행을 했는데 이것을 그 마을 사람들이 알안거지. 그래가지고 저 사람은 절대 안 된다. 그냥 두어서는 안 된다. 이래가지고 그 마을 사람들이 궤짝을 하나 만들어가지고, 나무가지고, 이 관처럼 만들어가지고 물에 갖다 띄아 내빼부린거지. 그래 인제 그 마을 사람들이 하도 드런 놈이라 해가지고 강에다가 갖다 내삐리 버렸는데, 그 강에 물에 떠내려 갈 거 아니에요. 떠니려 갔는데, 그 딸이 어디 갔다 오다가 그 나무 뭉치를 받거지. 궤짝을 받거지. 보니까 이상하거든. 그래서 이상해서 가서 건저 보니까 엄청나게 무거워. 그러니까 여자로서는 혼자 안되니까 남자를 소리해가지고 왔단 말야. 보니까 자기 아부지야. 그래가지고 동네 사람들이 이래서는 다시 안 된다. 생무덤을 해야된다. 살은 사람을 묻어 버리는게 그게 생무덤이거든. 그래가지고 이 사람은, 이런 놈은 뭐 솔직히 말해서 아주 나뿐 놈이고 몬쓰는 놈이기 때문에 사람 많이 다니는데 갖다 묻어야 된다. 그대신 조놈은 묻지도 말고 그냥 땅밑에 평범하게 편편하게 해각고 땅에다 묻어

버리고 지나가는 사람마다 드릅다고 춤밭고, 반드시 그 뒤에는 춤을 밭고 밭고 돌을 떤지고 가. 나쁜놈이라고 팍 때린다는 거지, 그게. 그래가지고 그 조산이 만들어졌다. 그른 전설이 있어.

〔 율곡면 설화 43 〕 T. 6 뒤

문림리, 1998. 4. 2., 1조 조사.
주재식, 남 · 64.

눈 먼 사위

* 딸 시집가는 이야기는 없냐고 묻자 또 이야기 하나 하신다며 말씀을 시작하셨다. *

아주 옛날인데, 참 딸을 곱게 잘 키웠어. 참 잘 키웠는데, 중매가 안들어 오는 거여. 중매가.

"이상하다. 우리 딸애가 얼굴도 잘 생기고 길쌈도 잘 하고, 행동도 다들 얌전하고 잘 하는데 어째서 중매가 안 들어오냐?"

걱정을 하고 있는 인제 중인데, 하루 우연히 점심을, 점심 때가 됐는데, 점심을 할라카는데 친구가 한사람이 떡 완거여.

"야, 이 사람아. 자네 그 딸 치울 때 안 됐나?"

"아이구 결혼시키야지."

"그래?"

그래 우째 이때껏 말이 나이 얼마, 옛날에는 나이 열아홉 살이라 카면 노처녀야. 뭐 보통 열여섯, 열일곱, 뭐 일찍 시집간 사람은 열다섯, 열일곱 이레 가는데, 나이 열아홉 살이라. 하두 중매가 안들어오는 차에 중매자가 들어왔으니까 얼매나 반가워. 그래가,

"이 사람 중신 좀 하게."

"야, 이 사람 멀어도 되나?"

"아이 멀면 뭐뭐 시간 좀 더 끄면 되지 않나. 더 가믄 되는 거지."

멀어도 중매를 해달라 이 말이여. 그래 참 사성을 쓰고 날로 빼가지고 보냈는데, 장가를 오는데 작지를 떡 신랑이 짚고 오는거야. 작지를 짚고와. 신랑이라는 사람이. 작지를 짚고 온단 말여. 그래 이레 옛날에 노인들 이런 작지. 지금도 짚고 다니는데 신랑이라는 사람이 이레 참 작지를 짚고 오는 거야. (다들 크게 웃으심)

"이상허다. 젊은 놈이 왜 작지를 짚고 오나?"

이상허다 싶은데, 그래 이레 참 어차피 결혼 된기고, 옛날엔 한번 혼사를 정해 놓으면 파혼한다는 건 큰 흉보는 일 된단말야. 그래 양반의 가문에서 작지를 짚고 온다캐서 어떻게 얘기할 수도 없고, 인자 예를 지내는 거여. 마당에서 혼례를, 예를 지내는데, 술잔을 이제, 누가 그 구식으로 하는거 봤어? 술잔을 받을 때 세 잔이라. 잔을 이레 씻고, 붓고, 또 손을 씻고, 세수대야에 손을 씻고 그러 인자 절차가 있는데, 신랑이라는 사람이 술잔을 이레 들고 씻그라고 주니까 이걸 못찾는 거여. 왜 이 신랑이 술잔이 안 보이냐, 왜 그러냐 이거. 처음 중매한 사람 옆에 있다,

"야 이 사람, 멀어도 개않다 안 캤나?"

나중에 집에 오니까 눈이 멀었어. 그러니까 꼼짝 못한거지. 멀어도 개않다고 해야지.

〔 율곡면 설화 44 〕 T. 6 뒤

문림리, 1998. 4. 2., 1조 조사.
주재식, 남 · 64.

다리 커는 사위

* 앞의 이야기에 이어 계속 말씀해 주셨다. *

딸이 있는데 딸을 키워놓고, 하도 인자 혼사말이 많은데 처녀 어머니가 신랑

한테 인자 선보러 간 거지. 신랑이 어떻나 하고 인자 선보러 떡 갔는데, 방에 인자 떡 앉아 있는데, 신랑이라는 사람이 문을 빼또롬이 열드니만, 무릎을 쏙 냈다가 드갔다가, 그래 인자 자기 엄마가 있다가,

"야야, 여기 손님 오싰는데 들어와서 인사를 캐라."

하는 거야. 그때서 문을 열고,

"예."

카면서 문턱에 살모시 이레 탁 앉이는 거여. 앉아서, 이레 딱 앉아서 인사를 핸거지. 보니께네 얼굴도 좋고 참 좋은거라. 아유 그럼 됐다 싶어서 혼사를 그기서 정했단 말여. 그래 가서 집에 영감님헌테 사우가 어떻게 생겼고 참 훌륭하고 얼굴도 좋고 이 얘기 하는거 보이께네 상당히 똑똑하드라.

"그리 사우 봅시다."

그러니,

"그럼 봐라."

장가 오는데 보이까 절구 오는기라. 절구 온다 안 그래. 그르니까 사람이 그 인자 그 사람은 다리는 저는 거고, 만약에 바로 들어와서 인사하믄 모르는 거지. 인자 문턱에 인자 턱 궁둥이부터 대여 넣어가지고 인사를 하니까 다리 저는 걸 몰란거지. 근게 본인이 좋다케서 혼인 핸긴데, 어짤 도리도 없이 부부간이 살게 된 기지.

〔 율곡면 설화 45 〕 T. 7 앞

문림리, 1998. 4. 3., 1조 조사.
강점련, 여 · 67.

호랑이를 속인 토끼

옛날이 호랑이가 토끼를 잡아 무글라니까 토끼 이놈이 꾀가 많아 가지고,

"호랑이님 호랑이님 저 따라가세요."

그래 저 또랑에 물니러 가는데 얼음 타믄 좋다고 그래 인자 꾀어가지고 내려 가는데 그래 얼음을 구멍이 있재, 구멍에 그게 꼬리를 턱 집어여놓고 턱 안자서 입을 턱 벌리고 있으머는 새가 호랑이 입에 마 마이 날라 들어간다고 이래 속있거 등 속이고 꼬리를 턱 담가놓고 있으이까는 마 꼬리 그마 물고기가 마이 올라붙으 뿌이 물고기도 잡아물 수 있고 그렇다고. 그래가 인자 고렇게 꾀어 놓고 토끼는 도망을 칫는데 날이 갑자기 대기 추워가지고 호랑이 꼬리가 꽁꽁 얼어 붙어가 오도가지고 못하고 드가지도 못하고 그렇다는 그런 얘기가 있어. 자기를 잡아 묵힐라니까 안 잡아 묵힐라고 고렇게 고렇게 수단을 부렸다.

〔 율곡면 설화 46 〕 T. 7 앞면

문림리, 1998. 4. 3., 1조 조사.
이학수, 여 · 73.

떡장수와 호랑이

내나 그기 떡 해가 팔고 그기그등 내나. (조사자: 이야기 좀 해주세요.) 아니 그 저 애들 둘이가 저그 집에 살고 있는데, 저그 집이 가난해서 그래 저저 엄마가 사실은 떡 해가 팔고 고개로 고개로 산 고개로 넘어 가거등예. 그래 인자 호랑이 가 떡 앞에 나타나가 앞에 다 서갔고 떡을 하나 달라카거등에. 그래 떡을 하나 주고 그래 산고개를 또 너머 가인끼네 또 또 호랭이가 그 호랭이가 또 나타나거등 예. 그래 또 떡을 주고 시 번째 고개를 넘어가인끼네 또 호랑이가 또 나타나는기 라. 그래 떡을 다 주뺏는기라. 다 주갔고 그래 인재 난중에는 몸뚱이는 다 잡아묵 고 몸뚱이만 남앗는기라.

그래 인재 호랭이가 저거 집에 찾아가가,

"문 좀 이래 열어바라."

카이끼네. 그래,
　"엄마가?"
쿵께네,
　"그래 엄마다."
카이끼네.
　"엄마, 손 좀 내바라."
카이끼네 밀가루를 묻히가고 손을 요래 냉께네 손을 만치보이기네,
　"엄마 손이 아이다."
카거등. 그래 애들은 인재 문을 안 열여주고 난중에 애들은 겁이 나가꼬 애들은 뛰쳐나와갓꼬 인자 나무 우에 올라갓다카데요. 나무 우에 올라가가고 그래 호랭이가 처다보고 있으면서 그래 인자 애들이 하는 말이 그래,
　"저 저 썩은 줄로 내라주먼 그래 타고 올라오머된다."
꼬 이래햇거든. 거짓말로 그래했거든 썩은 줄로 내라주먼 타고올라오라꼬. 이래하이끼네 그래 인자 호랑이가 톡 떨어져가 죽어뿟는기라. 그래 그래가꼬 살았는기라. (조사자: 살았어요?) 살았어. 엄마는 인제 몸뚱이만 남아가고.

〔 율곡면 설화 47 〕 T. 7 앞

문림리, 1998. 4. 3., 1조 조사.
이학수, 여 · 73.

한석봉과 어머니

　　옛날에 아주 옛날 사람인데 엄마가 아들 딱 하나 낳고 남편은 죽어뿌고 아들 딱 하나 키우는데, 옛날에는 공부를 하면 저 안차놓고 한문 공부를 배아야 되거등. 옛날에 한문 공부를 배았는데 어마이는 아들 떡장사라는기라. 떡국끼리 장사하는기라. 그래가 하루는 인자 아 머리도 좋고 한께네 선생이 너는 인자 공부

이만치나 한께네 어딜가도 써뭉께네 집에 가라카는기라. 그래인자 돌아오가지고
지 짐을 다싸가지고 온기라. 그래 어마이가 하는 소리.

"니 공부를 안 하고 벌써르 오노?"

그랫디마는,

"할마씨가 인자 돌아가라케서 짐을 싸가 돌아왔습니다."

"그래 니랑나랑 해보자. 니가 공부로 실지로 다했는가?"

그래, 어마이는 인자,

"불 끄고 글씨로 함 써바라."

불로 끄고 글씨를 쓰머 손에 익있쓰머는 마 참 한자를 써도 이래이래 쓰머
그래 호수도 빠질 수도 있고 글자를 틀리니 그래,

"나는 불로 끄도 떡을 쓰니 큰기 작은기 엄다 딱 바라. 큰기 작은기 없다.
요거 바라 니 아직 공부를 더 해라."

그래 짐을 싸 보냈어. 손에 익있은끼네 나는 불로 꺼도 떡이 큰기 작은기 뚜꺼
우믄 뚜껍고 얄브머 얄지. 똑같다. 이기 머시더라? 석, 석, (조사자: 석봉이요?)
응, 응.

〔 율곡면 설화 48 〕 T. 7 앞

문림리, 1998. 4. 3., 1조 조사.
이학수, 여·73.

선녀와 나뭇꾼

옛날에 한 사람이 나무를 하러 댕기는데 나무 팔아가지고 묵고 사는기라. 장
가도 몬 가고 나무로 참 나무로 하는데 그 골짜만 하러 댕기는기라. 하루는 나무
를 이래 하러 간께네, 포수 포수가 이름이 나무꾸이라.

"나무꾼, 나무꾼 여 사슴 한 마리 몬봤나?"

이캉께네, 그래 참 사슴 한마리가 포수한테 부딪끼서 나무꾼한테,
　"나를 좀 숨키도라."
한께네 숨기주는데 나무 밑에 마 숨카뿟어. 그래 인자 나무 밑에 숨캤는데 포수가
인자,
　"나무꾼 나무꾼 여 사슴 한 마리 안 봤냐?"
하인끼네,
　"아 사슴 한 마리가 저 등을 갔다."
그카거든? 인자 등을 본께 나무꾼이 속캤으면 거짓말이 아이지 싶어서 마 포수는
마 잡을라꼬 나무꾼 말을 듣고 마 글로 넘어 간기라. 마 해는 그스름하이 마 지고
그래 나무꾼은 집에 오고 그래인자 하루는 인자 또 그 골짜간게네. 하루는 인자
그게 산신령인가 몰라. 그래 인자 장개도 몬가고 있은게 인자 은혜 갚아 준다고
옛날부터 말하길 사람을 도와주면 앙을 하고 짐승을 도우며 은혜를 한다고카는
기 그래인자 도와준다고 그래.
　"나무꾼은 내 시키는 데로 할래?"
　"시키는 데로 할께요"
　"아무날 아무날 저녁에 여 달 받고 보름날 여 하늘의 선녀들이 서이가 여
연못에 목욕 하로 내려올 모냥이니 날개 옷을 하나를 딱 숨카놔라."
이카거등? 그래 나무꾼이 마 못에 용을 하고 있는기라. 마 니러 올까 싶어서 한밤
중 되니까 참 마 그 연못에 모욕을 하는기라 서이가 노래를 막 부르믄서 모욕을
하고 있는기라. 그래인자 날개 옷을 하나를 딱 숨캤어. 하나를 숨캤는데 그 사실
시키줄 때
　'아 서이 낳도록 날개 옷을 내 주지마라.'
켔는데 그래인자 하도 인자 만날 노래가,
　'내 날개옷을 어디갔노 어디 갔노?'
　마 사실은 노래가 애원하는기라마. 아 둘 나도 그래 사실 애원을 하고 이 나무
꾼 이 사람은 아 둘 난 이 재미로 사는데 도망을 가깄나하는 생각도 없어. 그래
아 딱 둘 낳고는 그래 날개 옷을 있응게,
　"내 날개 옷이 여 우째 있다?"
고 반가 반가 마 실성을 하는기라. 그래 그 사람은 남자는 마 집은 몬 있고 볼

일을 보러 간게네 집을 온께네 마 한쪽에 아 둘을 찌고 하늘로 올라갔삔기라. 한참에 식구 서이를 떨갓뺏는기라. 온게네 집도 허술하고 선녀 덕으로 묵고 살았는데 기도 안 차는기라마. 그래 참 아무 것도 선녀 덕으로 살고 있었는데 아무 것도 없어가지고 또 그 산으로 가서 나무를 하믄서 울면서 인제 그래 인자 산신령이,

  "나무꾼 나무꾼 왜 우노?"
이른게 이래이래 글타큰끼네,
  "그래 내 시키는 데로 안 하고 서이나 드 날고. (청취 불능) 좋으나 크믄서 내 시키는데로 할래?"
  "예 하겠심니더."
  그래 아무날 아무날 지녁에 인자 그 선녀가 모욕하러 인자 날개 옷을 이자뿌면 못올라 간께 겁이 나가지고 뚜레박을 내라가지고 요 물을 떠올리가지고 모욕을 할 모냥이닌께 뚜레박이 오거든. 그 안에 들안자가 그 올라가라 이카거든. 그래인자 탁 있은게 뚜레박이 서렁서렁 내려오는기라. 고 물 뜨는데 안자가 달아올라가 내나 그 선녀 살던 사람 선녀가 거 올라가 잘 살았지.

〔 율곡면 설화 49 〕 T. 7 앞

문림리, 1998. 4. 3., 1조 조사.
이학수, 여 · 73.

금도끼 은도끼

  이 사실은 나무를 하는데, 이 사람들도 참 나무를 비가 인자 참 나무를 해가 인자 곧고 좋은 나무는 세아 놓고 굽고 몬씨는 나무로 잘 비가 팔아가지고 장작을 해가 팔아묵고 양식 팔아 묵고 하는데. 장 이래 못가에 이래 댕기믄서 인자 비다가 도끼로 인자 못에 빠잣뺏어. 도끼로 갔다가 이래 못에 빠잤뺏는데, 그래인자 도끼도 살 돈도 없는데 이래 못가에 댕기믄서 드가지도 몬 하믄서 그래산께네

산신령이 이래 나타나가지고는,

"나무꾼 왜 우노?"

이캉께네 그래,

"내 인자 도끼로 없으먼 내 목숨과 한가지인데 묵고사는 목숨인데 연못에 빠졌는데 건질 수가 엄서서 이래 몬 건지서 운다."

이캉께네,

"아, 그래. 그렇커든 내가 건지 주꾸마."

이카거든? 그래 할아버지가 들어가가 도끼로 건지가 은도끼도 이래 주는기라. 은도끼. 은도끼.

"이건 니 도끼가?"

"그건 아임니더."

은도끼 그건 아임니더카고. 또 금도끼를 하나 내주고,

"이거 니 도끼가?"

이캉께네,

"그것도 아임니더 지 도끼는 쇠도끼임니더."

카거든.

'참 이 진짜 이 사람은 양심을 가 있고, 욕심도 엄꼬 양심이구나. 이 도끼, 은도끼를 조도 아이라카고, 금도끼를 조도 아이라카는구나.'

카믄서 이래인자 쇠도끼를 제일 뒤에 주믄서,

"그래 넌 이거 가가서 니가 충심이고 양심인께네 욕심도 엄는 사람인께네 이 도끼로 팔아가지고 니먹고 살아라."

하고 줏다. 다 줏어. 그런 이야기가 있었는데 이야기는 거짓말이라. (웃음)

〔 율곡면 설화 50 〕 T. 7 앞

문림리, 1998. 4. 3., 1조 조사.
강점련, 여·67.

애기 못 낳는 정승

옛날에 저 정승으 집이 참 잘 살았는데, (조사자: 정승 집이요?) 그렇게 잘 살았는데, 거지 집에는 웃음 소리가 나고 정승의 집에는 울음 소리가 난다고 옛날에 그런 말이 있었잖아. 그랬는데 그 정승이 애기를 몬 났는다고. 애기를 몬 났는데. 그러니까 자기 애기 몬 났는거는 모르고 부인을 또 정하고, 또 정하고, 또 정하고 여섯 사람이나 정해가 방방이 따로 따로 자고 자기방 자기방 살았는데 그래도 여섯 사람을 다 정해도 애는 몬났느기라.

그랬는데 인자. 종이 정승집에는 옛날에는 작은종, 큰종 뭐 종이 마이 있었잖아. 그래 있었는데 제일 정승 큰 마누라가 종한테 말을, 자기 남편이 못 나니까 종도 좀 종 중에서 높은, 하루 저녁에 자기방에 정승이 몰래 살짝 왔다가 나가거라 그렇게 시켰는데 그러니까 이 그러면은, '그렇게 하면 인자 애기를 한번 접촉이 되면은 애기가 생길 것이다.' 인자 부인은 그렇게 생각하고 그렇게 애기를 했는데 이 종이 그 정승 큰 마누라 방에 드가기가 수분게 아니지 겁이 나고 그런데,

"그렇게 해 주면은 자기는 그질로 주겠다."

이런 약속을 했는데 그 약속은 했고 자신감은 없어도 인자 제일 큰 부인 방에 들어갔어 들어가고 다시 있다가 또인자 또 또 밤새도록 여섯 마누래 방으로 다 거쳤어. 그랬는데 이제 큰 마누래는 생각할 때 자기방만 거치스면 나가면은 종한테 딱 시킷는기라 밑에 종한테 이 사람이 나가면은 없애 버리라 딱 없애 브리라 시킷는데 근데 여섯 부인 방으로 다 거쳤어. 밤새도록 거쳐서 마지막 부인이 시킷는데 어떻게 시킷느냐.

"당신이 나가며는 소문이 나니까 당신이."

옛날에는 물 빠지는 수채가 이렇게 있었어.

"수채를 그리 빠져 나가야 살지 그리 몬 빠지 나가면 몬 산다."

그리 시킷는데 그래 인자 부엌간으로 빠져 부엌 수채로 빠져 나가 도망을 쳤었어. 쳐봇스니까 살았지. 살았는데 옛날 애기니까 거짓말이니까 그렇지 그 부인들이 한꺼번에 애기를 푹 가진거 있지. (웃음) 죽 애기를 가졌는데 아들 난 부인도 있고, 딸을 난 부인도 있고 그 여섯 사람이 한 저녁에 다 애기를 여섯

사람이 다 하나쓱 난거지. 그랬는데 그래가지고 그 종을 갔다가 빠져나갔는데 인제 없애버렸어. 밖에서 지켜가지고 없애버렸는데 그러고 인자 아니 안 없애는 데 종이 빠졌나가가지고 얻어가지고 어느 가서 살았는기라. 자기 아들이 또 자기 애가 그러고 나이 많도록 살다가 종이 죽었어. 죽었는데 그 인자 종이 그 애 맨들 어 주고 핸 종이 시키기를 자기자녀들 한테 애기를 죽도록 안 해야 되는데, 안 해야 되는기 아니라 애기를 다 했거든 했는데,

"내가 죽으면은 그리 연락을 해라."

그래 애기를 다 종이라도 아바이는 아바이지. 자기가 맨들었으께네 그래 죽 었는데 우짠지 그 죽고 나서 정승도 나이 많으니까 죽었지요. 죽었는데 그 여섯 하루저녁 여섯애가 다 태어난 애들이 크게 자라가지고 결혼도 하고 이랬어. 그 종이 죽었다꼬 인자 연락이 자연적으로 서러서러 엄청나게 서럽게 울고 그랬는 데 융기가 따랐다는 그런 뜻이지. 그치 자기아버지 융기가 따랐다는 그래 피가 섞였다는 그래가지고 마 정승 태어난 그 아들 딸이 마 쌍말 팔고 뭐 쌀가마 팔고 죽은 장사에 파는거 있지. 가니까 한 고개를 넘어 서니까 인자 장사왔다고 인자 마을에 인자 나오고 이랬거든 이러니까 막 쭉 이래 막 쌍가마 타고 쌍말 타고 막 이래가니까 그래가 장사를 잘 하고 그래 또 그 종의 몸에난 자녀들 하고 다 합해가지고 그래 잘 살수가 없더래. 그래도 그 종이 적신에 하루 저녁에 참 여섯 을 나았다 힘도 씨다 장사다. (웃음) 장사다. 그렇게 살림을 다 나눠 가지고 그렇 게 그러면 진짜 힘 좋다.

〔 율곡면 설화 51 〕 T. 7 앞

문림리, 1998. 4. 3., 1조 조사.
이학수, 여 · 73.

속옷 바꿔 입어 결혼한 총각

　지금도 수단만 있으면 장개 갈 수 있어. 옛날에는 참 너무 집 딸 나면 싫다 커그던. 아들 나면 너무 집 살아도 이래 세간을 받아가 묵고 살라고 참 이 사람들 을 너므집 총각이 너무집 사는기라. 사는데 아만 이 머슴이 좋아도 너무 머슴을 갖다가 내 딸은 주기 싫거든. 이 총각은 살기 싫어도 딸을 보고 사는기라. 처녀를 보고 사는기라. 총각은 처녀를 딸을 혹해가지고 사실은 있기 싫어도 처녀를 보고 사는기라. 혼자 좋아가지고 한 해 또 살고, 또 살고 처녀 부모는 마음에도 없는데 아만 총각이 좋고 좋지만 머슴을 사우 삼긴 싫거든.

　마 이 총각은 하루 저녁에는 날로 환하고 잠이 안 오는기라. 총각이 그게만 마음이 있어가지고 우째 우째야 내가 처녀를 사귀노하고 옛날에는 이기 봉창이 있는기라. 여름에 한여름에는 봉창이 있는기라. 옛에는 속곳도 모르는기라. 우리 도 속곳 이름도 모르지 홀쩍한 치마맨키로 그냥. 이래 봉창을 요만한걸 내나놓으 이 지금 창호지도 안 바르고. 그래인자 잠은 안 오고 인자 처녀 자는 방을 살피는 기라. 속곳을 더버서 벗어나놓고 문에 딱 놓고 자는기라. 치마맨키로 속바지 모냥 으로. 지금 말하자면 가랭이 바지 맨키로 그래 생겼어. 얼찍하게. (중간에 할머니 의 속곳에 대한 설명) 그러니 처녀가 옷을 벗어나 놓고 더버서 벗어나놓고 잠을 자는기라. 그래 드가지는 몬 하고 잠은 안 오고, 그래인자 보리 보리를 마다에 인자 딱 뚜디리대는기라. 보리 타작을 그래 보리를 마다에 탁 펴나놓고 있는데 인자 갈쿠리를 가지고 인자 처녀옷을 꺼내가지고는 내 인자 주봉은 처녀방에 벗 어 들라 놓고 처녀 속곳을 입고 총각이 입은기라. 총각이 입고 총각바지는 처녀방 에 들라뿌고 막 타작을 좋아서 뚜디리대는기라 주인이 좋을끼 아이가 주인 일나 지도 않은데 막 뚜디리대인끼네 마 다리를 버뜩버뜩 세우면서 좋아가지고 뚜디 리대인끼네. 주인이,

　“아, 이 사람아 아직 일찍 일나서 그래 타작을 그래 하네?”

　“어 안 더버서 안 그라요. 한번에 해 치울라요.”

그라이.

　“어 자네 옷이 그 무엇이냐?”

하니,

　“예? 아 바쁘게 나온면서 그 바까 입었는가베요.”

　그래 참 아바시가 기도 안 차는기라. 수단이라. 수단만 좋으며 장개를 가는기

라. 그래인자 처녀는 부끄러버가 나오지도 몬하는기라. 속곳은 찾으이 머슴이 입
고 있재 머슴 바지는 요 있재. 얼측이 없어서 나오지도 몬하는기라. 그래 아바이
가 얼측이 없어서 그래인자 넘도 부끄럽고 저걸 참 쫓아내지도 몬하고 가스나
쥑이지도 몬하고 처녀는 부끄러바서 말도 몬하고 나오도 몬하는기라. 그래 참
아바시가 내 눈 앞에 안 보이구로 느그꺼증 가서마 한 살림 조서 마 내 눈앞에
안 보이거든 살아라꼬마 밤중에 훑혀 보냈뿟는기라. 그래 부부 돼가 잘 살았다카
는기라.

〔 율곡면 설화 52 〕 T. 7 뒤

문림리, 1998. 4. 3., 1조 조사.
강점련, 여 · 67.

부인을 못 믿는 남편

　옛날에 그런 사람도 있었다. 아주 부자집 아가씨를 별당에 어떻게 들어갔는
지 들어가 가지고. 그렇게 그 아가씨는 딴 데 시집을 결혼을 못 하지. 못 하니까
어짜피 그 남자하고 결혼을 했능기라. 했는데 그 남자는 살림도 없고 그러니까
옛날 자기집에 데리다 놓고 산에 가서 나무해다가 팔아서 쌀을 사가지고 묵고
살고 이랬는데. 나무하러 가는데 부인을 못 믿어서 나무하러를 몬 가는기라. 나무
하러를 몬 가고 집에 들안자 있으니까 부인이 자꾸 나무하러 가라고 설득을 시키
는기라.
　"너를 몬 잊어, 너 보고 싶어서 나무하러 산에 몬 간다."
이라니까 그 인자 부인이 사진을 한 장 주먼서 산에 갔다가 딱 꼽아놓고 (조사자:
자기 초상화 그림이요?) 그래 꼽아놓고 나무 좀 넘구다가 쳐다보고 또 나무 좀
넘구다가 쳐다보고 그래 하라카더래. 부인이 수단이 참 좋지. 그래인자 하다가
바람이 인자 확 불어가 마 날라가부린기라. 날아가버리이 나무도 몬 지고오고

그래가지고 그 사진 날아간 쪽으로 그 사람도 날아가버릿다는 얘기가 있어. 사진 잡을라고 사진 따라 날아가버렸다는 그런 전설이 있어. (웃음)

〔 율곡면 설화 53 〕 T. 7 뒤

문림리, 1998. 4. 3., 1조 조사.
이학수, 여 · 73.

호랑이 새끼를 예뻐해 살아난 사람

　　옛날에 큰 골짜기에 나물을 뜯으러 갔는데 산나물을 뜯으러 갔는데 큰 등 밑에 마 호랭이 새끼를 탁 치놓고 하도 호랭이 새끼가 이뻐서 막 입을 맞추고 안아주고 참 이쁜기라. 그래인자 입을 맞추고 두 사람이 갔는데 한 사람은 입을 맞추고 안아주고 호랭이 애미는 바우 우예 떡 올라가 입을 맞추고 이래싸인끼네 ‘어헝’ 하고 웃는기라. 새끼 좋다고 어라싸인끼네 그래 한 사람은 이걸 죽이자 하고 한 사람은 이 사람은 좋아서 얼라맨키로 이래 얼리쌌고 입을 맞추고 참 이래 싸인기네. 그래 우에서 호랭이가 ‘어홍’ 하고 소리를 친게네 기겁을 해가 나물 보따리를 나뚜고 집으로 쫓아온께네. 아직에 자고 보이 나물 보퉁이를 저거 집에 딱 갖다놨고. 딴 여자는 마 잡아 가뿟다아이가. 얼라 좋다고 안아주고 한 사람은 자기집을 어떻게 알았는지 딱 갖다놓고. 죽일라꼬 한 사람은 잡아가뿟어. 옛날부터 사람을 도우머 앙을 하고 짐승을 도우머 은혜를 한다카거든. 짐승은 그래 도와 주머 은혜를 하는기라.

〔 율곡면 설화 54 〕 T. 7 뒤

문림리, 1998. 4. 3., 1조 조사.

강점련, 여 · 67.

호랑이에게 잡혀갔다 살아온 신랑

  옛날에 산골에서 딸 결혼식을 시킸는데, 옛날에는 와 신랑방에 신부가 자러 들어가믄 다시 방에 그 밖에 몬나오도록 요강을 너주거든. 그랬었는데. 신부를 신랑방에 들라주고 나오느데 신랑이 화장실에 계속 화장실에 갈라꼬 그러드래 신부가 그래 여 요강이 있으이 요강에서 하라카이. 꼭 화장실에 갈라카대 그래 문을 열어줬는데 화장실에 갔는데, 화장실에 옛날에는 멀고 대문 밖에 있거든. 그래 화장실에 앉았는데 머시 히끼 묵는 소리가 '슈익' 하디 호랑이가 신랑을 업고 가부린는기라.

  신랑을 호랭이가 업고 가버리이 신부는 아무리 기다리도 안 오거든. 그래 밖에 자기 엄마 아부지한테. 그래 호랭이가 업고 마 산으로 얼마든지 멀리 가뿟는기라. 신랑은 업히가 가지고 이 호랑이는 굴에 들어가믄 절대 앞으로 안 들어가는기라. 뒤로 들어가지 뒤로 슬슬 뒤로 슬슬 들어가지 앞으로는 안 들어가는기라. 뒤로 들어가가 나올 때 바로 나오고. 사람을 업고 뒤로 슬슬 들어가지. 뒤로 사람을 슬슬 업고 들어갔는데. 그래 들어가니까. 사람은 들어가자마자 널찌잖아. 널찌니까 이 사람도 호랑이 마 똥구멍으로 손을 너가지고 붕알로 오다쥐고 똥구멍으로 손을 너가마 창자를 막 쥐고 막 땡기니까 산이 마 우는것 같드래 호랑이가 우는 소리가. 그래가 마 죽었는기라. 죽었는데 그 덤(절벽)이 얼마든지 높은 덤에 널짜 붓는기라. 그러고는 날이 새는거 있지요. 살살 덤을 타서 산을 내려오이 한 고개를 넘으니까 동네가 조그만한 동네가 있는데 불이 환하이 서있드래 그래 불 서있는 집으로 가이까 자기 집이드래. 아들 장개 보내 놓고 불서지가 있었어. 그래가지고 살았어.

〔 율곡면 설화 55 〕 T. 7 뒤

문림리, 1998. 4. 3., 1조 조사.
이학수, 여·73.

효자된 아들

외딴집에서 아들 하나 딱 낳았서 그렇게 어마이 아바이가 마장 영감 할마이가 있으면 놀이개가,
"너 가부지 뚜드리 패라, 너 거무이 뚜디리 패라."
요래 딱 십관이 되가지고 딱 십관이 되가지고 커도 인자 남하는 틱 붙들고 고마 툭 쎄리고 아바이도 패고 뚜드리 패는기라. 십관이 딱 돼가 뚜드리패는 게 있어. 그래인자 동네 사람도 없재 보는 것도 없고 배우는 것도 없고 애릴 적부터 뚜드리 패는기라. 그래 하루는 인자 아바이가 꾀를 냈어. 이럴께 아이다. 옛날에 청아(청어)라고 있어 청아. 말들었지, 청아 고기 생선, 청어 (청중: 아, 청어.) 그래 청어. 그걸이래 돈을 조서 한 짝 이래 사가지고 참 양반사는 곳으로 보낸기라,
"팔아오니라."
하이끼네 그래인자 짊어지고 팔러갔다. 옛날에는 이래 부인들이 장에도 안 가고 집에 딱 안자가 여종들이 반찬사고 장아가고 그랬거든. 긍게 상대도 안 하고 남자들은 상대도 안 하고 말도 안 건네보고 이라는기라. 양반이라고 마 이래 장애도 몬 가고. 그래인자 점두로 짊어지고 큰 동네 팔러강께 어느 등실한 사람이 아부지 반찬한다고 사가가고 엄마 반찬한다고 청어 한두루미를 다 그래 아부지 엄마 때미 사가간다 카는기라. 아부지 반찬한다고 사가가고, 엄마 반찬한다고 사가가고. 남자들이 다 그래 사가가이 고기를 갔다가 엄마 아부지 반찬한다고 사가가는구나. 고때사 인자 깨달이고 그래인자 고기 한 마리가 남은기라. 거 한 마리 남아서 다 청어를 다 팔아도 저거 엄마 아부지 반찬한다고 사가가는구나 고때사,
'나도 인자 우리 아부지 주구로 한 마리 남가와가 찌지.'
주뿌서 아들이 한 마리쓱 찌지가 아부지 잡수라카먼서 어무이 잡수라카먼서 그래인자 배운기라. 장 어릴 때부터 십관을 게알받게 키아가 너 가부지 뚜드리 패라, 너 거무이 뚜디리패라. 그래인자 고 청어 한두루미 팔믄서 깨달은기라. 아

무리 똑똑한 사람도 안 보고 안 배우믄 모르는기라.

〔 율곡면 설화 56 〕 T. 8 앞

문림리, 1998. 4. 3., 1조 조사.
주영식, 남·68.

미련한 대장군

　　옛날에 어느 미련한 사람이라 내한테는 이길 사람이 없다. 마 이런 말을 하는 사람이었어. 그래 힘이 굉장히 센 사람이었는기라. 그래 대장군이라카는 대장군 방호에는 변소같은 기는 절대로 몬 파는기라. 화장실 화장실을 절대로 몬파는기라. 그래 동네 사람이,
　　"야, 이 사람 머할라 그리 파는고?"
카이 구딩이 파이끼네 변소, 화장실 판다 말이다. 그 그 이 사람 그 대장군 방호다.
　　"대장군 방호라요. 그 잘 됐네요."
　　그래놓고 아들한테,
　　"야들아 물 팔팔 낄이 가오너라."
　　그래가지고 몰로 낄인 것 가지고,
　　"대장군님 내 이 물 부을랍니더 나오이소."
　　대장군이 나오는기라.
　　"대장군님 내 물 낄이가 왔습니더."
　　대장군이,
　　"참 하 이놈이 참 내한테 이기네."
　　그래 비키간기라. 비키 주고 물 붓고나서 화장실을 지을라니 아무 탈이 없는기라. 그래,
　　"대장군님요 내한테 이길라 하능교?"

방아로 갔다가 빈 방아로 옛날부터 빈 방아 디딜방아로 찧는 방아로 찧으면
그 집이 망한다카거든. 그래 대장군이 마 빈방아로. 그래 이 영감재이가 아들한테
느그들 나락갔다주라카거든. 그래 또 대장군한테 이깄거든. 집 만당에서 개가 짖
으며 집안이 망한다카느 소리가 있어. 그런데 고마는 이 영감재이가,
　“저 개 팔아무라 말라고 밤중에 건방지게 짖노?”
　대장군이 짖는긴데. 고마 집에 개도 팔아묵으삐릿어. 그마치 이깄뿟는기라.
대장군이,
　“허 거참.”
하며 그마 가삐드란다.

〔 율곡면 설화 57 〕 T. 8 앞

문림리, 1998. 4. 3., 1조 조사.
주영식, 남·68.

선비를 이긴 무식쟁이

　사우가, 사위를 세 사람을 봤는데, 사우 한 사람이 글자 하나또 모르고 일자
무식이라. 둘은 선비고 그래 한 번은 글 짖기 대회로 글 알아 맞히기 대회로 여는
기라. 서이가 저거 처가집에 가서. 그래 가지고 인자 전신에 다른 사람들은 막
붓글로 씨고 이래 참 하는데 무식쟁이 사우는 할 말이 엄능기라. 그래 지어낸능기
라.
　“내가 글로 한 번 지 볼라니까 알아보라.”
꼬.
　“나무 목 변에 물 수자 한기 무슨자고?”
　이런 자는 없다카제. 나무 목 변에 물 수자.
　“그긋도 모르나. 홋되 수자다. 홋되 수.”

홈이라꼬 물 쫄 내려오는기. 지었는데.

"홋되 수자다. 굿도 모르나. 그래 또 인자 또 한 가지는 저 돌 석 변에 쌀 미자 한기 무슨 자고?"

돌 석 변에 쌀 미자, 그것도 엄는기라. 그래 암만 선비라도 모리는기라. 그래,

"굿도 모리나 맷돌 미자다. 맷돌 미자라."

그래 이 선비들이 졌삔기라. 무식쟁이한테. 그래 또 한 가지는 시로 짓는데 사우들이 머라머라하믄서, 일자무식인께네 지을 수가 엄능기라. 가마히 생각해보이까 천장을 쳐다보이까 천장에는 거미줄이요, 화로에는 집벌레라. 그 글이 참 좋은 글이라. 천장은 하늘은 연다말이다 거미줄이요 화로에는 화로 이제 불 불피우는 화로에는 짚을 대는기라. 그거 늙은 꽃이 늙은 꽃에는 나비가 안오는기라. 그 뜻을 갔다가 해석하기로 그걸 벌로 보는기라. 저 천장에 거미줄이 그득하다 그래 천장에는 거미줄이요 화로에는 짚대는 불이 연기로.. 그래 해석하기로 그래 참 유명하기 했어. 그 사람이 또 이깄는기라.

〔 율곡면 설화 58 〕 T. 9 앞

본천리, 1998. 4. 3., 1조 조사.
이호동, 남 · 67.

열녀정

* 마을 사람들이 대부분 장에 가셔서 길에서 만나 조사를 했다. 몸이 조금 불편해 보였지만 길에서 자리를 딱 잡으신 후 이야기하셨다. *

임란 당시, 왜놈들이 침범을 여 했느기라, 침범을 했는데 그래서 그 사람들이 머 참 그래 우리가 본 일은 아니고 전설에 의하면 조게 새미가 하나 있었어. 우물 샘이 하나 있었는데, 그 열녀정이라 하는. 부인인데 베를 짜다가, 이 베, 이래 툭탁거리고, 머리, 말하자면 옷 해입는 베짜다가, 저, 저 짜다가 왜놈들이 부인의 젖가

슴을 만진거야. 젖가슴을 만진게,

"이런 왜놈한데 이런 창피한 꼴을 당하니 내가 이래서야 되겠느냐?"

이래 돼가지고 그 부인이 그 길로 고마 샘게 빠져 죽어뻤든기라. 조게서, 샘이 빠져 죽어서 그 길로 그 샘이 빠지자 마자, 마, 노성 부락을 하고, 마, 말하자면 이 번개를 쳐가지고 소낙비가 와가지고 새미를 때려 묻었다 아이가, 덮었다, 업어 졌다, 샘이 있었다. 지금까지도 저 나무, 느티나무거던, 느티나문데 지금까지도 그 유래가 지금 전설에 늘 나오지, 학실한거는 모르고 우리가 어른들한테 들어서 현재 까지 저 이름 자체가 열녀정이라, 열녀나무.

〔 율곡면 설화 59 〕 T. 9 앞

본천리, 1998. 4. 3., 1조 조사.
유곡순, 여 · 74.

호랑이와 할머니

* 선채 민요를 하시다가 노인정으로 자리를 옮기셔서 구연을 계속하였다. *

옛날에 옛날에 참 한 노인이 딸로 채왔는기라. 딸로 채왔는데 모가 갈 게 있 나. 가갈게 없은께 호박 보꾸미로 저 굽어가지고 싸가 가는기라. (조사자: 시집가 는거요?) 인데, 시집살다가 친정을 갈라칸께네, 응, 딸네집에 호박보꾸미를 끓여 가지고, 어어 참 딸네집에 간다고 꿇어 가는기라. 가 갈 게 없을 게 호박, (청중: 그래 가 갈 게 없다.) 그래 호박 보꾸미를 그걸 꿇어가이고 이래 떡 한 고개 넘어 간께 참 아이고 호랭이가,

"늙은이, 늙은이." (청중: 할마이, 할마이.)

"할마이, 할마이, 호박보꾸미 거 하나주면 안 잡아 먹지."

하거든? 그래 또 하나 내좃는기라 그래 또 또 한 고개 넘어간께 또,

"늙은이, 늙은이. 호박보꾸미 거 하나 주믄 안 잡아 먹지."

하더란거야. 그래 또 하나 내좇다. 그러고 그러고로 한 댓 고개 옛날에는 걸어댕
깄다. 소랫길로 댓고개 넘어가고 본께네 호박보꾸미 다 떨어져삔기라. 그래 인자
인자 호박보꾸미 다주고 그냥 갈라칸께,

　　"늙은이, 늙은이 저 팔이나 다리나 하나 떼주면 안 자아묵을라."

　　그래 내가 뗄 수가 없다. (청중: 옷 비껴 달라칸다.) 아 옷을 또 베껴도라 케서
옷을 다 베껴주고 난께, 옷은 인자 떡 내비려 불고 또 한고개 넘어간께, 팔 하나
또 빼도라 가는기라. 못 뺀다칸께 지가 뺀다카며 꼬마 늙은이 자아 묵어 뿌린기
라. 늙은이는 딸네집에도 못가고 잡아 멕혔어.

〔 율곡면 설화 60 〕 T. 9 앞

본천리, 1998. 4. 3., 1조 조사.
유곡순, 여 · 74.

겁 먹은 도둑

*　이건 끝이고 하시며 계속 이어서 구연하셨다.　*

　　그래 또 한 사람은 참 남자가 게레, 게레서(게을러서) 인자 여자가 남자가
모두, 하도 오래된께 잊어뿌린다. 그래 인자 저게 게레서 이래 장에 갔다가 베로
팔고 왔는기라. 베로 팔고 왔는데 그래 인제 베로 팔가 와서 방에 앉아서 있은
께네, 그날 저녁에 저 머슴 했는커먼 팥죽을 끼려 났는기라. 그래인자,

　　"아이구 이바구 하나 해보소. 자에 갔던 오늘 이바구 하소."
칸께.

　　"응, 이바구 하나 해보소."

　　영감한테,

　　"이바구 하나 해보소."
칸께.

"나 이바구 있난 저 어정어정 걷는다, 어정어정 걷는다, 그래 찌북찌북 걷는다, 욱 찍어 먹는다."

그래인자 도둑놈이 도둑질하러 왔는데 어정어정 걸다가 팥죽이 있어 푹 찍어 먹은께네 지구 끈다 싶어서 고마 도적놈이 고마 가뿟는 기라.

〔 율곡면 설화 61 〕 T. 9 앞

본천리, 1998. 4. 3., 1조 조사.
유곡순, 여 · 74.

죽 나눠주고 목숨 구한 할머니

* 이어서 "함쭉이 이바구 하까?" 하시며 시작했는데 왜 함쭉이라고 하신지는 모르겠다. *

그래 또 늙은이가 참 혼자 사는 늙은이가 팥밭을 지어가 먹고사는 기라. 팥밭을 빌어가 먹고사는데 이노무 참 이 팥 매가지고 언제 결코 싶어서 고래 살다가, 인제 가실이 된께 팥을 타작을 해서 인제 딱 해본게, 늙은이 팥밭을 맨께네 호랭이가 내려와가지고,

"늙은이, 늙은이 내 니 자바 묵을란다."
이래 카거든? 다 그짓말이겠지. 그래 자아 북을란다 한께,

"에유 내가 이러구로 밭을 맸는데 내가 참 팥죽이나 한 그릇 먹고 죽어야 안 되겠나?"
그러컨께 그래 또 하루 밭 일구는데,

"늙은이, 늙은이 니 자아 묵을란다."
"내가 팥 이거 팥죽이나 한 번 끼려묵고."

그래 인자 참 하루는 팥을 그러구로 인자 호랑이가 팥죽 묵고 나면 자바묵을라꼬, 그래 팥죽은 한 솥 끓여가 인제 준다고 한 솥 끓여가 인자 온 집에 팥죽을 퍼놓고, 인자 호랭이 오도록 기다리고 늙으니 실컷 묵고 있은께는, 모 이 사람도

주고 저 사람도 주고 막 이래 줬는데. 그래 또 덕석이 하나 둘둘둘 굴들더니,
　　“늙은이, 팥죽 한 그릇 도라.”
카거든. 그래 또 덕석을 팥죽 한 그릇 줬다. (조사자: 덕석이요?) 덕석이라구 있구만 옛날에. (조사자: 아, 예.) 계란이 돌돌돌돌 옛날엔 달걀이라 캤다. 달걀이 돌돌돌돌돌 굴들어오더니,
　　“늙은이 팥죽 한 그릇 달라.”
칸다.
　　“아이구 정지에 있다 무으라.”
　　아 깨가 또 엉금엉금 엉금 오두만,
　　“늙은이 팥죽 한그릇 도라.”
커는거라. 또,
　　“정지에 있다 무으라.”
　　마 있는대로 끓여 났는 기라. 그래가 인자 따듬돌이 땅땅땅땅 오더니, (청중: 빨래 따듬이 아나?)
　　“그래 늙은이?”
　　“저기 어 정지에 있다 무그라.”
　　그래주고 난께 참 파리가 앵하고 오두만,
　　“늙은이 팥죽 한 그릇도라.”
칸께,
　　“아 그 정지에 있다 무그라.”
　　그래 인자 호랭이가 떡 인자,
　　“내 잡아묵어도 된께?”
　　“하, 인자 자아 무거도 된다. 내 팥죽 무었다.”
이러카거든? 이노무 고마 파리가 불로 탁 꺼뺐는기라. 호롱불, 옛날에 여 써놨거든 어 늙으니 못잡아 먹도록 불로 탁 껐는데, 아이구 그러고 마 저 부수케 불연 그릇이 있다. 그래 옛날엔 성냥이 없거든 이래 묻어난 것이 있다. 그걸이래 부숫때기 인께 아이구 괴알이 톡티가 눈으로 마 호랭이 눈을 (웃음) 딱 때렸거든, 아이구 아이구 이놈것 꾸정물 통에 는께, 아이구 깨가 고마 마 물고 뒹구러끼는거다. 아이구 이렇구 저렇구 인제 니 잡아 묵을란다. 커는데 할마이가 공을 많이

해놀께네, 방에 드란께 마 따듬돌이 드가 마 대가리 쌔리 까 삐는기라. (웃음)
그래 모 호랑이가 죽었어. 그 덕석구가 아까있던 그기, 그기 둘둘말아 도랑에 너
뺏서. (웃음) 그래가 마 늙은이 살았어.

〔 율곡면 설화 62 〕 T. 9 앞

본천리, 1998. 4. 3., 1조 조사.
김명림, 여 · 73.

호랑이와 곶감

* 앞의 이야기에 이어서 나도 간단한 거 하나 하신다면서 시작하셨다. *

　저 저 뭐꼬 뭐 옛날에 한 오두막한 집에 참 애기를 데리고 이래 누워잔께,
애기가 각중에 아파가지고 막 자꾸 울어대더란다. 각중에 뭐 지금 말로 병원이
있나 그냥 애기만 달개고, 그냥 마 이래도 애기가 안 달개지는기라. 그래서 저저
아무리 달개도 안 돼고,
　"호랑이, 뒷산에서 호랑이 내려온다, 내려온다!"
　이래해도 호랑이가 애기가 모 호랑이를 아나. 그래논께,
　"호랑이 온다, 호랑이 온다, 니 울마 호랑이한테 잡아 믹힌다!"
　이렇게 해도 참 아가 안 그치거든? 그런께 아무리 달개도 안 그친께,
　"꽂감, 꽂감을 꽂감을 하나 꽂감 줄까?"
칸게네 애기가 딸깍 근치는 거라. 뭣이 묵고 싶어서 그랬다. 그래 꽂감을 입에
인자 물려 준게네 딸깍 근치게. 호랑이가 인자 참 어스륵 어스륵 집안에 인자
애기 소리 듣고 들어오다가 잡아묵을라꼬 들어오다가, 꽂감이 인자 꽂감을 준게
애기가 딱 근치거든. 근친께네 고마 호랑이가,
　'아하 내보다 더 무서븐 사람이 거 와 있는갑다.'
이러커면서 호랑이 도로 돌아갔다. 산으로 고마 올라 가삐렸다. 그래 애기는 인자

근치고 호랑이는 몬 잡아묵고 산으로 돌아갔다.

〔 율곡면 설화 63 〕 T. 9 앞

본천리, 1998. 4. 3., 1조 조사.
유곡순, 여 · 74.

은혜 갚은 까치

* 뱀이나 구렁이에 관해 이야기 들으신 것 없으시냐고 묻자 하신 이야기이다. *

참 옛날에 과거하러 걸어서 올라가는 기라. 걸어서 올라간게, 참 오두막한데 어데 산꼴짜기에 불이 빤하이 생겼던기라. 거 인자 자는기라. 어 거게 자는데 아 그래 올라 간게네 안치가 새끼를 낳아가지고 있는데 아 구랭이가 거 안치 아래로 해서 새끼를 잡아먹더란다. 그래 못잡아 먹구로 알로 소복하니 놔 났는데. 그래 마 작대기로 더미를 떠니까. 그 구렁이가 참 직있능기라. 그러구로 인자 저물어서 자꾸 걸어간께네, 골짜기에 저 빤하이 불이 써 있더란다. 그래 이제 거 들어가서 하룻밤 잘라고 딱 있은께네, 한밤중된께네 참 저 색시가 하나고 옆에서 딱 앉았더 란다. 본게 늙은이가 아니고 거 색시가 참 곱다 싶어서 인래 인자 참 딴바이 이래 딱 앉아서 본께네. 그래 니 저 오늘 저녁에 밤중 되어가지고,
"여 종소리가 세 번 만나면은 너는 오늘 저녁에 죽는다."
글커든 그래서 인자 이 깊은 산중에서 어데 종소리가 나겄노 싶어서 인자 잠을 안 자고 가만히 앉았은께네. 고기 인자 뭐꼬커면은 배암, 고거 숫배암, 암배암 있는기라. 둔갑을 해가이고 각시가 되가 있는기라. 이제 노카 죽일라고 그래 천 년된 배암이라. 그래가이고 인자 카만 있은께 참 한밤중 된께네, 아 종소리가 세 번이나더란다. 그런게,
"에 그놈 명도 질다."
고마 그러구 날 샜거든. 기 이상하다 싶어서 본께네, 까치가 그 저 산골짝에 절의

정을 뚜드리미 까치가 다 죽었더란다. 주둥이가 문대어져 지새끼 살려줬다고 그
종을 두드려 까치가 주딩이로 어 주딩이로 종을 두드려갔고 엄마 까치 주딩이가
문드러졌다. 아주 그런 짐승은 도우면 은의해. 사람은 도우면 악으로.

〔 율곡면 설화 64 〕 T. 9 앞

본천리, 1998. 4. 3., 1조 조사.
유곡순, 여 · 74.

꾀돌이 토끼

　　청년이 인자 질로 딱 가는데 참 호랭이가 잡아먹을라꼬 '어홍' 커며 이래 달려
들거든.
　　"저 내가 좋은 거석을 하나 해줄께네, 그 기술로 하나 가르쳐 줄텐께, 내카마
더 좋은 기술이 있으, 내마카 더 많이 있는 기술이 있을낀께네. 그래 저기 뭐,
좀 우선 좀 참아 도라구."
　　호랭이가 뭐허구,
　　"그래 토끼로 날 내가 미리 그래 저기 모꼬 굴 안에 너놓낀게네 고걸 우선
잡숫고 날로 죽이라."
이러커거든? 그리고 실지로 괴암을 파 놓고. 그래 인자 토끼한테 부탁해서,
　　"토끼야 너 호랑이 그한테 거기서 해라."
　　그래인자 토끼를 굴 안에 여놓고 그 청년만이 호랑이가 인자 잡아먹을라고
한께네, 아이구 저 토끼가 이렇게 하거든.
　　"아이구 저 호랭이 아자씨, 와, 내가 요게 드간줄 뭐꼬 저기 뭐꼬 호랑이 아저
씨가 먼저 여 굴 안에 드가서 연습을 해야 날로 안 잡아 묵겠는교?"
　　근께. 토끼카마 호랭이카마 토끼가 호랭이보다 토끼가 머리가 좋은기라.
　　"그래야 호랭이 아자씨가 날로 잡아묵지요."

이러컨께,

　"그것도 그렇다 그자. 그럼 마 내가 한 번 드가서 연습 해보께 나 잡아 먹구로."

　아이구 고마 신주 지아 비르니끼 호랭이가 거 드갔거든, 풍덩 빠진께, 잡아 묵을 수가 없는기라. 올라올 수가 없는기라. 드갈제는 드갔는데. 고 뭐 뭐 신주 지암이라.

　"아구 이놈아 내줌 살려도라, 내줌 살려도라!" 카께,

　"아구 호랑이 아재, 저 올라와가지고 어 호랑이 아재 올라와가지고 날로 모 연습하라 안겠는교. 잡아묵으야지요. 나는 모 못올리는데, 호랑이 아재 무거워 올리수가 있능교?"

　딱 한께 그래 마 마 청년하고 토끼하고는 아나 이놈아 커이 그믄 호랭이가 거 잡혀서인자 죽어뼜드란다.

〔 율곡면 설화 65 〕 T. 9 앞

본천리, 1998. 4. 3., 1조 조사.
유곡순, 여 · 74.

총각을 노린 여우

　* 여우 이야기를 청하자 많은데 안 생킨다고 하시다가 시작하셨다. *

　저 옛날에 서당에 참 공부를 하믄 서재라카면 산꼴작에 짓노기라. 산 꼴짜기에, 그러니까 산 꼴짜기에 서재를 지어 났는데 참 공부하러 이 가는기라. 총각이 공부하러 간께. 한 고개 정열하면서 가면 고을 처녀가 구슬을 하나 총각 입에 넜다가 처녀 입에 넜다가 요래거든. 그 처녀가 참 눈에 드는기라. 가아 참 서재가 마 지방이라. 그래 또 매일 밤마중 그렁께네, 서재에서 저저 볼께네 철골이 마르는기라. 얼굴이 말라뿌리 이 총각이. (청중: 철골이 진다하잖아.)

　"어 니가 와 천골이 지노?"

이라건께,

"니가 나한테 바른 말 해라 니가 곧 죽게 됐다."

사장이 지금 여 가믄 선상이 대고수라.

"왜 철골이 지노?"

이칸께,

"그러고 니가 만날 와 지각을 하노?"

한께네, 그래,

"저 아무데 둥그나 밑에 온께네 고븐 처녀가 그래 구슬로 지 입에 였다가 내 입이 였다가 잠결에 한 시간씩 놀다온께네 그렇다."

이래뿔거든.

"옳다. 그래 그 내가 알아보기가 있다."

그런께,

"열네 개라. 그래 열 네개마 고걸 갔다가 아침 해돋이 다 진 끝에 놓고 열네 번을 까불러 보면 알끼라."

그래 선상 시킨 대로 이래 열네 번을 탈탈 이래 까보니께 (청중: 채이거 모를 낀데.) 와 모르나. 음 까부른 게네, 그래 둥그나 밑에 가보래 가보니 께네, 보한 암여시가 저가 있더래. 여시가 총각 잡아 묵을라꼬 (청중: 둔갑을 해가지고.) 춤을 그거 빨아가지고 지가 인자 그거 이걸 인자 빼내는 기라 (청중: 그 구슬로 열고 빼서 지 묵고 이런깨네, 총각피를 빨아물깨.) 총각, 그런게 총각, 꼬 안 그래면 죽는기라 총각이. 어 여시가 고래 꾀가 마네.

[율곡면 설화 66] T. 9 앞

본천리, 1998. 4. 3., 1조 조사.
유곡순, 여 · 74.

보쌀똥으로 공양한 며느리

옛날에 참 효부가 있었어. 참 효부가 정말 아무 것도 없는 집인데 마 너무나 소작 참 시어마니 시아바지에게 잘 했는기라. 그래서 인자 그 여자가 너무 일도해 가지고 싸래기도 얻어다 끼라주고 뭐 오만 짓을 다해도 참 그래갔고 시어마니 시아바지를 먹여살리는기라. 그래 한 번은 본께 저 도랑가 부개집개가 보쌀(보리 쌀)로 먹고 마 똥을 아 이마치 놨났는데, 보쌀똥을 그래 그놈을 아 개울에 물에서 자꾸 씻고 씻고 아무 것도 먹을 게 없는기라. 그래 매 씻어가이고 그래 인자 얼마 나 매 씻었던지, 보쌀 그놈이 옳케 드라서 뱃속에서 개뱃속에서 퍼지도 않했든가. 그래 그놈을 매 씻어가지고 그래 인자 밥을 한께네 밥이 이만한 솥에 한 솥인기 라. 그래 그놈을 인자 지부터 묵고 그래 시어마이로 시아바이로 이래 마 살아나고 이렇더란다. 그래 인자 하루는 비가 막 노성백락을 하고 비가 막 쏟아지더란다. 막, '닥닥닥닥닥' 하더란다.

"아이구 인자 내가 그걸 우리 부모를 줘서 내가 인자 죽을란갑다." (청중: 죄가 많다.)

죄가 많아 죽을란가 싶어서 (청중: 벼락을 때릴란갑다 생각을.) 가만히 방에 요렇게 오도허이 앉았은께, 휘이뜩 고마 마다에 보듬고 가더니마 뭣을 하나 턱 증가뿌는거라 이께다. 모르는기라 이 여자는 하도 기함을 해서. 그런께 이제 늙은 이들이 있다가 마 며느리가 마 한테 비 오는데 출출출출 맞고 그래 뭣을 지고 있길래 그래 본게 마 금덩거리 막 한 뭉탱이로 그냥 (청중: 하늘에서 내려.) 하늘 에서 마 그것도 거짓말이겠지. 그러고마 하늘에서도 너는 이거가 묵고살어 금을 한 가치 지고간께 여자가 이래가 마 뒤로 이래가 금을 지고 있더란다. 메느래가 그 갖고 마 그집이 고마 큰 부자가 되고 마 또 그래 잘 살았다. (청중: 마음이 착하니 그래.) 그마치 어른한테 너무 잘 한께네. 효부라. 그 사람이.

〔 율곡면 설화 67 〕 T. 9 앞

본천리, 1998. 4. 3., 1조 조사.
유곡순, 여 · 74.

지렁이로 공양한 며느리

** 앞 이야기에 이어서 계속 구연하셨다. **

시어마이가 봉사로 참 들어 참 앉아서 참 그래 들어앉았는기라. (조사자: 장
님이요?) 어, 장님이라. 장님이 두어앉았은께 이노무거 사시로 보수를 할께 뭐
시을께 있나 거신이 안 있나 와 거신이. (조사자: 지렁이요?) 지렁이, 어 지렁이
낚서 모 고기 잡고 안 하나 그놈 인제 짐구럭에 대이메 이래 캐가지고 그놈을
씼어서 그게 참 이름이 용봉탕이다. 그래 그놈을 해가이고 (청중: 그래 고아면
참 고소해.) 사시로 멕였거든 멕여. 아이구 살이 쪄서 노인이 마 이런데 누가 와서
거신이라 캤다 카더라. 그래 안생킨다. 누라 카더라 누가 (청중: 아들인가?) 아들
마저, 아들이 왔다. (청중: 아들인가 손잔가 몰겠다?) 아들이 와서 그래 인자,
 "아이구 내가 어떻게 젊은이가 잘해줘서 (청중: 눈은 뭐 봉사지.) 눈은 봉사지
만은 내가 이 (청중: 맛있어서?) 기분이 좋고 막 인자 아무데도 아픈 데도 없고
그렇다."
이래뿐게. 그래 아들이,
 "뭘 잡샀는데?"
 "그래 내가 여 구들막에 하나 여 놨다. 이게 참 맛있더라."
한께 자리 밑에 여놨다가 인제,
 "아이구, 이거 거신이네 본게." (청중: 지렁이지. 지렁이.)
 고마 눈을 퍼떡 떠삣어. (웃음) 어 어이 거신이라 이러한께 눈을 퍼뜩 떴드란
다. 그런 효자 메느레가 있어.

〔 율곡면 설화 68 〕 T. 9 앞

본천리, 1998. 4. 3., 1조 조사.
유곡순, 여 · 74.

우애 깊은 형제

* 책에 나오고 텔레비전에 나오는 이야기는 피하시느라 고민 하시다 형제 우애 얘기 없냐고 묻
자 있다고 하시며 시작하셨다. *

옛날에 참, 형제간에 우애가 있어. 우애가 있어 가지고 참 이노무 나락 농사로
지가지고 요새 형제간에 또로 사는데 이노무 것 형이가 또 하룻밤에는 동산 논에
또 한 짐 져다놓고 또 하루밤을 자고 나면, 동상은 모 형 논에 갔다가 또 한 짐
져다놓고 아 서로 그 싸타가 (청중: 마주쳐 뺐지 뭐.) 한 번은 모 하루저녁은 마주
쳐 뺐어. 누가 이노무 나락을 갖다 놓나 갖다 놓나 낭중에는 본께 동상이랑 성이
가 서로 지고 당기다가 서로 갖다 놓다가 고마 날이 새고 마 알아채는 기라. 그래
참 형제간에 우애가 있어 가이고 그집이 그렇게 참 잘 살더란다.

〔 율곡면 설화 69 〕 T. 9 뒤

본천리, 1998. 4. 3., 1조 조사.
문학주, 남 · 68.

선조 묘를 가까이 써야하는 이유

* 마을 유래에 대해 듣고 열녀정 이야기를 다시 들은 후 준비된게 없다고 안 생킨다고 하
셔서 재차 부탁드리자 구연하셨다. *

선조를 갖다가 뫼를 멀리 씨면 안 된다. 그 원인이 모이냐 하면 이전에 어른들
하는 이야기가, 에 이게 등금장시라 카나 사람이 있는기라 등금장시. (조사자:
등금장시오?) 등금장시라 커는데 그 사람은 지게 위다가 기루 단지를 하나 매달

아가지고 솥, 솥 대신에 약단지 같은기라. 그거를 매달아 가지고 쌀하고 지고 가다가 물리서면 그걸 갖다가 쌀 갔다가 물에 버물려 가지고 거 기루에다 밥을 하믄 나무는 어데가도 있거든. 그래가 밥을 해 묵고 등금장시라 하는 거는 숫돌 그놈이 무겁거든. 낫 가는 숫돌, 숫돌 그거 아는가 모르는가 모르갔다. 숫돌 모르면 내가 이 숫돌 그거를 지고 뭣을 지고 그래가이고 댕기면서 팔고 바꾸고 얻어묵고 가다가 인자 저물면 지밥 해묵고 그래 댕기는 장사가 있는데.

그래 하루는 어느 재를 넘어 간께네 날이 저물어 뺏는기라. 날이 저물었는데 그래 가도 오도 몬 하고 모, 그 뫼가 하나 있는데 거기 고만 누워 자게 됐는기라. 누워 잔게네 저 꿈에 노인이 그 헌 노인이 한 분 모시는기라. 오시더만은 두루매를 홀떡 걸어 제치고 앉으면서

"아야!"

커며 인자 앉으거든. 그래 이 사람은 인자 벌로 보고 인자 그 노인이 왔는갑다 십은게 고만 닭이 꼬꼬 우는 기라. 닭이 꼬꼬 운께네 그 노인이 앉았던 그인이 칼칼한 노인이,

"아이고 오늘 저녁 또 틀렸네."

커면서 고만 허향(회향)을 하는 기라. 다부 온 길로 다부 돌아가는기라. 그거 기이하다 싶어서 인자 꿈을 깼지. 깨고는 그런 꿈을 꾸고는 내려가는 기라. 간께네 동네가 기와집이 삼삼오오 큰 동넨데 그 동네 들어 간께네 아이구 막 밥을 이고 가고 이고 오고 그래 싸면서 아무댁에 집에는 제사를 지냈단다. 제사지냈다. 친지 제사지냈다컨게 나도 인자 그 집에 가서 밥을 한때 묵을까 싶어서 인제 참 그집에 간께네 그래 마 간밤에 친지 제사 모셨다고 막 온동네 사람을 청하고 사람이 많이 모였는게 그래 인제 등금장수 거 갔제. 간게네 그 제삿밥을 또 누구나 밥 주거든 제삿집에 제사 지내면 거 밥을 한 그릇 얻어먹고는 그래. 인자 그 영감이 가만히 생각해보니,

"밤에 인자 누구 제사를 모셨냐?"

한께네,

"그래 우리 할아버지 재사를 모셨다."

하는 기라. 할아버지 제사, 할아버지가 거 인자 이야기하믄서 거 이런 저런 얘기하다,

　"할아버지 성강은 어떻게 생기셨냐?"
한께 내는 밤에 자기가 등금장시가 본 그 할아버지 하고 일치가 되는 기라 말이. 거 시염이 길다랗고 모 참 많이 특징이 안 있는가비. 이런저런 이런 이야기를 하는기라. 그러면은 이 등금장수가 가만히 본께 아야 그 노인이다.
　'그 노인이면은 간밤에 내가 꿈을 꾼 그 노인인 같다. 꿈에서 본 그 노인이다.' 싶어서 그래서,
　"그 이 댁에 산소는 어데 들였냐?"
한께네, 그 자기 재 너머 그 저쪽에 저 멀리 산소가 돼있다 하는기라. 그래서 가만히 생각한게 아 그 노인이 그끄정 와가이노 허향을 하였구나. 그 노인 허향을 한 내력이 여 닭이 울어가지고, 신이 발동하는 시기는 닭이 들어가 계명성이 울리뻬믄 신이 발동을, 자취로 감최야되고, 에 저 닭이 안 울고 제밤중에는 인자 발동을 하는 시긴데 그런께 인자 즉 산소를 멀리 들여 놨으니 오늘 저녁 우리 아들이 제사 지낼끼라고 오고 오다가 거꺼지 온께네 닭이 운께네 가삐는 몬오고 (청취 불능) 조상이 그래서 그집에 자차고,
　"내가 밤에 꿈을 이런 꿈을 꾸었는데 여기 거에 간꺼네 거기서 잔께네 일월헌 신에 와가지고 오는 저녁에 또 틀렸구나 커면서 다부 가더라."
이렇다 근게 그 집에서,
　"아, 우리 할아버지 다 그런데 아연 밤새도록 와봐야 고빽에 몬와. 몬 오시겠구나."
　그래가지고 집에서 그 말 듣고는 이듬해부터는 그 뫼뿔에 가서 제사 이렇게 지냈다. 그 인자 오자 마주치자 그래가지고 인제 그 접대를 받고 간다. 그래서 그 이듬해부텀은 그 집에서 제사를 거 가서 지낸다. 그래서 어 우리가 말하는 가급적이믄 멀리는 산소를 들여선 안 되고 그저 그날밤에 하루 저녁에 왔다 갈만한 그런 거리에다 산소를 들이는게 무방하다는.

〔 율곡면 설화 70 〕 T. 9 뒤

본천리, 1998. 4. 3., 1조 조사.

문학주, 남 · 68.

도깨비 덕분에 된 천석꾼

* 이건 고담이라며 이야기를 시작하셨다. *

이전에 아주 불신가난이라 몬 사는데, 어 친정에 친정에 말이지 친정집에는 잘 사는데 부자로 잘 사는데 친정 어머니가 환갑이라. 환갑인데 환갑인데 좀 해가 가야 할긴데 아무 것도 뭐 (청중: 아무 것도 없다 이 말이지.) 다 나온께네 (웃음) 뭘 좀 해가 갈가카니 해가갈께 있어야지. 그래서 생각 끝에 가만히 생각한깨 집에 메밀이 한 되 있는기라. 그래서 가장한테 인자,

"나는 오늘 정때 친정어머니 환갑이니 오늘 정때 갈끼니 내일 아침에 내가 저 묵을 내가 해놓고 갈티니 일찍 가주 오소."

가주 오면은 친정집은 부잔께네, 음식을 더 가이가도 처치로 곤란한기라. 그런데 내가 그걸 가지고 가거들랑, 가지고 일찍 넘어오믄 재가 있는데 재를 너어서 인자 가야되는데 처갓집을 일찍 가주 오믄, 내가 딱 기다렷다 쫓아나가 가주고 아무데 서방 안카는가베. 가령 인자 박가 가트면 박 서방이 묵을 갖다가 한 점치 해가 왔다꼬 받아다가 내가 도자이 열끼니 아무도 안 인나서 일찍 오믄 받아 너 열끼니 그래인자 박서방이 묵을 갔다 한점치 해가 왔다 커믄 어 친정집에서는 고마 있으나 업스나 더 있어도 모르고 더 없어도 모르는게 알게 아이가. 많이 해가온줄 알게 아이가. 그래서 인자 딱 나의 의논을 하고 친정집을 인제 이튼날 참 묵을 한께네 꼭 양재기 한 양재기빢에 안 되는기라. (웃음) 그거를 그래 놓고는 그래 보아 친정집에 한날 넘어갔거든. 넘어갔는데 친정집이 부잔게 뭐 서슬이 대믄닽고 친정집에 부장께네 뭐 그런데 그래 넘어가서 인자 기다린다 마느래를 그래 인자 영감은 묵을 갖다 내일 아침 일찍 가오라 그래논께네 만약에 늦잠이 들어 가지고 가게되면 동네 사람이 묵을 한 양재기 들고 가는걸 보믄 그런 이사가 없거든 그래서 인자 저녁에 누워 자면서,

'내일 아침에 일찍 일어나야지.'

계산하고 누워 잤는데 누워자고 그래 인자 한숨 실컷 자고 일어난께 달빛이

있었던가 마, 날이 환하거든 아이가나 이거 늦을까 싶어서 고만 가지고 고만 묵을
갔다 한양재기를 들고는 재를 넘어서 갔는기라. 간께네 아이구 구름이 고만 솔솔
모이미 띠고 해터니마는 고만 날이 어두워 삣는기 참 날이 캄캄한데 앞도 안 뵈고
못내려갈 지경이라 동네. 그래 일찍 가가 눴는기라. 그래 인제 근처에 내려가는
중머리서 인자 가만 누웠다. 누워 누웠은께네 뭐 초저녁 이든기라 누웠은깨네
고만 잠이 들어삣네. 잠이 들어 삣는데 아이구 비몽사몽간에 가만히 본게네 머시
'부시럭 부시럭' 그래 싸터니마는 뭐 뭐시 모여드는데 본께 토째라 (청중: 아아.)
토째비가 막 모여들면 토째비가 묵을 즐긴다네.
　　"아이구 여 귀한 묵을 한 그릇 해다놓고 이 죽었다요."
찬꺼또 고마 무섭기도 하고 마 꼼짝도 못하고 가만히 있은께네,
　　"우리 마 묵 갈라묵자."
　　뭐 토재비들이 우 달라들어 묵을 고바 갈라 묵어 삣는기라. (청중: 우짜꼬?)
그것도 작아 처가집에 가갈까 말까 한데 토째비들이 다 갈라 먹어 삣더만 묵고
나더니만 즈그끼리 하는말이,
　　"아이가 여 모 우리는 묵은 갈라 묵은 기고 이게 고만 죽었은께네 장사나
좋은데 지내주자. 천 석할 데 고마 갔다 묻어주자."
쌌는기라. 그래 싸터니 우시두시 우시두시 걸더니만은 아여 그래 동네 내려가더
니마는 살방문을 하나 떼어 와가지고 고만 죽었다고 누웠은께 이걸 들어서 고만
살방문 위에 얹으더니마는 여 뭐 앞소를 미고 뭐 장사를 하는데 어헝싸면서 장사
를 하는데 (청중: 토째비들이 됐다 이기라.) 어 토째비들이 고걸 먹고 가는기라
하더니만은 아 어그 어 천 석할 자리 여그 묻자. (청중: 아, 천 석한 자리다.) 토재
비들이 고마 갔다 놓거든 놓는데 죽은 듯이 가만히 누웠은께, 그 꺼정 막 판다고
거 갔드니마는 그래 인자 다 됐다 인자 가다 묻자 하자거든, 그러자 뭐 토째비들
그래 싸아도 그래 싸차 인자 날도 거이 새블꺼 아이가 샐라커는데 고만 그땐 인자
이때다 싶어서 고만 고함을 지르며 마 뻘떡 인나는게네 토째비들은 고마 간 데가
없는기라. 없는데 자리는 인자 천 석한 자리를 잡았는기라. (청중: 자리는 아아.)
천 석할 자리를 잡았는데 그래 인자 가만히 생각한께,
　　'인제 처가집에 가바야 머 묵 그냥 있어바야 몬들고 들어가고 없어서도 몬가
가구 이래 고만 장모환갑은 틀린기고 우리 아버지 이장이나 할빼끼다. 인자 굿은

파난기고 우리 아버지 이장이나 할배끼자.' (청주: 자린 잡아 난 기지.) 그래가지고 인자 고만 장사를 하는디, 여 마느래는 새벽에 일찍 오기로 했는데 약속을 하고 묵을 마지 요맨치 요, 요만한 걸 해가지고 가져오라 캐났는데 새벽부터 인나서 대문앞 기다리니 (청중: 뭐요.) 안 오거든. 그래 인자 아이구 무슨 서방이 올라켔는데 저 묵을 갖다가 이만저만 해놓고 마이 해놓고 그걸 가져올라켔는데 이 양반이 안 온다고 인자 그래쌓다가 그래 인자 아이 고만 여여 이집 사우 그 양반이 안 오니 (소란으로 청취불능) 집에 넘어 가볼라 칸다. 아이 그 그럼 가보라칸다 그러구 온께네 집에도 사람이 없다. 그래 이제 어짠 일인가 싶어 온 동네를 찾는기라. 찾은께네 그래 누가 혹시 봤는가. 본 사람이 있나 그래 수소문하고 한 끝에 동네 사람이 그래 뭐 저 비 저 비 그래쌌테. 그래 인자 즈그 아브지 묘 즈 시아버지 메를 옮기는 기라. 가본께네 그래서 인자 메를 갖다가 고마 당장 파서 인자 참 이장을 했는데 뭐 그후로 고만 참 살림이 일어난 그래가지고 인자 그 집이 부자가 되인께네, 아이 가난한 사람이 각주로 부자가 된께네 우짠 일로 저 집엔 우짠 일로 살림이 느는가. 이웃에 사람이 하나 아유 째가유 그래 내가 째 드로 간께네. 그래 인자 그 사람은 사면이 약사하고,

"내가 참 처가집에 부조가 있어 부금을 해가 가다보믄 거 누워 잤더니만은 그래서 토째비가 와서 날로 갖다 고만 죽었다고 해가지고 유각에 내가 고만 어거 있다가 고함을 질러가이고 메투릴 잡아가이고 인자 이장 아부지 이장을 했더니 (우물거리심) 그래서 살기 됐다."
한께 아래 이웃 사람이 욕심 많은 놈이 있었지. (웃음)

'이 때다! 울 아부지도 만 이장을 갖다가 메틀하나 이장을 할빼끼다!'

그래가지고 이웃의 사람이 그 사람은 머 때끌도 없지도 안 하고 지낼만 한 사람이 고만 묵을 갖다가 그러니까,

'너는 한 양재기 해가 갖는데 그런 천석꾼하는 메털 얻었으니 나는 많이 해다 놓으만 으잉 메터를 갖다가 만석꾼 하는 자리 안 얻겠나.'
싶어서 묵을 또 한 당새기 해가가 인자 그 사람 말한 자리 거 가서 인자 하루 새벽에 떡 누워잔다. 잔께네 과연 토째비가 왔는기라. 토째비가 와가지고,

"하이고야 먼저는 묵을 갖다가 한 양재기 해가놓고 죽었더니 만은 요번에는 묵을 갖다 음청 많이 해다났다요."

묵을 즐긴다케. 그래가지고,

"으이, 우리 이거 만석꾼하는 자리 묻어주자."

토째비는 거짓말 안 하는 기라. 만석꾼하는 자리 묻어주자. 먼저 그거는 묵을 해다 고래해다 나도 그래 모 좋은데 해싸면서. 그래인자 고마 살방문을 떼어가미구 가더란다. 가는데 어떻게 무서버 견딜 수가 있어야지. 가다가 고만 무슨 소리를 해 해뺐는기라. (청중: 아하) 고만 토째비들이 놀래가지고 마 살방문채로 고만 집어떤져뺏어. (웃음) 그놈은 만석꾼하는 자리도 몬가고 고만 인제 덤불에 걸려 죽어뺐어. 하하하하

〔 율곡면 설화 71 〕 T. 10 앞

본천리, 1998. 4. 3., 1조 조사.
유곡순, 여 · 74.

소금장수와 장승

가난해가지고 등금장수란게 등금장수란게 소금장수라 (청중: 아아.) 그래 이놈을 참 짊어지고 소금을 팔고 이래 댕긴께 참 날이 저물어서 잘 데가 없어서 저 장승 밑에 누워 자는기라. (청중: 장승?) 장승 있다. 장승 모 읍내 가믄 장승 있어가지고 그 밑에 (청중: 아아, 장승.) 장승. 그래 잔께네 장승이 '덩그렁 덩그렁' 카더란다. 저도 잠도 안 오고 무섭고 해서 저도 '덩그렁 덩그렁' (웃음) 인자 밤새도록 같이 그켔어. (웃음) 그래 장승이 떡 아적이 된께 아침이 된께네 새벽이 된께네,

"아유 내가 참 밤에 사시로 혼자 있어서 장승이 참 외롭더니만은 참 밤에는 친구가 와서 참 내가 참 잘냉겄다. 이 친구라 친구라 본께네 참 볼 꺼는 없는데 저 면에 저저저, 무슨 덕, 거 덕밑에 부인집이 있는데 (청중: 부인집이 있어?) 바가찌 부인 바가찌 고걸 가져가서 가져가서 채또바리 살기가 좋다."

카거든? 그래차나 그리 듣고 퍼뜩 깨가지고 그러구 날이 새더란다. 그래 덕 밑에 딱 거기 소리한데 거 딱 지나가는데 보니까네 아 요래 바가지가 하나 있더란다. 그래 인자 채뚝속에 딱 여논게 (속삭이셔서 안들림) 머 또 돈이 한 (웃음) 매우 부자가 되는기라. 그래 인자 참 이웃이 한 사람이,

  "너는 그 못 살던게 어째 부자가 된노?"

해싸커든? 참 거 기묘한데 그래 났는기라. 저 소금을 팔러 댕기다가 장승 밑에 누워 자보니 내가 그래 참 잠도 안 오고 해거 그래 장승이 덩그렁 덩그렁 하길래 내가 그랬다. 이러기 비러머글마 소금을 짊어 (옆에서 계속 웅얼거림) 소금을 짊어지고 저도 인자 고 캄캄하도록 기다리고 있다가 고쪽에 가는기라. 가서 딱 밤에 누버서는 참 장 장승이 소릴하거든 (다른 분 들어오셔서 소란) 장승이 '덩그렁덩그렁, 덩그렁덩그렁' (웃음) 아이고 저는 어픈까살고 '덩그렁덩그렁, 덩그렁덩그렁' 소리해싼게 장승이 '덩그렁덩그렁, 덩그렁덩그렁' 아이고 밤에 고마 어떻게 장승이 성질을 가부리는가 (웃음)

  "아우 내 저거 무슨 벌로 줄까 싶어서 저 덕밑에 거가면 무슨기 있은께 거가 가가 보라."

  그래 거 덕 밑에 간께네 큰 구렁이가 있다가 몸에 칭칭 감아갖고 고마 죽어뻤다. (웃음)

[율곡면 설화 72] T. 10 앞

본천리, 1998. 4. 3., 1조 조사.
이외선, 여 · 73.

바보 신랑

* 옛날 이바구는 모르고 얄궂은 이야기만 안다고 하시자 주위 분들이 만류하였다. 조사자 들이 여러 차례 부탁을 드려 간신히 이야기를 시작하였으며, 주변이 매우 소란한 가운데 구연하였다. *

아이를 하나 낳는데 어찌 등신이던지 금식 같은 것도 모르고,

"니 성이 모꼬?"

캐도 모르는기라.

"니성이 모꼬?"

캐도 성도 모르는기라. 그래서 인자 그러그로 그걸, 그러그로 그걸 인자 나이 들어가 장개를 보낼라 칸께, 장개 가다가 또 (옆에서 자꾸 장난을 걸자, 치우라고 버럭 소리치심) 그래 장개를 보내야 되는데 저놈 자식이 가서 (청중: 누가, 누가 장개를 간단가?)

"니 성이 모꼬?"

카믄 또 성도 몬갈켜 줄끼고 장개도 가는데 그래서 인자,

"니 성이 나도 배가고 너도 배간데 내 성도 배가고 니 성도 배간데 그래 저 배가라 케래. 저짝에서 묻거들랑 배가라 케래이."

'저녁에 갈켜노며 알겠지'

하고 난께 또 잘 모르는 기라. 그래서 배를 한 게 사갔고 꼭대기에다 딱 이래 이제 실로 매가 옷에다 달아줬어 큰거 말고 작은거 사가.

"니 가다가 잊어쁠거든 배 요걸 보고, 배 요걸 보고 배가라 케라."

이놈 자슥이 또 가다 그것을 홀라 쁜기라. (웃음) 배를 홀라쁠고 꼭대기만 댕강댕강 달고 다닌기라. 그래가 있어서 그래 격자 가서는 인자 신랑이라 고래가꼬,

"니 성이 모꼬?"

한께네 고마 배간걸 잊어뺐어. 배는 홀러 뺏지. 지 옷을 들어본께 꼭대기가 있으니,

"꼭다라."

카더라. (웃음) 그래가꼬 그래 자식이 등신이라고 그래 애를 먹었어.

〔 율곡면 설화 73 〕 T. 10 앞

본천리, 1998. 4. 3., 1조 조사.
이외선, 여 · 73.

복 받은 열녀

* 이바구를 시작하면 밤새도 모자르다 하시며 피하시다가 또 하셨다. *

　　신랑각시 없기는 묵을게 없게 사는데 이놈의 남자가 널름 죽어쁘린기라. 죽어쁘고 난께 아는 서이네 너이네 나났지, 신랑은 죽어삣제, 빙기두 한줌 가올 사람이 없는기라. 그래가지고 산에가 나물로 뜯고 얄궂이 해가 먹고 살고 이래가 드란자꼬 와서 빙글로 두꼿도 없이 헌 그드기 지 옷을 벗어가 아를 덮어서 키운다 케서 덮고 덮고 아이 비러머그 뒷집 사람이 또 무다이 그러드마 하나 또 죽어쁘고 또 그런 가냉이가 하나 있는기라. 가탱이가 앞 뒷집 둘이래. 그래 둘이라서 둘인데 그래 몬 살아 가지고 죽을지 일을 한다 야슥도 없고 이런데 마 나물로 떠다 먹여 논게네 똥만 픽픽 싸쌌고 고만 마마 몽태로 죽을지긴데 그 인제 천신이 걸라칸께 그래 해가 다져가는데 피를 쓴, 피를 쓰고 활개 도복을 입고 바랑을 지고 도사중이 하나 떡 오더란다. 오더니만,
　　"이댁에 좀 자고 가입시더."
　　여자 모 말이 안 나와서,
　　"아이구, 예 방도 온당하니 없고 이래 누추하나따나 누추하지만은 자고 가실렵니꼬?"
이러컨께네,
　　"아 누추해도 아무 상관 없은께 내 웃묵에 내 쥐 잠은 듯 자고 갈랄꼬."
이러컨께, 그래 차븐데 잤는기라. 그래 도사중이 가만이 본께 그 젊은 중이 만국절색이 마 미남이 활개를 쳤으니 좋은 옷을 입고 이렇게 가서 떡 벗어놓고 웃목에 가서 반드시 누웠은께 이 여자가 그 피를 쓴 중을 쳐다도 안 보고 어떻던지 자슥 서이를 다독 거려가지고 지 옷을 덮어 두드기로 엎어가지고 구들목에 서로서로 고래 자면서는 자슥만 우대한다 캤다. (청중: 고개 뒷집 사람 아이가?) 그래 인자 그래서 하다가 저 부인이 참 가장도 죽고 묵을 끼도 없고, 저 자슥 서이를 저리 참 중하게 여기고 저래 우대하는데 묵을 끼 이래채 없어가이고 참 우짜겠노 그러고마 내가 도술을 하나 부려 조야겠다. 그러고마 아침에 자고 나서 바랑을 짐지고 미알간 피뜨리고 가쁘린기라. 가쁘고 난게네 여자 맘에는 어떻게 좋던지

거 있으면 참 어쩔까 싶어 뭐 줄 것도 없지. 그래가지고 가고 난게 좋아서 아유 나물찜이라도 먹어야지 우짤꼬 싶어 정지에 가서 솥뚜껑을 열어 본게 보얀 쌀밥이 한 솥 있는기라. 쌀밥이 한 솥 보하니 있는기라. 그래가 또 인자 방에 와서 귀쨍이 농쨍이 쪼매난데 열어본께 비단옷이 꽉 찬기라. 옷이 자꾸 나오는 기라. 또 빼면 나오고. 또 한 쪽에는 열어본께 돈이 꽉 찬 기라. 돈을 자꾸 이래 인자 이래 자꾸 인자 내도 나오고 나오는데 보믄마 배락부자 되가 마 이래 살게 됐는데. 그래, 앞 집에 여자가, 아니 니는 어째서 뒷집 여자보고,

"나는 이래 몬 사는데 너는 우째서 집안에 이래 밥도 좋은 밥이 있고, 옷도 있고, 돈도 있고 이래 살기가 좋아졌노? 어째서 그렇노?"

"아이고 내 모르겠다. 중이 와서 좀 자고가자 방도 더럽고 몬잔다케도 괘안타 카며 자고 가더니 그러카구 나서 밥솥을 연개 쌀들이 그만큼 있더라. 그래 내 몬 잔다 케서 자고난 게 있더라."

"아이구 내도 인제 그래야 되겠다. 중 오믄 인자 나도 중만 오믄."

그래 그래 인자 고 여자 행실을 알고 이 도사중이 그집에 또 갔어.

"주인댁에 주인댁에 좀 자고 가입시더 해가 다 지니."

"아이구 고마 예 오이소."

고마 간사를 부리는기라.

"오이소, 아이구 방은 그서 하지만은 자이소."

비물것 가만 자며 보인께네 자슥은 구석으로 내비려 뿔고 어떻게 니 중한테 아이구 참 (옆사람 팔을 막 스다듬으시며) 도사중을 내리씨도 않고 시감는기라. (청중: 자슥은 내비려 뿔고?) 그래 이년은 마 시담고 피 누부져싸코 막 중한테 인자 중한테 그러믄 좋게 비일라꼬 자꾸 이래싼케 도사중이,

'요년아 아 저거는 자슥도 내비려 뿔고 나한테 저러치 쓰담고 간사를 부리는 걸 본게 한 가지 봉언이 있구나. 그래가지고 자고나서 고마 오냐 니 맛 좀 봐라.'

(웃음) 졸래졸래 가뺐다. 중이 가뿔고 나서 가뿔고 난께,

"아이구 나도 밥솥을 열어 봐야지."

가서 솥뚜껑을 열어 본께니 사오테고 막 자지가 한 솥 막 (웃음) 꽉찼제.

〔 율곡면 설화 74 〕 T. 10 앞

본천리, 1998. 4. 3., 1조 조사.
이외선, 여·73.

혼자 살라는 팔자

옛날에 일등 미인이 참 인물도 좋고, 좋은 사람이 시집을 떡 갔다. (청중: 시집
을 갔어.) 어, 시집을 갔는게 이놈의 신랑이 고마 반부부라. 허 반부부르 고커미는
빙신인데 그래서,

"예레 빌어먹을 것! 내가 이만한 인물이 너를 바라보고 여 살겠나?"
싶어서 고마 도망을 가뻤어. (청중: 저 마누래가 도망을 갔나?) 하믄. 마느래가
거 인자 안 살라고 그 남자랑 안 살라고 거 인자 도망을 가뻬논게. 그래 인자
참 인물도 저칸 같고 조은 데로 지가 택해갖고 영감을 하나 얻어다가 가선 빌어먹
을 가갖고 첫날밤 자고 난게 그게 죽어 삐리네. 정한 사람 기게 죽어삐려. 죽어삘
고 난께 어떻게 앵통뜬지 앤통해서 미를 써 났는데 밋등에 가서 그래,

"하룻밤 인연으로 가는 법이 있느냐!"
고 해싸며 밋등에 가서 뚜드리며 운게네, 뚜드리고 울마 미 봉분이 불룩거리며
자지가 하나 쑥 나오는 기라. (웃음, 그만 하시려고 하시나 계속 조름) 그래 또
또,

"하룻밤 자고 갈 인연이 그래가 가는게 그러마."
또 불룩거리며 자지가 하나 나오고 시 번(세 번)을 그런게 시번이 나오더란
다. 아이고 몸살이 나서 인자 내 이것도 저것도 내한테 살라카는 팔자란갑다 싶어
서 인자 또 도망을 갔어. 가가가 생각해도 (청중: 그 꼬추가 귀찮아가 도망을 갔다
이 말이지?) 오데 여자가 갔어. 그 밋등을 안 두드리고. (주변에서 소란스럼. 유곡
순할머니가 "문등이 같은 거 그만하라!"고 하시나 계속됨) 그래 또 인자 여는,

    "내가 하룻밤 인연을 보고 참 내우간 정을 하는데 이래 가뿔고 그런게 이눔은
우짤라꼬 내 정을 떨라꼬 그 놈만 쑥쑥 나오노. (청중: 아아.) 사람은 안 나오고
그놈만 쑥쑥 나오니 내가 인자 이 질로 내 혼자 살라카는 팔자다."
싫어서 인자 딴질로 가는기라. 덜렁덜렁 가는게네 참 얄궂은 정지나무 밑에 부채
를 쥐고 홀레홀레 이놈이 참 한량같은 사람이 있더란다. 그래 그래,
    "댁에는 어데서 오요?"
그래,
    "나는 어데 참 어데 사는 사람인데 그래 영감놈 산소 갔다오는 길이요."
    그래요 카면서 그래여 시작하더란다. 그래 인제 정지나무 밑에 슨게네 그래,
    "당신이 영감님, 영감님 저 원한 저 저 부인은 그네 원한이 어데 있어서 그래
영감 그래 남편 산소 갔다 이래 기죽어서 오느냐?"
고 그래,
    "내가 하룻밤을 참 가장 곁에 자고는 고마 돌아가시쁘소 미를 써 났는데 그
미에 갔다온다."
칸께. 그래 그러면은,
    "당신이 내 따라가자."
칸다. 그래 인자 따라갔다. 따라간게네 참 물도 없고 얄궂은 옴방집에다 델구 가
더란다. (옆에서 계속 중얼거리시는 말에) 어? 옴방집에다 델구 미선한데는 안
델구가고, 인자 옴방집에 델구 가더니 근게 옛날 도사가 있고 그랜다케 (청중:
도사는 있다.) 하모 그래 인자 따라갔다. 따라간게 이 빌어먹게 한체 살라카는
팔잔가 거 옴방집에 들어간께 이놈의 남자가 주야로 묵을 거 밥도 없고 국도 없고
아무 것도 없으미 주야로 고마 여자만 마 좋아가 인자 그러카고 앉았어. 이래서
고마 이놈 여자가 그냥 몸서리가 나서,
    "나는 나 혼차 살라카는 팔자다."
이러커면서 고마 불원천리로 고만 내빼삣단다. 그래 고마 끝이 났다.

〔 율곡면 설화 75 〕 T. 10 앞

본천리, 1998. 4. 3., 1조 조사.
유곡순, 여 · 74.

부인을 시험한 남편

* 나는 그런거 비슷하긴 해도 그런거, 얄궂은 거는 아니라며 시작하였으나, 여전히 소란스
런 분위기였다. *

옛날에 부부간에 살미 참 인정이 있고 고마,
　"나는 당신이 죽으면 같이 죽을란다."
이래카는 기라. (청중: 같이 죽어?) 어. 살마 같이 살고, 죽으믄 같이 죽는다. 이기
모 인정이 저렇게,
　'우리 마누라가 내한테 저래 정성이 있구나.'
싶어서 그래 뭐 하루는,
　"아이구 마 몸이 아프다."
하구 마 마 참 그래싸터니만 영감이 (청중: 나 또 한 게 할란다. 그런거 아닌거.
하하.) 영감이 고마 죽어삣는기라. 인제 죽었는데 (청중: 영감이 죽었다 이 말이
가?) 영감이 죽어삣어요. 그래 잘 지낸디. 그래 인자 막 소복을 하고 인자 막 메에
가서 막 아이고 지고 울어싸코 울어싸타가 (옆에서 웅얼) 아이고 그래 하도 울어
싸타가 청정씨 울어싸타가 그래 또 그 이튿날 또 가니 부치를 하나 딱 갖고 가서
뫼에다 부채질로 하여 한뿌사는기라. (청중: 예.) 그래 참 나 이래 저 딴 참 수염은
길어 갖고 방갓을 쓰고,
　"옛날에 우째 그래가 있으면 얼굴 안 비누만. 그래 그렇게 울고 이틀째 사흘
째 와서 왜 부채질을 하느냐?"
　부채질을 한께. (방 보일러 꺼진거 잠시 이야기)
　"아이고 장대기나 말라야 안 가겠는교. 내가 갈라 케도 장대기나 빨리 말랄려
꼬 부채질 안 하요?"
고거거든. 잔대기 마르라고 부채질, 살아야 되지 잔대기. 잔대기나 마르고 나서
갈라꼬. 그래 부채질로 해미요. 그래 (청중: 말릴라꼬?) 그래. 인자 방갓을 홀떡

본께 즈그 신랑이라. 볼러 가짜로 죽었다카고 딴 것을 핸기라. 하꼬,

　　"내 여 있다. 어데 갈래? (웃음) 어데 갈래?"

칸께, 아이구 잘 본께 즈그 신랑이라.

　　"아이구 아래 죽어서 초상을 쳤는데 와 그리뇨"

　　"니가 내 죽으면 같이 죽는 데서 죽는가 안 죽는가 볼라구 내 시험했다. 그래 남자가 고런 배짱을 쓰고 니가 살믄 내 살림을 옳게 살아 주겠나."

　　자슥도 하나 없던 모양이지. 함부러 일찌감치 어데로 니 아부지 한테 가라. 그런 일이 있더란다.

〔 율곡면 설화 76 〕 T. 10 앞

본천리, 1998. 4. 3., 1조 조사.
이외선, 여·73.

제사상에서 밝혀지는 아버지

　　* 아까부터 이야기하시려던 할머님이 못죽지 못죽지 하시다가 이야기를 시작하였다. *

　　저 옛날에 누가 이노무 내우 살림은 살림은 좀 있는데, 내우이래 사는데 노믄 딸 놓고, 노믄 딸 놓고 딸로 일곱을 낳았어. (청중: 일곱?) 하모 칠 공주를 놓고 난께네, 영감이 고마,

　　"아 우리 신씨는 베렸다."

　　옛날엔 자슥 없어 안 그랬나 (청중: 하모.)

　　"우리 신씨도, 너는 우째 딸만 자꾸 놓노."

　　이래 인제 할매를 원망하다가 그러다가 (밖에서 무슨 소리가 들리자) 개장수다. 원망을 자꾸 할마이를 하는기라. 이노무 살림도 좀 있자 아깝제 영감이 정도 패않체 딸 그거 오르르 있는거 그것도 봐도 패않체 도리가 없는데 아들 하나 못 낳는데 탈이라 그래서 내가 무슨 수를 직이도 머스마 하나, 아들만 하나 놓으면

내가 우리 저 남편한테 환영받고 내가 이 살림에 참 비탄없이 살긴데. 내가 와
내 뱃속에는 딸만 나오는고 하면서. 고마 첩첩산중에 저 해인사 절 같으믄 산중에
고마 큰 산비뽀로 하나 뭉쳐갖고 (청중: 산비뽀로?) 허마 산비뽀로. 옛날 산비뽀
로마 뭉치가 옆으라이 찌고마 산으로 올라갔다. 올라간게, 그것도 얘기 될라칸께
이제 올라간께네 저 중턱을 넘어서 올라간께네 참 옛날에 피리라꼬 갓메를 달마
고걸 피리를 딱 쓰고 아주 일등 미남이 남자가 하나 떡 나타나더란다.
　"여보 부인 나물 캐러 왔오?"
　그러고마. 저도 보아하니 그런 청중에 자슥을 못 낫기로, 그래 참 나물 캐러
왔다고 이러컨께. 그래 어데 사느냐고 근께 아무데 아무데 살고 성은 뭣이라고
카더란다. 그래 갈쳐줬다. 그래 고마 그 피리쓴 사리 그 여자한테 고마 달려들어
서 참 아를 뱃어, 뱃는데 그러구 나서 인제 즈그 남자하구 난것하구 똑같지 나물
만 뜯어가 왔다 뿐이지. 그래가 인자 (옆에서 웅성거림) 애기로 배가 꼬로 낳았는
데 놓은게 아들이 참 크기도 잘 크고 만고절색없이 잘 났어. 잘 나고 이런데 그래
가꼬 이상하다, 동네사람들이. 참 딸만 나쌓다가 어느 날 밖에서 마음이 점잔하고
이런거네 천지가 돌봐갖고 아들을 저래 좋은 아들을 낳았다컨다. 그 아들이 온강
히 커서 (옆에서 웅성거림) 결혼을 시켜 놓고 난께 생생한 영감이 나이도 짜즌
만탄데 죽어쁜다. 또 죽어쁠고 난께, 그래 꿈에 선몽을 한다케 너는, 할마이 꿈에
선몽을 한다, 꿈에도 선몽을 하고,
　"너그 자슥은 내 자슥이다. 니 자슥이 아니다."
　이래 선몽을 한다케. 해도 그럴 리가, 그럴 리가 있나 싶으고 내가 낳은데
싶어 남자는 우리 부인이 낳은데 싶으고 우리 낳은데 싶으고,
　"이렇게 니가 생전에는 니 자슥 이렇게 해도 죽어쁜지면 내 자슥이다."
　꿈에 선몽을 이래 한다. 그래갖고 인제 그 여자가 그 꿈을 꾸고 나서 항상
머리 속에 배긴게 뭔고, 내가 자슥을 낳았는데 아무데 아무산에 가서 그 사람과
내가 씨받이를 했는가. 내가 낳는데 와 꿈에 선몽을 이래 하노. 죽은 자슥은 니
자슥이 아니라 카노. 그래 인자 나를 볼라 카거들랑 나 저 느그 영감을 보고,
영감이 죽어쁫다 안 카나. 죽고난게 영감을 볼라카거든 느그 영감 첫 제삿날, 첫
제삿날 불을 키와 놓고 봐라. 무슨 불을 키와 놓고 보면은 (옆에서 또 웅성거림)
그래 지름불을 키와 놓고 보면은, 느그 영감이 느그 제사에 와서 언감을 하는가,

누가 하는가 보자. 그래 그것도 도사 중이라서 그랬던가. 그래가 여자가 꿈에 선몽이 이상해 갖고, (청중: 거 마음이 얼마나 심난할 끼야.) 하모 꿈에 선몽을 그리 해논께네 항상 맘이 불안한 기라. 그래가지고 인자, 제삿상을 떡 차려놓고 난기네 참 딸 일곱난 아바이가 첫제산데 떡 와서 거 지사 떡 두루마길 입고와서 않더란다. 막 와서 않는데, 고마 마 니알게루 피트리면서 시젓으면서 피리선살며서 오라 넌 저리나가 밖으로 내 자슥이다. 쪽 들어앉아가 지질로 턱턱 해가면서 술 한 잔 먹고 그리 잘 먹더란다. 그런 일이 있더란다.

〔 율곡면 설화 77 〕 T. 10 앞

본천리, 1998. 4. 3., 1조 조사.
이외선, 여 · 73.

부릿독

옛날에 모 옛날에 커면 우리 클제 옛날에 칸데 모 옛날이 언제가, 옛날에 새카맣게 먹물 처매를 입고 물을 이러 간다고 살살 우물가에 가는데 토째비가 하나 턱 막 빗자루 짊어지고 떡 나오더니만 그래 이 여자는 놀래긴디 이 토째비가 고만 물동이를 받아 내라놓고 떡 들어 안았는 기라. 아유 고만 여자가 놀래서 막 이래 몸부림을 친께 그기 토째비가 아니고 남자로 아주 좋은 총각이라.

"나를 보고 놀래고 기절하지 마이소. 하사 아줌니가 자태도 곱고 집안에서 좋은 참 처신을 해서 내가 이래 창뽀고 볼라고 나왔으니 내가 토째비가 아니고 사람이요. 놀래지 말고 내가 해치를 안 할테니 그래 내 말을 들어보고 그래 우물을 퍼가 잘 이고 가소."

이렇카더라. 그래 인자 참 들어본께 토재비가 아줌마 참 방안에 부릿독이 있는데, 부릿독이 있는데 그래 조상 할머니가 거 들어 앉아 계시는데 할머니집에는 와 일년에 한 번씩 새 곡식을 부릿독에 안 넣소. 그 부릿독에 새 곡식을 넣어야 할머니 할아버니 옛날 조상을 법인데 안 넣고 하든가믄디 참 그대로 있네. 그래 참 가만히 생각해 본께 시어마이 살았을 때 넣고 안 넣었다. 그래 고마 어떠라 참 토째비로 날로 이래 깨달아준다 싶어서. 그래 참 걷다가 그래 언제쯤 인자 새 곡식이 낳거든 여어라 카드라. 이놈 새 곡식은, 이 동지섣달인데 한 그럼 여남 은달 여어야 되는데 어쩌야 되것소 근께, 그리 말고 삼 일로 기도를 드리 가지고, 그럼 절로 절갖고 기도를 드려 가지고 그래 상중이나 보살은 가려가지고 고래 고 쌀은 부어가지고 밥을 해가 넘 주지 말고 집의 식구만 묵고 오거륵에 새 쌀로 찧어서 딱 여라 카더란다. 할머니 단지에. 그래 여 놓으면은 자기 할머니 할아버지들이 조상들이 자기 집을 도와 주고 살기가 될끼라고. 그래 인자 참 삼 일을 정성을 해가지고 바로 옛날엔 디딜방이가 찌이 가지고 미일 주어가지고 그래 인자 거따 딱 여 놓고는, 여 놓고 삼 일이 지나고 난께 아이 난데 없이 막 자기도 모르는 사이에 밭에 가도 곡식이 움푹 솟아가 잘 되아 있고, 논에 가도 곡식이 움푹하이 잘 되가 있고 고마 꿈에 그리 빈다, 동지 섣달인데. 그 이상하다. 그래 시키는 데로 했더니만은 올해는 곡식이 잘 될라나 보다 싶어서. 참 밭에 곡식이 (다른 분들이 들어오시며 무척 소란해짐) 잘 되고 자랐더란다. 그런게네 부모를 섬기갖고 하찮은 일이 없더라.

〔 율곡면 설화 78 〕 T. 10 앞

본천리, 1998. 4. 3., 1조 조사.
이외선, 여 · 73.

가난한 집 아들

* 중간에 여러분들이 들어오시고 무척 소란했지만 이야기를 끝까지 이어주셨다. *

옛날에 어디 가난 하던지 가난해 가지고 땅이라고는 논도 없고 밭도 없고 사는기라. 사는데 아들 하나를 키와 논께네,

"엄마 묵을 게 없으면 내 팔반 내래 할게."

지비시, 짚이라 카는 게 조라. 옛날에, 지금은 조라 카고 옛날엔 짚이라 켔거든.

"지비시 한 말만 구해 노소."

카는기라. 그래가꼬 저놈 자슥이 밭을 팔밭일 한다고 날마중 갔는데 울매나 밭을 많이 이러 났는고, 참 한 집에 한 말 구하긴 이렇고 한 되씩, 두 되씩 구하믄 한 말로 구하믄 시껍해지는기라, 죽을라구. 밭을 많이 이러 났지 싶다. 한 말 구하래서 한 말 구해. 그래 아이구 내가 오데가, 오데가 요래 찌뿌애가 한 말로 구해놨다고 인제. 씨이 주소 허늘래 씨일라니 이커드래, 그래 찌임 시안말리 줬다. 줘놓구 그래 가슬이 된게네, 옛날에 여자들이 들에 자랐는 팔밭을 이라서 얼매나 잘했는가 싶어서 간게, 그래 가슬에 가슬이 떡 되았는데 그래 지비 잘 크는가 커니 잘 큰다케. 가슬이 돼갔고,

"새끼 한 벌 주소."

카더란다. 새끼 한 벌 준게 지비 세 석을 끌고 (웃음) 울미 그래 지비 끄느나 컨게 야 끊어가 올 미고 한 구뎅이에다 고마 구뎅이를 파가 여래 만질로 파가지고 부어논게 밑에꺼 나는 우 어데 흘린게 시피가 나가지고 그게 시 삭이 됐어. 그래 올러 매고는,

"야, 이놈 자슥아. 어더무 가거라, 어더무 가거라. 니가 팔밭 일 한다고 내가 지비시 구한 값도 안 된다. 이거 지비시 구하미 을마나 고생을 하가 간."

이 새끼하고 이삭하고 마 아들이 떤졌어. 떤진 게 집에도 들어오지 마라. 지비시 구한 값도 안 되고 이래 갖고 내가 니 말 듣고 이래간 못 산다하는기라. 그래 어마이는 이제 어디로 가고 아들이 새끼 서 말로 가 털래 털래 질로 간다. 간게네, 구루마에다 옹기가 한 구루마 싣고 드그륵 드그륵 가면서 (옆에서 중얼) 드그륵 드그륵 가면서,

"아유 저 새끼 그거 날 주소 내 독 하나, 옹기 하나 줄게."

그래 참 고 새끼 서 발, 독 주둥한테 도조뿟다. 주고난 게 옹기 독을 하나 주는기라. 그래 인자 옹기 독을 하나 갖고 또 털래 털래 제없이 간다. 간게네 (누가 들어어셔서 잠시 소란) 그래 인자 털래 털래 간게네 또 어떤 사람이 어떤 사람이 또 저 염소를 끌고 나오면서 웅차웅차 걸어간다. 그래 그래 그래 염소 그걸,

　　“염소 이걸 줄틴께 옹기통을 도라.”
카더라. 그래 죽은 염소를 고마 또 맡았다. 맡은 게 염소를 죽은 걸 질질 끌고
간께네 아요 또 죽은 처녀 죽은걸 또 슬슬 끌고 나오더란다. 그래 그래 인자,
　　“죽은 처녀 줄틴 게 산 염소 날 도라. 산 염소 날 주면 죽은 계집하고 바꿔
줄틴께.”
그래 (청중: 죽은 처녀 거 머할라꼬, 죽은 처녀 거 머할라꼬 어데 쓸라고.) 그래
인자 산 염소 주고 죽은 처녀 (웃음) 떡 맡아 가지고 죽은 처녀를 갖고 이놈의
처지가 인물부터 잘 나고 그랬는데 죽기는 죽었다 싶어서 짚뚜껑게다 딱 씌어
났다. (또 누가 들어오셔서서 소란) 그래 짚동생이에다 처녀를 딱, 인물이 맘에 들거
든 산 염소가 죽은 염소 바꿨거든. 산 처지는 죽은 처지로 짚동생이에다 빳빳하니
세워났는데, 자 짚둥치에다 딱 죽은 처녀를 산 염시 죽은 처럼 세워 논게, 세워
논게네 이 사람이 구루마를 끌고 나오다 우쩐 처지가, 우떤 사람이 구루마를 끌고
오다가 짚둥치에 딱 처지 세워, 죽은 처지 세워 논 그 홀딱 넘어가 고마 참말로
죽어쁜께 (웃음) 근데 이 총각이,
　　“물어내라, (웃음) 물어내라.”
　　내 마느래래이 하면서 물어내라, 물리내라. (청중: 고것 참 거짓말이다.) 물리
내라칸께. 그래 물리내라칸께, 이놈 자슥 인자 천주 그릇 다줘도 안돼는 기라.
지 처지를 죽였다꼬 인자 짚동치에다 죽은 처지를 산 염시 주고 바까가 시아논께.
그래가 떡 죽은 처지가 누버가 있는디 이놈 (청중: 처녀가.) 하모 구루마 끌고
와서 니 니피리는 그라 니피리한테 낭패난 기라. 이놈의 논도 마다카제 집도 마다
카제 (청중: 인제 장개간다.) 그래 산 처지 바까내라 칸께, 돈도 귀찮고 밭도 귀찮
고 돈도 귀찮고 내 마느리 여른 처지로 바까내라칸다. (웃음) 그래가꼬 이놈의
일로 우째해야 되겠노. 이놈의 천지 댕기 인물이 그런 것도 없고, 그런 좋은 처지
도 없는기라. (옆에서 새로 오신 분께 조사자의 목적을 설명하시느라 소란) 인자
구루마쟁이가 구해줄라꼬 처녀를 죽은 처녀를 갖고, 그래 인자 그래 그걸로 인자
방방곡곡에 다니며 고것과 똑같이 아니면 비슷한 인물이 좋은 처지를 돈을 여러
수, 옛날에는 옛날에는 옆전에 긴 돈냥을 줄줄이 끼며 고마 한 줌을 들었다. 구루
마쟁이 즈그 집에서 전신에 구루마 팔고, 시 팔고, 집 팔고, 다 팔아 가지고 옆전
돈 긴거 그걸 근게 몇기 돼더란다. 그래가꼬 그래 인자 여편내 생긴 처지로 인자

사는기라. 처지를 샀는데 처지를 사가지고 갖다줬다. 갖다준께네, 그때는 고마 이 등신드따 기리 한 말 한 번 하제. 그 여자 갖다주니까 고마 아마 또 안 하는기라. 됐다 카더란다. 그런거 인자 우째네, 옛날에 말이 이래. 팥밭 쩌서가지고 지비 시어서 끈어가지고 지비 시어서 가지고 새끼 서 발 가지고 새씨 서 발 옹기 바꿔가지고 또 옹기 바꿔가꼬 산 염소 바꿔가꼬 산 염소가 죽은 처녀 바꿔가 죽은 처녀가 산 처녀 만나가 잘 살았다. (웃음) 그 지비 제수구가 시서깐데. (청중: 그런데 말이다 몽창 거짓말 들이제.) 그리됐어.

〔 율곡면 설화 79 〕 T. 10 뒤

본천리, 1998. 4. 3., 1조 조사.
문병도, 남 · 80.

김삿갓

옛날에 김삿갓이가 펴천 문정인데 참 저기 저 저 평안북도 그 함흥이라커는데 그 방울살이 했는기라 즈그 아브지가, 즈그 조부가. (청중: 김삿갓 즈그 할아버지가?) 즈그 조부가 있는지 모르지 인저. 그 바가살이 있다가 홍깅양말이 여 평안도서 홍깅네(홍경래를 말하는 듯 싶다.)가 마 반란을 일바새가 마 쌔리 내려오는데 내 거 지키다가 지기다가 정충신은 목숨을 바쳐서 이깄고 저저 충신이 됐고 맨주먹으로 싸워서, 이 술이 취해가 자다가 고마 홍깅네 거 역적한테 잽혀뻤어. 항아로 바야되는데 얼른 얼른 항복하라칸께,
　　"항복할라냐 저 뭐 싸울라냐?"
물은께, 모 항복을 해뻤어. 항복을 한께네 그래 그 저 저 고짝 인자 좀 충신이, 충신이 정충신은 높여주고 항복을 해뻔게네 역적이 됐어. 홍깅네한테는 항복을 해뻔기네 마 저리 뻐짠게 이짝에 역적아인가. 거 삼족을 멸할 인물이 이 거 여

경사이 어머니가 머 셀멀 머시기노 머내고 사 저 첩첩산돌을 괴알라고 삼족을
멸한다 카네. 외가, 처가, 본가 삼족을 삼족을 멸한다카네. 그래 가쁜데 이사를
가쁜데 거 간게네 공부를 시끼야 되는데, 이 무시길 함매라구 공부를 시킨디 김삿
갓이가 어떻게 재주가 있던지, 할 천자를 갈쳐주면 따 지자를 알고. 그래가지고
석천문전인데 임금이 여 백일장 본다 칸게 백일자 보는데 가가지고 저 어머니가
저거 백일장 가는데 참 낙방되가 와야 할텐 것을 어느 어머니라도 다 일등 해고
가거에 일등 해고 오라카지. 이러이 김삿갓이가 그 방랑을 돈게네 저그 조분지
모르지. 몇 년 묵었어 안 정충신은 노파 올라가고 해필 저거 저 김유충이 저거
조보르 쳐서 지라. 이 문제를 방을 걸어 난게. 그래지고 조고를 쳐서 집에서 방을
걸어 났는데 즈그 조본진 모르지 인제.
  "아유 김유충 너는 천지도망하고 역적이고, 정충신은 높아갖고 너는 저승에
도 못가고 막 (청중: 이승에도 몬 가고.) 그걸 쳐저."
  다른 사람들은 몬 짓는기라 그거를, 그래 지어 논게네. 그래 여 저 머꼬 과거
에 일등을 했나 일등해. 집에 와서 그래 즈그 이무이한테 나 한삼 모시 두 필,
또 청나라 비단 한 필, 여 경기전 조공 열 건, 붓이니 필묵이니 막 한 줌 전기라.
옛날 거시기 그렇잖아. 참 해가 다 되어가는데 온게네. 산길을 걷는기 한 삼십
리르 여 어비로 커큰 골고루 느낀게 이게 시험보고 오는데, 산길을 그놈들 지고
캄캄한데 부대찌비 다녔으면 노새타고 그래 올긴데, 산길을 걸어서 오는기래. 그
래 산길을 걸어 오는데 집에를 와가지고 막 삽딱을 얼마나 맹기로 노크 어머이
싸며 막 불러 대는기라. 자 과거 장원했다고. 맨거 풀어 났다. 참 저 즈그 삼 형젠
데 병영이라카는게 김삿갓이 이름이 병형이고, 고 밑에 병호가 있고, 병아가 형인
데 병아는 신의에 있어가이고 그래 그 병영이노마 장원했다고 집안이 들썩대는
기라. 그래 즈그 어머니가,
  "가거야 문제가 무시 나왔떠노?"
근께,
  "김역성을 쳐서 지라케서 그래 일등했다."
  "아, 너는 김역성이 욕했지. 모르고 기린데, 김역성이라고 커는 느그 조부님이
다. 하 안책게서 여 부득이 여 역적으로 몰려 창고로 수머겄는데 (청중: 안 그렇겠
나 역적이.) 그래 논게네 인자 (또 다른 분 들어오셔서 소란) 그래 인자 거 저

머꼬 김역성이가 느그 조분데 니가 거. (소란스러워 청취 불능) 시방 말하믄 고치
심다가 끝으로 제매면 (소란스러워 청취 불능) 그래 갈낀데. 아유 너도 인자 내
니가 꼭 갈끼니 앞 길을 내가 전부 인도를 해줘야 되겠다."
    하여 가주곤 가심이 아파서 산골에 묻혀가 있는디 그전에도 갱영은 있는기라.
나도 양반인께 과거를 하면 양반 된다고 우리가 상놈이 양반 된다고. 가바바야
헛 일 인기라. 그래 홍깅네 이거 욕하는 물이 즈그 조부가 조부를 져서 지어논끼
일등은 하긴 했는데 그래 제를 져가 삿갓을 쓰고 돌아댕인다.

〔 율곡면 설화 80 〕 T. 10 뒤

본천리, 1998. 4. 3., 1조 조사.
유곡순, 여 · 74.

진정한 친구

    옛날에 참 살림도 참 싫고 아들이, 생견 일도 안 하고마
    "나는 이 세상 친구만 있으면 먹고 산다."
카는기라. 참 친구가 좋다는 기라. 그래 너는 친구가 그렇게, 나는 친구가 내 엄써
도 먹여살리고 고마 나는 친구만 하믄 먹고산다 칸께. 그래서,
    "느그 친구가 그렇게 참 니 목숨꺼정 벗어갈 친구가 인능게?"
    "아이구, 아버지 내 친구는 머 내가 죽는다 커면 같이 죽고, 산다 커면 같이
살고, 지가 엄스면 내가 묵고 내가 엄스면 지가 묵고 그런 친구라케 전슴에."
    "그렇게 나도 친구가 나믄 많지는 않아도 한 댓대도 참 친구고 나는 그래댔는
그렇게 친구가 많나?"
칸께네 그래 하루는 인자 즈그 아부지가 사람을 내가 하나 직였다고,
    "느그 친구집에 이래 좀 숨카도라."

그래 인자 딱 징가가 니가 심이 센게 져라. 그래 인자 탁 이래 막 성끄지이로
가 이 뭉쳐서 이래 지고,
"그럼 네 친구 집에부턴 가보자."
"어 친구야 이리 나와라. 저 나와바라."
"와 술 먹자고?"
"아니 술이 아이고 내가 좀 죄를 져질렀는데. 와, 사람을 하나 죽였는데 이것
좀 감쳐주라."
"어 안돼! 가, 가, 가!"
또 후득득 나왔다. 또 그민 친구 많은 게 딴 데로 가보자. 인자 밤새도록 지고
댕기네. 또 갔다.
"아무 것이야 내가 왔다."
"어 술 먹으러 가자꼬?"
"이리 와보래이. 내가 사람을 하나 죽였는데 이거 좀 어데 한 사랄 숨가났자.
나도 좀 숨고."
"어이고 안 된다, 안 된다. 우리집 안 된다. 가, 가, 가라!"
이러커거든? 한 밤새도록 댕기도 여남은 집 댕깄는 기라.
"그 니 친구가 그렇게 좋다케도 니 이래가 마 함정에 빠지논게 안 돼나. 그래
그럼 내 친구 집에 한 번 가보자."
그래 인자 즈그 아버지 친구 집에 갔는기라.
"아이구, 이 사람아 나 좀 보게나."
"아이구, 이 사람 자네가 이 밤에 우짠 일인고."
"내가 실수로 사람을 우짜다 죽였는데 이 좀 어디다 감춰주소."
"아 그럼, 그럼. 어여 들어오이라."
"그럼 저 집, 저 머시 친구한테도 한 번 가보자."
두 집을 가면 두 집 다, '아이고 그 우리 숨카주지 모.' 그래 인자 그때사 턱
풀으니 돼지를 한 마리 잡아 연거라.
"이놈아 니 친구가 그렇게 좋은가 내 친구가 그렇게 좋은가."
그래 참 턱 풀어 논게 사람이 어딨노. 돼지를 참 이래 삶은기라. 삶아가이고
인자 모 이래 딱 풀어 논께네. 그래 인제 그놈의 돼지로 거서 참 친구 서이서

술 받아 먹고. 그런께 아무리 친구가 좋아도 절친한 친구가 있고 얻어먹고 가짜 친구가 있고.

〔 율곡면 설화 81 〕 T. 10 뒤

본천리, 1998. 4. 3., 1조 조사.
이외선, 여 · 73.

도둑질하는 며느리

* 이야기가 끝나자마자 준비하셨던 듯 이야기를 시작하였다. *

옛날에 어디 몬 살고 가난턴지 영감이, 아들 딸은 나 났는데 도저히 살림이 가난해서 묵고 살게 없는 기라. 묵고 살게 없는데 그래 몬 사는데 (옆의 다른 분들 대화 소리에 이야기 잠시 끊김) 그래 인자 그래 몬사는데 그래 아랫담에 한 집에는 참 몬 사는데 처녀가 하나 있는데 딸이 도둑질로 잘하는기라. 어찌 도둑질을 잘 하던지 노무 쌀도 가오고, 노무 돈도 훔치가 오고 이런게내 아이 그 집에는 고마 살기가 되는 기라. 살기가 되는데,
'이 눔 자슥 나는 아들은 꼬라지가 반반하고 한데 이러치 몬살고 이렀는데 아무 것이는, 아무 것이는 도둑질로 저리한께 쌀도 쎘고 돈도 쎗고 살기가 되는데 나는 이래가지고 딸도 하나 없고 이 무스마 이거는 둘이나 되는게 도둑질도 하도 못 하고 살기는 몬 살고 묵을 것도 없고 돈도 없고 우찌 살꼬.'
싶어서 가만히 생각해서마 돈을 벌었으마 쪼매씩 있는 것 마 묵을 꺼 다 묵고 오다치고 도둑질하는 저 집 딸을 우찌 됐든지 우리 아들한테로 오가지고 우리 미느리로 삼아가지고 도둑질로 해가지고 좀 묵고 살구로 하자 싶어서 돈을 한 뭉팅이 가가서 그 집 처녀 아바이한테 그래,
"자네 딸을 우리 미느리로 삼고 그래 내가 돈을 한 마늘 줄 팅기니 이 돈을 가지고."

"자네 돈이 어딨더노 돈이 어째 이래 있노."

"나도 도둑질 안 해도 내가 묵을 것도 못 묵고 이래 모단게 돈이 있다."
이러커면서. 모 그래.

"그래하면 우리 딸래미 미느리해."

그래 참 결혼식을 시켜 미느리로 받아 논게네, 이 눔 자슥 솥에 앉힐 게 없어
도 미느리 받아 논게네, 미느리 바 논게네, 즈그 집에 클제는 도둑질 거 쌀도
훔치고 오고 돈도 훔치가 오고 오만걸 가와싸서 먹고 살기가 되든데 미느리 바
논게 이 놈이 여 와서는 인제 도둑질을 안 하는기라. 시집 오가 그래 도둑질을
안하는 기라. 그래 속으론 한날 도둑질 해가 올까 오까 지다리는데, 이놈의 미느
리 도둑질 안해갖고 와. 그래서 애가 터져가 있다가, 하무는 미느리 보고,

"야야 너는 느그 집에 있을 제는 (웃음) 느그 아버지한테 있을 제는 니가 도둑
질로 손이 다 거칠어 가지고 (웃음) 돈도 있고 묵을 것도 있고 그래 잘 산다 카더
니, 니가 우리집에 참 우리집 와논게 와 니 우리가 일체 양식이 없고 돈이 없어도
니 아 그런걸 좀 안 훔쳐가 오노?"
이러컨께 미느리가 하는 말이,

"아버님 내 도둑질 해가오고 쌀도 가오고 머시뜬 것 기루안 것 가 올낀게네
아버님 뒷 책임 질람니꼬, 뒷감당 할람니꼬?"

"아, 뒷감당 내 하지."

대번에 고마 마 (청중: 시애비가.)

"어 내 뒷감당 하지."

"됐습니다. 뒷감당 하시면은 내가 마 (청중: 하는 거는 문제없다.) 어 하는거
는 문제없고 내가 돈 꼬불치 나어을 걸끄마 내가 가올낑께네."

그래가 인자 한 집에 가서, 옛날에는 또 쌀은 귀했다 커데, (청중: 어 쌀이
귀했지.) 아시찌 도살삘버덤 때낀게네 도살대삐 훔쳐빨고 또 한 집에 간게네 밍
주로 두 필로마, 밍주로 고마 함 씩 고마 두 필 헐게, 그리고마 밍주고름을 마
밍지기 하주모 한단갑에 사슴사슴 서리씩 마 걷어가지고 그래가 마 보살때때 하
고, 마 씨아 빠지게 가와가지고 마 (청중: 밍주 가왔다.) 하모 미느래가 훔쳐가와
도둑질 안 한다고 인자 시아버님 근께. 그래 가와가지고 겉덤단 시아바이가 할라
케서 그래 해가오고. 이인 것 아즉을 먹고 난께 저집에 딸 차릴라꼬 밍기 널어는

걸 도둑놈이 걸어 갔는데 모조리 집집이 고마 마 장독, 장독까지 머머머 짚신이 놓이고 디비 올라 오는기라. 디비 올라 오는데. 아이구 니 남편왔다.

"저 아부이 뒷감당 할라켔는데 이자 저 밍주를 어데 갖다 여케넙니꼬?"

"아이고야, 야 내가 요령 있다." (청중 : 시애비가?)

밍주를 꼬깃 꼬깃 착 착 접쳐서 물 한 박자기 솥에다 붇고 밍주를 탁 붇고 (청중: 시아바이는 요령 없고 시아버지는 우짜꼬 우짜꼬, 미느리가.) 그러고 마 (청중: 내가 할 게.) 도살로 시켜서 도살로 시켜서 겨우 오다가 고만 턱 부어서 마 물이 절푸덩했다. (다른 할머님 들어오심) 불로 쌔리 뗀게네 모조리 고마 디비 올라오는 기라. 디비 올라온께 (청중: 펄펄 넘는 기라.) 펄펄 넘는데, 솥에 뚜껑을 열어 본게네 도사리 풀풀 넘지 밍주는 없거든. 그래가 그걸 이기 더란다. 그런 일이 있더라. (청중: 근게 도둑질 해가고 뒷감당 한다컨께 고마 길비로 댕긴께.)

"어구 난 어떠꼬 어떠꼬 어떠꼬!"

이싸커든

"아버님 보이소 뒷감당 못하죠?"

그러고 마 밍주 고름을 추려가지고 마 밑에 넣고 위에 고사리 여서 마 물 너쁘가 막 댄께네 펄펄 넘는기라, 그런께 도둑질을 해도 뒷감당을 몬해. 시아바이가. 그런 일이 있더란다.

합천군 묘산면

I. 조사마을 개관

1. 묘산면

묘산면은 북쪽에는 두무산, 서쪽에 있는 오도산, 남쪽에는 마령재, 동쪽에는 만대산 등 고산준령으로 둘러 싸여 있으며, 취락지역은 대부분 산비탈에 위치하고 있다. 이 지역으로 국도 24호선과 26호선이 중심부를 통과하고 있기 때문에 교통이 편리하다.

묘산은 고려 때까지는 심묘라고 불리어져 왔으며, 1914년 행정구역 개편 때 못간이라 부르게 되었다. 총면적 5,000ha중 농토가 차지하는 비율은 16%에 불과하며 일찍부터 인근 산지를 활용한 축산과 과수 등으로 소득을 올려왔다.

화양리 나곡마을에 있는 700년 된 구룡송은 천연기념물 289호로 지정되어 있는데 주민들은 속리산에 정이품송보다 뒤질 것이 없다는 주장을 한다. 이 구룡송은 몸통 둘레가 6.2m, 높이 17m로 1960년대까지만 하여도 마을에서 동제를 지내왔으며, 전해 오는 이야기로 조선조로 광해군 때 장안부원군 김제남의 6촌 되는 사람이 광해군에게 쫓겨 이 마을로 피신, 구룡송 밑에서 잠이 들게 되었는데, 꿈에 비단옷을 입은 선녀들이 물을 길어가는 것을 보고 샘을 파니 물이 솟았는데 지금도 이 샘에는 아무리 가물어도 마르지 않으며, 물맛 또한 좋아 주민들이 술을 빚을 땐 이 물을 사용한다고 한다.

2. 묘산면 마을 1 - 관기리

묘산면에서 제일 큰 마을이다. 답사시에 이곳의 마을회관을 숙소로 이용했다. 조선시대까지도 이곳은 묘산면이 아니고 시묘면(또는 걸산면)이라고 불리웠는데, 면의 관청이 있었다고 한다. 그래서 '관'자가 벼슬 '관(官)'자를 써서 관기리라고 한다. 도로변에 위치한 그뒤에 있는 죽전(竹田)이 합쳐져서 관기리이다. 죽전에는 과거에 큰 대나무밭이 있었는데 민란 발생시에 문좌수라는 마을 수령이 그곳에 숨어 있다가, 반란군에게 들켜서 대나무밭이 태워졌다고 한다. 현재는 드문드문 남아있다. 관기리는 도로변에 위치해서 교통이 편리하고 다른 마을에 비해 젊은 층들이 많이 남아있는 편이다.

3. 묘산면 마을 2 - 가산리

가산리는 묘산 면소재지에서 도보로 약 30분 정도 거리에 위치해 있다. 마을까지 다니는 버스는 없고 산비탈에 형성된 구불구불한 길 옆으로 논과 밭이 있고, 근방으로 집이 퍼져 있다. 맨 위에 절이 있으며, 절을 기점으로 한씨 동족 부락이 있고(가산리는 주로 한씨 성을 가진 분이 많이 살았다), 그 아래로 그밖에 다른 성씨들이 살고 있다. 마을 중앙에 마을회관이 있고, 집들은 몇 채의 현대식 가옥을 제외하고는 구가옥을 부분 개조한 집이 대부분이다. 주민들은 이곳 태생인 나이 많으신 분들이 대부분이다. 이 마을은 원래 대나무가 많아 숲을 이루었다고 하나, 지금은 군데군데 흔적만 남아 있을 뿐이다.

4. 묘산면 마을 3 - 사리

관기리 앞 도로변에서 도보로 1시간 정도 걸리는 곳에 위치해 있다. 사리는

외사와 내사로 나뉘어 있는데, 외사가 사리2구이고 내사가 사리1구이다. 조사 지역은 사리1구였다. 모래 ‘사(沙)’를 써서 사리라고 한다. 과거에는 서야촌이라고 했다가 바뀌어서 ‘봉곡’이라는 명칭이 쭉 내려왔는데, 일제시대 때 일본인들에 의해, 모래밭이라는 의미의 ‘사리’라는 명칭으로 바뀌어 지금까지 내려오고 있다. 주민들은 사리라는 명칭을 바꾸기를 원해서 봉곡의 명칭으로 현재 중앙에 소원을 내고 있는 중이라고 한다. 새가 많다고 해서 새 ‘봉(鳳)’자, 골 ‘곡(谷)’자를 써서 봉곡이라고 한다. 지금도 새가 많다고 한다.

5. 묘산면 마을 4 - 거산리

묘산면 소재지에서 차를 타고 약 20분 정도 소요되었다. 개천의 다리를 건너면 상점이 바로 보이며, 그 길을 따라 올라가다 보면 거대한 소나무가 양 옆으로 서 있는 마을의 입구가 보인다. 과거에는 양산이라고 불리웠다고 하며, 평촌·안성 등과 더불어 돌산면에 속했다고 한다.

6. 묘산면 마을 5 - 팔심리

사리에서도 1시간 정도를 더 걸어 들어가야 하는 산골 마을이다. 가옥은 현대식 가옥이 많은데, 마을에 뼈대 있는 집안이 많다고 한다. 마을 입구에는 커다란 박물관 비슷한 건물이 제일 먼저 눈에 띄는데, 이것은 종가집 사당이라고 한다. 마을의 유래는, 임진왜란시 이여송의 측지장교로 왔었던 부사춘이라는 사람이 죽임을 당하게 되자, 도망나와 다니다가 여덟 번만에 이곳을 찾았다고 해서 팔심리라고 한다.

Ⅱ. 조사기간 및 일정

1. 조사기간 : 1998년 4월 1일 ～ 3일

4월 1일 : 저녁 5시경 억수같이 내리는 비를 맞으며 숙소로 잡았던 관기리 마을회관에 도착하였다. 그런데 사전에 약속을 했던 이장님이 안 계셔서 한참 동안 처마 밑에 서 있다가, 마을회관을 관리하시는 분의 도움으로 짐을 풀 수 있었다. 저녁식사를 대강 해먹은 후, 역시 회관을 관리하시는 분이 마을 노인분들을 소개해 주셔서 간단한 다과를 준비하여 5, 6분을 모시고 저녁 여덟 시경부터 조사를 시작할 수 있었다. 설화를 조사하다가 민요를 청하여 듣고 있는데, 옆방에서 소담하시던 할머니들께서 노래 소리를 듣고는 흥에 겨우셨는지 민요를 부르기 시작했다. 그래서 몇 명은 옆방으로 이동하여 민요를 다수 조사할 수 있었다. 조사가 막바지에 다다를 쯤 이장님이 오셔서 이야기를 몇 편 해주시고 나서 지내기에 불편한 점은 없는지 자상하게 신경써 주셨다. 10시경 조사를 종료하고 나서 그날 조사결과와 내일의 조사계획을 의논한 후 열두 시쯤 잠자리에 들었다.

4월 2일 : 아침 여섯 시에 기상해서 아침을 지어먹고, 2조로 나누어 안성리와 거산리로 각각 출발했다. 안성리조는 안성에서는 사람을 만나지를 못해서 허탕치고 돌아오는 길에 묘산면 소재지 노인회관을 방문했는데 노인분들이 너무 많이 계셔서(약 30~40여명 정도) 조사를 포기했다. 거산리조는 그런대로 성과가 있었다. 차를 얻어타고 약 10분 정도만에 도착하였다. 그러나 마을 이장님의 허가를 받는 것은 쉽지 않았는데, 마을회관 및 마을 집 대부분의 사람들의 부재(不在) 때문이었다. 다행히도 할머니 세 분이 앉아 계신 한 가옥을 찾는데 성공했으며 다수 이야기와 민요를 조사할 수 있었다. 내려오는 길에 경로

당에서 마을의 할아버지들이 몇 분 계셔서, 몇 편의 노래와 간략한 마을 이야기를 들을 수 있었다.

다시 가산리로 모여 점심을 지어 먹은 후, 다시 두 조로 나누어 가산리와 팔십리로 출발했다. 가산리로 향한 조는 가산리에 가기 전 면소재지의 한 식당에서 김치를 얻기도 했다. 버스가 다니지 않아서 걸어서 가산리에 들어갔으나 마을회관에도 사람이 없고 해서, 집집마다 제보자를 찾아 다녔다. 첫 집으로 문학순 할머니의 집을 방문했다. 여기서 이남순 할머니와 문학순 할머니에게서 10여 편의 민요와 한 편의 설화를 들을 수 있었다. 거의 모든 집을 찾아 갔으나 마을 사람들이 대부분 야유회에 나가셨다는 이야기를, 길에서 만난 한 주민에게 듣고는 가산리는 거기서 만족하고 오후 조사를 종료할 수밖에 없었다. 오전에 거산리에서 팔십리에 가면 이야기를 많이 들을 수 있을 거라는 정보를 입수해서, 당초 목적했던 사리에서 팔십리로 바꾸어 출발한 조는 노력에 비해 성과는 적았다. 관기리에서 출발하여 재를 두 개 넘고 2시간여만에(버스는 역시 다니지 않았다.) 도착한 팔십리에서 만날 수 있었던 제보자는 1명, 이야기도 1편. 허탈하게 다시 터덜터덜 내려왔는데, 조원 중 한 명이 산길이 힘에 겨웠는지 몸살까지 나고 말았다. 오전에 거산에 갔던 조가 가산으로 갔었고 안성에 갔던 조가 팔십리로 갔으니, 전자의 조는 소기의 성과를 거두었고 후자의 조는 다리품만 판 셈이었다.

7시경 저녁을 해먹고 애초 계획했던 사리 조사에 들어갔다. 사리 마을회관까지 걸어서 1시간 정도 걸렸다. 마을회관에 도착한 순간, 당황한 것이 두 가지 있었는데, 첫 번째는 마을 주민들이 거의 다 모였다는 것과(헤아려 보니 36분이셨는데, 중간에 몇 분 더 오셨다), 두 번째, 우리들이 깜박하고 녹음 tape을 안 가지고 온 것이었다. 그래서 한 명이 택시를 불러 tape을 가지러 간 사이에 남은 인원들이 그 자리를 무마하느라 진땀을 뺐다. 큰절도 하고, 조사자들이 제보자들에게 이야기를 들려주기도 했다. 여덟시 반쯤 조사를 시작할 수 있었고, 예상대로 좀 산만했지만 성과는 괜찮은 편이었다. 조사를 좀 더 하고 싶었으나 시간이 늦은 관계로, 열시경 조사를 마무리 하고 숙소인 관기리로 내려왔다. 숙소에서 그날의 결과에 대해 이야기를 나눈 후 열두 시쯤 취침했다.

　4월 3일 : 기상하여 아침을 해먹고 나서, 일부는 남아서 짐을 정리하고 나머지 사람은 조사를 더할 욕심으로 다시 사리로 올라갔다. 사리에 도착했으나 밭일 나가시던 이장님이 지금 모두 일하러 나가서 아무도 없다고 하시므로, 조사를 포기하고 간단한 기념품만 드리고 내려왔다. 관기리 숙소에 내려와 열한 시쯤에 최종적으로 조사 일정을 마무리 짓고, 이장님께 인사드리고 관기리를 떠났다. 묘산면 소재지에서 김치를 얻었던 식당에서 점심을 먹으면서 조사결과에 대해 이야기를 나누고 나서, 집합 장소인 합천군으로 향했다.

2. 제보자

〔 묘산면 제보자 1 〕

관기리, 문정주, 남 · 60.

　관기리 이장님의 사촌형님으로 마을의 노인회장 일을 맡고 계시는 분이셨다. 가장 많은 설화를 들려 주셨으며 족보와 몇 가지 고문서를 가져 오셔서 마을에 대한 설명을 해주시는 등 적극적인 자세로 조사에 참여해 주셨다. 공부를 많이 하신 듯 박학다식하고 이야기도 논리정연하게 해주셨는데, 설화 등에 대해서는 그런 이야기는 거짓부렁이라며 좀 피하셨다. 그래도 청하여 몇 편을 조사할 수 있었다.
　설화 : 1〜7.

〔 묘산면 제보자 2 〕

관기리, 성명미상(편의상 A표시), 여 · 72.

　할아버님의 이야기를 조사하던 중 옆방에서 할머님들의 민요 소리를 듣고 찾아가 뵙게 된 분이다. 우리가 찾아 뵌 연유를 가장 잘 이해하셨고 재미난 설화를 들려 주셨다. 갑상선을 앓고 계심에도 불구하고 민요도 열의를 다해 불러 주셨으며 노래에 대한 자세한 설명까지도 덧붙여 주셨다. 이름 밝히기를 꺼려하셔서 알 수 없었다. 산청군에서 15살에 시집오셨다고 하셨는데, 억양이 조금 이상해서 전라도 분이시냐고 여쭈었더니 경상도 '토박이'라고 말씀하셨다.

  설화 : 8.

〔 묘산면 제보자 3 〕

  관기리, 문석주, 남·54.

  관기리의 이장님으로 조사자들의 숙소 문제를 비롯해서 여러 문제에 대해서 자신의 일처럼 자상하게 신경 써주셨던 분이다. 다른 볼 일을 보고 오시느라 많은 이야기는 들려 주시지 못했다.

  설화 : 9, 10.

〔 묘산면 제보자 4 〕

  팔십리, 윤종석, 남·67.

  팔십리에서 유일하게 만날 수 있었던 제보자이다. 오래된 한옥에서 혼자 살고 계셨는데, 공무원으로 계시다가 정년퇴직하시고 고향으로 내려와 조그만 밭 농사를 하고 있다고 하셨다. 상당히 학식이 높으신 듯 오래된 고문서를 보여주시기도 하셨다. 군대시절 육군사관학교에 삼 년동안 계셨다고 했는데, 장교 근무인지는 잘 모르겠다. 조사자들에게 커피를 손수 대접하시며, 도와주시려고 많이 신경 써주셨으나 마을 유래에 대한 간략한 이야기만 들을 수 있었다.

  설화 : 11.

〔 묘산면 제보자 5 〕

거산리, 정갑을, 여 · 75.

키가 다른 할머니들에 비하면 조금 크신 편이고 얼굴은 약간 길쭉하시고 웃으시는 모습이 너무나 인자해 보이셨다. 노래를 부르신 후 조사자들이 이해하지 못할까봐 자세히 해설해 주시는 자상한 분이셨다. 많은 노래와 이야기들을 알고 계셔서 다른 분들이 해주신 것을 정정해 주기도 하셨다. 거주하신지는 53년 정도 되었다고 하셨다.

설화 : 12, 16.

〔 묘산면 제보자 6 〕

거산리, 김월선, 여 · 75

작은 체구를 가지셨으나, 약간 칼칼하신 목소리와 구연할 때 뺑뺑 도는 몸짓을 하셔서 인상에 남는 제보자이다. 민요를 주로 하셨다.

실화 : 13~15.

〔 묘산면 제보자 7 〕

거산리, 박순애, 여 · 75.

주로 다른 할머니들의 말을 거들어 준 적이 많았다. 성격은 활발하지 않고, 그다지 나서는 것을 좋아하지 않는 듯싶다. 상당히 긴 '태평가'를 구연해 주셨고, 거산리에서 사신 지는 60여년 정도 된다고 대답하셨다.

설화 : 17.

〔 묘산면 제보자 8 〕

가산리, 이남순, 여 · 91.

관기리에서 태어나서 북만주, 일본 등지로 많이 돌아다니셨다고 했다. 연세가 많으셔서 계속 정신이 없다고 하시면서도 노래 부르는 것이 오랜만이라 좋다고 조사에 응해주셨다. 쪽진 머리에 머리가 하얗게 세셨으며, 키는 보통이었으며 체격은 마른 편이었다. 이빨이 많이 빠져 무슨 말인지 잘 안 들리는 부분이 있었고, 목소리 톤이 매우 낮아서 조사하는데 상당한 어려움이 따랐다. 중간중간 숨이 차신지 헉헉거리는 부분도 있다. 그래도 조사에 적극적으로 응해주셨다.

　설화 : 18.

〔 묘산면 제보자 9 〕

사리, 하문규, 남 · 68.

사리 이장님의 사촌 형님으로, 사리의 축협 대위원이라고 자신을 소개하셨다. 무척 마르시고 키가 큰 편이셨는데, 유난히 작은 눈을 깜박깜박 하면서 정성껏 많은 이야기를 해주시려 노력하셨다. 사리의 남성 제보자들이 별로 없는 가운데서 이야기를 제보해 주셨고, 성주풀이를 잘 하신다면서 한 대목을 들려주시기도 했다. 이야기 구연 도중에 담배를 많이 태우셔서 중간중간 끊어지는 부분도 있었다.

　설화 : 19, 20(공동구연), 24.

〔 묘산면 제보자 10 〕

사리, 하광주, 남 · 53.

사리의 이장일을 맡고 계신 분이다. 어떤 종류의 이야기가 조사대상이 되는지 정확한 이해를 하고 계셔서, 조사 때 분위기를 주도하면서 많은 이야기를 다른 제보자들로부터 끌어내어서 조사에 많은 도움을 주셨다. 비교적 젊으신(?) 편이라 음성이 크고 분명해서 조사가 수월했다. 하지만 이장님으로서의 책임감 때문인지 조사자들에게 다소 엄한 모습도 보이셨고, 다른 제보자의 구연 도중에 자신의 의견을 제시하느라 구연이 끊어지는 경향도 있었다.

　설화 : 20(공동구연).

〔 묘산면 제보자 11 〕

　사리, 정덕순, 여·75.

　사리 마을회관에 들어서서 조사목적을 설명하자, 마을 할머니들이 이분이
이야기를 제일 잘하신다며 추천하셨다. 그러나, 너무 많은 청중이 있어서 쑥스
러워 하시는지 기대만큼 많은 이야기를 해주시진 않았다. 이야기를 정확히 기
억하시는 듯, 주로 다른 제보자들이 노래나 이야기를 하면 보충해 주시는 쪽이
었다. 작은 키에 풍채도 좋으셔서 푸근한 인상으로 이야기를 풀어주셨다. 사리
이장님의 모친이시기도 하다.

　설화 : 21.

〔 묘산면 제보자 12 〕

　사리, 이옥주, 여·61.

　나이에 비해서 무척 젊어 보이시는 분이셨다. 다른 제보자들의 이야기를 가
만히 듣고 계시다가, 상당히 긴 분량의 이야기를 하나 해주셨다. 그런데 너무
길어서인지 다른 청중(마을 어르신들)들이 지루해기까지 했다. 크지도 않고 작
지도 않은 목소리로 차분하게 구연해 주셨다.

　설화 : 22.

〔 묘산면 제보자 13 〕

　사리, 한경순, 여·70.

이장님 모친 옆에 자리하셨던 분으로 사리 마을회관에 모이신 분중에서 제
일 풍채가 좋으셨던 분으로, 시종일관 웃음 띤 얼굴로 이야기를 듣고 또 구연
해주셨다. 김진사, 이진사 이야기와 몇 편의 민요를 들려 주셨다.
　　설화 : 23.

III. 설화

〔 묘산면 설화 1 〕 T. 1 앞

관기리, 1998. 4. 1., 2조 조사.
문정주, 남 · 62.

대밭망(竹田)의 유래

　　* 마을 이름 유래에 대해 말씀해 주셨다. *

　　그래 인자 여기서 소위 말하기를 대밭마, 대밭마카는건 (청중: 그건 대 죽(竹)
자, 밭 전(田)자.) 뭐꼬 그라믄, 여기에 인자 문좌라꼬. 인자 옛날 좌수라 하는
(조사자: 벼슬아치.) 응, 좌수가 이 부락에 있었는데, 이 참 좌수 양반이 애. 선행
을 못 했어. 결국 자기가 음. 참. 주색에만 고만 그하고 말하자믄 탐관오리가 됐던
모양이지. 그러니께네 난중에 고만 합천군의 군민들이 반란을 일으켰어. 요새 말
하자믄 민란. 데모를 해가지고. 그래 인자, 문좌수가 결국은 피해가지고 여 동네
로 있다가 그래가지고 이 울로(위로) 피해갔는데 그 때 내가 '문'가인데 우리 일가
집이라. 그때 인자 대밭마 그 인자 거기다가 인자 짐을 인자 옮깄는데. 그카고
나니까네, 그기 발각이 돼가지고. 고만 그 반란군이 불질러뻐렸어. 우짜. 그래가
지고 대밭도 망했다. 그래가지고 인자 대밭망. 대밭이 그래 망했다. 그래 인자

(조사자: 아, 그렇군요. 대밭망이라고 하는게 그 마을 이름입니까?) 그기 인자 죽전(竹田). (조사자: 아, 죽전.) 옛날에는 죽전인데, 그래 인자 지금은 지금도 인자, 그 대가 지금도 있거든. 그래 옛날만큼 크진 않에, 지금은.

〔 묘산면 설화 2 〕T. 1 앞

관기리, 1998. 4. 1., 2조 조사.
문정주, 남 · 62.

두무산(斗霧山)의 유래

* 지명 이야기를 여쭙는 김에 근처 높은 산들의 이름에 대해서도 여쭈었다. *

(조사자 : 합천에서 들어오다 보니까요. 산이 굉장히 높던데요. 합천에서 이렇게 버스 타고 들어오다보니까요. 산이, 여기 넘어오는 산이 굉장히 높던데 이거는 무슨 산입니까?) 아 저기 오두산 카는거? 오두산은 그게 큰 전설은 우리가 모르지만은, 뒷산 옆에 저쪽 큰 산은 두무산인데, (조사자: 두무산이요?) 응, 두무산. 두무산인데 그게 인자 원래 여기 인자 전설은. 쩝, 옛날에 두사춘이가 (조사자: 두사춘이요?) 응. 두사춘이카는 유명한 거 지리. 말하자면 오행가는 중국 거, 지리박사가 두무산에 올라가서 보게네, 거 화양동 골짝. 거는 보만 골골이 집을 져도 집터가 대지가 좋고, 등등이 미(묘)를 쓰면 좋다고. 그래 인자 하다 두사춘이가 좋아가지고 그 위에서 춤을 췄다 그래 가지고 인자 두무산. 그래 인자. (조사자: 성씨할 때 두(杜)자 하고, 춤출 무(舞)자 써가지고.) 어, 그래가 인자 두무산. 옛날에는 그래 켔다 하는데 요새 와서는 또 바꿔 가지고 하아(기침) 요새는 인자 두무산이라고 카믄 말 두(斗)자, 안개 무(霧)자. 이렇게 그래가 인자 요새는 그 말 두자, 안개 무자를 써 가지고 그걸로 인자 요새는 두무산이라 그카는데. 예산에는 두무산 자체가 그래서 두무산이라 그랬다.

〔 묘산면 설화 3 〕 T. 1 앞

관기리, 1998. 4. 1., 2조 조사.
문정주, 남 · 62.

박산의 유래

*   * 두무산에 이어 계속 구연해 주셨다. *

　　그래 저 화양카는데는 가믄 그 박산이라고, 아주 유명한 명산이 하나 있어.
그 박산이라 그카는데. 누가 거 가믄 미(묘)가 아래우로 있는데, 그기 인자 우에는
고령 박씨 묘고, 거 예산에 거 저 고령 박씨 산소고, 밑에는 반남 박씨 산소인데
박재순이. 왜 옛날에 이조말에 왜, 고. 인자 시조가 인자 고 밑에 묻혀가 있고.
야천이라고 그 박소 카는 야천이 밑에 있고. 우에는 고령 박씬데 거는 인자 박정
희 대통령의 거, (제보자가 기억이 안나는듯 잠시 생각하셨다.) 저 뭐 몇 대조라
카드라? 몇 대조라고 박정희 대통령의 거 그런 미가 인자 거 있어. (조사자: 그
집안에요?) 응. 그래서 인자 그 자체가 인자 그 등등이 인자 그 미를 쓰면 좋다.
명산이다. 옛날부터 그 뭐 그래. 그런가 우째는가, 고 자손들이 고마 고관대작을
했어. 고관대작을 하고 박정희도 거 대통령까지 했제. 우쨌든가. 그는 그렇고 인
자 화양동 카는데 가믄 인자 거기 인자 육 형제, 육 진사, 육 형제가 나가지고
육 진사를 하고 육천 석을 했다고. 그래 가지고 인자, 거 인자 거 또 유명한
인자 말이 하나 있고.

〔 묘산면 설화 4 〕 T. 1 앞

관기리, 1998. 4. 1., 2조 조사.
문정주, 남 · 62.

누명 쓴 시아버지

* 효자나 효부 이야기를 해 주십사 청하자, 정절에 얽힌 어사 박문수 이야기를 구연해주셨
다. 조금 야한 부분이 나오자 상당히 멋적어 하셨다. 더 이야기를 구연하시려다 아가씨들
이 있어서 못하겠다며 구연하시지 않았다. *

박문수가 여(여기) 와가지고. 박문수가 여, 요까지 와가지고 뭐 중을 (제보자
잠시 생각하다가) 아. 홍진사. 아 홍진사 그 얘기가 있지. (조사자: 그거 좀 해주시
죠.) 그거는 어떤 얘기가 아니라 아. 박문수가 내려와가지고 길을 가는데 어떤
한 중하고 같이 동행을 했다카데. 동행하기 전에 어쩐게 아니라 홍진사가 있었는
데 여여 그거 뭐 그 뭐라카노. 호갈. 호갈이 홍진사가 살고 있었는데 홍진사 며느
리가 과부라. 과분데 그래 홍진사한테 그래 참 시아바이한테 잘 하는데 그래 한
번은 어 어데 언제든가, 홍진사가 갔다 오면은 며느리가 버선발로 뛰 나오고 하는
데 홍진사가 어느 날 어데 갔다오니까 미느리가 안 나오는기라. 안 뛰나와서 이상
해서 방문을 열고 들어가보니까 아, 이 미느리가 고만 막 피칠을 해갖고, 고마
방에 쓰러져가 있거든. 그러이까네 아 이 홍진사가 급해가지고 고만 끌어안고
이래싼깨네 아, 이웃사람이 고마 난 데 없이 며느리한테 홍신사가 (조사자: 섭탈
하다가.) 겁탈하다가 고마 그래 죽었다, 그래 누명을 홍진사가 둘러 써가지고 옥
에 갇히이 뿌릿어. 갇혔는데 저 그걸 결국은 중앙에다가 이 중앙에서 알게 돼가지
고 박문수가 내려왔는데.

그래 박문수가 뭐 어느제 마렵제라 카든가. 이 재라 카든가 모르겠지만은,
그래 같이 인자 중하고 같이 동행을 하게 됐는데. 그래가 이런저런 옛날 이얘기나
하며 가자. 그래가 이런 저런 있었던 이 뭐 저렇던 일 뭐 그래 인자 얘길하고
가는데 그래 그 중이 그래 가다가 그 아가씨들(조사자들 가운데 여학생들 가리
킴)한테 그런 얘기 하. (제보자가 부끄러워하심) (조사자 웃음) 하하하. (조사자:
아니 뭐 어떻습니까.) 그래서 그래. 아, 하하. (상당히 부끄러워하심) 그래 고마
그 고마 중이 고백을 했으요. 그기 참 고백을 한게 아니라 이애기 막 말 끝에
그래 어데 가이까네 참 그 뭐 어떤 새댁이 있어서 우째가지고 막 갔드니 그래
뭐, 뭐, 오라싸서 들어갔뜨니 우째서 고마 우째됐다. 그래 가 이제 그기 (또 멋적

어서 웃음) 그래가지고 박문수가 그 중을 체포했다꼬. 그기 인자 행상 중인데 중이 동냥을 시주를 받으러 가니까. 이거 참 여자가 혼자 있으이까네 드가가지고 고마 그래 됐는데. 그래 난데 없이 시아바이가 고마 누명을 둘러쓰고 그래가지고 그 인자 홍진사가 빠져나왔다 고마. (조사자: 홍진사 거 큰 일 날뻔했네요.) 허허 허. (조사자: 풀려난 거군요.) 아가씨들이 없으면 풍부한 애기가 많은데 거 그런 애기가 여 있어.

〔 묘산면 설화 5 〕 T. 1 앞

관기리, 1998. 4. 1., 2조 조사.
문정주, 남 · 62.

해인사 불 끈 무학

* 박문수 이야기를 더 여쭈었으나 그 이야기는 더 모르신다며 무학이 이야기를 대신 해주
  셨다. *

아 여, 여, 대경 같은데 가믄 그 무학이 애기가. 뭐뭐뭐 거 무학이라고. (조사자 무학이요?) 응. 무학이라꼬. 무학이 애기 많이 나올낀데. 그 인자 옛날 고려 말에 그 무학이 말고 그는 전(前)무학이고 후(後)무학이 있어. 무학이가. (조사자: 아, 무학이가 두 명이예요 그럼?) 어. 무학이가. 그 옛날 정도전이하고 그래쌌떤 그 무학이 말고 중간에 와 가지고, 그 인자 삼비정이라꼬. 문 삼비정 이라꼬 있었 는데 삼의정집 종의 에, 참 몸에서 난 무학이가 있어. 그 무학이가 여, 여, 대변 가믄 지금 구리방이라꼬 있는데, 그 감나무가 무학이 손수 심었다는 감나무도 있고. 그 가믄 뭐 죽매가 어 그거 벌레한테 물린다꼬 모기한테 물린다꼬 그래가지 고 거 뭐 무슨, 에 지방을 써가 우째 하이까네 그 근처엔 모기가 없고. 또 (청중: 지금 그래 걸 리가 자빠진다꼬 진흙뿌리 본톱으로 방패를 해가 30센티 들어났다 카고.) 작대기를 찌, 찔러 갖고 새밀(샘) 만들은거 뭐. 돌 구부리가 우째. (청중:

대명사 하고도 살리났을긴데. 댐골망 바로 밑에 고 있을끼야.) (청중: 지금 감나무 것도 살았을긴데.)

그 후 무학이 무학이가 문경춘인데. 경춘이라카는 어른의 종질을 하는기라. 무학이가. 여 마령재 여기 오기 마령재인데, (청중: 그래가지고 한때 문가라 안켔나. 헤헤.) (조사자: 종이었느니까요.) 그기 인자 하모. 그 주인을 따라서 그기 마령재로 올라오니까네, 이 무학이가 조쪽 약물덤이라꼬 요 내가믄 있어. (조사자: 약물댐이요?) 약물덤. 어. 그래 약물이 난고고. 그래서 약물덤이라고 있는데 그 밑에 보이까네, 무학이가 옆으로 실 기울어 지거든.

"네 이놈 어딜 가노?"

카니까네,

"아, 이 서방님 큰일 났습니다."

그래,

"와?"

그래 솔잎파리를 꺾드니 소변을 하 (멋적어 웃음) 손에다가 거 나뭇가지를 꺾어 가지고 뉘가지고 그라드만,

"지금 해인사에 불이 났는데, 이 불을 꺼야된다꼬 팔만대장경에 지금 불이 났다꼬."

그래 가지고 그걸 뿌리니까네 밤중에 막 소내기가 떨어져가지고 해인사 그 인자 불을 껐딴 말이지. (청중 웃음) 그기 인자 공교롭게 그 시간이 이기 하도 기이해서 그거 그 자리에 인자 사미정이 해인사에 가서 주지한테 물으니깐, 딱 시간이 딱 맞어. 고 시간이 고기 뭐, 무학이가 오줌 뿌린 고고하고 맞다는 허허허.

〔 묘산면 설화 6 〕 T. 1 앞

관기리, 1998. 4. 1., 2조 조사.
문정주, 남 · 62.

수복(壽福)들

* 관기리 마을 입구에 있던 비석을 만드는 곳 이야기를 하자 이 이야기를 해주셨다. *

여기를 옛날 어른들은 여기를 말하자면 '비룡산천유휴지(飛龍山川遊休地)'
다. 용이 날라가면서 쉬었다가 가는 자리다. 비룡산천유휴지다 그래. 그래가 인자
요 우에 가면 여 우리들이 소위 말하는 십이기들이라꼬 하는데. (조사자: 어디
요?) 요 우에 가면 십이기, 십이기라꼬. (조사자: 실기요?) 어. 십이 기라꼬. 우리
가 여개서 말하기를 십이기들, 십이기들. 거 옛날 어른들은 인자 십이기, 수, 수복.
어. 수복을 수복돌이라고. 아이, 그기 아이라. 목숨 수(壽)자, 복 복(福)자. 수복돌
이라 그 자체가 거 가면 지금 오행꾼들이 그거 말하면, 옛날에 그게 인자 사실은
이 사실인데. 옛날에 이조 초엽에는 우리 이 마을 자체가 거기 있었어. 거게, 거
이래 양씨가 양나라 양(梁)자, 양씨가 그 대성을 이루고 살았는데 불행하게 그게
그 때 대홍수가 져 가지고 산태가, 산사태가 나가지고 싹 묻었다 카거든. (조사자:
동네 하나를요?) 어. 동네를 어, 뭐 옛날 부락은 많이 안 컸겠지. 인자 묻었는데
그러고 나서 인자 양씨가 참. 한 집이 어데 외가에 가가지고 그 후손들이다. 그런
얘기가 있어요.

〔 묘산면 설화 7 〕 T. 1 앞

관기리, 1998. 4. 1., 2조 조사.
문정주, 남 · 62.

돌청자나무

* 관기리의 유래 이야기가 계속되면서, 이 동네는 뭐 특별한 이야기가 없으시다며 돌정지
이야기를 해주셨다, 연이어서 최치원 선생의 이야기까지 구연해 주셨다. 청중 개입이 잦아
분위기는 다소 산만해 졌다. *

　　돌정지 카는게 있었는데. 돌정지라고 돌정지. (조사자: 돌정지요?) 돌정지. (청중: 돌 우에서 정자나무가 서서 그래.) 정자나무가 바우 새에 난다 카데. 그기 아마 뭐 뭐 수백 년 됐겠지. 됐는데. 이 방구 새에 나가지고 방구가 갈라짓거든. 갈라지가지고 그기 없어진지가 얼마 안 됐구마. 그 뿌리 자체가. 이 사람집이 거 아이가. 그 우리 어릴 때에는 그기 잎이 나고 고마 컸거든. 컸단 말이지. 정자나무가 컸는데 그런 나무 힘이 그러치름 돌새에 나가지고 큰 바우를 막, 그기 돌정지. 그기 인자. (조사자: 누가 심었다 그런 거는.) 그런 거는 뭐, 여러 뭐. (청중: 기록이 없고. 옛날 어른들이 심긴 심었는데 기록이 없으니깐.) (조사자: 그래도 뭐 전해내려오는 얘기로 뭐 저. 누가 심었다. 왜 있잖습니까. 도사가 이렇게 뭐 지팡이를 찍었는데 나무가 됐다, 이런 얘기 많잖아요.) (청중: 그런 거 아이고 뭐 그런 전설은 엄꼬.) 뭐 해인사 고마 그거 뭐 뭐. 최지원 선생 그 어 나무 작대기를 꽂으니께네. 하모, 이 나무가 살거든 내가 살은지 알고, 죽거든 내가 죽은지 알라 이래 했는데. 작대기를 꽂으면 원래 우에가 크고 밑이 작거든. (조사자: 근데 누가 그.) 근데. 이 뒤바뀐다 말이지. 밑이 크다하게 되고 우에가 그런데. 그 해인사 그 지금 나무 그 자체는 참 전체가 알로(아래로) 나무가 가지가 막. (청중: 가지가 알로 이래, 작대기를 거꾸로 꽂았다 이 말이여.) (조사자: 어느 분이 왜 그렇게?) 최치원. 뭐라꼬? 어 최치원 선생. (조사자: 최치원 선생이, 거 왜 그렇게 왜 그렇게 꽂으면서 말씀하셨데요?) 거 인자 원래 최치원 선생이 둔적지지가 거 일생을 마친 데가 해인사거든. 요 해인사에서 결국 자기가 해인사에서 참, 결국 참. 둔적을 하고 말았거든. 뭐, 해인사에서 죽었는가 살았는가 해인사에서 없어지고 말았거든. (청중: 생사는 모르고. 그 작지(작대기) 꽂아놓고는, 남겨놓고 가는데.) 거 지금 학사대라고 농판장이라고 다 있거든. 다 그기 인자 거 지금 해인사 입구에져 농산정 학사대사. (청중: 그래가지고 그 나무가 잘 자란개네 신선이 돼갔다고. 이래 전설이 나오지.)

〔 묘산면 설화 8 〕 T. 1 뒤

관기리, 1998. 4. 1., 2조 조사.

A 할머니, 여·72.

개꽃 이야기

* 다소 산만한 분위기가 이어지자 할머님께서 옛날에 들은 이야기라시며 해주셨다. *

옛날에 전설을 한 번 들어봤는데. 철쭉꽃 있잖아요. 철쭉꽃요. 철쭉꽃을 경상도 말로 옛날에는 개꽃이라 했거든요. 개꽃요. (조사자: 개꽃, 하.) 예. 왜 개꽃이라 하냐. 이제 전설이 한 번 나왔더라구요.

개가 옛날에 개를 미기서 키웠는데요, 개가 다 커가 늙어가 죽었어요. 죽어서 개를 묻어 줬더니 묻어줬는데 따땃한데 양지 바른 데 묻어줬더니 개무덤 자리에 꽃이 피어서 그래 이름을 개꽃이라 지었데요. (조사자: 하아, 그게 지금 철쭉꽃. 그래서 개꽃이라 그랬구나.) 전설에서 들었어요.

〔 묘산면 설화 9 〕 T. 2 뒤

관기리, 1998. 4. 1., 2조 조사.
문석주, 남·54.

보쌈 신호

* 마을회관에 늦게 들어오셔서, 조사자들에게 불편한 점은 없는지 이것 저것 챙겨주시던,
이장님께서 이 이야기를 구연해 주셨다. 구연 중간에 목소리 톤을 바꾸는 등 생동감 있게
구연해 주셨다. *

옛날 그 요새는 서방 죽으면 옛날에는 남편이 죽으면 개가를 몬 하고 살아야카는기라. 옛날에 신랑 없는 생활은 고독하그든. 고독하지 혼자 살라카문 고독한데, 그 고독을 그 고독을 달랠 길이 없는게지. 그 누가 마, 머, 알아제. 그런다고 이노무 것을 보인께네. 또 보면 돈쟁이들은 돈 있는 뭐, 뭐, 진사나 그 고을의

뭐, 뭐, 부자들은 종놈들이 있는데, 그 집에 과부가 있는가. 그 집에 누가 있는가 그건 모르는기라. 그건 부자집이 모르는데 여자가 딱 표시를 하는기라. (조사자: 어떻게?) 딱 표시를 하면. 그러면 아무리 종놈들이 이 우리 동네를 왔던 저 동네를 갔던 그집에 가고 있다. (목소리를 바꾸어)

"내 들고 가시오."

하는게 없는기야. (주위를 살피며) 어찌 알끼라? 그런데 그 집 시어른들이 어른들이 있어서 그 저 뭐, 평상을 그집에서 살아야된다. 뭐, 남편 없어도 그 집에서 살앙 되는데, 한 가지 딱 표시를 하는기라. 시어른 몰래 그 집에다가 표시를 하는기라. (목소리를 바꾸어)

"나를 데려가 주시오."

(조사자: 어떤 표시요?) 어른들을 모르게 하는기야. (조사자: 모르게?) 그르치. 어른도 모르지. 그건 저, 저집이나 저집 에 이제 보문 거기서 인자 한집에 그른게 있으문 그곳에 있응께네. (손을 휘젓는 시늉을 하며) 휘이 종놈들 돌아다녀보문 서담늘어난데, 보문, 인자 반칙물에 옛날, 요새는 머, 세탁이 달아서 언제든 짜고 그러지만, 옛날에는 서담들이 쫙 늘어놓으믄 마, 한가지 아무튼 표시를 하는기라.

"내가 있응께 데려가다 주시오."

하는기라. 그러나 그 사람들은 물론, 그릏게 밤에 고마, 보쌈 안 해가는기라. 있으니께 나를 데려가라카는 표시를 그 부인이 했다 이 말이야. 혼자서 그 어른들 몰래, 만약에 보섬을 디비여서 마 디비기서 마 걸어놓던가, 아니면 저기 말하자면 마, 바지를 하나 거꾸로 해놓던지. (조사자: 아! 그런식으로?) 그르치, 그러케 마 부모 몰래 저 시부모들 몰래 그리하는 거지. 몰래 참 요새는 양말이지만 그들은 보선이었으니께네, 보선을 한 짝이라도 디비지 노아가지고, 딱 달아놓는기라. 그르문 그 돌아다니다가 (목소리를 바꾸어)

"아 이집에 과부가 있다. 있으니까 요거 어느 집에 가니께네 무엇이 요래가 있습디다."

하문, 그르문 요 놈,

"거집에 가가지고 무조건 보섬해오니라."

요로고 인자 어느 집에, 어느 집에 가니께네 고게 있으니까 또 그 집에 가서 진사

면 진사, 어딜 보문 (목소리를 바꾸어)

　"선생님, 그 집에 가니께네, 고론게 이상한게 있습니다."

　"아 맞다. 틀림없으니께네 고마 오늘 제 가기라."

해서 막 두 놈, 시 놈, 이 가가지고 가문 불 딱 켜놓코 앉아서 기다리고 있는기라.
(일동 웃음) 그러문 요놈을 만약에 보섬을 아무리 밤중에 여자가 나부대면 몬해
요. 그럼 안 되는기야. 아무리 지금 세상이나 옛날 세상이나 여자가 나부대면 남
자가 열서이라도 안 되. 동네가 다 알아. 집이 다 알게 되아있어. 보쌈 몬하게
되아 있어. 그런게 몬하게 돼있다구. 아무도 모르는 아무래도 그때는 마, 돈이
있든, 건세(권세)가 있고 무엇이 있다카더라두 쥑인다 가만히 있으라 카는 것 보
다믄 나 죽일 바에야, 나는 이 집의 귀신이 댈라꼬 온 사람인데 모라카면 난리치
지. 머, 그 시어른들 다 알지. 그 집의 마, 종놈도 다 알게 되아있어. 가만히 안자가
있어. (목소리 바꾸어) '내가 왔으니 보자기로 갖다 살짝 카면 귀신 새도 모르게
간다. 그거는 표시를 안하면은 몬하게 되아 있다' 이 말이야. 마, 지금 같으문 에이
고, 더러버. 옆집에 가서도 연애 해뿔고, 안 대문 장가 가서도 연애 해뿌고, 안
대문 달래하고 마, 이러치만은 옛날에는 소문을 몬내고 하기 위해, 마, 내가 외로
부니까, 나를 데려가다 주시오 기러면서, 한 가지를 딱 거꾸로 달던지. 옆으로다
달던지 표시를 하는기라. 내가 이래 외로버 몬 사니까, 데려가다 주시오. 그러면
서 요새 같으면 머, 그그는 옆집에 가서 연애 해뿔고, 장가가고 이러지만은, 그
보섬 이야기가 여자의 마음이 담긴 것을 그 바로 하나의 표석이었다, 이 말이야.
그런기 하나 만들어 보섬을 했다 이 말이여.

〔 묘산면 설화 10 〕 T. 3 앞

관기리, 1998. 4. 1., 2조 조사.
문석주, 남·54.

망부석

그런데 고개 성황당 고개하면 거가 확실히 제가 알기론 거가 확실히 라디오에 전설의 고향 라디오에서 나온 적이 있답디다. 젊었을 때 그 개, 인자 옛날부터 모이면 길 가는 사람이 하나씩 하나씩 가는 사람이 넘어가면서 던지고 저쪽에서 오면서 던지고 이랬대. 던져가지고 그게 인제 모인게 참 집채만 컸는데 이게 인자 어데 인자 사용하는게 참 난리가 나고 전쟁이 일어나면 그걸 인자 옛날 행주산성에서 여자들이 앞치마 뭐 돌. (조사자: 앞치마에 돌 날라가지고.) 그게 인자, 그런데 사용한다고. 그래 인자 뭐 한꺼번에 몬 모아고 길 가는 사람이 한 개씩, 한 개씩 던진 게 집채만 모인 거 있었긴 있었는데. (청중: 경기도 거 어데고 행주산성이 있재. 행주치마가 거서 나왔는데, 그게 인자 현재는.) 근데 그것도 하나의 모아논 원인이 있는기라. 아 모아는 것도 안 그러면 부락 앞에서 모을 수도 있고 집에서 모을 수도 있고 원래 묘지에 딱 성황당이 있는데 고개 돌에. 이 이야기가 형님도 더 잘 아는데 그것도 과부가 아닌 안 그러면 과부댁이 아닌 처녀가 짝사랑했던, 참 말하자면 이웃에 살더라고.

지금은 연애한다 물가에서도 만날 수도 있고, 안 그르믄 당산에서 만날 수도 있고, 소나무 밑에서도 만날 수도 있고. 마 안 되믄 시장으 다방에서 만날 수 있재마는 옛날엔 그게 없었거든. 부모의 영이라 하는게 무서웠고 거절하지 못했어. 사랑한다 해도 사살(사실) 사랑한다는 소리를 못 했어. 눈으로만 사랑한기지. 눈으로만 사랑하다가 남편이 아니 사랑하던 남자가 먼저, 옛날부터 군대를 갔나 우쨌든가. 몬 사니까 고향을 떠나 보내는 돌아오라 카는 지금 말하자면 기다릴께는 돌아오라 카는 이야기를, 약속을 몬해더라도 언젠가는 너와 나 눈이 맞혀 쓰니께네 나를 보러올거 아인가 응. 지금 거 같으면 니 몇 년도 안 나오면 나가뿐다. (조사자 웃음) 고무신 거꾸로 신어뿐다. 마 이런 식이 되지만 마음으로 내가 있으니까 언젠가는 돌아오리라는 생각을 가지고 기다리고 있었더구만. 그래 가지고 마 요새, 말하자면 기다려서 망부석이라던가 한 일생을 그렇게 세월을 보내다가 한 남자를 기다리다가 인생이 수월됐으니까.

〔 묘산면 설화 11 〕 T. 3 앞

팔십리, 1998. 4. 2., 2조 조사.
윤종석, 남 · 67.

팔심리의 유래

* 산길을 2시간여 동안 걸어 올라갔던 팔십리에서 만날 수 있었던, 단 한 분의 제보자이다.
이야기도 하나 뿐이다. 윤종석 할아버지는 조사자들에게 손수 따뜻한 커피를 대접해 주셨
다. 이야기를 청하자 할 이야기가 없으시다면서 구연을 꺼리셨다. 조사자 중 한 명이 마을
유래에 대하여 질문하자, 이 이야기를 해주셨다. 구연 도중 군대 용어가 나오자 자신의 군
대 이야기를 조금 하시기도 했다. *

음, 음 (기침) 유래가 있어. 우리 어른들한테 인자 들은 이야긴데, 이기 여들
(여덟) 팔(八)자, 찾을 심(尋). 요즘엔 잘 안 쓸기다. 찾을 심. (조사자: 심부할
때 쓰는.) 음, 그래 이기 여들 번만에 여길 찾았단 기라. 그래 인지 팔심리가 되었
어. (조사자: 처음에 이 동네를 세우신 분이요?) 그렇지. 이게 뭐냐면 임진왜란
때, 그 당시에 음(기침) 중국에서 여송이(이여송)가 건너 왔을 때, 그 때 우리
저 어른들이 이야기할 때 여 요같이 있다가 뭐. 그 때 요사이 척지장교(측지장교)
그카는 사람. (갑자기 조사자에게 군대를 갔다 왔냐고 물으셨다.) 니, 군대 안
갔다 왔재? (조사자: 갔다 왔습니다.) 어데야? 어대? (조사자: 강원도 고성에서
근무했었습니다.) 나는 군대 갔다 와서 육군사관학교에서 삼 년 동안 있었어. 요
앞에. 그래 가주고 그 척지장교 그 사람이 여, 앞에 참 나왔는데 진지 같은 거.
음. 그래인지 이여송이 그래만 그래 저, 평양 근무할 동안 (조사자: 평양 근무할
때요?) 어, 평양 근무할 때 거 참 거 또, 임년 왜놈들이 그 때 왜병에 그래 섞여
내리와 거서 고장이 뭐 참 전사를 했던 모양이고. 그래인지 여송이 척지장교를
불러 가지고 어떤 자린지, 요 고장이 (청취 불능) 섰뿌릿다. 그래 저 우찌 됐는
설명을 해봐라. 지 때 그래가지고, 그래가지고 여, 에 척지장교 따라 온 사람이
두사평이라, 두사평. (처음에 두사평이라고 하시다가 부사춘으로 바꾸었다.) 마

을 부(府)자, 봄 춘(春). 부사춘. 그 사람이 했는데, 이리 설명을 해보라 한깨네. 이 친구는 우리 판국이 어떤 판국인디 그러쿠롬 했나, 음(기침) 어 여기는 음, 풍수지리설에 의하면 매화낙지설이라. 매화꽃이 떨어지는 설이다 이캐 거든. 그래 이 사람은 거 말하자믄 전쟁 치러 온 놈이 매화꽃이 피도 슬픈데, 매화꽃이 떨어지는 자리하면 이 우리가 패배를 당하는 텐데. 패하는 거 아이가. 그래타 좀 이상하대 이거. 처형을 할라 해. 처형을. 이 처형을 그래, 중국에서 용병 온 사람이 동생이 그래 죽어뻐릿으니 그거 뭐 당연하지. 그러니 가만 밤에 가만 생각해 보이, 낼 처형을 당할끼고 고향도 못 가고 용병 와 가지고 죽으니 참, 얼매나 억울할 끼고. 그래 밤에 사악기 야반도주 했기던. 그래 이 말은 안 통해도 인자 목소리로 문제로 지아내 필다마(필담). 그래 가주고마 탈출을 핸기라. 그래 인제 그 사람이 분사평, 경상도,경상도 보령카면 보령. 보령가야 거 금방에 숨어 있던가 모양이라. 으흠(기침) 그래이, 오도 가도 몬하는 기 이 밥 얻어 묵으로 왔다갔다 한 세월 보냈는데. 그래 이리 사알 있다가 여기 그 동네, 그래 여기 딱 있었거든. 그래 가주고 그 사람이 근방에 밥을 얻어 묵으면서 왔다갔다 이래 여듭 번만에 여 와서 찾았대. 그래 그 동네 여듭번 만에. 여듭번만에 요기 와서 짚었대.

〔 묘산면 설화 12 〕 T. 4 앞

거산리, 1998. 4. 2., 2조 조사.
정갑을, 여 · 75.

도깨비 이야기

* * 거산리 마을 입구에 있던 소나무에 대해 묻자, 소나무에 대해서는 없으시다며 도깨비 이
 야기를 해주셨다. *

아는 게 있어야지. (웃음) 예전에 밤길을 걷다보면, 지 갈 길에 놀라서 도깨비가 나오고 그래. 옛날에 도깨비 얘기가 있긴 있었는데 그래. 홀깨비에서 홀깨어서

정신이 나가가지고, 홀깨비랑 씨름을 한단다. 거기, 씨름을 하마 토깨비한테 사람
이 지면, 사람이 안 찾아가면 쳐박혀 죽고, 이기면 사람이 집으로 오고, 도깨비가
어디로 가고. 그런 얘기가 있었어. 예전에 불이 막 빛나고 그랬었는데. 자리를
옮기면 저기 문에 뵈요. 다리에 빙빙빙 뵈이고, 저어기 논이 있는데 아버지 마중
나가가지고 그런데 뭐가 막 건둥건둥 해서 사람인 줄 알았는기라. 그런데 가만
보니, 그게 도깨비불이었다. 예전에 늑대가 살았서. 늑대가 산에 막 나타나고 그
랬는데, 예전엔 산에 나무를 많이 해서, 짐승이 없었는데, 요샌 산에 나무가 많아
서 뭐가 사는지도 몰라. 옛날에는 디딜방아를 안 찌 묵었습니까? 찌 묵는데 방아
고 밑에 고가 있거든. 고걸 사람이 깔고 앉으마 깔고 앉아가지고 거기서 피가
묻기나카믄 (청중: 여자들 와, 월석.) 그게 토깨비가 된다케요. 또 빗자루를 깔고
앉으마 그것도 그게마 사람이 되가꼬. 빗자리에도 사람 못 앉게 하고..

〔 묘산면 설화 13 〕 T. 4 앞

거산리, 1998. 4. 2., 2조 조사.
김월선, 여·75.

장화 홍련

* 효자, 효녀 이야기를 청했더니 장화홍련 이야기를 긴 시간 동안 구연하셨다. *

장화홍련전 책을 보마, 음, 그기 전부 전실에 딸이 두 개가 있었는데 즈그
아버지는 그 골(고을) 좌수질하고 작은 어마이가 독 안에 쥐를 한 마리 키았는기
라. 하루는 그래, 비가 부슬부슬 오는데,
"아이고, 우리 궁굼하고 느그 아버지도 없고 한데 우리 오늘 놀자. 돼지 한
마리 잡아 놓고 놀자, 우리 놀자."
딸을 둘로 데꼬 이라는데, 요 기모라 카는기 피를, 돼지 목을 찔러가 피를
한 도랑씩 받아놓고 술을 잘 해여가지고. 그날 저녁에 딸들을 불러놓고 술로 멀근

하이 믹있거든. 멀근하이 믹이 놓고, 고마 자는 역에 줘. 그걸 갖다가 독 안에
키운 기를 벗겨 놓고 옷 속에 넣어 놓고 피를 한그씩 부어놓고. 그래, 참 모함을
잡을라꼬 그래놓고 해가 다 되간게,
　　"아이고, 야들아 인나그라. 느그는 무슨 잠을 이렇게 자노?"
이카믄서 이불 덜시 보고,
　　"아이고 느그 아버지는 시골 좌수질하며 우리 장화, 홍련 잘 났다고 착하다고
저, 저, 자랑하며 댕기디 이게 무슨 일이꼬?"
　　막 소리를 치면서 막 부로카거든. 그래논게 이것들은 아무 잘못한 것도 없는
데 모함을 잽히가 죽을 판이라. 그래가,
　　"느그야, 어디 연못에 가 빠져 죽든가 외가집을 가든가. 느그 아버지 오면
넘사시러브가 못 온다."
카므 어디로 가라꼬 쫓아내는 기라. 기모가 지은 일은 없는게 그카니까 안 나가고
안 되는기라. 그래가 외가집에 간다고 가니까 큰 연못이 하나 있었어. 그래, 그
연못에서 둘이가,
　　"동생 너는 아문 죄가 있나? 너는 가그라."
이카무서 즈그 성이 신을 벗어놓고 고매 치매를 쓰고 연못에 폭 빠져 죽었뿟는기
라. 죽었뿟는데. 그래 요 여자 요거는 인자 지 고걸 갖다가, 아 죽은 기라고 말려
서 딱 싸 놓고(웃음) 말려서 싸 놓고. 인자 그래 즈그 아버지 오니까 사고라 하거
든. 그래 가지고 참, 즈그 아버지가 억울해서,
　　"우리 딸이 그럴 일은 없을긴데, 우째서 이카는고."
　　참 심심하믄 가 가지고,
　　"홍련아, 인나그라. 얼굴 한 번 보자."
카믄, 못가에서 울면 얼굴이 동 떠가,
　　"아버지 저는 아무 거시기 없은께 아버지나 가서 잘 계시라."
카믄서, 그래 나와서 얼굴만 비고 드갔뿌고, 드갔뿌고. 즈그 동생이 또 그래,
　　"언니야."
하면서 울만, 또 얼굴만 보이고 가고. 그래 한 번은 그 골 좌수가 있는데 만날
밤중 되면 죽었뿌고 죽었뿌고 해서 임금이, 그 골 임금이 고마 그게 원수풀이
해 달라고 임금한테 밤으로, 밤중 되마 그기고마 맨날 머리풀고 드간다. 드가마

임금이 겁이 나서 자살해서 죽었뿌고 죽었뿌고 하거든. 그 골로 가는 사람이 아무
도 없어. 아무도 없어 가지고. 그래, 한 놈이 있다가,
　"내가 한번 그 골로 가 살지."
　그건 언간이 담끼가 센 사람이라.
　"그래 한 번 살아봐라."
　그래 하루 밤중 되니까 참 얼구 빼찔즌한 색시가 문을 열고 들어오믄서 그래,
　"이 골 아무꺼시 복수해 달라고 왔습니더. 복수 좀 해 주이소."
이카거든. 그래,
　"니가 귀신이냐, 사람이냐?"
이카니깐, 첫 번에는,
　"우째 귀신일까, 사람이 올시더."
이캐 놓골랑, 그래 난중에는 인자 그전에는 들어오는 머리 기절해 죽었뿌고 했는
데 요거는 담기가 세 가지고 그래 물었는기라. 물은게 그래 난께는,
　"어찌 사람일까, 귀신이올시더."
그랬는데, 홍련이가 이래,
　"울 아버지 이 골 좌수질하고 근데 내가 이리 복수 해 달라고 이래 왔습니더."
이카거든. 그래,
　"복수 해 달라고 왔으므는 내가 내일 한 번 부를낀게 내일 나타나그라."
이카고 내 보내고 난게네. 고마 마 그것도 죽었지 싶어서 막 짜들랑 꺼지기를
들고 초상칠라고 들어오거든. (웃음) 그래,
　"이놈들 꺼지기는 웬 꺼지기냐? 그래 나 안 죽었은께 아무개를 잡아들이라.
그 기모를 잡아들이라."
카는기라. 기모를 잡아들이라카는데 잡아들인다고. 그래 즈그 아버지도 잡아들이
고 즈그 기모도 잡아들이고. 막 그거 장화, 홍련이 물에 빠져 죽어 귀신이 되
놓은께 오지는 못하고 물에만 나타나고 이란게. 근데 고기, 그, 잡아들인기 지만
여넣고 잡아 씌우고 들어오거든. (웃음) (조사자: 계모가요?) 그래, 기모가. 그래
참 잡아들이 놓은게 고을 원이. 저걸 갔다가 따신 물에 담가라, 기모를 갖다가
따신 물에 담가라 이카고. 그래 인자 가마이 불은 년에다 가지기를 타라 카드라
네. 가지기를 졸탕게네 쥐동이 소독히 들거든.

"우째 사람 속에 쥐 똥이 들었느냐? 쥐가 분명한데 왜 사람이라 크노? 저년 잡아 뭉치라."

고마 거 인자 지 말라 놓은 걸. 그래 놓은께 그년을 잡아 뭉치가지고 궤짝에다 여어서 한 질에 다 걸어놓고 톱을 걸어놓고 써 직었어. 그거는 옛날에는 그리 기모가 독한 게 샜어. 그래 가지고 즈그 아버지가 복수를 하고 나와가지고,

"장화야, 홍련아, 나서거라. 니 얼굴이나 한 번 보자."

그래 동, 물에 떠가지고 나는 옛날에 이런 책 보마 억시 울었다. 참말로 그래,

"아버지 즈그는 아무 죄도 없어요. 가왕에 사라진 사람이고 아버지는 나가서 잘 사시오"

이카고 곧 사라지고 없다드네요.

〔 묘산면 설화 14 〕 T. 4 앞

거산리, 1998. 4. 2., 2조 조사.
김월선, 여 · 75.

사람 죽이는 지네 오줌

* "그전에."라고 하시며 숨돌릴 틈도 없이 바로 구연하셨다. *

그 전에 큰 집이, 참 부잔데, 부잔데 고마 참 식구도 아들 딸 여러기 있고 이랬는데. (조사자: 자식 복도 있구요?) 야, 여러기 있고 이랬는데 큰 이전에 참 재주있는데, 이 놈의 마, 밥을 한 솥 해 놓으마. 밥은 풀라크마, 고마 밥을 풀라크마 고마 어데 고마 위 천장에서 껀드르매 널찌고 널찌고. 그래서 그 밥을 걷어내고 묵으믄 식구대로 묵으믄 꼭 식구가 하나 죽는 게래요. 하루밤 자고 나면 식구가 하나 죽고, 식구가 하나 죽고. 거 이상하다. 이거마 식구가 다 죽니라. 다 죽게 된 게 이래서, 그래 인자, 한 일간이 참 용한 사람이 보디 그래 인자, 일간이 참, 굿을 한께네. 저 집을 갖다가, 식구가 인제 한둘 남았는데, 저 참 좋은 집 저걸

갖다가 대지베 뜯어내라 일군을 수많이 해가지고, 대롱을 해가지고 작대기로 뜯어낸게네. 참, 마치 여 정지 솥 위에 큰 구디가요, 큰 지네라케. 큰 지네 한 마리가 떨뜨리가 있는데, 그기 고마 오줌을 싸믄. 고마 그 사람들 밥 솥에서 오줌을 짜믄 고마, 그 위에 거서 오줌을 싸믄, 고마 머시 널찐다 했는데, 널찐믄 고마 그 사람이 하루밤 자고 나믄 죽고 죽고. 그 지네 그걸 뜯어가 창을 막 드리 찍었어. 그래고 나니깐 그 집이 개안타 케요.

〔 묘산면 설화 15 〕 T. 4 앞

거산리, 1998. 4. 2., 2조 조사.
김월선, 여 · 75.

짐승 말 알아듣는 사람

* 위의 이야기에 대해 옆에 계신 할머니들께서 우리에게 "용이 못되면 지네가 된다."라고
하시며 설명을 해 주셨고, 잠깐 이런 이야기를 하는 동안 계속해서 구연하셨다. *

옛날에 저 새도 산에서 있으마, 어떤 사람이 산에 가마히 있은게 그 사람이 말하는, 짐승 말 알아듣는 알아듣는 소리래요. 알아듣는 소리라서 궁릉산에 가서 있은게. 그래 인자, 제비가 새가 아이구 막,
"저기 큰 객이(고기) 있다."
고 막 찌어쌌는기라. 새는 저거 말 소리 다 알아듣느라. 다 알아듣는에, 큰 객이 있다고 하믄서 참 거 나간게네 사람은 갖다가 죽어가지고, 사람이 죽어가지고, 사람을 참 다 뜯어먹는당게.

〔 묘산면 설화 16 〕 T. 4 앞

거산리, 1998. 4. 2., 2조 조사.

정갑을, 여 · 75.

케비 소리 알아듣는 새댁

* 김월선 할머니의 '짐승소리 알아듣는 사람' 이야기에 계속해서 같은 맥락의 이야기를 구연
하셨다. 정갑을 할머니께서 잘 생각이 안 나는 것은 옆에 계신 할머니들께서 도와주셨다. *

첫날 저녁에, 색시가 짐승 말로 다 알아듣니라. 알아듣는데, 인자, 장개를 가
서 첫날밤을 채릴라고 딱 앉았는데. 인자 와, 옛날에는 장개 가믄 와, 신랑 각시
첫날밤을 채리. 이 저기 쥐가 막 정지서 쪼작쪼작, 마 저거꺼정 막 들어쌌는데.
이 색시가 쥐 말로, 짐승 말로 알아듣는데 가마 들은께네,
　"조 독 안에 들어가 있는데 조걸 우째 내 묵으꼬."
하내이 그카이께네, 한 놈은 있다가 그 소리 들은께. 하도 처자가 우습던지 고마
우섰뺐디만도 신랑이 고마 처자가 돌았다고, 첫날밤에 맹께,
　"저기 지 혼자 웃노? 하무 저런 게 어딨노?"
　그래 인자 돌았다고 고마 갈라카는기라. 신랑이 하마 미쳤다고 고마 고마 마
밤을 앉아서 새우고 이틀날에 즈그 집에 가는기라. 가는데, 그래 즈그 집에서는
그런 것도 모리고 저게 우짠 일로 장개를 갔다가 왔다꼬 막 하인들을 쫓아 보내고
야단이 났거든. 그래 저한테 말 물은께,
　"엊저녁에 만적사고 쥐가 그카길래, 내가 위스바서 위섰디 고마 갔뺐다."
이카는데, 그래 인자 부모들이 해석을 해 가지고 재는 짐승 말로 알아들은께네.
그래서 그렇다 크는데, 그걸. (옆에 있던 할머니께서 갑자기 끼어들어 이어 받아
계속 해 주심) (청중: 그래가 인자 시아바이가, 인자 그래 인자 시아바이가 제비소
를 갖다가 워라 카닌고?) (청중: 농 안에 제비를 잡았다. 농 안에 갖다 넣었다.)
농 안에 여어 놓고 문다 안 카던겨? 고 짐승말로 다 알아 듣거든. 그런게 저게
참 짐승말로 알아듣는구나 했다. (청중: 제비 새끼를 농 안에 잡아 넣어 놓은게
에미가 인자, 막 지게 쌌는기라. 저.곡식에도 해롭고 짐승에게도 해롭고 인간에게
도 해롭는데 와 내 새끼를 와 잡아 넣어 놨노?) (청중: 며느리 모르게, 며늘 모르
게 넣어 놨다.) 농 안에 넣어놨다 하믄서 찌진기라. 찌진게네 시아바이가,

"뭐라크노?"

큰께네. 시아바이가,

"제비가 뭐라크노?"

크니까. 그라쿤다 하니깐. 며느리 몰래 잡아다 넣어 놓고. 그래 인자, 그제사 아들이 와 보고 그렇다 한게, 그 말이 헛말인가 참말인가. 그래 농 안에 잡아 넣은 거 알고까지 (청중: 며느리는 인자 제비 새끼 넣어 놨는데 모르는데 가마이 말 들은께네,

"느그 자식 근원 시킬라꼬 내 자식 농 안에 넣어 놨나 넣어 놨나?"

우스바서 시아바이한테 그래,

"제비가 뭐라카노 하니께네."

제비가,

"느그 자식 근원시킬라꼬 내 자식 농 안에 넣어 낫나, 넣어 놨나"

한다 카이께네 딱 맞거든. 그때 제비 새끼 내 놓고. 며느리 보고 그때는 즈그 며느리 한다 카드라네요.

〔 묘산면 설화 17 〕 T. 4 앞

거산리, 1998. 4. 2., 2조 조사.
박순애, 여 · 75.

금강산 찾아 간 효자

* 효자이야기를 해 달라고 하자 이 이야기를 구연하셨다. *

부모한테 억시 소자(효자)라. 부모한테 소잔데. 그래, 한 번은 조리장수가 와서,

"조리 사소, 조리 사소."

한게 (청중: 옛날에 와, 쌀 이래이래 하는 그기 조리다.) 조리장수가 하루 점두룩

팔고 댕겼는데 해가 다 져서 이 집에서,
  "좀 자자."
칸게, 거도,
  "안 된다."
카고 저 집에 가서,
  "좀 자자."
칸게 거도,
  "안 된다."
카고. 한 집에는 간께네 그래,
  "아이구, 여 좀 자고 갑시다."
칸게, 거 청년이,
  "아이고. 잘 데는 없어도 우리 방 어메 자는 방, 거 웃묵에 자고 가소."
카거든. 그 사람들이 인자 도산데, 소자 집을 찾아갔는기라. 그래,
  "자고 가소."
케가 잔 께네, 웃묵에 이래 누벘은께네 할마이가,
  "웃묵에 자니 구두마이로 내려오소."
카믄서. 그래 인자 구두마이로 내려와서 같이 이래 잤는기라. 잔게 그러고나서
정이 들어가지고 (청중 웃음), 또 이튿날 조리 팔고 와서. (청중: 그래, 정이 그래
안 들겠나?) 이틀밤을 자고 나니깐 정이 들었어. 그래,
  "며늘아, 며늘아, 뒷밭에 고추 따 가지고 그래 갈리 묵지. 얹어서 조리장수
잘 해 줘라." 카고.
  "쌀밥도 해가 잘 해 줘라."
카고 그랬거든. 그래 내가 인자 조리도 다 팔고 그래 갈라인칸게,
  "아이고, 집이 어디 있는겨?"
카거든. 강원도 금강산이, 금강산에 금잔디 있는 데가 내려다 내 집이라 카거든.
(조사자: 금강산이 다 집인가 보죠?) 도사이께네. 그래 갔뿌고 나께네, 이 할마이
가 사시춘풍 조리장시 안 온다고,
  "조리장시 와 안 오노, 조리장시 와 안 오노?"
막 이캐사미 만날 울거든. 우께네 아들이 본께 딱 하거든. 주야장천 앉아서 그래

미음을 자시면서,

　　"조리장시 어디 가서 와 안 오노?"

쌌거든. 그래, 아들이 본게 딱해가지고 그래, 내가 여 노래는 다 못하고 이박삼일
한다. (이야기가 길어진다는 표현이다) 그래 인자, 하루는 도끼매이로 또릿또릿
짚어가지고 맨들어 가지고, 그 도끼매이를 그 안에 딱 넣어 가지고 짊어지고 인
자, 강원도 금강산으로 찾아가는기라. 강원도 금강산을 찾아가다가 또 밥을 얻어
먹고 자고. 지금 같으마 차 있어서 가지 만은, 옛날은 차도 없고, 옛날에 서울도
걸어갔거든. (조사자들을 보고) 서울까지도 걸어갔다 안 카던겨와요? (조사자:
예, 신발도 다 닳으니까 신발 짊어매고 가고.) 그래, 짊어지고 가다 밥 얻어 가지
고 죽을 갔다 믹이고 얼마나 소자라서 그런노? 그러고는 그러고는 강원도 금강산
에 다다렀거든 여러날 만에. 그래 금강산 금잔디에. 그 산에 가서 금잔디에 내려
놓고 밑으로 내려다 본께네. 옛날이 잔치하면, 지금은 예식장에서 하지만도, 구식
으로 하마 마당에 창을 쳐 놓고 잔치를 했거든. 그래 저 잔치, 창을 쳐 놓은 그
집에 가서,

　　"내가 뭐 좀 얻어가 올라꼬 어무이 여 좀 있으소."

이키이께네 그래, 즈그 어메는 있고 잔치집에 가서 뭐 마니 저는 얻어먹고, 얻어
가 온께네 즈그 어마이 그 자리에서 죽었뿘는기라. 고마 죽었뿌서. 뭐 집에 오도
못하고, 동네 내려가 가지고 고마 깽이를 하나 얻어가지고 고마 즈그 어메 죽은
자리 고 자리에다가 파고 묻은께네. 뭐시 파께네 독깨에 떨걱떨걱 거리면서 뻔떡
뻔떡 겄드란다. 그래 인자 죽은 어메는 거다 묻어놓고, 그 뻔떡뻔떡 거는 그기
인자 금이라, 금. 상금장이라. 사람일라 묻어놓고 금, 그러는 둑끼미에 짊어지고
집에 온께네. 사흘만에 그 없던 살림에 삼천 석 하드라네. 삼천 석 부자가 되가
하도 소자질 하께네, 소자질을 하께네 금강산에 도사가 도와줬지.

〔 묘산면 설화 18 〕 T. 5 앞

가산리, 1998. 4. 2., 2조 조사.
이남순, 여 · 91.

못된 시어머니 버릇 고친 며느리

* '삼정승 육판서' 민요 구연이 끝난 후 시집살이 이야기를 청하니까 이 이야기를 해주셨
다. 구연 중간에 문학순 할머니의 며느리(조사장소가 문학순 할머니 집이었다)가 오셔서
조사자들과 인사를 나눈 후 다시 이야기를 해주셨는데, 꽤 긴 이야기라 힘들어 하시면서도
쉬지 않고 해주셨다. *

거시기 옛날에 김정승 이정승이 있었는데 (조사자: 예.) 이정승집에는 아들이
있고 김정승 집에는 딸이 있는데. 딸을 치울라 캐도 어세서 몬 치우고 (조사자:
아.) 이정승집 아들 장개를 들일라캐도 어뜩히 씨에미가 억세든지 장개를 몬 들
이게 한기라. 그러바, 저저 어센걸 저걸 갖다가 어센 시에미 밑에 여서 매자를
떡 여가지고 그래 정승집에서 매자를 연기라. 삼 년간 김정승집으로 맺어 떡 여논
께 그래 딸아가 처재가 그 정승의 집에서도 어띠 억세든지 서로 멕여가지고 애가
진께 막 서로 타고 체길 해가지고 들어오거든. 들어온께 매자가 하는말이 저 처녀
를. (느닷없이 할머니네 며느리 등장하여 조사자들과 인사를 주고 받느라 이야기
잠시 끊김) (조사자: 그 김정승네로 갔다고 했잖아요, 삼정승 이정승 아들하고
달 결혼 시킬라 했는데 거기서 김정승 있는데로 갔나고 거기까지 밀씀하셨이요.
거기까지) 그래 거 사람들이 인제 저저 거 시에미. (조금 더듬는다) 김정승이 시
에미 억시다고 소문이 나서 딸을 안 치울라 카거든. 안 치울라 카는걸 처제가
막 듣고마 나 그리 시집 가겠다고 막 (조사자: 동생이 그랬고마.) 지가 갈라 그래.
난 그리 시집을 가겠다고. 근게 지가 갈라칸게 할 수 없어서 결혼을 시켰는기.

날 받아 결혼을 시켰느데 간깨네 시집을 간깨네 저저 시오마니가 그날 저녁
저녁을 하면서, 개상판 때가리 떨어진 개상판에다가 옛날 글문배기 사발에다가
보시기 이빠진 보식에 된장을 떠나가지고 (조사자: 아이고 예.) 저글랑 잘 해먹고.
그래 채려가지고 소마구 뒤로 어디로 돌아가거든. 그거 들고서. 그래 그기 뭐가
되냐고 새며느리가 물었는기라.

"너 물을 것도 없고 뒷빵 늙은이가 하나 있어 이래 주믄 된다."

새아긴 있단 소린 들었는데 그래 그걸 고마 저저 성글이도 못하고 저꺼정
봤고 이래. 이틀 아침에 이래 갖고 안 되겠다 싶어가지고 마 딱 인제 손본대.
할머니디로 상을 딱 차려가지고 마 만방진수로 딱 채려서 밥을 띠낑으로 딱 덮어

가지고 (청중: 고마 치리디린다.) 딱 덮어가지고 그래 딱 놓고 고 상에다 새할머니 주는 상에다 고마 똑 한같이 어저녁 채린 한 가치 딱 오래, 고래 밥을 채려 가지고 시어머니상 밥, 인제 새 할머니를 딱 갖다준깨네. 그래 고상을 딱 덮어서 갖다 준깨네. 이래 차려 보드마는 막 자리도 안 펴고 막 귀숭하니 해놓고 그래 놓고 그래 목가지를 들고 쳐다보드니만 이게 무슨 상이고 말이지.

"할무니 아무 소리도 마시고 진지를 드이소. 진지를 들믄 지가 해결하겠습니더."

"그래. 고마 질 됐다. 나는 곧 죽을긴데 나는 괜찮지마는 아무렇지도 않아, 니 시에미 하는 대로 해라. 너는 이제 앞으로 살 청춘이 만 리 같은데 니 못 산더 말이지."

새할머니 딱 그커구든. 걱정말고 잡수라커고 갖다 디리놓걸랑. 고마 전부 상을 들민서 저그 시어머니 상을 딱 갖다 고 상을 딱 갖다 앞에 논깨네, 그래. 영감이 이제 시아바니가 하는 말이 네가 앞으론 조슨 짓을 다 하다가 미느리 보믄 그짓을 하지 마라 안 카더나. 이러쿠고 저는 먹을라 칸게 기가 차거둔. 여그 며느리가 할끼고. 그러마 밥도 쌀도 꺼내줄라 카믄 똑 어므이랑 같이 할게깨네 어므이 하는데로 할끼니깨네 걱정마라고 딱 이래 똑같이 지가 딱 들고 했삐맀다. 지가 들고 한깨. 그래 인제 그 사람들이. 아이고 이래 가지곤 안되겠다. 그래마 시오마니를 데리다가 그 손부해온 옷을 입히서. 그 처녀 인자 잘 하는기라 인자. 그 처녀 잘 핸깨네. 그 손자는 지가 마음이 그래 논깨네 지 자슥을 놀 삼정승 육판서 낳던. 그래 그 마치 잘된 사램이라. 그 사램이 시아마니캉 같이 했스먼 그 집구석이 망하느기라 그거. 그럴낀데 곤쳐가지고래 나 그것 배끼는 이바그 없다.

〔 묘산면 설화 19 〕 T. 5 뒤

사리, 1998. 4. 2., 2조 조사.
하문규, 남 · 68.

동케 때 나타난 호랑이

* 너무 많은 분들이 모이신 관계로 웅성거리고 산만해서 조사를 할 수 있을까 걱정했는데,
이 분께서 처음으로 이야기를 풀어주셔서 이 때부터 조사가 가능했다. 구연 중간에 이장님
이 정성껏 이야기를 마무리 해주셨다. *

여 뒷동산에 이 부락을 위해서 참 일년 내내 무시하라고오. 그래 가지고 참
예날 여 터생 이후로 어른들이 그래 가지고 뒷동산에 모은 소나무 있는데 거따
인자 당산 모아놓고, 그래 정월 대보름날 (조사자: 대보름날이요?) 어, 열 나흗날
밤에 (청중: 음력.) 음력으로 밤에 인자, 동리 전부 인자, 전부 목욕재계하고 금초
산 하고 그래 가지고 흐음. 참 동리 전부 정신(정성)을 드려가지고 그래 깨끗한
사람 인자 거 생기를 뽑아 가지고 그래. 그 밤에 가서 저 솥 다 있고 그륵 다
있그던. 있는데 그래 가지고 그 살을 인자 깨끗이 일어 가지고 거 가서 밥을 해
가지고 돼지 다가리(대가리) 하나 하고 소, 옛날에는 또 소도 귀했고 중년에 소를
잡아거덩, 그럼. 그래 가지고 인제 가서 일녀 참 저 동네 거 하기 참 아무 것도
없이 밤에 인자 가서 제를 지내는 기라. (조사자: 공 들이는거.) 으, 공들이는기라.
제를 지내는데 그래 인자 상주도 탕탕 맞추고 해가지고 인자 그래 여 시 월에
이래 수십 년 이리 해나오다가 거 뭐 인자 한 몇십 년 이래, 해 나왔는데 그래
하면은 정월 대보름날은 전부 동네 다 앉혀놓고 음북을 갈라가지고 이래 해 왔다
카는 걸, 난 보진 않고 전설에 들었는데. 거 중년에 밑에 나오다가 여 어느 한,
한 분이 저게 거 그날 참 보일 정신을 잃어가 가지고 바우에 불살고 불 땡긴네
불이 안 들어가는기라. 불이 안 들어간단말. 바우에 빛이 안 들거덩. 안 된께 이래,
부시게 때면 불땔단 못됀다 그러는데 불또 저 주땐대, 됀냔 말이야 (청중 웃음,
조사자들은 영문도 모르고 따라 웃음) 완전히 정신이 부실해서 안 되거덩. 그래
범이, 산신령이 내려와 가지고야 헐고 막 씩가마뜯고 불을 다 꺼불고 (조사자:
아, 공을 들이는데.) 공을 들이는데 정신이 부실한께네. 어 그래 가주고 고마 허이,
무시라 카면서 막 집에 내려와서 빠빳하게 문을 닫으니께 발꿈치 치아, 이눔이
여기까지 따라오네. (청중 웃음) 하 이기까지 따라와서 막 문다카니 뛰 들어가가
지고 사람을 모를게고 그래 가지고. 뭐 짐승도 물어가고 사람 헤친다 하고 그래서

이제 지냈거덩. 지내다가 인제 세월도 베끼고 그래서 마 인자 요 중년에는 고마 그걸 폐지했어, 폐지. 폐지한기라. 그런 전설이 있어. 우리 애때만 해도 그거 실라(실화)고. 내가 직접 목격한 젊어릴 때 내가 다 봤다 이기라. 지금은 인자 세월이 고마 벤형되고마. 전부 그런 예가 없어졌어. 거의.

〔 묘산면 설화 20 〕 T. 5 뒤

사리, 1998. 4. 2., 2조 조사.
하문규, 남·68., 하광주, 남·53.

만석꾼 망한 사연

* 대보름 제사 이야기에 이어 구연한 이야기로, 이장님이 하문규 할아버지에게 그런 이야기 말고 다른 이야기를 해보라며 예를 들어주자 이야기를 하기 시작하셨다. 이야기가 엉뚱한 방향으로 빠지자 이장님이 끼어들어서 손만석꾼 이야기라고 하면서 이야기를 마무리 해주셨다. *

그 옛날에 수백 년 전에 (이장: 오백 년이지.) 오 백년이라 카드라. 그때에 저 요 마을 말고 (조사자: 사리 말고요?) 요 마을인데, 요 마을 우에 골무(골목) 있거든 골무위 울러에 손만식이 살았는데, 골무이 울로 열두 대문 고한복한 알로 열두 대문. 만석꾼이 살았는데 저 건네 마을에 저 우께 지금 터도 없다만 다 떠나고 없는데 거 김장군이 있는기라. 김장군이 있는데 (조사자: 장군입니까?) 김장군, 장군. (조사자: 아, 장군.) 김장군이 있었는데. 그래 여 손만석이 사람들이 저게 저게 동리 돌아오면 저 산 발치에 돌이 딱 언친 게 있는기라. 큰 바우가 있는데, (조사자: 바우가, 아.) 어, 그래 가 인제 개불 저 동네 사람들이 그 돌이 저게 저희 보고 얹혀 있길래 그 사람들이 고만,
"그 돌이 그리 자꾸 화장타, 하믄서 밀어 내라."
뿌렸어. 밀어내라뿐만 또 손만식이 또 올려 세와노코, 이래 서로 양편에서 이래 서로 시앵이 나가지고 서로 싸웠던 그른 소리도 우린 들어서 알지 예날부텀. (조

사자: 그래서 어떻게 됐어요?) (여기서부터 이장님의 구연이다.) 그것 말고, 내 하는 말은 그 손만석꾼이 앞에 살았다 칸다믄 그른 이야긴데, 그 그 중이 앞에 그게 동냥을 왔는데 그, 딴 사람에게는 잘 주는데 그 집에는 중한테는 아주 그걸 잘 안한다 그러대. 시주, 지검 말하는 (조사자: 예.) 절에, 절에 시주를 하는데 그 잘 안 하는 바람에 거 중이 하도 썽이 나가지고 거 더 부자된 방법이 있따고 그 집에 갈쳐 주니깐 아주 그 인제 그 했겠지 인자. 구두쇠로 그래 인제 지냈겠지. 그래니깐 인자,

"그래 어떡해 하믄 되겠나?"

이제 물으니깐 그 저 건너에 바위하고 저기 거기 그 가불른(가까운) 바우하고 우말정(지명이 아닐까 생각된다.) 이 앞에 바우하고(청중: 지금도 있어요.) 예, 고 세 개를 깨버릴 것 같으면 자기는 크은 부자가 더 된다 이래 노니깐 어 그래 고 세 개를 깨고 나니깐 그 뭐 뭐스을라 까면서 하믄서 망했고단, 하하, 앞에 그 망했던 그 얘기를 내 하래니깐. (청중: 아지배니 모르는건 형이 하고, 형이 모르는건 아지배 하믄 되지, 뭘.) (청중 웃음) 그래 뭐, 그래하지. 그래 우리 서이 가, 저 아지매하고. 허이. 우리 집남매 노는데 바우가 안 있습니까? 그래 그 보믄 깨진 바우라. 고런게 있더라고. 그런.

〔 묘산면 설화 21 〕 T. 5 뒤

사리, 1998. 4. 2., 2조 조사.
정덕순, 여 · 75.

구렁이가 된 욕심꾸러기

* 사리 명칭에 관한 이야기가 끝난 뒤 제보자들께서 서로 이 이야기 해라, 저 이야기 해라 하시다가 조사자들이 할머님들도 이야기 좀 해달라고 청하자, 가만히 듣고만 계시던 정덕 순 할머니가 내가 하나 해줄까 하시면서 나서서 이야기를 해주셨다.(『三說記』중 「三子遠從 記」와 비슷한 내용이다.) *

내 옛날 이야기 하나 하까. (조사자: 예.) 옛날에, 예 이 엔날에는 한문구를 읽은께낸 뒷동무가 가서 저 절에 가서 공부를 한인간에 인간에 십 년 공부가 참 많했던 모양이지. 그래 공부를 서이가 하는데 그리고는 십 년을 마치고는 나오면서, 그래 인제 지금 밥을 이래 똑 하믄 친구 하나는 보믄 참 지밥은 꼭꼭 눌러서 많이 담고, 둘은 쪼게 담고 벌리란 밥을 해먹는데, 하나는 보믄 또옥 같이 담고 하나는 보믄 참 지밥은 작게 담고 넘의 밥을 많이 담는기라. 서이가 그런기네 그 마음이 다 다른기라. (청중 웃음) 그래 가지고마 공부 인제 다 마치고는 그래 같이 헤어지면서,

"아이 그래 저 모도 서로 인자 여 한 또 몇 년 우리가 후에 한여 여서 만내자."
그카믄서,

"뭐시 되고 심노?"
모도 인자 뭐시 원꼬 칸고네. 욕심많은 그거는,
"내 땅이 뭐 전부 내 땅 되면 좋겠다." (청중 웃음)
다음 인자 지밥을 똑같이 담는 거는,
"난 신선이 제일로 우이다."
그카고, 또 하난 인자 지밥 작게 담는 사람은,
"나는 지일로 높은 벼슬이 지르다. 지른게 그게 원이다."
이러카는기라. 그래 가키 나와 가지고 하는 신선이 되고, 또 벼슬로, 높은 벼슬을 원하는 거는 높은 벼슬이 되고, 또 저 욕심 많은 그거는 안 오는 기라. 어 안 와서 그래,

"저 뭐꼬, 와 친구라 안 오노?"
그란께. 나중에 본깨네 큰 구리(구렁이)가 돼 가지고 움시럼 굼슬 오는기라, 구렁이가 돼가지고. 그래 인저 거 벼슬 되는 사람이 신선되는 사람한테,

"아, 이여 친구야 저그가 저리 됐으니께 저 친구가 너 좋은 거숙을 가졌으니께네 저 사람 사람을 맨들 수 없나?"
하니께네,

"만들 수 있다."
카드란다. 그래 가지고는 우째 한께 사람이 떡 됐어. 그래 가지고는 인제 다시 점슴을 먹고 이래 있으니께네 그 신선 된기 한재 뭐꼬, 한데 이래 뭐꼬 복숭을

주렁주렁 달리게 하는기래 조화로. 이런기네 고 되블로 그 사람이 인자 욕심 많은 그 사람을 갖다가 저 똑 봉숭 세 개만 따오라 하느기라 한데 갔다가. (청중: 따고로 가면 욕슴나 되나.) 한 개 따도 막 이게 되면 여 자바넣고 여뿔고 모래 세 개 똑 따가 오느기라 욕심 많아. 그러니 그게 안 되는기라 (청중 웃음) 그빼기 모른다. (조사자: 말씀 잘들었습니다. 욕심이 많으면 안 되겠네요.) 욕심이 많으면 안 되지.

〔 묘산면 설화 22 〕 T. 5 뒤

사리, 1998. 4. 2., 2조 조사.
이옥주, 여 · 61.

복 있는 새댁

이전에 사람이, 이전에 사람이, (청중: 이전에 처녀라 캐야지.) 어 그거 말고 (청중: 아, 아이라?) 이전에 사람이 듣고, 그래 이자 어마이하고 아들하고 이래 살거든. 이래 살다가 이자 나가 삼 십이지, 삼 십이 되도 장가를 몬 가는 기라. 그래, 장개를 몬 가갔고 그래 이저 삼촌 집에 너므 집에 살거든예. (조사자: 예.) 넘으 집에 사다가 고래 갖고 이자 장개를 몬자 인자 그래 쌋타가. 그래 쌋타가 이자 삼 십이 여 넘은기네 장개를 가갔고, 저 여그서 말하믄 저 등 넘에 그 인자 처녀가 하나 있는기라예. 그래 그리 인자 장기 들러 가거든예. 그래 인자 그리 장개들러 간끼네. 삼촌하고 이자 그런기 조카하고 가 삼촌집에 살았으니개네 그래갔고 인자 등 넘에 장개들러 간 개네, 그래갔고 그러고로 그 처녀 집에서 총각이 거서 형제로 지냈거든요. 형제로 지냈는데 거서 인자 하룻밤 자고는 인자, 옛

날에는 삼댁이 하룻밤 자고 돌아오거든에. 그래 돌아온께, 돌아오고 조카한테 하는 말이 그래,

　"조카야 너는 그래, 한 미칠 있다가 그래 오너라."
이러 카거든.

　"예."

　그래 인자 오라 칸끼네 그래 갔고 인저 (청중 개입) 그래갔고 인저 근깨네 자고 난께네 인저, 총각이 인저 한 사날밤 처재집에서 자거든에. 자고 난께네 집으로 인저 돌아올라 캐네. 그래 자고올라 캔게네. 처녀가 아무 소리도 안 하고 그 집에서 역시 가난한 기라. 가난해서 몬 사는기라. 몬 사래 갖고 그래 옷보따리를 쭉쭉 싸민서 그래마, 신랑 아뭇 소리도 한하고 뽀한 박수건을 갖고 딱 옷을 사민서 그래갖고 인자,

　"나는 마 어쨌든가 마 당신 따라 오기래 인자 가겠다."
고 따라 나설라 카거든에. 따라 나설라 칸 개네, 삼십 넘는 총각이 장개들은 사람이 삼촌 집에서 있는데 처녀가 따라오면 방도 하나 구할 기 없고 아무꺼도 엄꺼든요. 그래 없는데 그래 인자 그 총각이 인저 장개는 들었는데 이 처제년이 따라올라 카는디 이 우째 할 마음이, 마 아무리 해도 그거이 마음에 안 맞거든에. 안 맞는데 어떻게 해야 되겠노 싶어서 인제 자꾸 궁낭을 하면서 그래 쌌는데 꼬-옥 해야만 나는 뭐 어떡해도 마 나는 고마 당신따라 갈러 카거든. 그 처녀가예. 그래 갖고 할 수 엄서서 인자 고마 데꼬만 그 처녀를 디꼬 왔다 캐요. 그 총각이 하도 따라 올라싸서. 그래갖고 인자 따라 오는데 인자 강을 건너서 오는데 그 인자 그 큰 경문에 있어서 고만 거꺼정 와갔고 처녀가 고마 강을 건너서 저 삼촌 집에 총각이 집으로 와야 되는데 저 그 처녀는 고만 거 퍼대고 앉아서 안 올라칸 깨네, 안 올라캐서. 그래 여,

　"우째서 예서 앉았을라 카나?"
물은개네, 그래 나는 고마 총각이 어리둥천에 앉아서 안된개네 나는 우째도 고마 우리 상촌집으로 따라 가고자 칸개네, 안 따라 갈라카거든, 그 처녀가. 그런기네 고마 갱물에 퍼대고 앉았는데 그 총각은 고마 집으로, 삼촌 집으로 강 건너서 집으로 온개네 야. 거 저 자기 삼촌한테 이바구를 해야 안 되겠습니까. 그 저 자기 삼촌한테 이바구를 해야 안 되겠습니까. 그 저 처녀가 따라 와갔고 안 들어

오라 칸기네. (청중: 새댁이라 캐라 그전에.) 그래 갖고 인자 삼촌한테 이바구를 한깨네 그러 큰개네 삼촌 저기 뭐꼬 그래 칸개네, 그래 그 칸개네, 우짜겠노 지가 저기 뭐꼬 그, 그 아가씨가 하는 말이,

"내 여개 고마, 울, 저 새살끼네. 여개 움막만 하나 지주먼 어떻게든 내 살겠다." 이 카거든 그 처녀가. 그는 삼촌이 그 큰개네, 아이고 뭐 그래 꼭히 그쿠마 우짤 수가 있나. 자기 머슴을 하나 데꼬 가갔고 거 인자 수시떼기를 갖고 움막을 떡 지렸거든. (조사자: 움막을 만들었군요. 예.) 울말 떡 지어준깨네, 그래 거 가서 처녀하고 고마 총각하고 어서 먹어살게 살라 카는기라예.

그래서 살라카고 거서 봄이 설한인데, 봄을 떡 가온캐네 남편 되는 삶한테 그 카거든요. 그래 우째든가 날 시킨대로만 하라 카거든 그래. 그래 참 거 인저 남편되는 사람이 인자 머 시킨대로 할라 카거든. 그런게 봄에 인자 우쨌든가 인자 요 구딩이를 고마 모래사징에다 딱 많이도 말고 작기도 말고 천 구딩이를 파라 카거든. 인제 천 구딩이 쭈욱 파갖고 거거다 천구딩이를 파노마. 그 따다가 자기 마누래 되는 사람이 인저 그카거든. 고, 인자 고 안에다가 인자 풀을 구딩이 안에 띧어 여라 카거든. 봄이니깨네 그래 띧어 여 갖고 그 따다가 인자 숭구고 인자 마, 조비 심구고 피 숭구고, 호박 숭구고, 박 숭구고. 그 천 구딩이 안에다가 마 전부 곡식믄 다 숭구는 기라예. 그래예 그래, 곡식을 다 숭구고 그런개네 근년에 마 열기를 마, 수시하고 콩하고, 수시하고 그런게 막 똑 억수로 열어갔고 마, 수시 썽낸그로 엄칭나게 크게 열거든요. 그런기네 거기서 인자 먹고 살기가 되는기라. 묵고 살고, 애기라 그치 뭐. 묵고 살기가 되는기네. 아하, 우떻게 해서 저래 갖고 저그 삼촌이 인저 우떻게 해서 사노 싶어갖고 인자, 한 분 가본께네. 참 고기에서 고래 살민서 고래 사는게 된기라예. 그래갖고 저 삼촌집에 그 집에는 그래 저, 저기 뭐꼬 마누래하고 신랑하꼬 고래 묵고 살라먼 그 년에 묵는 것도 없이 음식 먹고 살거든요. 삼촌 집엔 부자라서 나락 섬을 갖다가 억새 재 놓고 살고 그래도 거 양식을 쫌 안 주는기라예. 그 해 양식을 안 주는데 그래 한 분은 인자 그 조카 가 가갔고,

"삼촌 삼촌 그 나락 한 섬만 주이소."
이칸개,

"야, 이눔아! 저기 니보고 나락 줄께 어딨노?"

그래. 맨 밑에 째기 그걸 갖다가, 천련 묵은 그거 나락섬이 있는기라 예. 고걸 하 다 까머고 이무껴도 없는 으시 처 녀 되브니께 그거 안에 지 나라 내끼느 하나또 없거든. 엄꼬 인자 그 안에는 인자 그 안에는 자 큰 구리가 쑥 들어가 있는데. 구리가 들어가 있는데 그걸 갖다가 그 놈을 쏘옥 빼갖고 인자, 지고 왔거든. 지고 간개네 인자, 그 섬을 갖다가 (청중: 찌끼미라 칸다.) 마당에다 쭈욱, 쭉 내펀개네 인자 새캐미(새댁)가 나와 갖고, 물로 한 방울 딱 여다 넣고 손을 싹싹 비느기라 예. 우리가 참 저기 뭐꼬, 큰집 없이 잔 집에도 올 수 있은개네, 잔 집에서 그래, 좌중해 갖고 잘 계시라 카면서 그래 절을 하거든. 머슴이 이자 나락을 갖다가 그 쭉지기 나락을 지고 온개네 예. 그 카거거든 그 집에서는 고마 고마 어뜧게 부자가 되든지 그냥 부자가 되는기라. (이 부분부터 청중들이 지루한지 딴 이야기를 하고 다소 산만해졌다. 짧게 그만 하라는 말도 제보자에게 했다.) 서미 그거 찌끼미를 그걸 갖다 저다 났으니 찌끼미라. 그런기네 새대기는 좋는기라. 거 나는 한든기어도 그게 좋는기라. 숫통이 없거든 그 그 찌끼미가 예. 그런기네 인자 그래갖고, 거기서 자 알아갖고 손을 빙고 한기네. 그 집에는 잘 된끼네 그래 갖고 인자, 삼촌이 물어 본개네.

　"느그는 어뜩해서 이래 부재가 됐나?"

　그 집에는 살림이 사 삿고 업이 가뿐매, 그래 갖고 응 밑에 구리든거 모르고 주로 하믄, 머슴이 하는 말이,

　"아, 주인님 주인님. 새악시가 손이 비비구로 저 에 나락, 또 쭉찡이 나락 그걸 갖고 집에 온개네."

　그래 어쨌든가 손을 싹싹 비비고 있어. 그래 큰 집이 업이 잔 집에도 좌중해기 있어. 그래 어쨌든간에 좌중해가 있으라 카믄서 손을 싹싹 비빈개네. 그래 갖고 삼촌 집에 삼촌 이 본개네 거, 인자 알나락을 저다 주고 쭉찡이 나락을 갖다가 (청중: 똑 가오래.) 똑 가오는기라. 이제 부자가 된 이 집에는 인자 거 이자 새대기 하는 말이 구카거든. 그래 우리 업은 우리 나락 섬으로 드가고 쭉찡이 나락은 그거는 고마 자기 집의 삼촌 보로 돌려 줬거든 예. 돌려줘도 그집에서 마 삼촌이,

　"아이고, 우리 업이 왔는갑다."

카면서, 좌중해가 있으라 카지만도 그 업이예. 그 집다구 안 드가구 예 그 처녀, 총각 있는 그 새대기 있는 집의 거기서 예 거 막 업이 거 가서 드가갔고 저 나락

속에 거기서 인자, 거거서 드가갔고 그리 있은개, 그 집에서는 에 어떻게 머 벼락
부자가 되든지 머 몇 년 만에 예, 큰 부재가 되고 그래 잘 살더라기요 그 새딕하고.
(청중: 맴을 그리 묵으면 안 된다. 그기 삼촌이 너무 욕심이 많아가.) (청중 박수)

〔 묘산면 설화 23 〕 T. 5 뒤

사리, 1998. 4. 2., 2조 조사.
한경순, 여 · 70.

김진사와 이진사

* 이옥주 할머니의 이야기가 끝나고 청중들이 박수를 치며 칭찬하고 있는데, '내가 한 개
하겠소.' 하며 나서서 해 주신 이야기이다. 처음에는 최진사와 김진사라고 하시다가 중간
부터 김진사, 이진사로 바뀌었다. 이야기가 끝이 안 났는데 도중에 그것으로 이야기는 끝
이라며 마무리 하셔서 조사자들은 잠시 갸우뚱했다. *

내 한 개 하겠소, 옛날에 (청중: 막 터져 나온다 이자.) 저 김진사 댁에는 잘
살고 예, 이진사 댁에는 몬 사는데 이래 친구끼리래 요리 있는데 (청중: 김진사
잘 살고, 최진사 못 살고.) 이진사는 몬 살고 이렜는데. 그리 친구끼리 인자 저거
두 집에 다 임신을 했는데,
　"내가 딸을 낳고 니가 아들 놔서 우리가 사돈지기 좀 맺자."
이래 했는데, 두 집에 다 고마 아들을 났는기라. 아들을 나놓곤랑 그러마. 어른들
은 시새 저 대니지만, 둘이 이자 한 서당에 공부를 하러 댕기는데 댕기면서, 아
이래 가지고 친구끼리 참 친했는데. 이진사댁에 아들은 살림이 좀 엄서도 공부를
잘 허고 김진사댁에 아들은 공부를 못 하는기라. 이래 가지고 고마 친구 그거도
억세게 인연이 그시기 하고로. 빚보지 매랐는데 인저 이진사댁에 아들은 처녀가
있고, 김진사 댁에 거는 사람이 재산이 많해도, 지금 말하믄 애인이라 칸데. 그게
없어든 모양이로. 지금은 애인이라 커대. (청중 웃음) 그렜는데 이자, 이 이진사
댁에 아들은 아무 것도 없어도 급제를 했는기라. 급제를 해서 인자 장원급제를

했는데 인자 이래 급제하고 이래 좀 나댕기고 한 개네. 그래 뭐 김진사댁의 아들이 고마 그 집 처녀를 고마 조하다고 고마 그리로 땡겨뿐는데. 급제해가 내려와서 구석꺼정 해가 왔는데, 아 처녀가 고마 즈그 친구가 뺏아 뿐는기라. 그마치 친한 친구 울마나 괘씸한기요. (조사자: 그르게요, 우정 상하게.) 그래 가지고 막 한분은 자제라 하고 이래 머 배에 올라가서 그땐 친군지 알면서도 청했는기라. 청해논게 이진사댁 아들은 이홀령이고, 김진사댁 아들은 김진네라. 그래 가지고서 배에 타골랑. 그걸 배로 빠져 죽일라고 예. 천지 도솔(도술)이라 비도 오고 마. 그마 배에 타고 있는데 이런개네. 저건 죽기가 싫다는둥 덜덜 떤개네.

"야 이눔아!"

인자 김진사댁 보고,

"김진네야, 이홀령인 내가 왔는데 여 차마 몹쓸 독한 짓만 하고 이래갖고 사람이 안 된다"

카면서,

"북소리 치고 마 나먼 너는 죽는다."

이런 칸개네. 북을 고마 둥둥 울리면 막 발을 덜덜 떠는기라. 죽는다고. 그러며는 이 사람이 그때는 잘 하면,

"천하 몹쓸 김진네야, 이놈아! 이홀령 내가 왔다."

그 땐 마패를 손에 들고 막 큰소리를 한데 아이고 마마, 이게 뭐 안 죽여도 죽는 시늉을 하는게 덜덜덜덜 떨면서. 이야긴 전부 거짓말이다 하하. 거진말인줄 알며 하나? (청중: 하소.) 그래가지고 나 이제는 그걸 살리준데, 다시는 그런 행동 하지마라 그러카고 그래 갖고 우짼는고, 고거로서 끝이다. (청중: 잘 살았다 캐야지.)

〔 묘산면 설화 24 〕 T. 6 앞

사리, 1998. 4. 2., 2조 조사.
하문규, 남·68.

꿕씨 성(姓)의 유래

꿕가라고 하는 서이 참 귀하요. (조사자: 꿕가요?) 꿕가가 귀한데. 그 시조가
우찌됐나 하며는 할마시가, 그 시조 할마시가 저 냇물에 나아 갔는데. 오줌 물로
다가 마 저개, '꿕새'가 있는기라. 고면 머리 치래가면서(날아 가면서) '꿕.' 했은
께, 고마 놀래 가지고. 그래 가지고 인자 그래 그 시조가 꿕가다. 새가 날라 가다
가 '꿕' 해본깨 놀래 가주고 고마 아가 서, 시조가 꿕가다.

합천군 봉산면

I. 조사마을 개관

1. 봉산면

봉산면은 합천댐의 건설로 많은 땅이 수몰된 실향의 마을이다. 전체 면적 8,000여 ha중 30%에 달하는 1,726ha가 물에 잠겼으며, 지금은 20개 행정리동 26개의 자연부락이 남아있다.

봉산은 1914년의 행정구역 개편으로 합천의 독토면과 삼가현의 계산, 오계, 모태 등 3개면을 합해서 탄생한 곳이다. 지명유래는 면 중심부의 봉두산과 태산에서 한자씩 따왔다고 한다. 면 중심부로 흐르는 황강의 물살이 계곡을 만들어 옥계하는 이름을 만들었을 정도로 이 지역의 산과 계곡이 아름다우며 11개의 정자와 38개의 제각이 있었으나 절반 이상이 수몰되자 모두 인근 지역으로 이전하였다.

이중 대표적인 옥계서원은 율곡 이이 선생의 유지에 따라 유림총의에 의하여 1826년 노파리 향옥동에 건립하였으며, 이후 서원 철거령으로 헐렸다가 1916년 봉산면 술곡리에 중건하였다. 1989년 수몰로 인하여 마을내 위쪽으로 이건되었다.

면소재지는 이전하여 김봉리 뒷산으로 신소재지를 조성하고 댐 순환도로를 개설하였으며, 이 도로 개설 때 봉산대교가 새로운 명물로 탄생했는데, 이 교량은 높이가 49m, 길이가 258m로 산과 산의 계곡을 연결하면서 장관을 이루고 있다.

2. 봉산면 마을 1·2 - 봉산면 계산1구·2구

조사를 위해 가장 먼저 찾아갔던 곳으로 옛날에는 기산이란 이름으로 불려 졌으며, 각각 20채 정도의 가옥이 모여 부락을 이루고 있다. 계산1구는 산자락을 등지고 위치해 있으며, 부락의 자랑인 열녀비가 입구에 세워져 있었다. 계산 2구는 합천댐의 물자락을 접해 있고, 계산의 하나밖에 없는 교육기관인 삼봉초등학교는 사람들의 이향으로 얼마전 폐교된 상태였다.

3. 봉산면 마을 3·4 - 봉산면 양지1·2구

계산에서 봉산면을 거쳐 찾아간 곳으로 서로 도로를 사이에 두고 마주보고 위치해 있다. 양지2구는 합천댐에 인접해 있어 관광객들을 대상으로 하는 몇 개의 상점이 있는 어느 정도 번화한 곳이었다. 양지2구는 도로 안쪽으로 더 들어가 있는 곳으로 소를 많이 키우고 있었으며 다른 곳과는 달리 젊은이들이 많이 눈에 띄는 것 등이 인상 깊었다.

Ⅱ. 조사 기간 및 일정

1. 조사 기간 : 1998년 4월 1일 ~ 3일

4월 1일 : 학교에서 오전 8시 30분에 출발해 오후 3시 50분경에 경남 합천에 도착했다. 터미날에서 2시간 정도 기다렸다가 버스를 타고 저녁 7시 30분에 계산1구에 도착하여 구장님댁에서 식사를 하며 이야기 잘 하시는 할아버지·할머니분들을 물색했다. 9시쯤에 할머니들이 모여 계신다는 집으로 찾아가 막걸리를 대접하며 조사를 시작했다. 1시간 30분동안 조사를 하고 다시 구장님댁으로 돌아와 접힌 다리를 펴고 하루를 정리했다.

4월 2일 : 아침 일찍 일어나 짐을 챙겨 구장님댁을 나섰다. 동네를 돌며 제보자를 찾아 헤매다 우연히 할아버지 두 분을 만나 이야기를 들었다. 그 다음 계산2구 구장님 댁으로 가서 이야기를 듣고 점심을 지어먹은 뒤, 2시쯤 봉산면을 거쳐 숙소를 잡은 양지2리로 떠났다. 30분 후 면사무소에 도착해 양지2구로 가는 버스를 잡아탔다. 가끔마다 지나치는 비포장도로 때문에 울렁거리는 속을 부여잡고 양지2구 마을회관에 도착해 조장들을 제외한 사람들은 간만에 휴식을 취했다. 조장들은 다음 조사장소 물색을 위해 마을주변을 조사하다가 양지1구 구장님 댁을 방문 협조를 요청하고 시간 약속을 하고 돌아왔다. 사례할 음식을 준비하였으나 종친회 때문에 남자 어른들은 술에 취해 참여하지 못한 상황에서 8시쯤 마을회관으로 모여든 사람들을 대상으로 2시간여 동안 조사를 했다.

4월 3일 : 아침 일찍 마을회관을 정리하고 걸어서 10시쯤 양지1구로 들어갔다. 미리 연락을 한 뒤에 갔더니 할아버지께서 친절하시게도 할 이야기를 정리해 놓고 계셨다. 우리를 위해 잡은 돼지를 먹으며 조사를 하고 양지1구를 나왔다. 봉산까지 가는 차시간이 계획과 틀려 버스를 포기하고 2시간 30분동안 걸어 봉산면에 도착한 후, 합천 가는 버스를 타고 다른 사람들과 합류했다.

2. 제보자

〔 봉산면 제보자 1 〕

계산1구, 손춘희, 여·66.

이야기보다는 민요를 많이 알고 계신 듯했다. 성격이 활달하시고 목청이 좋으셨다.
설화 : 1.

〔 봉산면 제보자 2 〕

계산1구, 최홍렬, 남·69.

길거리에서 우연히 만난 제보자로 자신의 집에서 조사할 수 있도록 편의도 제공해 주셨다. 비교적 정확한 발음으로 조사에도 도움이 됐다.
설화 : 2, 3.

〔 봉산면 제보자 3 〕

계산1구, 최낙석, 남·65.

말을 꽤 잘하시는 편이였으며, 동네 할아버지들께서 한사코 이야기하시기를 거부하시던 것과는 반대로 자발적으로 이야기를 잘해 주셨다. 젊었을 때 울산, 부산 등지를 돌아다니셨다고 하며, 그것을 바탕으로 많은 말씀을 해주셨으나 우리가 원하는 내용은 아닌 것이 많았다.
설화 : 4.

〔 봉산면 제보자 4 〕

계산2구, 서정교, 남·51.

조사를 위해 만난 분들 중에 가장 조리 있게 말씀을 해 주신 분으로 어느 정도 교육을 받으신 듯 하였다. 애향심이 강한 듯 한 느낌을 받을 수 있었고 마을의 자랑거리를 많이 말씀해 주셨으나, 사진을 찍는다는 말에 손을 내저으며 논

두렁 위로 도망가시기도 하였다.
　설화 : 5~9.

〔 봉산면 제보자 5 〕

　양지2구, 염차순, 여 · 64.

　생각 외로 나이가 젊어 보이시는 할머니였다. 이야기를 길게 하는 걸 좋아하
시고 재미있게 이야기를 엮어 구술해 주셨다. 발음도 비교적 정확한 편이었다.
　설화 : 10.

〔 봉산면 제보자 6 〕

　양지2구, 이유석, 남 · 63.

　좌중에 유일한 할아버지셨다. 아시는 이야기가 많은 듯 했으나 남들이 이야
기할 때 틀린 점만 지적할 뿐 스스로는 아무 이야기도 하지 않으셨으나 마지막
에 좌중의 요구에 못이겨 나중에 이야기를 해주셨다.
　설화 : 11.

〔 봉산면 제보자 7 〕

　양지2구, 이 박, 여 · 63.

　몸에 하고 있으셨던 장신구가 눈에 띄었고, 사투리가 심해서 조사에는 어려
움이 있었으나 적극적인 면이 있었다.
　설화 : 12.

〔 봉산면 제보자 8 〕

양지1구, 김학이, 남 · 65.

이야기할 내용을 종이에 적어오시는 등 준비도 해주셨다. 사진을 찍는다고 하자 방건을 쓰는 등 적극적인 태도로 조사에 협조해 주셨다. 현실에 충실해야 함을 강조하셨고, 좋은 충고도 해주셨다.
설화 : 13, 14.

〔 봉산면 제보자 9 〕

양지1구, 김금순, 여 · 78.

나이에 비해 상당히 정정하시고 말투가 힘이 있으셨다. 처음부터 흔쾌히 이야기해 주셨다. 발음과 기억력도 정확한 편이었다.
설화 : 15.

Ⅲ. 설화

〔 봉산면 설화 1 〕 T. 1 앞

계산1구, 1998. 4. 1., 3조 조사.
손춘희, 여 · 63.

고려장이 없어진 이유

* 조사자가 이야기의 유도를 위해 효자비가 있는지 물어 보았더니 말씀해 주셨다. *

효자비는 부모한테 잘 한게 효자비지. 아. 고려장이라고 있다. 칠 십이 되면 부모를 업어다가 쌀도 좀 싸고 물도 좀 넣고 한 달쯤 먹을 것을 깔고 가는기다. 고려장을 하는기라. 어떤 자식이 부모를 고려장 시킬라고 밤에. 그문밤에. 저거 아부지를. 업고 가는데. 이 부모는 자식을 위해서 가는 자슥을 위해서. 길을 못 찾는다고 길을 못 찾는다고. 부모가 인자 묻히러 가면서 솔 잎깨비 되는 족대로 껑어 부르뜨버리는기라. 그래서 인자 부모는 인간 칠십 고려장이라고. 자슥들은 고려장하는데. 우리 부모는 이렇게 날 생각해주는데 하면서 부모를 그냥 업고 내려왔다란다. 그래서 고려장이 업어졌다는거 아이가.

〔 봉산면 설화 2 〕 T. 2 앞

계산1구, 1998. 4. 2., 3조 조사.
최홍렬, 남 · 69.

호랑이 소리

* 제보자를 찾다가 우연히 할아버지 한 분을 만나 길가에서 듣게 된 이야기이다. *

그때가 참 옛날이라. (조사자: 호랑이가 많았나 보죠, 그땐?) 옛날에는 이런 데, 지금도 이런데 호랑이가 없는 건 아니라. 호랑이가 하룻저녁에 천 리를 간다 는 기라. 천 리. (조사자: 하룻밤에 천 리를요?) 인자 천 리를 간다 카는 기라. 옛날 어른들 말씀이 그런기라. 하룻밤에 천 리간다 그말이. 그렇게 빠른기라. 호 랑이 저저 밤으로 호랑이 불러 눈을 타악 볼 때면 불살이 밤으로 쭉 뻗질기거든. 그렇게 호랑이가 무서운기라. (조사자: 호랑이가 신기하게 재주도 부리고 그래 요?) 어, 재주는 안부 리는데 호랑이 새끼를 놓은 데를 발견을, 저저 본단 말이야. 호랑이 새끼 있는 데를 산에 가서 보게가 되면은 사람이, 사람이 가지고 그걸 갖다가 보고 무서운 기가 없고 그걸 이겨내는 거 같은면 내가, 호랑이 새끼를 보고 반갑게 보면 호랑이 새끼가 참 예뻐. 뿌야고 이쁘단 말이야 좋다고 요래

끄잡고 이래이래 씨담어 대거든, 시담으면 큰 호랭이가 저 애미가 있다가 지새끼 좋다고 하는 걸 갔다가 알고 막 어훙 글면 사람이 놀라서 자빠져 죽는기라. 그걸 안 죽고 이겨내면은 호랑이한테 대번에 큰 부자가 되는 기라. 호랑이가 오만 걸 갖다구는기라. 돈도 갖다주고, 오만 걸 다 갖다즈는기라. 근데 그걸 이겨낼 사람이 없는기라. 미리 겁이 나서 고마 호랑이 소리에 겁이 나서 고마 잠을 새뻐리는 기라. 용기가 없어서. 호랑이 새끼가 참 예쁘고 좋아. 갖고 놀며는.

〔 봉산면 설화 3 〕 T. 2 앞

계산1구, 1998. 4. 2., 3조 조사.
최홍렬, 남 · 69.

도깨비와 허깨비

* 위의 이야기 후에 다른 이야기를 요청하자 들려주신 이야기이다. *

도깨비, 도깨비 말 들었나? 도깨비란 것은 그게 옛날에 요요 물잠 있잖아 물 잠 밑에 저게서 저아래 고랑에서 이리 도깨비가 댕겼어 옛날에. 도깨비라는 거는 이 사람이 인자 애들이 죽어가지고 묘를 써놓으면 그래서 그게 많이 나오는 기라. (조사자: 묘에서요?) 응, 애기들 묘에서. 옛날에는 애들을 자꾸 나아가지고 촌에서 살면서 쪼매 아파가지고 죽는 애들이 많았단 말이야. 그럼 그런 무덤에서 도깨비가 많이 나왔거든. 도깨비라 카는 거는 고마 밤에 이래 궂으면은 많이지이고 말이지 캄캄하니 말이지 밤에 저녁 먹고 나면 어두우면 별도 안 뵈고 구름이 달도 안 뵈고 그믐 때 모양 그럴 때 나오지. 그때 나오면 저희끼리가 활락 말이 끝이 없어. 그냥 자잘자잘 끝이 없고 인자 환하게 불어 왔다갔다 왔다갔다하며 말이 끝이 없는기라. 그래 어룩어룩 소리 지르면서 있는데, 그러다가 사람 쪼만한 무슨 소리가 나는거 같으면 일시에 보면 감쪽없어져 버려. 없어지는 기라. 그게 도깨비야. 도깨비.

그게 도깨비고 헛깨비라 하는 것은 사람 혼을 갖다가 빼가지고 홀까가지고 옛날에 홀깨비라하는 것은 사람들 노인들이 산에 오래 밤중 되도록까지 놀면은 불러낸데. (조사자: 불러내요?) 사람을 갖다가, 그렇게 불러내면은 아무게를 부르는기라. 불러내서 나와 보면은 과거에 같이 술도 같이 먹고 시장도 같이 당기고 뭐 장사도 하고 틀림없이 눈에는 그런 사람이래. 그래보인데 아유, 그러면,

"자네 여기 무슨일로 왔는고?"

막 이러면,

"아 내가 자네 만나볼러고 왔네."

이라카면서 사람들을 산으로 끌고 가는기라. (조사자: 산으로 갔다 끌고가요?) 응, 산으로 인자 사람 혼을 빼놓고 끌고 간께네 가는 지도 모르고 자꾸 따라 가는기야. 자꾸 따라 가다보면 저 산 높은 산에 덜마구 밑에다가 갖다 꼭 죄어 놔 갖다 버리고 오면 뭐 없어서 버리는기라. 그게 이제 홀깨비라. 사람 홀까 가는게 헛깨비가 아니고 홀깨비고. (조사자: 홀린다 그래서 홀깨비구나.) 응, 사람 홀까 간다고.

〔 봉산면 설화 4 〕 T. 2 뒤

계산1구, 1998. 4. 2., 3조 조사.
최낙석, 남 · 65.

환생해서 깊은 원수

* 암행어사 이야기를 청하자 생각이 난 듯 들려주신 이야기이다. *

암행어사, 암행어사 박문수? 박문수도 되게 어리석게 생기긴 했어. 왜 그카냐 하면은 옛날에 길을 걸어가는데, 옛날엔 솔길이거든. 거길 걸어가는데 왜 아가씨가 있어 났는데 아가씨가 강도를 만나 있는데 아가씨가 그 난관에 죽어 버린기라. (청중: 강도한테요?) 그때 암행어사라도 끽만 해쁘리면 그건 꼼짝달싹 못하는

긴데 암행어사까지. 다 죽이는 긴데. 그래가지고, 참 이기 어이 됐냐카면은 암행 어사가 해먹고 해먹고 하다가 요기 죽어가지고 아줌마로 태어나뺏서, 복수 할라꼬. 그러니까 암행어사랑 하면서 자기 집에 있는데, 그래가지고, 그 어사가, 어 그래가지고 결국. 아, 즈그 딸로 태어났데, 태어났다카는기라. 즈그 딸로 태어났 는데, 그러가 즈그 딸이 들어가 어사를 죽여 뻐린기라. 그러니까 그 딸이 그러니 까 죽은 처녀의 원수를 갚아줬데.

〔 봉산면 설화 5 〕 T. 3 앞

계산2구, 1998. 4. 2., 3조 조사.
서정교, 남 · 58.

효부 남원 양씨

** 이야기가 없는 것처럼 계속 부정적으로 말씀하시다 비석의 생긴 이유를 묻자 말씀해주
셨다. **

　　비석은 여개, 거 일거봤는가 몰라. 한문 읽을 줄 아나? (청중 웃음) (조사자: 아직 못 읽어봤는데요.) 남원 양씨 그거 효부비 아이든교, 남원　양씨. (조사자: 저 이쪽에 그니까 이쪽에 있는거.) 이쪽에 큰 비. (조사자: 나무 바로 옆에 있는 거.) (청중: 그거 아이고, 저짝 또랑 건너 편에.) (조사자: 아, 네.) 이쪽 비가 더 오래 된기라. 오래된 기라. 이거는 조선조 저 말에 고종 임금때, 그때 나라에서 정문을 그 세아라고 그 명을 내려줘가지고 세안 비라. (조사자: 아, 네.) 기고 저쪽 에 큰 나무 옆에 있는 고거는 일정 때, 그러 왜정시대 말이지 일본사람 말이지 통제할 때 고당시에 세안 기라. (조사자: 아네, 둘 다 효부빈가요?) 저쪽은 열녀고, 이쪽은 효부고. (조사자: 그기 좀 얽힌 이야기 좀 해주세요.) 얽힌 이야기가 아이 고 그 효부, 그할매가 우리 고조부 저 외조모 되는 데 여기 그 후손이 여러이 거든요. 수원 (청취 불능)씨 (청중1: 내나 구장, 구장 구장 조모라 구장 조모. 청중

2: 저짝 저 열녀 세운 분은 구장 진짜 조모고 요짝 여기는 우리 웃대. 청중1: 아는 대로 이야기 해 주소.) 그 그 그 할매는, 우리 저 저 뭐꼬 첫째 맞종부가 아이고 둘째 며느리라. 그래도 하도 효성이 지극했던가 부모, 부모를 모시는 기라. 시어른 두 분을 모싯는데, 그래 한 번은 시어른이 하도 나이 많아 인자, 바깥 어른 말고 안노인이 자기 시모가, 시모가 시어머니 아이가 술을 좋아해. 술을, 술을 하도 좋아해가지고 만날 자 술이 집에 떨어지모 원근을, 멀고 가까운 거를 안 가리고 저 인자 술을 받아다 살림이 짜다리 넉넉잖은 데다가 술을 자꾸 받아다 대접을 하고 그랬는 기라. 한 번은 노인이 술을 얼마나 술을 많이 잡수가지고 옛날엔 집을 지모 축담이 축이 높으다 아이가 옛날. 옛날 한옥집은 대궐같은데 가도 축이 안 높아요. 그 올라가다가 자빠지서 콱 옆구리 여 박아 가지고 도끼로 여 박아가지고 잘못 짚은기라. 마당 널쪘뿌리서 고마 그래가 자기 그 양새 할매 그 할매가 그 어른 술체가 올라갔는 데 내가 부축을 해가 올라 갔으먼 사고가 안 났을 낀데, 요시 말로 말하먼 내가 마 정성이 부족해가지고 시어머니가 죽게 됐으니, 대신 시어머니 대신 나를 죽게 해 도라고 마당다 물을 떠놓고 마 하늘에다가 빌었는기라. 그래 한참 이 빌디만도 그 할매가 깨나디만도,

"내가 저 저승길 가다 저 멀리까지 가다가 니 정성이 하도 지극해서 데꼬가던 사람이 다부 다부 가라케서 내가 왔다."

이러쿠더라케.(청중: 좋은 이야기하네.) 그래서 그, 그, 그래서 그 나라에서 언자. 그 살아가 삼 년을 더 사다가 세상 버리고, 자 인자 머리가 저 맘대로 몬 놀린게 머리 만날 빗기주고 쪽지기는 그 당시 아인가베. 그래 그래해서 나라에서 또. 나라에서 그래 문을, 명령을 내라갔고 세운기라. 열녀문 돈 있다고 세아는 기 아이라.

〔 봉산면 설화 6 〕 T. 3 앞

계산2구, 1998. 4. 2., 3조 조사.
서정교, 남·58.

자신의 살을 벤 열녀

* 마을 앞에 비석이 있어 여쭈어 보았더니 계속 말씀해 주셨다. *

저 쪽 열녀비는 자기 남편이 아주 그 안 좋은 병, 아주 안 좋은 악질이 있어가지고 그 사람 인육을 무면 낳는다고 했어. 그래서 허벅직 살 두뭇타래 떼 가지고 그 자기 남편을 미깄거든. 그래가지고 병이 나았어. 그래서 열녀비를 (조사자: 열녀비를, 예.) 그것도 어려운 일이지. 옛날에 (청중1: 에구 무시라. 청중2: 지금도 어렵지. 지금도 어렵지. 청중1: 지살 아픈 거 그거 누가 그해 줄라 카겠나.) (여기서 다른 분이 이어 말씀해 주셨다.) 명지 한 필 갔다 딱 갔다놓고, 눈 잘끈 깜꼬, 그 명지로 아래 위로 딱 홀가 매놓고, 눈 잘끈 깜고, 자기가 칼 갔고 싹 비갔고 뚝, 두 모타리카더나 세 모타리카더나, 요무바리 보글보글 찌지가 준께,
　"그 게기가 무시 그리 마신노?"
쿠더란다. 그리 영기 아지메 꼬꾸리 갔고 다리 땡기가 이리 댕기샀나. 병원도 안 가고 마 집에서마 나샀다.

〔 봉산면 설화 7 〕 T. 3 앞

계산2구, 1998. 4. 2., 3조 조사.
서정교, 남 · 58.

훈장 백씨의 효성

* 정자나무 못 앞에 있는 비에 대해 물어 보니 백씨 성을 가진 사람의 비라며 이야기를 해
  주셨다. *

그 어른은 저 글타 그러데. 저 아주 저 요시 말하모 글 잘하고 저. (청중: 선생이지 머시라.) 서당 선생, 요시 말하모 지식층에 속한 어른이라도 그 부모, 하도 인자 효성이 지극해가지고 여. 밑에, 십 리, 지금, 한 이십 리 되지. 이십 리 되는

데서 학동을 모다 놓고 글을 가르치는 기라. 밤에, 인제 보통 보모, 이 촌에는 겨울로 밤 길 때, 그때 아들모 치놓고 글을 가르키는 기라. 그라모 한 열두 시나 되모, 아들 글 가르치고 난 한 이십 리 되는 길을 또 자기 부모 때문에 또 넘어가는 기라 재만 나려, 웅. 재만 나려 넘어가모 쭈욱 넘어가모 고마, 그때는 호랑이가 셋든가 호랑이가 떠윽 불을 비차 준다케. 가는 길을 그래. 그래가 자기 모친이 여름에 음식을 잘 못 뭇던가 이질 아녔나, 이질? (조사자: 예, 설사.) 이질 걸리가지고 만날 설사해 가지고 죽게 된기라. 그래가 뭐 아무 약을 해도 되도 안해가 그래, 요시 뭐 그래하는 사람 있겠나, 혀로 홀탔어. 항문을. (조사자: 아.) 그 정도 (청중: 짚 갖고, 그때는 그런 짚 갔고 딲응께 똥꾸중 아프다꼬 안 쿠더나.) 하모 그래가자고 (청중: 그래 요새 같으모 휴지가 좋은 기 있지만도 그땐 휴지 저런기 어디 있노.) 여시 대가리 같은 그기 무그모 좋다사서 하아. 구할 수가 없어 가지고, 마다다 여 물을 떠놓고 저 하늘에다 비니께네 난 데 업는 까마구가 와가지고 여시대가리를 갔다가 마다다 던지 놓고. (청중: 효자 나논께 그리 되는 기라.) (조사자: 무슨 대가리?) 여시, 여시대가리 (청중: 시상에!) 그래 가지구 그 비를 세았다 카네. (청중: 고거 인자 포사가지고 새카마이 태아가지고 싹 빠사가 갈아 민께 그래 낫더라케.)

〔 봉산면 설화 8 〕 T. 3 앞

계산2구, 1998. 4. 2., 3조 조사.
서정교, 남 · 58.

머슴 무학

* 한참 이야기가 끊어지자 조사자들이 이것저것 묻고 있던 것을 듣고 계시던 아저씨가 말씀해 주셨다. *

저기 대병 갔서모 무학대사 이야기도 다 할끼고 할 낀대. (조사자: 무학대사

요? 그 이야기 아세요?) 무학대사, 나기는 우리 군내 나기는 났다해. (조사자:
그 애기 알고 계세요?) 그 애기는 잘 모르고, (청중: 대병 가면 그 고향이거든.)
무학대사 대병서 났어. (조사자: 아.) 무학이가 합천군에 군지에 보면 무학이가
옛날에 조선조 이성계 도와가지고 조선왕조 창건한 그 무학이 있고, 또 글도 모르
면서 너무 종으로 있으며 또 아는 사람 무학되가. 그 무학이가 두 사람이라. 합천
여 보모 전설에 내려 온 이야기 보모 근데, 옛날 (청취 불능) 무신 종으로 따라
다닌 뭐 무학이 그 분은, 주인 말 몰아 가는 데 말을 저 그 넘어가는 데, 지가
오줌 누가지고 솔잎께기 꺼어 가지고 오줌을 적셔가지고, 뭐 저 해인사 있는 쪽으
로 던진다카더나 뭐, 그런께 주인이,

　　“뭔 짓걸이냐?”

　　“해인사 불이 났으이 던진다.”

하더나. (청중 웃음) 그기 전설이라. (청중: 그래 사터나 노인네들. 아, 이야기.)
(청중: 그기 뭐 전설이겠지.) 그기 전설이라. 그래,

　　“해인사 불이 갑작시리 소나기가 마 와가지고 불이 껏다 이래 삿테.”

　　내 어릴 때카마. 해인사 저, 해인사 불이 일곱 번 났다커거든. 일곱 번 났다
커는데, 지금 한 번 더 남았, 한 번 더 날끼 남았다 하는 기라. (청중: 아이가.)
해인사 앞에, 그 앞산 그기 매화산 아이든교. 가봤는가 몰라. 앞산 그기 매화산이
라. 똑 화상이라 불꽃이 올라가는 모양으로 쬐삣쬐삣 이래 생깃다고. 그 인저 섣
달 그믐날 되모 앞에 그 매화산에 그따다가 소금 아있나, 소금. 소금, 소금이 뭘가
맨드나, 바닷물로 맨들지요. 소금이 그 제압할라고 화산재, 그가모 만날 그갔다
묻어. 등산객들이, 옛날 여 조선조적 백자 그다 소금을 담아났더니, 다 빼갔뿌다
케. (청중 웃음) 하모, 그 갔다. 매화산 우에다가. 숭산이 뒷산아인교 그기. 바,
바라, 해인사 앞 산인데. 굿다 묻어난걸 다 가갔뿟다 케. (청중: 불 몬나거로?)
불 몬나거로, 그 제압이라. 앞에 화당이 비치가지고 해인사 불이 일곱 번 났다
카거든 (청중: 그기, 인자, 그 스님들이 인자 그래 그래 그랬겠지.) 하모, 하모.
그랜기라.

〔 봉산면 설화 9 〕 T. 3 앞

계산2구, 1998. 4. 2., 3조 조사.
서정교, 남 · 58.

신동 청인동

* 다른 청중들과 이야기 중에 쉬고 계시다 하신 이야기이다. *

　　매암 선생이 어릴 때부튼 신동은 신동인 갑더만. 저 동자가 둘이라 커니까 (청중: 눈에?) 동자가. (청중: 하, 희안하다 하나도 안 믿긴다이.) 동자가 둘이라케. (청중1: 둘이모 더 안 비깃나. 청중2: 그런께나.) 내 한문 외우지는 몬해도 저 해인사 절에가 공부를 하는데. 옛날 경상감사가 대구 있었다 아인교. 경상도 감사가, 경상도 감사가 해인사 절 구경하로 왔는데 매암 선생 쬐매날 때 책을 패노코 공부를 한께 책을 패난거 무시하고 펄덕펄러, 감사는 아이지만 그 밑에 따라온 인자 부하들이겠지. 막 넘어가거든. 탁 언자 무시하고 글 읽는 애들 무시하고 말이지. 그래 그 시를 하나 진데 내가 그거 외우지는 못 해. 쉽게 풀이하모 저 해인사 절 마당에 있는 탑은 키는 천 년이 가나 백 년이 가나 더 낮아 젓서모 낮아짓지 커지는 안을거 아인가배. (조사자: 예.) 안 크지. 저 솔밭에 있는 잣나무 솔은 탁히 대모 반도 안 되도 거거는 앞으로 십 년만 지나모 자꾸 키가 컬거 아인가배. 여러 수십 배로 컬거 아인가배 그런께 그걸 배냐모 감사 너는 벼슬이 감사삐 안 되지만도 내가 글 읽는 나는 앞으로 너대마 더 정승이 될란가 뭐 되물란가 그런 뜻으로 지었다케. 일곱 살 묵는 학동이. (조사자: 아, 네.) 매암 선생이 그마치 머리가 영리했다 해. (조사자: 매암 선생님요, 왜란 때 어떻게 하셨는지?) 그 당시 매암 선생 임진왜란 일 당시는 늙었어. 한 육 십이 넘었어. 그 자기만 관직에 있어. 우리 나라 여 정승 치고는 가야에, 여 합천 가야 고을에 해인사 밑에 가야 그게 앉아가지고 관복 안 입고 흰 옷 입고, 백의정승핸 어른은 그 어른 뿌이라. 백의정승 핸 어른은 가야 앉아가지고 저 영의정까지 했어.

　　근데 언자 이이첨이가 뭐 이이첨이한테 꼬이 언자 가 마을을 인자 인목대비를 뭐 폐위를 시키고 영창대군을 죽이고 자기 뜻은 그게 아인건대 자기 뭐 당질이라카더나 성주목사로 있었는데 그기를 편지를 써주는가 저 서울에서 인자 물었는 모양이지. 영창대군을 죽이고 인목대비를 폐한 어디 뭐 폐서인하고 이걸 인자 물었는기라. 정승인께네 편지를 쓰기를 갖다가 그라모 안 된다고 썼는데 이 편지를 가갈 때는 성주목사한토루 비지말고 바로 서울로 가라켔는데 성주목사가 눈가항께네 매암선생 자기 당질이라 오춘 조카라. 근데 그 오촌하고 오찌 그 새가 안 조튼고 글자 한 자를 고치쁜께 마 고마 맘대로 하라고마. 그마 이리대뿌다케 으른들 이야기 들으문 그래 가지고 역적으로 몰렸어. (조사자: 그래 안 비고 가갔어야되는데.) 안 비고 가갔어야되는데 그래 나이 팔십을 넘어서 역적으로 몰리가 세상을 비렸어. (청중: 역적 몰린 것도 여저 전설 보모 거것도 땁땁더라.) 멸족할 긴대 인곡 여서 저 피난을 왔다쿠든데 인곡 모티 그게 옛날에 거 통기면 안켔는교 통기면 세모돈데 그는 옛날에 아주 신분낮은 사람이 사는데그든 그릏게 여 인곡 서산정세 거 거 저 후손이 퍼진기라.

〔 봉산면 설화 10 〕 T. 4 앞

양지2구, 1998. 4. 2., 3조 조사.
염차순, 여 · 63.

헛깨비 홀린 사람들

* 이 마을에서 전해 내려오는 이야기를 해달라고 하니 무서운 설화를 말씀해 주셨다. 헛깨비 설화는 이번 조사에서 여러 번 나왔다. *

　그 마을에 옛날에 요러 가리키 술을 조금씀 갖다놓고 파난 집이 있었어요. 있었는데 이래 밤이 입때 되서 그로 놀러를 가가지고 열두 시, 한 시가 되도록 술을 묵었는기라. 그래 술을 묵고 오다가 홋깨비한테 홀겨뻤어. 홋깨비한테 홀겼다. 진짜. 그 감배꽃이라 카데요. 감배꽃 그 이양리로 가는데 거개가? (청중: 몰라.) 그런데 (청중: 감배꽃인가. 감매꽃인가. 그것도 몰라.) 가시는데 날이 무르익었는데 도구 칠때라. 그때 인자 누집에 술을 팔라 놓고마 방앗간에 그 술을 좀 갖다놓고 팔았어. 옛날에 철수야. (청중: 그 옛날에?) 옛날에. (청중: 그 살림댁이 거시기 저그 저그 할매가 저그 그 소주집을 개.) 소주집을 파란 집이 있는데 그 술을 묵고 왔는데 몽가고로 자고 갈케도 꼭 갈락칼게데. 그래 동네 사람들 보내놓고 좀 염려를 했던 모양이지. '사람 살리라, 사람 살리라.'카는 소리 나드라 카는기라. 그냥 그래 인자 그 소리를 듣고 찾아나간 사람이 누고? 카마 저 곱돌이가 아녰습니꺼? (청중: 하마 맞아! 곱돌이 심마니 양반 곱돌이.) 사람을 이래 살리라고 가함을 지르는데 그를 워째 잘랬꼬 바안에서 까부냐꼬 한 번 가보자. 이래 된기라. 그래 반별로 옹께네 사람 살리라, 사람 살리라고 위에서 아래서 독구 나갔는데 나간께네 고마 사람도 엄고 소리도 없드라 하는기라. 그렇게 인제 그 사람들이 소리 나는 이체 말하는 기라. 그래어든 일체에서 소리가 났다카는 걸 알고고 소리 나는 고장 일대가 토채비가 다니는 길이라 케요. 옛날에 헛깨비길이라케요. 그래 여개가 헛개비 대니는 길인데 여기 한 번 찾아가 보자. 여기 한 번 찾아가보자. 그래 갖고 인자 시 사람이 논때구석으로 그래 강께네, 논때구석에 큰 바우가 하나 있는데 지금 그 행주양반 논이라. 행주양반 논 와, 요 항상 해서 큰거 하는, 큰 논때구석 바우 가는데 바우에다 짜매다 사람을, (청중: 바위에다 사람을 쩌매놔요?) 짜매다 사람을 고 콕 새다 (청중 : 사람을 쳐박아다 놔요?) 그래 그 시 사람이 들고 왔드락꼬. 자꾸 뛰나가는기라. 뭘 들고 밖에서 그 헛깨비가 눈에 비는기라. 친구로 비는기라. 자꾸,

    "나위라, 나위라."

커는기라. (청중: 친구가 부른다꼬?) 그래 나갔는데요. 그래 그 사람들이 인연이 되갔고 우리가 너무 잘 지내거든에. 그른데 인제 이 사람들이 올째 데려다 줬다꼬 가는데 갈라카는데 아이고 뭣이가 나라오라 카는데 가야 된다카면 확 뛰나가제 확 뛰나가제. 내가 간다. 수비할 맛이 뽀살 때라. 그래 미네 뜨니 집버 키약 (청중: 그래 하머 제일 친한 친구가 그래 보인다카.) 친한 친구가 보인다꼬 그래 할 수 없어 그 시 사람이 붙잡았어요 낙시가 좋으니 사람을 붙잡고. 신쩩(신짝)을 갖고 와서 마 다 기피를 쌔려뿌라고 신을 가지고 이래 기피를 씌운기라. 정신 도라라꼬 (조사자: 어머 정신 들라고 신을 가지고 여기를 때렸다고요? 아 그렇게 하면 정신이 돌아오세요?) 그 때는 고무신이라요. 신이 가지고 와서 마 기피를 막 딱딱 시 번을 쌔리고 그래도 뛰내삐싸서 이래 붙잡고 단골을 세 달 들어도 안 돼. 낳다

꼬 내다보고 오는기라 우리는 그래갖고 (청중: 살아났지) 그래갖고 지금 디꼬온 사람을 지금꺼정 은혜를 참 잘 지내는기래. 너무. 죽었싸 살아나가 (조사자: 헛깨비가 원래 자주 다니는 길이예요?) 하먼. 헛깨비 다니는 길이라 캐요. (조사자: 어머 그 전에도 사람들도 막 당했겠네요?) 옛날에 그게 비가 오락하고 이래 날이 보까하마 불이 이래 번쩍번쩍 그 불이 이꼬 컸다카캐. 겁이 나서 몬댕긴 데라. 거개 (청중: 거기가 이상했어.) 지금은 인제 읍서. (청중: 나무 있는데?) 그래 진짜 헛깨비가 (청중: 긍께 여남은 집이 아이요. 지금 죽는다꼬 쌉는가부다 해 동네 사람들이 나와 갖고 사람을 뮈고 와서 살았지, 안 그랬으면 진짜 쥑었을긴데.) (조사자: 혹시 이전에 그런 일이 있었어요?) 예전에도 그런 일 있었지.

우리 클 때 많던데 그런 애기. 우리 클 때는 (조사자: 또 다른 애기 해주세요.) 정 우리 홋깨비 애기라고 하거든요. 그때는 그래 동네 사람들이 막 사람 사리라 했싸세 동네에서 징 들고 (조사자: 아! 징을 들고.) 어. 이래 두들기면 그기 도망을 간대네. (조사자: 어! 징을 들고 쓰는구나!) 참 친구로 보인다꼬 친한 친구로 보이다꼬 그래갖고 산으로 바우 속으로 등신도 되고, 내가 어제 들은 것도 이 집을 가면은 그 때도 그래 비가 와가지고 이래 물이 대소가져서 큰 막 물이 마이 내려가는데 이짝에 있든 사람이 우째서 그래 건너가있꼬 저쪽 이물로 건너서 사람이가 있드라꼬. 그래 그 사람을 찾아서 동네 사람들 하매나 찾아서 헤맸는데 한 집에 본께네 이래 지약을 몬꼬 본께네 사람은 이래 칵 띄가는 걸 봤따캐. 한 집에서 바로 오면서 띠가는 걸봤는데 그 사람이 행방불명인기라. 그래 그 사람이 행방불명이라서 온 동네이 불러서 그 산을 싸고 올라가 사람을 몬 찾았어. 이름이 종돈데, '종도야, 종도야.' 외고 불러도 몬 찾았는기라. 밤시도록 그래 몬 찾아서 사람을 버리꼬 그래 이제 내려옹께네 이게 졎 동같으마 이게 몇동 거트나 얼마나 오래 빼빼로 돌아나왔는지 신을 요따 딱 벗오놓고 요 밑갈이 이래 뺑뺑 막 이래 헛깨비가 사람을 그래 놀려오는기라. 그래 이래 뺑뺑이 또 낳어 이제 밑동이 요리 잔댕이가 실이 반들반들 했나고 신을 딱 벗어놓고 사람이 없는기라. 그 자리에는 (조사자: 사람이 없어요?) 없어. 몬 찾았는기라 (조사자: 아직도 못 찾았어요?) 결국은 찾았는데 (조사자: 어디서 찾았어요?) 그래도 그 사람을 몬 찾고 밤새도록 부르고도 몬 찾고 왔어. 날 새니 날 또 동민이 올라 갔는기라. 또 동민, 동네 사람들이 여자 남자 없이 다 나서갖고 그러 인제 그 행첩있는 집을 찾아가도 사람이 엄꼬 하더니 방구(바위) 밑에 요래 사람이 딱 쪽을 씨고 앉았는데 그 바우에서(청중: 큰 바우에서) 그렇게 그 날제 불렀다캐. 그 바우에서,
　　"종도야!"
하고 불러도 고 밑에 앉았었는데 말이 안 나와서 대답을 몬 했꼬. 그래 이튿날 아직에 밤새도록 그 바우에서 불러도 엄섰는데 아직에나고 고 밑에 고 앉았다캐. 사람이 안 죽고 안 죽고 능을 빼서 등신인기라. 그래갖고 핸데 그 사람은 집에 데려다 놨는데 방에다 갖다놓으니께네 짜절거지가 날라다닝께네 아구 저 비행기 봐라. 아우 저 비행기가 날 잡으로 온다 아우 저 비행기 막 떠다니네. 그래 주을 물을 떠 물을 이구 가러다니께네 또 이게 엄서져삐렀어. 또 엄서져 삐릿어. 고 땐 인자 비가 와서 막 한땐 물이 막 큰 대소를 이루가는데 어째 그리 갔는지 그 강물을 건너가서 물 저쪽에 둑에 가서 또 요래갖고 살고 있었는데 (조사자: 물을 건너갔어요?) 어더로 건너갔는지 몰라. (청중: 물 귀신한테 홀렸나?) 그래 인자 건너갈라 카마는 이른 사람은 한 십 리나 가지고 공굴(다리)이 있는기라. (조사자: 돌아가야 된다고요?) 십 리나 가마 그 공굴이 있는데 그 사람들은 그 물로 몽구니서 십 리나 가갖고 공굴로 건너가서 그 아를 디꼬 왔어. 디꼬 왔는데 그럼 등신이 되삐렀드라고요. 등신이 되삐리(혼이 빼서). 그런 오래 몬 살고 죽어 삐리. 그래 클 때는 그런 수가 많이 있었어. 헛깨비가 엄선 수를 몬 만든기라. 그래 그래갖고 결국은 외동아들인데 아들도 외동아들인데 고메 애기도 안 놓고 장개도 몬 가보고 그래 고마 죽어삐렀어. 그런데 그기 헛깨비가 엄선 수를 몬하는 기라. 그래 밑동이고 얼매나 헛깨비가 디꼬 뺑뺑이 도니 혼을 뺐는지 신은 요래 딱 밑에 멋오놓고 막 진이 빤들빤들 났다캐. 그래도 고산 천지로 찾아도 몬 찾안 기 맨날 이튿날 간께 바우 우에 올라서서 불렀는데, '종도야' 하고 부렀는데 요 밑에 딱 앉았드라캐. 옛날에 헛깨비가 있었어. 지금은 없어 인자. 지금 이거 인자 사변 나고 나서는 인자 총소리에 헛깨비가 엄서지고 헛깨비가 댕기는 길도 고마 지금은 전부 도로가 되삐리고 길 나삐리고 옛날에는 고마 헛깨비 다니는 길이 있었어.

〔 봉산면 설화 11 〕 T. 5 앞

양지2구, 1998. 4. 2., 3조 조사.
이유석, 남 · 63.

세워 써야 하는 묘자리

* 어른들끼리 이야기하시다가, 할아버지께서 이야기를 시작하셨다. *

없이 살아가지고 형님이 방랑생활을 하면서 얻어 묵은는기라. 그래가지고 인
자 그 산을 올라가지고 가다가 어떻게 자기 아버지가 죽은는기라. 그래가지고
인자 묘를 썼는데,
"전생에 살았으면 인자 이 고향을 못 보고 죽어서는 인자 고향을 보라."
카면서 죽은 사람을 갖다 빳빳하게 세워갖고 묘를 썼는거라. 그래 인자 묘를 쓰
고, 묘 쓰고 삼 일 지나면 사무라고 가제. 그래가 인자 사무에 가서 참 울음을
울고 이제 혼자 우니까 어떤 여자가 막 이래 숨가쁘게 막 달려오더니 그 묘에
와서 막 대뜸 울어대는기라. 그래 좀 있으니까 남자가 막 일어서 오더니 싹 지나
가는거라. 그래가 인자 참 죽은 사람이 묘 땜에 살았는기라. 그래가지고 같이 인자
부자가 되가지고, 여자가 참 돈이 많더라는기라. 그래가지고 잘 살았다하는 그런 전
설이 있다. 그 인자 풍수라고 묘자리 잘 쓰는 사람이 있잖아. 데려다 보니까,
"이 묘는 영장을 높게 쓰면 안 되고 벌통 있지 벌통 있는 산이니까 영장을
세워서 묘를 써야 된다."
하더래. 그래 맞게 썼는기라.

〔 봉산면 설화 12 〕 T. 5 앞

양지2구, 1998. 4. 2., 3조 조사.
이 박, 여 · 63.

구르다 멈춘 곳이 명당

* 할머니께서 옛날이야기 하나 더 해주신다며 다음 이야기를 들려주셨다. *

옛날에 아들이 서인데, 그 집이 좀 몬 살았다 해. 그래 인자 아들이 서인데 큰 아들은 인자 저 밤을 지키라고 냅두고 저 가운데 아들은 인자 약을 지러 보냈더라 해. 약을 지러 보낸께네 약국도, 저그 아버지 죽었는가,

"두 번씩 있다."

카며 약을 안 지가 왔다 해. 그래 또 아버지 세상을 배렸는데 막내 아들로 풍수집에 날 받으러 보낸께네 그래 또 날로 안 받고 왔더라네에.

"그래 와 날로 안 받고 오냐." 카네,

"풍수도 집도 데리꼬 막상 산다."

카이면서 그래 또 날도 안 받고 왔더라네요. 그래서 인자 저 큰 상주는 따라가고 막내 아들이 영장을 지고 갔다 해. 인자 풍수도 안 될꺼고 무조건 지고 가다 마 되게 고마 땡딸 같은 산이 있는데 고마 아들이 고마 자빠져서 도로 굴렀다. 그래 인자 큰 아들이,

"아부지 자중하이소."

하니까 막내 아들이,

"자중하긴 뭐가 자중해. 아부지 가서 저 앉는 자리가 명산이라."

커드라네. 그래 고마 망게 덤불에 턱 걸리서 고마 선 채로 있더라네요. 망게 덤불에 턱 걸렸는데,

"거게 고마 묘를 쓰자."

하더라네. 그 막내 아들이,

"여가 아버지 자리라고 묘를 쓰자."

한께네 거 묘를 쓰고 난께네 삼정승 육판서가 되더라 해.

〔 봉산면 설화 13 〕 T. 6 앞

양지1구, 1998. 4. 3., 3조 조사.
김학이, 남·65.

남편 살린 열녀

　　정자나무내에 요게 사람이 살고 있거든. 구무정자. 그중에 인제 뭐신가 하면 양지 1구 마을앞에 효자·열녀비가 하나 섰어. 효자·열녀비가 있는데, 고건은 누구냐 하면 효자·열녀비가 있는 데는, 고 터전은 우리가 사천 이씨 터전이라. (조사자: 사천 이씨? 아, 여기 비석 서 있는 거 말씀하시는 거죠? 올 때?) 사천 이씨 터전이고. (조사자: 왜 열녀문 세워졌어요?) 열녀비는 인쟈 남편이 아픈데 손가락을 입에 깨물어 가갖고 피를 내짰다. 삼 년을 더 살았다카데, 그래 사다가, 그래 열녀비인기라. 부부간에 사다가, 말하자면 중병이 들어가지고 그 자기의 피를 흘려가지고 먹으면 살 수 있다 그래 갖고 손을 잘라 가지고 피를 흘린기라. 그래 말이, 전설이 그렇대. 열녀비라고 그건 실제 상황이고. (조사자: 삼 년을 더 살았대요? 그것 때문에?) 에.

〔 봉산면 설화 14 〕 T. 6 앞

양지1구, 1998. 4. 3., 3조 조사.
김학이, 남·65.

바위 이름 유래

　　그리고 요게 저, 대산이 있는데, 그제? 대산이 있는데, 암석, 바위가 많이 있어. (조사자: 아, 여기 보니까 바위가 진짜 많던데.) 큰 바위가 있는데 소리 나는 징바위가 있고. (조사자: 징바위요?) 사람이 까면, 사람이 발로 쿵쿵 까면 징소리가 나. (조사자: 울려요?) 소리가 나지. 가 두드리면, 가보면 요만한 게 있는데 두드리면 소리가 난다구.

또 약바위 있어, 그쪽에. 약바위가 있는데, 약바위는 가운데가 요리가 동그리하니 샘이 가 패어 갖고 있는데 고 안에 천수 그늘 쯤에는 물이 고여 가지고 겨울이고 여름이고 물이 있어. 고걸 떠 먹으면 죽는 사람 한두 사람은 살 수 있다 이거야. 그만큼 좋은기라. 약 먹으러 올 사람은 여리 올라케. 하하하. 거가면 물이 있어, 시방도. (조사자: 지금도 있어요?) 여 올라가면 있지요. 많이 갈수록 많이 먹어. 저게도 한 다섯, 여섯 명 퍼 먹을 수 있어요. (조사자: 항상 그렇게 고여 있는 거예요?) 아, 있지. 있지.

근데 선달바위가 있어. 선달바위가 있는데 요게는 그전에 한양길이 빚을 보러가면 요리 올라가면 길이라. 그면 인쟈 한양 가다가 하도 바위가 좋아 가지고 거기 선비가 가 가지고 거기 앉아 갖고 글귀를 하나 짓고 갔다라서 그게 선달바위라. (조사자: 혹시 그 글귀는 남아 있나요?) 글귀는 모르지. 한양 가다가 바람 씌울라고 딱 올라서 가지고 있다가 시 하나 짓고 한양, 그 과거 하러 가고, 과거 하러 가면 임금 위해서 그래 한거지. 그렇다카더라고. 하하하.

그게 말바위가 있어. 말바위, 말바위가 있는데, 거기에는 옛날에는 말바위, 말, 말, 말. 거기 가면 말대죽 딜은, (조사자: 말발굽 자국이 있다구요?) 응, 자국이 남아 있어. 그래 말바위야. (조사자: 아니, 말이 그 돌에 패일만큼 그랬어요?) 응응, 딱 찍혀 가지고 있지. (조사자 : 오~, 천마예요, 천마?) 돌이 크게 말바위라 비슷하게 생겼다고.

그 밑에 가면, 고 인쟈, 도둑바위가 있거든. 도둑놈이 말 타고 도둑하다 그 도둑바위 밑에 숨어 갖고 죽어버린기라. (조사자: 먼저 말바위 밑에 도둑바위 있다구요?) 도둑바위 있어. 고기서 끝이라마.

〔 봉산면 설화 15 〕 T. 6 뒤

양지1구, 1998. 4. 3., 3조 조사.
김금순, 여·78.

족보 보고 할아버지 찾은 손자

종을 불러 갖고

"야들아, 오던 길로 돌아가자."

그러고는 저 싫지만 매고 올라갈께 마, 생각시가 어쨌든 따라 올라카는기라. 인지는 죽어도 자기 재산으로 자기 것이제. 따라가야 되는게 요망시런 여자가 따라올 필요가 없다캐도 그냥 따라오는기라. 뒤따라오니 그런 사랑 끝에다 갖다 놓고 종을 시켜서 밥을 깨진 그릇에다 한 숟가락씩 됫나주고 게따 벳으로 쪄놓고. 그 각시가 인쟈 그냥 삼 년을 그 방에 있는기라. 근데 서모가 인제 밥을 한 숟가락 종을 줄라카면 또 그런 자째하는 꿈을 꾸니까 신랑 뒤가 구려와서 변소문에다 피를 뿌려 놓고 각시 천 앞에다 피를 뿌려 놓고 우르르 나가서 따라가본께는 사당 안으로 스르르 다가거든. 옛날에 사당이라고 있었어. 분지집에는. 가본께 밀가루 단지 하나 숨겨났거든. 그래, 저쪽방에 시아버지가 계셨는데,

"아버님, 아버님, 죄송하지만 잠을 깨갖고 제 말씀을 들어보시라."

카기든. 그래,

"왠 말이냐?"

그래 이만저만하고 그렇다한께,

"예이, 요망시러운 것. 잠 깨라 말라."

카거든. 자꾸 잠 깨라카고 나와보라 카는기라. 나온께네 피를 참 뿌려 놨거든. 그래 참 거짓말 아니구나 싶거든. 피로 따라간께네 참 꿈에 그래 태몽을 봤는데 역시 똑같은기라. 꿈의 상태가. 것다 갖다 이래 났두고. 그러고 뭐, 거 아들 하나 재생해논게 얼마나 아까불까 아이라. 그리고 뭐 후처 몸에 논 아들도 종을 불러 쥐기삐라하고 후처도 쥐기삘고. 그런 행실로 둘러서 첫날밤 애기가 들어섰는거라. 그 각시 열 달 배불러 논게 아들이거든. 아들이라고. 고 아들이, 고 아들이 커 가지고 자라갖고 열여덟 먹은께,

"우리는 와 할아버지도 없냐, 아버지도 없냐?"

그래,

"이내 돌아가셔서 그렇다."

“갈쳐 도라.”

카거든, 선조를 갈쳐 도라 카는 기라. 그래 선조를 갈쳐 도라 캐서 선조를 갈쳐 도라캐서, 저 할배 찾아갈라캐서 족보책을 줬는기라. 족보책을. 찾아간게네 그, 참, 할배가 할아버지들한테 공부를 하는데 그래 족보를 떡 펴논게네 자기 손자거든.

“어허, 이것 참 씨가 될라므네 살았구나.” 카니,

“니가 어째 날 찾았노?” 긍께,

“우리 엄마가 이 책을, 족보책을 줘서 찾아왔습니다.”

그래 즈그 할아버지를 모시고 오는기라. 집으로 모시고 와지고 그건 인쟈 그건 옛날 큰 애기라서 그렇지. 그 할아버지를 모시고 와서 같이 살았다캐. 그 첫날밤 애기 들어선 것이.

합천군 용주면

I. 조사 마을 개관

1. 용주면

　용주면은 합천댐의 건설과 함께 기지개를 켜고 일어서는 지역이다. 합천읍의 서쪽에 자리 잡고 있는 용주는 오지인데다 상습 침수지역으로 해마다 수해를 입어오던 곳이었으나, 댐의 건설로 용주면 관내 농토는 선천후 옥토로 탈바꿈하였고, 댐주변 관광자원화에 따른 관광소득의 기대에 부풀어 있다. 용주면은 1914년 행정구역 개편 때 조고면, 가야면, 이사적면 등 3개면을 통합하여 현 용주면이 되었고, 용문정 계곡의 지세와 산천이 용의 머리를 닮았다고 해서 용주라고 이름 하였다 한다. 25개 행정리동과 54개 자연부락으로 형성되어 있다.

　용주에는 역사적 유적은 없으나 댐 진입로변에 자리잡고 있는 용문정은 바로 앞을 흘러가는 황강의 기암괴석과 어우러져 멋진 경관을 이루고 있으며, 400년전에 세워진 이 정자는 넓은 잔디 광장과 계곡의 빈 터를 활용한 캠핑장소는 물론, 보조댐이 건설되기 전까지만 하여도 은어낚시를 위한 낚시꾼들이 많이 모여들던 곳이다.

　또 황계리에 있는 황계폭포 또한 관광명소이자 휴양지이다. 이 폭포는 높이 12m, 폭이 6m로 3단의 낙차로 떨어지며, 주변 숲과 바위들이 조화를 이루어 여름에도 이 계곡에 들어서면 냉기를 느끼게 한다. 또 1단 폭포 및 소에는 용이 살았다는 전설이 있으며 명주실 한 꾸리가 다 들어가도 닿지 않을 정도로 깊다고 말한다.

2. 용주면 마을 1 - 용주면 방곡리

방곡은 근방에서는 보림이라고도 불린다. 마을 앞을 흐르는 개울 너머에 있는 콘크리트 회사 때문이다. 인근 다른 부락에 비해 교통편이 불편하고 낙후된 지역으로서 방곡 1리(구)는 이제야 마을회관을 짓고 있었다. 버스에서 내려 30여분을 걸어야 하는 이곳은 물질문명이 농경사회를 파괴하는 산업사회의 일면을 그대로 보여주고 있었다. 회사측의 편의로 마을 앞까지 시멘트 도로가 깔려 있었지만 버스 운행은 오전 8시, 하루에 한 번밖에는 없었다. 계곡을 따라 펼쳐진 한적한 농경의 경관이 콘크리트 회사에서 흘러나오는 소음으로 인해 그 멋을 잃어가고 있었지만 부락민들은 그곳 회사에서 부업을 하면서 경제력에 조금이나마 도움을 얻고 있기도 하다. 외진 방곡 주민들은 인심도 후덕하여 동네 사랑방을 내내 빌려주며 식사까지 대접해주시는 호의를 베풀어 주셨다.

3. 용주면 마을 2 - 용주면 고품리

높을 고(高), 품수 품(品)의 고품리는 의성 김씨 55여호와 소수의 심씨, 문씨 성들이 이루어 사는 집성촌이다. 고품이라는 이름답게 부락 주민들은 마을에 대한 자부심이 굉장히 높았고 마을 앞에 세워 둔 재실과 종친제를 올린는 사당은 보는 이로 하여금 한눈에 마을의 품위를 느끼게 하고 있었다. 마을에는 용주중학교가 있고 가옥이나 공동 시설물로 보아 발전된 면모를 알 수 있었다. 동네 어르신들은 매일 재실에 모이시는데 도포나 한복을 입고 생활하시는 것이 보통인 것처럼 보이는 마을이었다. 마을회관을 빌려주시고 부락민들이 잠자리며 식사까지 대접해 주시어 농촌 사회의 훈훈한 인심을 맛볼 수 있는 곳이었다.

Ⅱ. 조사 기간 및 일정

1. 조사 기간 : 1998년 4월 1일 ~ 3일

4월 1일 : 저녁이 되었어도 비는 그칠 줄 모르고 그 세를 더해가고 있었다. 버스에서 내려 30분 이상을 걸어야 했었는데 다행히 지나가던 차를 빌려타고 방곡리에 도착한 시간은 저녁 6시 20분경이었다. 도착하자마자 이장님 댁에서 식사를 주시어 저녁을 마친 후 7시 30분경에 동네 어르신들을 마을회관에 모시고 조사를 시작하였다. 한·일전 축구경기로 할머님들만 모시고 11시까지 준비해 간 약간의 음식과 약주를 대접해 드리며 조사를 실시했다. 조사한 내용을 조금 정리한 후 야식을 먹고 잠자리에 들었다.

4월 2일 : 이장님댁에서 아침 식사를 마친 후 전날 있었던 한·일전 축구로 인해 조사하지 못 했던 할아버지들을 찾아나섰지만 여의치가 않아 10시 경에 이장님께 인사드리고 고품리로 출발했다. 오후 1시경에 고품리에 도착하여 이장님께 인사드리고 마을회관에 짐을 풀고 간단하게 점심 식사를 했다. 오후 3시경 마을 어르신들이 마을회관으로 찾아오셔서 오후 5시 30분까지 조사를 실시했다. 때마침 마을에 젊은이가 요절을 한 관계로 상여가 나간 뒤라 이곳에서도 할아버님들은 만나뵐 수가 없었다. 조사한 내용을 정리한 후 저녁 식사를 마치고 저녁 8시부터 동네 이곳저곳을 방문하며 조사를 실시, 10시경에 복귀하여 조사한 내용을 정리하고 잠자리에 들었다.

4월 3일 : 할아버님들이 재실에 10시 30분경에 모이신다는 이장님에 말씀을 듣고 아침 식사를 마친 후 재실로 찾아갔다. 상여가 나간 뒤라 할아버님들 앞에서 조심스러운 부분이 있어 오래 조사하지 못하고 아쉽게도 13시경에 철수를 하였다. 이장님께 인사를 드리고 미련을 떨쳐버리지 못하면서 14시경 집합 지역인 합천읍으로 출발했다.

2. 제보자

〔 용주면 제보자 1 〕

방곡리, 김희순, 여 · 64.

자그마한 체구에 눈매가 고우신 김희순 할머니는 꼭 친할머니 같이 정이 많으셨고 우리를 손자 · 손녀같이 대하셨다. 사람됨의 도리나 교훈 같은 것에 대하여 강조하시면서 가르치듯이 말씀하기도 하였고 나이도 주위 분들보다 젊은 편이었으며 침착하게 분위기를 조성해 주셨다.
설화 : 1.

〔 용주면 제보자 2 〕

방곡리, 한봉학, 여 · 63.

합천군에 사시다가 17세에 이곳으로 시집오셨다고 한다. 슬하에 2남 2녀를 두고 계시며 웃음이 많으시고 소탈하신 이 할머니는 처음에는 부끄러워 하시다가 술을 한 잔 드신 후부터 이야기를 하셨다.
설화 : 2, 3.

〔 용주면 제보자 3 〕

방곡리, 오필분, 여 · 70.

말씀 없이 계속 지켜보시다가 조사자들이 권한 술을 한 잔 받으신 후에야

이야기를 꺼내셨다. 처음에 할머님에 환심을 사기가 힘들었으나, 한 번 이야기를 시작하시자 연거푸 이어나가셨다.

설화 : 4, 5.

〔 용주면 제보자 4 〕

방곡리, 강진선, 여·78.

첫눈에도 연세를 가늠할 수 있을 정도로 머리가 하얗게 세셨고 머리에 쪽을 지어 올리신 할머니는 눈이 작고 흥이 많아 보이셨으며 다른 분들이 이야기 할 때 마다 옆에서 장단을 맞추어 흥을 돋우어 주셨다. 조사자들이 할머님 댁 주소를 묻자 모르겠다고 하시며 쑥스러워 하시는 모습이 푸근해보였다.

설화 : 6, 7.

〔 용주면 제보자 5 〕

방곡리, 윤병화, 여·65.

연세에 비해 아직 총기가 있으시고 발음도 정확한 편이라 조사자들에게는 고마운 분들 중에 한 분이다. 조사자가 어릴 적 기억에 관한 질문에도 답해주시면서 연신 웃고 계신 표정이 너무나 포근한 할머님이셨다.

설화 : 8, 9.

〔 용주면 제보자 6 〕

고품리, 유말숙, 여·73.

고품리에서는 제일 먼저 이야기를 꺼내신 할머님이셨다. 연세에 비해 발음은 정확하셨고 수수께끼를 해달라고 하자 답과 해석은 꼭 우리보고 하시라며 조사자들을 진땀 흘리게 하셨다. 사진 찍는 것을 두려워 하셔서 찍지 못했다.

　설화 : 10.

〔 용주면 제보자 7 〕

고품리, 문봉임, 여·65.

　잠결에 나오셔서 정신이 없으시다고 하시면서도 곧잘 이야기를 꺼내셨다. 연세에 비해 굉장히 젊어보이시고 고품리에서는 가장 많은 이야기를 들려주셨다. '이바구(이야기)도 아무 이바구면 못쓴다.'라고 하시며 '교훈이 되는 얘기가 진짜 이바구'라고 하셨다. 그리고 조사자들에게 요목조목 가르치듯 일러주셨다.

　설화 : 11, 13.

〔 용주면 제보자 8 〕

고품리, 봉기 할머니, 여·75.

　별 말씀이 없이 이야기와 노래만 들려 주셨다. 성함만이라도 알려달라고 했지만 그것마저도 쑥스러운지 말씀하지 않으셨다.

　설화 : 12.

〔 용주면 제보자 9 〕

고품리, 이갑순, 여·73.

　회관에 모인 마을 분들 중에서 제일 먼저 오셔서 기다리셨다. 조사자들이 몸 둘 바를 몰라 망설이고 있는데, 오히려 할머니께서 편안히 웃으시며 이야기를 시작하셔서 무척이나 고마웠다.

　설화 : 14.

〔 용주면 제보자 10 〕

고품리, 김태형, 남·80.

마을에 상이 있어 문중 어르신들께서는 한곳에 모여 계셨다. 식사를 마치시고 소일 삼아 화투를 치고 계셨는데, 옆에서 구경하고 계시며 앉아계셨다. 도포가 잘 어울리는 분이셨다.

설화 : 15.

Ⅲ. 설화

〔 용주면 설화 1 〕 T. 1 앞

방곡리, 1998, 4, 1., 5조 조사.
김희순, 여·64.

소금장사

옛날에, 옛날에 할아버지, 이래가지고 이래. 옛날에 옛날에 할아버지가 소금장사를 했거든. 이거 내 다 알랑가 모르겠네. (청중: 대충해 대충.) 소금장사를 했는데 하루 종일 가도 동네가 마을이 없어. 그래 이제 하루종일 가고 밤새도록 가이께네 한 고을 마을 저 골짜기에 들어가이께네 딱 한 집이 있는거라. (조사자: 네.) 한 집이 딱 있는데 고집에 한 집에 동네도 한 사람도 없고 그 딱 한 집에 있는데 드가니까.

"여 집에 주인계십니까?"

카이 그래 새댁이가 나오면서,
　　"예 계십니다. 들어오십쇼."
이륵커거든? 그래 이제 드가이케네 저녁이라고 그 그래 소금장사 저녁상을 채려
가이고 들어오는데 예쁜 새댁이가 이제 저녁을 채려 들어오는데 조비밥을 채려
가지고 들어오는기라. 들로는기라. 정서리 없어 그래 이제 그놈을 묵다가 묵다가
아무래도 이상한기라. 이 큰 집기 우딴 집기 마을기 새댁이가 하눌이 이뭐 내
마음이 이상해서 그래 섬뜩한 이런 마음이 드는기라. 그래 이제 저녁상 갈러 들어
오는데 그래,
　　"아주머니 말씀 한 마디 물어보이니다. 우째 여 혼자 이래 계시느냐?"
카이. 제네 자기 남편은 시장이 너무 멀어가이고 첫 새벽에 시장에 갔는데 그제
그제 아즉 장에 갔다고 오지 안은거라. 그래 오질 안해가지고 저 인자 연필을
사러간기라. 자기 시어머니가 돌아가셔서 그래 연필을 사러갔는데 그제까지도
오지를 안는기라. 그래 거 난중에 인자 아무리 기다리도 안오이께네 인자 해를
갖다가, 자네들은 해라카믄 모를꺼다. 옛날에 해라꼬 있다커데에. 해를 갖다가
한 것 묶가놓고 해를 갖다가 지금은 후라시가 있지만은 옛날에는 회라고 있었어
(조사자: 아, 예 횃불.) 그래 그 놈을 한 묶음 묵가놓고,
　　"이놈을 지고 갈라냐 맞이 횃불을 들고 갈라냐?"
커는거라. 이제 홰불을 써가지고 들고갈라냐 소금장사를 이놈을 지고갈라냐 들
고갈라냐 커이께네. 들고 갈라커니 또 무겁고 또 횃불을 써들고 갈라카이 또 그것
도 무섭고 이래가지고. 그래 인저 저어 가는데 비린내가 나는기라. 생 어린내가
나서고마 그래 인제 고마 저 아줌마가 째울땅 째울땅 거리면서 여 홰를 갖다가
들고 섰을라냐 여 시체를 찾는지 자기 영감이 오다가 고마 죽어삐서 호랑이 한테
물려가지고 (청중들: 아이고.) 그래 가지고 그래 죽었는데 그래 인자 참 자기 인제
소금장사 할아버지는 홰를 지고 섰는데 그 아줌마가 막 이제 헤매가지고 홰를
가지고 돌아댕기디만은 자기 남편이 죽은 시체가 나오는기라. (청중들: 에헤이.)
그래 가지고 이놈을 갔다가,
　　"시체를 가지고 갈라냐 또 횃불을 들고 갈라냐?"
커는거라 시체를 지고 갈라냐 그래. 이것도 몬하겠고 저것도 몬하겠는기라. 이것
도 넘띠 시체를 지고 갈라커이 그렇고 그래 인자 횃불 들고 이래 앞에 못 가겠는

거라. 질도 모르지. 그래 가지고 또 넘의 시체를 짊어진거라. 그걸 짊어지고 인제 집에다 갔다놓고 있응께니 그놈의 그 애기가 그런거 그제 밤이 모이 그렇게 만튼지 그래가지고 인제 시체를 가지고 방에다 갖다 놨는데 (조사자: 어휴.) 쪼매 있으께네 시체가 마 꺼꿀로 서가지고 마 온 방을 도는거라. 꺼꿀로 서 가지고. 왜냐커면 그리 이제 여우가 굴뚝에 드가가이고 굴뚝에 부엌에 들어가믄 시체가 꺼꿀루 선다네. (조사자 : 아!) 그래 인저 꺼굴로 서가지고 막 이래 동께네 또 여자가 이래 뭐라 쿠는게 아이라.

　"저 지금 여기 부엌에 여우가 드가서 이러니 굴뚝에 나가서 여우를 때리 직일라냐 또 여 부엌에 불을 땔라냐?"

커는기라. 불을 때면 여우야 나가라고 이제 그래 불을 때는기라. 그래 아무리 생각게도 여우를 때려직이지 못하겠는기라. 굴뚝에 가서 무서워서 그래 불루 땔라커는기라. 불루 땔라이커이께네 그래 월매나 참 여운지 여 부시로 때는 사람 때걸깔고 저 사람 알고 때는 사람 부엌으로 뛰나와 부렀어. (조사자: 아하.) 고마 그 영감있는 데로 그래 영감이 기절해뿐기라 (청중들: 아이고.) 그래 기절해 가지고 한참 정신 차려가지고 이 아주마가 이 저저 아주마가 시체를 두 개를, 두 개를 띨정도로 시어머이 죽어가이고, 참 신랑 또 자기 시어마이 죽어가이 인제 또 소금장사 또 인자 또 인자 서이가 되는거라. 그래 가지고 인제 소금장사는 우째 우째 가지고 정신을 차려가이고 일어났어. 일어나가지고 (청중들: 참, 잘들 갔다.) 그래 인제 날이 어둠이 새는데 인제 어디가서 아무래도 내가 날이 새마 천개도 나는 귀찮은께네. 인제 가만히 처음엔 요맘도 들었어 각시가 이뿌제 시어마이 없제 신랑 영감없지 요래가지고 인자 고 아가씨를 아줌마를 갖다가 자기가 홀아빙께네 고마 자기가 챙길라고 생각했는데 (조사자: 아.) 아무래도 일이 저저 너무 복잡해서 안 되겠는기라. 그래 날이 새는데 인제 아가씨도 뭐 참 아줌마도 필요 없고

　"나는 인제 내 갈 때로 간다."

고 인제 차 갔께네. 그래 워낙 멀리 강께네 개 짖는 소리가 나더래. 개 인제 짖는 소리가 나서 아이구 인제 여 동네가 가깝는가 싶어서 에이 버러먹을 저 여자가 인자 욕심이 나가지고 좀 나가지고 또 인자 뒷걸음을 다부 걸은거라. 인제 저거 인제 저거 아줌마을 댈꼬 살아야지 싶어가지고. 그래 고딩길라꼬 그래 인자 허오다가 인자 거 얼마나 욕심이 나는지 나를 샌거 인제 밤이면 들 무섭거던 그래

인제 욕심이 나는지 다부 돌아가는거라 개 짖는 소리가 낭깨로 인제 다부 돌아가
지고 아무리봐도 그 집이 아뷔는기라. 그 집 집이 먼 데서 한번 찾아 볼라꼬 저
여자가 어떤게 하나 싶어서 그래 가지고 카 낭께 올라가가지고 그 집을 가만히
내려다 봉께네 여자가 얼마나 당친지 시어머이 시아바이 초상 다 치고예 시어머
니 영감 자기는 행랑에 불딱 질러놓고 행낭에다 불딱 질러놓고 몸채 불 탁 키워
놓트이만은 저는 고마 지금 또 위에 올라가서는 타서 죽어부는기라 죽응께 바로
그대로 소 천당에 가드란다.

〔 용주면 설화 2 〕 T. 1 앞

방곡리, 1998, 4, 1., 5조 조사.
한봉학, 여 · 63.

악독한 계모(콩쥐팥쥐)

옛날에 옛날에 저 옛날에 인자 엄마가 죽고 새엄마가 들어온기라. 그래 새엄
마가 들어왔는데 그 새엄마가 인자 지네도 여 오서 딸을 하나 놓고 이제 아이
이제 큰 어마이 딸로 하나 있고 이자 둘을 기루는데, 그래 저 저 자기 딸은 새엄마
는 새엄마가 자가 딸을 인제 그래 친한 일 안 씨기고 자기 인저 우에 큰어마이
딸을 자 천한 일만 씨기는기라. 그래 자기 딸로 데리고 놀러 가밍서, 놀러 가밍서
저 밑구녕 없는 더묵에 물,
　“너는 놀러 우리 따라 올라마는 이 밑 없는 더묵에다가 물 한 더묵 여 넣고.”
　나락을 석 섬을 (벼 알지?) 그건 석 섬을 주민서,
　“요걸 다 까서 찧어 놓고 고래 놓고 인자, 너도 귀경하러 오너라.”
요래 되거라. 그래 아이고 이 제 참 이 얘기를 꺼꿀로 했네. 그래 참 저 소 미이러
맨날 가는 데 큰어마 딸로 소 미이러 가는데 소 미러 가는데 신 저저 삼을 이래
한무게 쓱 보내는 거라. 이게 삼아가지고 실로 익히고 오라 이기라. (청중: 사람

참 기가 차네.) 이 삼을 삼아가지고 실로 익히고 오너라. 요로콤 보내는 기라.
보내쓴 인자 소한테 가서 아 울고 이 삼을 언제 삼아가지고 실을 언제 익히가이
가믄 으트케 하나 싶어 인자 안 가. 그래 안 가만 즈그 새엄마한테 야단 맞을꺼고
스 울기만 웅께네 고만 소가 삼을 썩 꺼데 무뿌리는기라. 싹 끄 무뿔고 그래 인자
울고 있응께네 똥 거 똥구멍에다가 소가 말라하는거라. 이게 주구 어메 죽은 넋이
다, 주구 그래가 똥구멍에다가 강지를 댕끼네 누레 실처럼 스름스름 삼아오그등.
그래 어찌 좋던지 소를 몰고 이제 실쩌 집에 가이고 집이 간께네 깜짝 놀랠 이뻐
거등. 그래가 올쭐 몰랑거라 누가 그 알겠어. 그래 몰림는데 그래 인저 또 그래
보내민성 고제는 지난 딸 고걸 갖다가 뒤를 갖다가 타서 그래가서 보자 요래 된기
라. 그래 가만히 지난 따랑다가 뒤에 보내고 인자 큰어메가 난 딸을 또 삼하고
소하고 멀리 앞에 보내는데, 본께네 뒤따라 숨어가지고 인제 숲 속에 가마히 숨어
가지고 가마히 봉께네, 저 저 소를 갖다가 소 앞에 삼을 놓고 웅께네 또 소가
또 소가 썩 끄므 무뿌드니마. 그제 또 끄으 무도 겁이 안 나는그라. 또 슬쩍 내놀
까 싶어서 똥구멍에다가 씨쩌를 두리두리 내 놓는거라 누런 실젖을 에미 벌어먹
을 봤다. 인제 오늘 인제 집에 가서 언제 소 믹이러 인제 내가 가야지 그래 그래
인자 집에가서 주구매한테 가서,
　　"엄마 오늘 점심 때는 소 먹이러 내가 간께네 언니는 딴 거시기라."
커는거등. 그래 인자 언니는 딴거 집에 있고 인자 자기 난 딸이 인저 소 미이러
갔는데 그래 엉엉 또 우는거라. 인제 저거 언니하는걸 봤그덩. 우우 울고 있응께
네 소가 쓱 끄무뿌리는기라 소 끄무뿌고 내놔야 아무리 뚜드리 패도 실젖을 안내
놓는거라. 그래가지고 집에 가 가지고 인자,
　　"엄마 올 저 소 저리 잡아 무뿔자."
　　인제 소가 인자 말라 하는거라. 자기 인자 그기 자기 주구메 죽은 넋이가 되가
지고 큰어마이 딸한테 말과 하는거라. 소가,
　　"내가 닐은 죽을 모양이니 내 죽고 나거들랑 뻬를 갖다가 방아실에 하나 묻고
방 윗방 구석 묻고 시궁창 밑에 묻어라."
　　요래 이제 소가 인저 자기 딸한테 소가 인제 말라 해주는거라. 그래 인제 말라
해서 그래 참 인자 봉께네 마. 그 이튼날 마 당장 마마 백지놈 데려다가 마마
소를 마 칼로 잡아가지고 갈아가지고 마 소를 잡는거라. 잡고나서 언제 그 큰어메

딸 그기 인자 참 저 엄마 알고 구식구식에 뻐를 묻은그라. 이제 묻었는데 아이 저 저거는 인자 그 묵고 그거는 즐이지. 즈그는 인제 놀러를 가민성 자기 저 인자 새엄마가 자기 난 딸하고 놀러가민성 큰어마이 딸은 놀러를 안 딜고 가고 우짜는 게 아이가 저 나락을 석 섬을 내놓고 요고 방아 다 찌서 쌀 채독에 한 채독 담아놓고, 또 밑 구녕 없는 더묵에 물 한 더묵 여놓고, 또 마 여러 가지 시기는거라.

그래 인자 (잠시 소란) 그래 인자 시기는데 물을 저거 방아 석 섬을 갖다가 나락 석 섬을 찔 수 있나 못 찔지. 쫌 있응께네 황새가 날라오디마는 황새가 막 한 서너 마리 날라오디마는 막 쫗고 입을 쫗고 막 날개로 부치고 이랑께 나락 석 섬을 대번 찌뿌는기라. 쌀 이제 한 채독 미워놓고 또 인자 물을 인자 하, 밑 구녕이 없는 그륵에다가 물을 여만 이래 시쁘는데 물이 댕길 수가 업거덩. 또 막 물 한 번 디리부도 안 되는거라. 고마 안 되다마는 뚜께비란 놈이 큰 뚜께비란 놈이, 뚜께비 알제? 예 그기 고만 물 더묵 안에 떠붓이 업드리는거라. 업드리디마는 그 또 이제 물 한 더묵 여봉께 이빠이 차뿌리. 그래 좋타꼬 인제 간다 인자 새엄마 놀러간데 딸라간다 찾아가는거라. 인제 찾아강께네 즈고 노다가 오는기라 벌씨로 오밍서,

"저 아무 거시기 거 다 찧놓고 물 여놓고 해놨나?"

크그든. 저그는 인자 그거는 상상이 안 될 일을 시긴데 했다고 생각을 안 하고 그 꾸는데 다 해놨거등. 그래 집에 오봉께네 밑 구녕 없는 드묵에 물 한 드묵 되가 있지. 또 인자 황새란 놈이 와가지고 나락 석 섬 다 찧놨지. 마 아무 거시기 없는기라. 그래가지고 그래 저저 즈그 새엄마가 참 너무너무 이상한거라. 그래가지고 너무너무 이상해가지고 너무 참 이거 인자 밑 구녕 없는 더묵에 물을 갔다가 이래 퍼보니 뚜께비란 놈이 떡 엎드리가 있지, 또 인자 황새는 날라가뻬고 없고 뚜께비란 놈이 그 놈 또 요놈이 들어서 온기 또 물이 채와졌나 싶어 전신을 잡아 직이 뿌리고, 뚜께비 그걸 갖다가 전부 잡아 직이 뿌리고, 황새란 놈은 날라가서 못잡아 직이뿌리고 그래 인자 방아 찐 의도를 모르는기라. 새엄마가 이 방아를 어떻게 찧가꼬 더묵도 방에 채독채독에 쌀을 가득 채와났는데 그거는 알 수가 없어. 그래 알 수가 없고 그래 알 수가 없고 인자 그 이야기 많은데 고만큼 하고 말지 고마.

〔 용주면 설화 3 〕 T. 1 앞

방곡리, 1998, 4, 1., 5조 조사.
한봉학, 여 · 63.

거머리가 생긴 이유(구렁이 신랑)

　　옛날에 옛날에 한 집에는 저 한 집에, 딸을 아홉을 놓고 한 집에는 딸을 아홉을 놓고 한집에는 아들이 아들이 아홉이라. 그래 아홉인데 그래 저 한집에 인자 한집에 인자 아를 낳다 그랬는데 인자 아홉, 딸 아홉이 있는 집이 있고 한 집이 아들을 낳는데 아들을 낳는데 도저히 넘이 못오게 하는기라 집에. 집에 못 오게 해서 하루는 저 그래 하루는 인제 아들, 딸 아홉 난 집에 옆에 집에 아들 아홉을 난 집에 막내 아들을 낳는데 집에 아무래도 인자 안 가는, 아 난 집에 아무도 안 가는데, 딸 아홉난 막내 딸이, 아니 제일 큰 딸이 그래 저 한집에 저 인자 한집에 인자,

　　"아를 낳다 구경하러 왔으요."

　　삿을 한번 들춰보라 커는기라. (청중: 삿갓 모르지? 옛날에 삿갓 비 오만 쓰는 삿갓 있어. 대로 가지고 만든.) 삿갓 인제 그걸 한 번 들쳐보라 카는기라. 들처보께네 둘러서 둘러서 삿갓을 들처봉께네, 큰 구랭이가 구렁이가 이렇게 서리가 있는거라. 구렁이가 큰 구랭이가.

　　"아이고 저거 드른 일은 저 구랭이가 구랭이로 남아놓고 뭐 오디로 오디로 둘러서 보라커이께네. 뭐 있노커니!."

　　욕을 팽덩그리 하메 달아나거든. 아들 딸 아홉난 집에 여덟째 딸이 오디마는,

　　"아이고 저 아주마 동동 잘난 사람을 낳아남다."

　　이기라. 그 아홉째 막난 딸이 드가보고 오디마는 그래가지고 그래 인자 아홉째 막난 딸이 지나가고 나서 구랭이가 말을 하는기라.

　　"엄마 저 내 아무거시 그 집에 막난 딸한테 결혼을 시키도라."

커는거라. 그래 시기돌라커는데 주구메가 기절할 일이 아닌가.

"내가 만약 결혼을 안 시기주만 내 나왔던 데로 다부 드갈라."

커는 거라. 자기 인자 자왔는데로 아이고 이저 참 구랭이 한테 시집을 저저 오라
컬 수도 없고, 또 그래 안 할라쿠만 내가 나온도로 다부 드갈라크는기라. 지가
나온 구멍으로 다부 들어갈라 커는 거라. 그래가지고, 그래가지고 이 빌어무을꺼
주구메가 마 사색을 하고 몬 살겠는기라. 이래도 몬 하고 그래..

"엄마 한 번 물어봤나?"

커거등. 또,

"안 물어봤다."

케. 또 하루 가고, 이틀 가고 여러 날이 가는 거라. 못 물어보는 거라. 모 아무
거시한테 시집 올라냐 못 물어보는거라. 구랭이를 낳아 나가지고 자기 엄마 눈에
도 구랭인데 그래 한번은 인자 죽을 판이라. 죽을 판이라서 자기 나왔던데로 다부
들어갈라카니 죽을 판 아이가. 그래마 저 거슥 큰 맘 먹고 그 집 막난 딸한테
간거라, 가서,

"아이, 우리 집에 시집 올래?"

컨께네 아이고,

"저 우리 엄마한테 물어 보이소."

커는기라. 그게 허락이라, 우리 엄마한테 물어보이소 이커는기라. 그래 이제 참
엄마한테 물어보니,

"지가 알 지 모른다."

커는거라. 시집 갈 지가 알지 암마도 나도 모른다, 이제 이라 커는기라. 그래 인자
아가씨가 인제,

"엄마 물어봤나?"

구랭이가 그러는기라. 그래,

"인자 물어봤다."

"시집 올라 커드나?"

"딸은 엄마로 미루고, 엄마는 딸로 미룬다."

큰께네, 이제 그건 된다고 보는거라. 그래 인제 그래가지고 날짜를 정핸거라. 결
혼할 날짜를 그래 정했는데 저저 가이대 장대 그걸 갔다가 동네 걸어가지고 담마

다 있는데로 걸치는거라. (청중: 그래 걸쳐야 그래 구렁이가 타고 나갈꺼 아이가.) 줄줄 타고 그게 인자 장개가는거라. 그래 타고 나가는데, 그래 이제 줄줄 타고 나가는데 아이저 인자 참 인제 일을 지냈어 일을 지내고, 그래 참 그날 저녁에 인자 아가씨한테 밀까리가 밀까리 똥이 어디 있으면 소금똥이 어디있느냐 기름 똥이 어디있느냐 전부다 물은거라. 전부 물었는데 인자 구랭이가 처음에 인자 기름병에다가 자기 몸을 푹 담가가지고 넣어가지고 밀까리 똥에다 밀가리 동아 지 들어가서 전신을 이래 막 감는거라. 그 인자 막 몸에다 감는거라. 그래야 인제 묻을꺼 아이가? 이래 묻히가지고 소금똥에 가서는 고마 꺼꺼증한 소금똥에 가서 는 마 싹 이래 씻이 뿐께네, 확 딱 허물이 벗거써 비알 잘난 남자가 나오는기라. 그래가지고 인자 그래 인자 허물로 갖다가 자기 마누가 탁 주면서,

"이거는 자기가 평상을 잘 챙겨야 내랑 살지 요고 잘 못챙기면 몬산다 인자."

이제 자기 마누라를 주면서 보관을 잘하라 이기라. 그래 인자 허물 그걸 벗은 허물을 (청중: 껍데기 알아들었제?) 그래 인자 마누라를 그걸 인자 잘 쟁였는데 고래 놓고는 인자 과게하러 가는기라. 과거하러 가는데 그래 고걸 잘 징겨야 자기 랑 평생 살 사람인데 그게 참 명심하고 징가다가 한 번은 머리를 깜다가 잠깐 딴 푹안에다 딱 너놓는거라. 한번은 머리를 깜으면서 이상해 안 좋아가지고 그 허물로 갖다가 내놨어. 내놓고 고마 깜짝 잊어뿐거라 그걸 갖다가 고걸 새엄마 딸이 들은거라 구랭이 코고는 소리를 갔다가 조거는 운자 이자,

'내가 조거 허물을 내가 인자 쨉이 가지고 인자 부식에 집어 넣는다 고것만 틈을 탄거라'

그래 탔는데 그래 인자 머리를 깜고 인자 봉께네 그게 없는거라. 그래 없는데 그리고는 인자 과게하고 올 날짜가 됐는데 헤필이면 고날 오는날 새엄마 저 난 딸이 부식케다 탁 차여뿌써. 온 마을에 마 냄새가 나는거라, 인자 노랑내가 나는 거라. 그날 과게하고 오는날 그래된 거라. 그래가지고 인자 돌아오다 돌아섰어 돌아섰어. 그래 돌아서고 그래 저 그 이야길 갔다가 갔는데 갔는데 인자 그래가지 고 그래가지고 그래가 오다가 인자, 아! 그리고 참 내가 잘 몬했네. 과거 저저 과게를 하고 옹께네 저저 마누래가 아니고 저거 마누래가 아니고 처제라. 새엄마 딸잉께 처제 아이가. 처제가 쫓아 나오민서 저저 신랑이 저 오다가 그래 이자 큰어마이 딸 인제 그걸 갖다가 참 물에 빠트려 직이뿌써, 물에다 빠트리 직이뿌는

데 연못에다 집어 넣는데 지가 인자 큰어머이 딸 행시를 할라고 했는데 연못에
갔다 넣는데 신랑이 과게를 하고 오며 봉께네 너무너무 이쁜 꽃이 큰 연못 안에
있는거라. 꽃이 그기 죽은 넋이라. 그래 들어가 있는데 조선사람이 다 꺾을라 케
도 꺾을 수가 없는기라. 너무너무 이쁜 꽃인데. 그래 이제 과거하고 옹께네 그
꽃이 사람 앞으로 설무시 오는거라. 그래 인자 그 꽃을 한 아름 꺾어가지고, 집에
오서 문 위다가 딱 걸어놨는데 그래 참 어서 끊기는에서 끊엄노 컨께네, 이자
새엄마 난 딸 그걸 갖다가 자기 마누래가 있는거라. 그래 인자 그 사람인 줄 알고
인자 그래 저그 마누래 직인줄도 모르고,
　　"아이 껑(살이 검다)기는나 이리 껌을꼬?"
　　그르는기라. 신랑이 자기 달가 싶어서,
　　"맨날 내다보다가 햇빛에 꿉히서 꺾지."
그쿠는기라. 그래,
　　"얽기는 와 이리 얽었을꼬?"
　　날이 얽은거라 그래 자기 저저 오는가 싶어서,
　　"맨날 내들어 보느라고 콩마당에 넘어져서 콩이 백히가지고 얽었다."
커는거라. 그래 그래 그래 인자 나갔다가 나갔다가 신랑이 옹께네 방에 밥상도
들고 들어오고 나가고 그러지? 꼭 고기 드가만 대갈빽이 후다닥 쥐뜯어뿔고 꽃
고기 또 나가만 후다닥 쥐 뜯어뿌리고 자기 죽은 넋이 이제 꽃이 되가이고 있는
데, 저 그 새엄마 난 딸 그기 지 인자 하는 행태를 하는데 신랑은 이제 본마누랜
줄 아는데 꼭 고기 인자 집어뜯는기라 행패를 부리는거라. 그래 또 나가만 후닥닥
뜯고 그러니께네 에이 빌어먹을꺼 요 문디같은 잘난 꽃일랑 꺾어가지고 꺾어다
문에다 달아놓고 넘의 머리 다 뜯는다커면 딱 고만 탁 부지깽이에다가 채 여뿐기
라. 그래 부지깽이다 넣었는데 재를 친께네 재를 쳤는데 너무 이쁜 구슬이 됐어.
그기 또 그래 구슬이 되었는데 구슬로 갔다가 저 귀짝에다 넣어놨어 구실을 좋아
서 신랑이 인자 그래 각시가 한번 지각시가 아니고 처젼데 각시가 인자 지를 갖다
는기라. 지를 그래,
　　"와 오늘아침에 지를 짝짝이로 놔 남을꼬?"
커이께네. 저 그래 지가 여여 지를 왜 짝찌로 놔놨을꼬 커이께네 저 디안에서
하는 말이,

"지는 짝준 줄 알면서 사람은 짝찐 줄 모르는가베?"

커는기라. 구슬이 이 오데서 이런소리가 나나 이상하다 싶어서, 또 인자 한번 더 물은거라.

"지는 왜 이리 짝찌로 놔놨을꼬?"

"지는 짝쟁인 줄 알아도 사람은 짝쟁인 줄 모른가베?"

그래 그제는 귀짝을 열어봉께네 파란 아이 그 마누래가 너무 너무 잘난 그 아내라. 그제 막 안고 구부러지고 마 좋타꼬 안고 마 그켔는데, 그래 인자 작은 새엄마 난 딸을 그거는 인자 저저 그짓말 아이라 너무 무딘 말로 죽있어 죽이가지고 전신을 마 난도질을 했어마. 그래 난도질을 해가지고 즈그 엄마를 오라켄거라 이제 즈그 새엄마를 즈그 새엄마를 인자 오라켄거라 와가지고 와가지고 인자 그랑께네 자기 그 이야긴 거짓말이지 이자? 그런께네 막 자기엄마가 와가지고 자기 딸이 이래 잘산다고 막 좋아가지고 엄마가 막 우짤 줄을 모르느거라. 그래 저그 엄마를 갖다가 고기라커민서 존거라. 저 가스나 잡은 걸 갖다가 그래 먹었다 먹고 큰 어매 딸도 쪼매도 모르지 하모 모르고 그래가지고 인자 먹고 어 고기라고 먹고 인자 한동안 이아 보내는거라. 이아 가지고 가마이 생각해 봉께네 조기 아마 울아 버릴 줄꺼 아닌가. 저 우리 아버지 몬주구로 내가 저 수작을 부려야지 싶어서 그래 인자 저 들가운데 이고 가는데 그래 저 그 인자 큰어마이 딸 이제 그게 해창을 하는기라 저 들가운데 가는 저년 지가스나 잡아서 묵고 또 뒤집어 이고 간다 커거덩. 그래 이고 간타컨께네 고마 그 들가운데다 고마 돌을 팍 들어분거라 지금 거머리 알제 그게 거머리가 전부 그기라 하하하.

〔 용주면 설화 4 〕 T. 2 앞

방곡리, 1998, 4, 1., 5조 조사.
오필분, 여 · 70.

꼬부랑 이야기

옛날에 옛날에 아주 옛날에 할아버지 할머니가 살고 있는데, 할머니가 어느 날 꼬부랑길을 올라가니 꼬부랑개가 따라와서 꼬꼬랑 작대기를 띠어가지고 꼬부랑재 넘어갈라캐니 꼬꼬랑길 올라가서 꼬꼬랑 똥을 눈네. 꼬부랑개가 똥을 먹으니까 꼬꼬랑 작대기 가꼬 꼬꼬랑개를 두드려 패니까,

"꼬꼬랑 깽깽. 꼬꼬랑 깽깽." (청중 웃음)

아주아주 옛날에, 하하, 못하겠다고마.(청중: 진짜 진짜 옛날 얘기다. 참말로 그렇다.) 꼬꼬랑 할아버지가 올라오가꼬 꼬꼬랑 할머니를 데리고 내려가는데 꼬꼬랑개가 따라와서 꼬꼬랑 할머니를 물어서, 물어가자고 꼬꼬랑 할아버지가 꼬꼬랑개를 때리이까 꼬꼬랑 작대기 가지고 때리니까 꼬랑개가

"꼬꼬랑 깽깽, 꼬꼬랑 깽깽."

달아났습니다. (일동 웃음)

〔 용주면 설화 5 〕 T. 2 앞

방곡리, 1998, 4, 1., 5조 조사.
오필분, 여·70.

등짐장수와 게사

옛날에 하도 몹시 살아가지고 등금(등짐)장사를 가네. 등금, 등금장사를 가는데 가다가 가다가 인쟈 하와 그래서 저물어서 그 저 어데 드간께네 미가 쌍봉이 있거든. 응 그래 이놈 자슥 집에도 동네도 못 나가고 이 미가운데 내가 자야 안 되겠나 싶어서 인쟈 잔께네. 응, 잔께네 그날 저녁에 간다고 한께네 그날 저녁에 제사라 그 영감 제사라. 인제 영감 제산데 그런데 좀 잔께 푹 잔께 영감 이러쿠는

기라.

　"오늘 저녁에 내가 저 집에 저 내 지산데 집에 갈 낀데 집에 가자."

　할매 있다가,

　"할매 너 가자. 집에 가자."

　"영감 나는 갈 일 없다."

　"그래 와 안 갈래?"

간께네,

　"나는 빨래도 씻거야 되고 뭐도 차가야되고 영감 가거들랑 영감 가거들랑 뭐좀 싸고싸고 오고."

　그래 집에 저 빨래 씻고 설거지 해야 된다거든. 인쟈 그래 할마이 귀신이 부른 기라. 그래 간께네 히도 몬 살아서 인쟈 큰집엔은 몬 살고 작은집은, 작은집은 잘 사는기라. 작은집은 잘 산께 제사 지내는기라. 그래 간께네 돼지를 온돼지를 잡아놓고 참 이날지벵 엄청시리 차려난기라. 차려 놨는데 이느무 집구석에 막 싸움을 하고 난리 났거든. 그래 인쟈 큰집에서 하도 섭운해서 옛날 개 막 보리밥 내놓고 하고든 겨우 잡은 걸 갔다가 샘에 가서 또 씻고 그래 인쟈 밥 한 그릇 짓고, 술 한 잔 쳐놓고 큰집에서,큰집에서 내나온걸 그래 인쟈 작은집에 제사지내러 갔다간께네 싸움을 한께네 하도 들은게 많은기라. 그래 인쟈 큰집에 와서 보리밥 한 술 먹고 귀신이 간기라. 이 할마이가 가서 그래 가서 이 할마이가,

　"뭐 좀 안 싸오고 와 그리 왔느냐?" 한께네,

　"나 그놈의 집구석에 간께네 막 싸움을 하고 돼지는 온 돼지를 잡아먹고 많이 차려 놨더구마는 영감말은 큰집에 내 보리밥 한술 영감 하고 왔다."

이쿠거든.

　"내 그래서 어찌 내가 성이 나던지, 아를 내 구석에 딱 쳐놓고 왔다."

쿠거든, 아른 그래 궁금해서 그 사람 하는 말이 부석에 그런들 아 저도 또 약도 안 쓸기다. 저 아무 것은 무슨 약을 쓰면 나슬긴데 그러거든. 등금장수가 그걸 들은기다. 그래 이튿날 동네 들어간께네 그 동네 드간께네 참 막 어저녁에 지사 지냈다고 술로 갈라무고 아디겠다고 난리났거든 난리난기야. 그집에 간게네. 그 래 등금장수가 가만히 무슨 약을 쓰면 난다카던데 소릴 듣고 가서 아 댄지벵 가서,

　"아무는 무슨 약을 쓰면 그 아가 나설까네요."

한께, 어 참 약을 쓰니께 대번낫거든. 그래 마 등금장수가 약을 줘서 나슨다고 막 등금장수를 막 엄청시리 대접을 잘하는 기라. 그래서 마 거기서 살게 됐어. 등금장수가 그래 옛날에는 그래 인쟈 제사지내면 싸움하면 안돼는기라. 움하면 남의 맞을 하고 아를 부석에 탁 쳐넣는기라. 성난다고 마 손주를 쳐여뿐기라. 손지를 그래고 이틀날 약을 쓴께네 등금장주가 부자가 되뿌렸단다. 자숙을 낳게 해주니께네.

[용주면 설화 6] T. 2 앞

방곡리, 1998, 4, 1., 5조 조사.
강진선, 여 · 78.

꼬부랑 할머니

옛날옛날 옛적에 꼬꾸랑한 꼬꾸랑 할마시가 꼬꾸랑 작대기를 짚고 딸의 집에 갔거든, 그래 오다 똥이 누루부서 꼬꾸랑난제 앉아서 똥을 눈께네 꼬꾸랑 강생이 꽉 문께네 하도 미워부서 작대기로 씨리준께,
"이노무 할매 꼬꾸랑 깽깽. 이노무 할매 꼬꾸랑 깽깽."
하더란다

[용주면 설화 7] T. 2 앞

방곡리, 1998, 4, 1., 5조 조사.
강진선, 여 · 78.

호랑이와 할머니

　　꼬꾸랑한 할마이가 딸에 집에 갔다 오는데 호박떡을 가지고 오는데 호박 부꾸미를 해가 오는데 그래 호랭이 한 마리가 쑥 나오는기라.
　"할마이, 할마이 니 이고 있는게 뭐꼬?"
　"호박부꾸미 가온다."
　"그러면 그 한 개 주면 안 자아묵지." (청중 웃음)
　그래 인쟈 또 하나 줬다. 또 온께네 또 와가,
　"할마이, 할마이 이고 있는게 뭐꼬?"
　"딸네 집에 호박부꾸미 가온다."
　"그거 한 개 주면 안 잡아묵지."
　그래 줘뺐다. 고개 마줌 다 줘뿌고 인쟈 호박부꾸미 없는기라. 다주고 집에 왔다. 아들이 이노무 할마이가 온께네,
　"엄마엄마, 누구네 집에 가서 호박부꾸미 가온다카더니 안 갖고 왔나?"
　"호랭이가 잡아묵을라카서 다 줘버렸다."
　그래마 다주고 호랭이가 손을 드륵 넣거든 손을 연께네,
　"엄마 엄마, 호랭이가 손을 문구녕에 손을 넣는다."
　"아이고 호박부꾸미 없다캐라. 이노무 호랑이가 다 잡아묵을라 하는기라."
　또 호박부꾸미 안 내준다고. 그래 살째기 뒷문으로 나와가지고 저 뚝에 딱 앉았어. 이노무 호랭이가 와가꼬 거 올라올라고 애를 애를 쓰는기라.
　"그래 도끼로 꼭꼭 쪼스면서 그 올라오면 된다. 꼭꼭 쪼슨깨네."
　그래 나무가 고마 넘어가삐렸거든 그래 호랑이가 고마 물에 퐁당 빠졌다. 올라오다 미끄러워가지고 그래 퐁당 빠져서 죽어뿌렸다한다. 이야기 아이가 그 이야기 안 됐다. 빠져뿌려먹었다. 그 안돼네.

　〔 용주면 설화 8 〕 T. 1 뒤

방곡리, 1998, 4, 1., 5조 조사.
윤병화, 여 · 65.

은혜 갚은 짐승

　　장개를 갔는데 그래 인자 저 신랑이 떡 자러 드러가고 있응께네 허헌 노인이
와가지고 머리맡에 새 신랑 자는데 와갔고 그래 까배면서,
　　"신랑 인나라."
카드란다. 인나라 카민서 꿈에 그래 꿈인기라. 잠이 들어 잘께네 그래 와가쿠는
그렁께네 그래 내 있는데, 그 정승이,
　　"내 자식이니 그걸 살리주미는 니를 삼정승 육판서로 놓구로 내가 해줄게."
이러쿠는기라. 그 허헌 노인 와서 새 신랑 자는 첫날밤에 자는데 옛날에는 구속으
로 절을 하고 친정 엄마집에서 등,
　　"지금처럼 여 큰 일 칠라고 무신 짐승을 이래 아홉 마리를 잡아다났노."
커이께네. 신부가 아 그윽칼라꼬,
　　"저 자래로 아홉 마리를 잡아 도장에 담아왔다커는기라."
　　그래 가서 참 신랑이 이래 건지도 자래가 사람을 잘 물거등 근데인자 참 그걸
갔다가 만치가지고 입도 안내고 가만히 있더란다. 그래 인자 밤 새도록 신랑각시
내캉 속어매에다 넣감고 간기라. 옷도 입도 안 하고 물에다 던져 너은께네 전부
이래 뒤돌아 보더란다. 신랑각시 있는 데로 물에 드가민서 전부 돌아보고 그래
가드란다. 가디마는 이젠 추운데 갔다오디마는 속옷만 입고 신랑각시 갔다오는
데 어찌나 춥든지 이불 덮고 누 잔건데 그래 또 그 허헌 노인이 와갔고,
　　"내 자식 구 형제를 니가 살리줬응께네 니를 갔다가 아들을 삼 형제를 두만
삼정승 육판서를 살아먹꾸로 할 모양잉께네."
　　이달부터 애기가 들어서서 놀기라 그러드란다. 그래 참 그말 듣고 꿈을 꾸고
나서 참 살민서 아들을 삼형제를 놓더란다. 그래 삼태신이 아들을 놔가지고 전부
별자리가 되버렸단다.

〔 용주면 설화 9 〕 T. 1 뒤

방곡리, 1998, 4, 1., 5조 조사.
윤병화, 여·65.

부엉이가 둔갑한 새 신랑

이전에 한 사람이 부잣집 딸이 있는데 인자 중신애비가 들어서와서, 참 이동네 아 처자가 잘난 처자가 있다커드란다. 참 총각이 해서 그래 참 잘난 총각한테 안 할라케도 어쩔 수 없이 그집에 딸을 줬는기라. 그래 총각이 옛날엔 선을 안 봤그덩. 지금매로 그래 참 날짜가 다가와서 참 거룩하게 채려놓고 결혼한다꼬 해놓고 있는데 그래 아이 뭣이 하나가 와갔고 도사가 중이 와갔고,
"아이고, 여 이집에 일치다가 등넘어 부엉이가 지금 막 늙은 부엉이가 둔갑을 해가지고 장개를 오는데 이집 딸 이거 신세 조진다. 등넘어 늙은 말년 부엉이가 둔갑해가지고 장개를 오니 이집 딸 신세를 조지니 큰 몽뎅이를 대령해 놓고 있다가 저 새신랑 들어오거들랑 뚜드리 패 죽이라."
켔다. 근데 그럴 수 있나? 인자 들어오는기라. 들어오는 데도 도사가 자꾸 시키는 기라. 그래 참 한 사람이 종이 거 시들구레한 종이 하나 있더란다. 그 종이 띠리줘뿐께 그 새신랑을 띠리줘뿐께 두그르 구부러거더란다. 근데 전신이 마 부엉이더란다. 처자가 그래 신부로 꾸미고 있다가 죽어뿌렸단다. 그래 가지고 다 띠리직이고 또 부엉이가 들어왔다 그러는 일도 있더란다 부엉이가 둔갑을 하더란다.

〔 용주면 설화 10 〕 T. 4 앞

고품리, 1998, 4, 2., 5조 조사.
유말숙, 여·73.

아들의 지혜로 목숨 구한 사람

그르이 김씨 이씨 두 분이 사는데 김씨 마누라는 참 잘났고, 이씨 마누라는 좀 등시매러 비스름하이 그른데. 그래 인자 이씨 그분이 김씨 마누래 탐이 나서 그래이제 거참 저저 이씨 그분이 김씨 마누라 탐이 나서 그 김씨한테 수수깍이를 하자그켄기라. 그래인자,

"내가 수수깍이를 해 가지고 내가 지면 내가 논 한 석지기 저저 저저 몬주리 줄라켔고 니가 지면은 느그 마누래를 날루 도라."

그르이께네 아 그래인자 수수깍이를 했는데 고만 똑똑한 마누래 가있는 등신 같은 남자가 졌부린기라. 그르인게네 저저 등신같은 마누래 등신같은 사램이 얘기를 졌부래서 똑똑한 사람이 마누래를 고마 차지하게 된 기라. (청중: 완전히 뺏깃네.) 하무 뺏긴기라. 그래 인자, 내가 말루 안나고케서 이게 마 정신이 오락가락해서. 그래 인제 그루고로 참 기한을 지아놓고 있는데 어중간한 사람이 마누라를 뺏기게 된기라. 그래마 수도상견해고 죽을 판이라. 그래 아들이 열 살 먹은 아들이,

"아부지 어째서 그렇게롬 수도상견 하고 조숙해 앉자 섰소?"

"내가 이리이리하고 그 이씨 아저씨한테 수수깎이를 해가지고 네가 지면 느 그 어매로 그 양반이 할라 켔고 또 그 양반이 지면 논 한 석지기 문시로 나를 주기로 했다."

그랬그던,

"아부지 그만 일상 그로케름 수도상견 하니껴."

그루고로 고 수수깎이 한 고 시간이 온 기라. (조사자들이 자료 사진을 찍자 깜짝 놀라며 만류하셨다.) 아이구 눌르이 사진 찍지 마세이 두렵다, 두렵다. 그래 가주고 인자 고 인자 아들이 고 시간이 되서 인자 불러들이서 간기라. 그래 가가 지고 와 고래 해가지고 참 산딸기를 따가오기를 바랜데 당케 말이 그 등신같은 남자는 산딸기를 따가오기로 한기라. 눈비오는 날 뒤게 추울제 그래 인제 그 아들 을 불러들여가지고,

"저 사람이 와 산딸기를 오늘 안 따가오노?"

이로군꺼네. 그 열 먹은 아들이,

　"아이고 우리 아부지가 오늘 산딸기한테, 산딸기 따러 가가지고 독사뱀한테 물리가 저 죽게 되았고 저 누웠다."

그리그던?

　"애 이놈의 자슥아! 이 눈비 오는데 독사뱀이 어딨노?"

　"눈비 오는데 산딸기는 어딨노?"

그르이께네 눈비 오는데 산딸기는 어딨냐 그래가지고 졌부랬어. 그래 가지고 열 살 먹은 아들이 논 한 석지기 문시를 저저저 따가온기라. 이차 삼차가 있어. 또 그래가지고 결국적으로 논 서 마지기면 육십 마지기 아이가. 육십 마지기면 문시만 따지지 저놈은 아무 것도 마 일시그른기라. 이 거서 내 이야기를 못하는 기라 말이. 나가 나가 많고 그래가지고 말이 안되는 기라.

〔 용주면 설화 11 〕 T. 4 앞

고품리, 1998, 4, 2., 5조 조사.
문봉임, 여 · 65.

부인의 버릇을 고친 남편

　아주 옛날인가 그건 모르고 옛날에 저게 저 옛날에 인자 참 며느릴 받는데 어짠 집에서 며느릴 받는데, 며느리가 굉장히 시어마이한테 불칙하게 하는기라. 시어마이한테 불칙하게 싸웠쌌는기라. 그래 마 시어마이하고 싸워싸서 그래 고부끼리 계속 싸워쌌는기라. 그래 고부끼리 싸워싸서 그래 아들이 공무원인데 그 저 회사, 공무원질 하고 오마 시어마이하고 싸워가 마 막 싸우다가 아들이 오면 또 그치고, 그래 가만히 본게 하도 싸워싸서 그래가주고 하루 꾀를 낸 기라. 아들이 그래 저녁 먹고 누 자면서 인자 며느리 아니 그 각시한테 그래,

　"우리 동네 어데 출장을 가이께네 저 할매 파는 데가 있던데 할매 살랑 우리

도 고마 어매, 저 고마 어매 파자?"
　들어볼라꼬 어매 고마 파자 근께네,
　"아이고 할매 사는 데가 있어요 그래 고마 팔까요?"
이러커트른기라 며느리가, 아니 저 각시가.
　"그래 내 오늘 인제 알아보고 와서 우리 어매를 파자."
　그래 그겠는기라. 그래 인제 하루 지내고 와가주고 오늘 어매를 팔라카는데
가보이께네 사긴 사는데 살이 찐, 살이 찐 어매는 돈을 좀 많이 받고 빼짝 매른
할매는 돈을 좀 작게 받고 그렇트라 이러카는기라. 그래 인자 와가주고 그케논께,
　"그래 팔긴 파는데, 우리 어매도 우찌 해야 살을 찌워가 돈을 더받겠노?"
이케는기란다.
　"그래 그르면 살을 좀 찌우는 방법으로 해보지요."
　"그러니라."
　각시가 그래 그 이튿날부터는 안 싸우고 어매한테 잘 한께네 밥도 잘 해주고
마 괴도 사다 해주고 하잉께네 할매가 살이 좀 찐기라. 살이 좀 찌제 또 며느리가
시아마이한테 잘하이께네, 잘하이께네 마 고마 저게 시어마이도 매느리 안 머르
크는기라고마. 그때부텀 잘 지내는기라마. 안 머르크제 잘 해주제 하이께네 시어
마이는 좋아가지고 마 며느리 들에 갔다오면 아를 업고 마 빨래를 해놓고, 마
잘 하그던 그래 살이 쫌 지고 가만히 보니까 잘지내는기라. 그래 하두 잘 지내서
인자 한 달이나 두 달이나 지내고 인자 그래 인자 이제,
　"우리 어매를 팔까?"
카이께네,
　"아이고 인제 못 파니요. 어매, 어매 없이는 난 못 사니요. 어무이 없으면 난
못 사니요. 어무이가 지금 집에서 살림을 다 살구 말이지 들에 갔다오면 밥도
해놓지 아를 댔고 빨래도 해놓지. 저렇게 잘 하는데 돈 많이 받아도 우리 파지
마시오."
그르카드라니요. 그래 그게 이야기라 각중에 이바구도 이바구도 각중에 생각키
토 안 하고 그래마 언다구로 한다. 그래 그 그뒤부터는 고부간에 잘 지내고 그르
이께네 뭐 그리 잘 사드란다. 그래 죽은 조상, 죽은 조상 그거는 밥 해놓고 이래마
제사지내고 절만 하면 되지만 산 조상이 틀어지면 집구석이 안 돼. 시어마이가

자꾸 좋게 해줘야 되는기라. 그래기 때문에 집에 총각들도 가서 어무이한테 잘 하고 장래 결혼하거들랑 마누래한테도 어무이한테 잘 하면 따라 잘 하고 그게 이야기라, 됐는교?

〔 용주면 설화 12 〕 T. 4 앞

고품리, 1998, 4, 2., 5조 조사.
봉기할머니, 여·75.

개와 고양이의 보물 찾기

옛날에 한 노총각이 인제 이래 장가를 가는데 어느 산골을 간 꺼네 크다한, 옛날에 큰 둥그낭이 골짝에 있었는 기라. 그래가 둥그낭에서 뿍 마 둥그낭이 고마 더 큰 구리이가 내려오는 기라. 그래 구리이가 내려오디마 고마 입을 떡 벌리고 가로막는 기라. 장개를 가는데 그제 노총각이 장가를 못 가고 기가 차는 기라. 그래 이제 저 구리이 한테 총각이 말루 한 기라.

"그래 이 짐승아, 내가 오늘 이리 나이가 많은 사람이 오늘 내가 장가를 가는데 와 해피면 이래 질로 막노근께네 꼭 잡아물라근다케 그래 그루믄 내가 저 샘일 날 올테이께네 그러믄 샘(삼) 일 연기를 돌라."
켔어 그래 구리이가 끄딕끄딕그디 다부 또 올라가뿟서 커다란 둥그낭에. 그래 올라갔는데 첫날밤이 잠, 뭐 신랑 신부 잘라카이께네 꼬끼디가 구리이한테 잡아 먹힐 생각을 하이께네 잠이 안 오는 기라. 내 잠이 안 와가지고 걱정을 하고 있으 이께네 그래 신부가 있다가,

"무슨 고민이 그래 많아서 오늘 같이 이래 좋은 날에 와 잠을 안 자나?" 그이께네. 그래도 첫날밤이라서 뭐 아무 고민이 없다고 말도 못하고 그래 인저 이틀밤 자고 인자 내일 갈 판이라서 샘 일만 낼날 할 수 없이 이야기를 했는 기라.

"그날 저녁에 내가 그만저만하고 오이께네 구리가 둥그낭서 크다란 고목낭에 내려오던만도 그래 날루 같다가 햇질을 할라카는데 그래 오늘까지 연기를 줘서 그래 인제 오늘 이 길로 가면 구리이한테 잡아 먹혀야 된다."
그그던? 그르믄 또 저 자기 부인이 있다가,
"그까짓 걸 갖고 뭘 그리 걱정을 하냐."
고 걱정하지 말고 식사도 하고 잠도 잘자고 해. 그래 인제 그 부인 말 듣고 그때는 그래도 걱정이 되는 기라 그래 샘 일날 같이 따라올라 카는 기라. 자기 남편 따라,
"그러믄 그까짓거 가지고 뭘 걱정하노?"
그래 오늘도 내가 그른 일이 있는데 내가 자기 보고 자기집에 가는데 내가 꼭 가야는데 부인이 따라왔어. 따라오인께네 참 구리이가 내려오는 기라. 이놈의 구리이가 내려오는 기라. 구리이가 고마 길로 탁 가로막는데 그래 고마 자기 남편은 죽을 기라고 말도 못하고 있는데 그래 그 구리이한테 말루 시키는 기라.
"그래 이 짐승아, 나는 저 사람을 백년 언약을 하고 가는데 저 사람을 해칠을 할 판이면 고마 목구녕서저 세 번을 큰 기침을 칵 하디만도 고마 요만한 포문 하나를 내놓는 기라."
(조사자: 뭐요?) 보물. 무시고 그래 저저 노래부는 거 뭐꼬 (청중: 그것도 뭐 이름도 안 된다.) 그래 뭐시기 구멍이 딱 세보이께네 열두 구멍인 기라. (청중: 아, 피리.) 열두 구멍이께네 열한 개를 구멍을 가르쳐주는데 구멍 하나를 안 갈쳐 주는 기라. 그래 거 부인이 있다가,
"딴 거는 사용할 수 있는데 이걸 안 가르쳐주면 이건 뭐 인동 몰라서 내가 사용할 수가 없으이께네 가르쳐돌라."
그는 기라. 그래 인자 구리이가 할 수 없어서 졌어. 그래 가르쳐주기로,
"이거는 고마 디게 미운 사램이 있으면 죽으라 그면 죽는다."
그그던.
"구리 니 밉다 니 죽으라."
그이 구리이가 띠 죽어뿌랬어. 그래 그마 구리이가 죽어부고 포문이 기는데 부자가 갑자기 되부는 기라. 오만 것 다 나오는 기라. 고마 거 구멍이 열두 개인데 옷 나오라 그면 옷 나오고, 밥 나오라 그면 밥 나오고, 반찬 나오고 오만 게 다나오는 기라. 그래 고마 그래하는 기라. 그 사람이 고마 장개를 가도 벼락부자가

되가지고 거마 골안에 들썩하는 기라. 그래가 고마 그래가지고 거는 농사도 안 지도 만개 다 나오고 거는 마 부자가 되가 억씨 부유하거던 모도.

그래 우째는가 농사도 안 지도 못된 사람이 하나 있어가지고 그게 또 막 보물이 탐이 나가지고, 탐이 나가지고 마 그 집에 이제 어쨌는게 아이라 고양이를 시키가지고 고양이를 시키가지고 그거를 보물을 갔다가 아무대나 놔두지 말고 단단히 놔두라 했는데 그 부인이 빨래를 하고 나온다이 께네 고마 저 건네 못댄 그 보물을 시켜가지고 구경만 하고 가가지 말라 케고 들라 보이께네 고마 탐이 나서 되나 보물을 가가뿌고 난게 멀게 있나. 그래 할수 없어서 그게 마 고양이 하고 참말, 저저 쥐하고 마 억수로 많은 기라. 그래 많아가지고 고양이한테 고양이 개 모두 그 부인이 또 모두 쥐하고 다불러 놓걸랑,

"너 이래 보물이 저 건네 아무 거시기 집에 대감집에 보물을 가갔는데 우리 모두 배가 고파서 죽을지경이라."
근께네 마 저그도 죽을 지경이라서 끄덕끄덕 그래싸커든.
"배게 안에 딱 비고 자는데 그 보물을 빼뜨러 오라."
그이께네, 그 부인이 인자 가르쳐 주이께네. 그래 인제 우짰는게 아이라 고양이하고 개하고 서로 싸우는 기라. 그래 이 또 고양이가 그 집 고양이를 딱 물어노콜랑 고양이 대장이 고마 그 보물 삐뚜러 주면 베개 대분 다 잡아먹고, 그래가 나와가 인자 개하고 또 서로 싸우는기라 개는,
"내가 등치가 큰데 보물은 내가 가가야댄다. 나는 니보다 입도 크고 등치도 큰데 가가야댄다."

고양이 저게 야삼하이 하고 있다가 니가 저저 혹시나 또 강가 가다가 똥띠 하나 둥둥 떠내려오면 똥띠 그놈 건질라고 보물을 빠트린다고 안된다고 지가 가 올라 카는기라. 힘이 좋다고 지고 가온다카는 기라. 강에 가다가 똥띠 고양이가 졌어 물 한복판에 오이까네 진짜 크다란 똥띠이가 덩덩 그래 고마 풍 나뿐기라 보물을 나뿐꼬 이 물 건너 와가주고 설랑, 막 고양이가 뽁아대는기라 개를 갔다가,
"내가 그럴 줄 알았다 알았다."
사무 뽁아대는데. 고기잡는 할아버지 있는 기라. 바다에 그래 크다란 이래마 잉어를 갔다 엄청 큰 걸 막 잡아내는 기라. 그래 잡아내는데 그래 또 눈치 빠른 고양이 있다가 틀림없이 보물이 조속 들었을따 싶어가지고 그래 인제 고마 고기

잡는 할아버지가 고기를 잡아놓고 자기 집에 가고 난께네 고마 그걸 갔다고. 개하고 둘이 힘을 합치서 고기를 훔쳐 와붓어 저그 집에.

〔 용주면 설화 13 〕 T. 5 앞

고품리, 1998, 4, 2., 5조 조사.
문봉임, 여 · 65.

삼정승 육판서 날 자리

아주, 아주 옛날에, 아주 옛날에 참, 저기 삼 형제가 또, 아들 삼 형제를 키왔는데, 아들 삼 형제를 키왔는데 씨덥버리 살림이 없는 기라. 지금이야 뭐 부재지만도 엣날에는 다 없는 살림, 마 가난한 사람이 많았그던. 마 없어가지고 그러고는 살다가 고마 저기 아바씨가, 아바씨가 돌아간삐라. 아버지 돌아가고 이젠 좀 있은께 또, 또 어마씨가 돌아갔거던 엄마. 이제 돌아가고 어마씨가 돌아가고 나서 이제 동네 인쟈, 뭐 새음지도 못 하는기고 삼 형제가 지고 가는 기라. 널로 갔다가 관을 갔다가 이래, 실지로 지고 가니까, 산에 지고 가니까 산에 지고 가서 공가놓고, 오데 인쟈 오던 자리 양지배리 좋은 자리가 싶어서 말이재. 삼 형제 툭하니 둘러보고 댕기는데 도사중이 중하고, 그래 시님하고 또, 그 밑에 또 보살이 길로 가다가 길로 가다가 떡하니 쉬면서 이런 사람들은 안 보이고 자기네끼리 이야기 하는기,
"즈 건너, 즈 퉁구나무, 저 나무 큰 나무를 큰 나무를 저걸 베어가지고 아랫 웃등벵이 싹 싸베리고 말이재, 가운데 뚱벵이 가지고 널로 짜가지고 거저 널로 갖다가 짜가지고 저 관을 참 짜가지고래, 거시길 하면 신축이 하면 일어스면은 삼정승 육판서가 나온다키라."
아주 높은 사람 나온다키라 삼정승 육판서 나온다 카니까, 그래 시님이 있다가 둘다 다 시님인가 모르지.

　"왜 그런 말씸을 하느냐."
기라 누가 듣느냐고,
　"누가 안 들으니까 우리끼리 하는 말 아니냐."
고. 이렇게 얘기하는데 그 사람이 들어삐린 기라. 자기 문에 딱 대인 사람이라.
문에 딱 대인 사람이 듣고 옆에 듣고 쫓아가지고,
　"지금 뭐꼬? 이제 뭐라캤냐?"
고 물으니까, 시님, 시님한테 뭐라캤냐고 묻는 기라.
　"아무 소리도 안 했다."
카니 하는 기라. 꼭, 언젠가 그 소리가 다시 알고 싶다고,
　"내가 들었으니 알고 싶다."고,
　"저 거네 통구나무를 베가지고 가운데 뚱뱅이 가지고 짜가지고 널로 짜가지
고 자기네 엄마를 갖다 묻으면 삼정승 육판서가 나는데 삼오날이 되면, 마 맏상주
가 피를 토하고 죽을 끼고, 둘째가 상주가 되면 둘째 상주가 피를 토하고 죽을끼라."
하는 기라. 그러면은 하두 없는 것도 무서워서 가만 들어보면 삼정승 육판서가
나온다는데 저런 사람이 거짓말을 할까 싶어서, 서이서 의논해가지고 그 나무를
써가지고 세워놓고서 거기서 얄궂지게 해가지고 마 묻어버려 기라.
　　말이 나서 그렇지마 관 쓸래면 마, 대목베야 되는긴데, 삼오날이 되니까 그
사람 말과 같이 마 맏상주가 피를 토하고 죽어삐리는 기라. 그래 둘째는 두 형은
결혼을 하고 막내 아들은 결혼을 안 한 기라. 삼 형제 중에서 그래 둘째 초기가
다가오니까 둘째 상주가 피를 토하고 죽은 기라. 뼈버리기 하나 남은 기라. 죽어
삐니 총각이 하나 남은 기라. 장가도 안 간 총각이 있는 기라. 형수 되는 사람이
둘이서, 이쟈 양식이 없어도, 좀 구해가지고 밥을 해가지고 한 지어가지고 아참
지어주는게 아니고 지어서,
　"되련님, 요번에는 셋째 상을 당하니께, 겁이 나니께 우리 거침없이 여기 있
지 말고 여긴 거침없이 가랑께."
　　그러니께 밥을 해가지고 김밥을 해가지고 마 먹을것을 해가지고 마 어디든지,
차가 있나 뭐가 있나, 우린 거침없이 가는 기라. 가느데 아직까진 지아부지상이
두어 달 동안 남은기라. 다 먹고 쉬 먹고 얻어먹고 다니는 기라. 동네 다니메
동네 얻어먹고 다니는 기라, 네 달이 훤한데 방은 비어 있는데, 마 춥기는 춥고

방에 들어가서 살짝이 누우삐린 기라. 할메 오도록, 할메 빈 방인데 할메는 그날 딸네 집에 가고 없고 마 그래 참, 정승의 딸이 유모로 삼은 집인데 유모로 삼은 오막살이 집인 기라. 가만 누보 있으니 뭐, 가죽신을 짤짤끌고 달밤에 웬 처자가,

"유모야?"

하고 들어오는 기라. 그래가지고 아이고,

"오냐."

총각이 이래 말이 나오는 기라.

"오냐." 하니,

"유모 말 소리가 왜 그러냐?" 그러니,

"내가 감기가 들어서 기칸다."

고니 총각이, 아니 참, 츠녀 들어가던 들었는데 고마, 츠녀가 총각을 본께 고마, 좋아갖꼬 문을 닫고 자삐리꾸마. 자삐렸는데 시님 말하는게 될라 카니까 자삐렸지라. 자삐리고 나니께 그러고 마 저기 자삐고나니께 아침에 일어나 츠녀는 집에 가삐고 총각은 다시 잘걸라 또 밥 얻어묵으러 간 기라. 댕기다기라 댕기다 두 달이 기한이 다되서 고마 죽을 때가 딱 되가지고 오도 주인집에 훔쳐오잉께네 배를 따이께네 진짜 그게 나오는 기라 보물이 그래 그래가지고 그래가지고 지금 까지도 잘 살고 그래.

〔 용주면 설화 14 〕 T. 5 앞

고품리, 1998, 4, 2., 5조 조사.
이갑숙, 여·73.

돌 무더기 생긴 내력

옛날에, 옛날에, 참 아주 옛날에 참, 마 어느 집에 참 참, 마 공자왈 맹자왈 쌌는데 딸 시집을 캉께거라에 신랑은 마 걸상다리 알뜰이 다님을 지고 앉아서

공자왈 맹자왈 이러니, 날라가는 새 주워 먹을라캐도 쌀 한 되 꺼리 없는 기라. 집에는 날라가는 새 주워 먹을라캐도 쌀 한 되 꺼리 없는 기라. 저녁에 누보가지고 잘라고 누보께네 하늘이 다 비고 집은 이래. 마 이런 쑤쑤떼기, 쑤쑤떼기 이런 쑤시라는 쑤쑤떼기라고 있어. 물막대기 집에서 쌀 한 되가 없는데 공자왈 맹자왈 그렇쌌는 기라. 찬 물 한 모금 묵고, 찬 물 한 모금 묵고 공자왈 맹자왈 하는 기라. 그래서 하두하두 땁땁해서 저기 피를 흩뜨려 간 기라. 갱피라고 그걸 쫄쫄 훑어 가지고 또 널라카니 널따가 있나, 시집가 올 때 해간 치매도 폭을 뜯어가지고, 또 그래가지고 벌어놓고 요시 지지방에 수도가 덜면 나오지만 옛날에 저 공중 샘에가 얻어 먹는 기라. 공중 샘물로 나랑강께 난데없이 소낙비가 와가지고 피가 싹 떠내려 가는 기라. 피가 떠내려 가삐고 멜간이 아무 것도 없는기라. 물과 반대라 배는 고프고, 고마 도망을 가삐린는데 그래도 신랑은 공자왈 맹자왈 께네 하니께. 색시는 도망을 가삐리고 거기 가도 지질밭이 없는 집에 가서 대입가지고 피를 훑어먹고 사는 집인 기라. 복이 없는 기라. 그래 신랑은 공자왈 맹자왈 이래 가지고 시험을 봐가지고 알상급제 한 기라. 정승감사가 된 기라. 말을 타가지고 저기 한 들가에 길로 가니까 쳐다보니까, 자기 옛날에 아줌매가 전에 마누라가 피를 훑어쌌거던. 그래 마누라 시워놓고 마누라 시워놓고, 그래 청기 맹기 개로 나한테 갱피 올라 저 아주매는 간데 쪽쪽 갱피 올라 쳐다보니 즈그 남편이 말을 타고 정승감사가 되서 가거던. 그랭께니,

"아이구 우에 내가 그래까지 살았으믄 저런 남편하고 살낀데. 내가 무얼라고 나와카고 싶어가지고 논두렁으로 나와가지고 따라 갈라요 따라 갈라요, 나는 마을 물이나 들어주고 샘물이나 들어주고 마을물 들어주고 샘물 들어주고 종모 같은것 들어주고 난 자기따라 갈라요."
기니,

"마을물 종도 많고 샘물 종들이 많으니께니 날마다 그카는데 나는 자기를 안 받아준다."
이거거던. 그래도 살아 있으매는 살아 있으매는 나같은 남편 만났을텐데. 필요 없다 카는 기라. 그래가 내가 그래도 따라갈라 하는 기라. 따라가서 자기네 집에 가서 마 불이라도 때주고 묵고 살라고 따라갈려 하니까,

"꼭 따라 올라카면 저 동네 들어가서 저 청동화로에다 불을 때가지고 한아름

맨머리에다 이고 오라."

한 기라. 그러면 고마 안 따라올까 싶어서 그래가지고 동네 들어가지고 내가 이고 올끼라고 하는 기라.

"여기 있으라."

카는 기라. 그래가지고 마, 불 하나 담아가지고 이고 나오도록 오나 안 오나 보니께니, 참말로 불 하나 이고 나오다가 고마 길가에서 고마, 팩 고씩 죽어삐린 기라. 뜨버가지고 뜨버가지고 살 수가 있는가. 맨대가리에 이었는데 그래 맨머리에 이었는데 그래 죽어삐렸어. 그리고 마 어쩔 수도 모르고 그래, 참 정승감사된 사람이 공자왈 맹자왈 읽은 사람이 말을 시워놓고 돌무데기를 패삐린 기라. 가다가 걷다가 돌무데기를 그래 성황당 돌무데기로 그 공자왈 맹자왈 읽은 죽은 마누라 무덤이라 하는 기라. 지금 그 뜻이 그런 기라. 저기 돌무데기가 해 놓고 돌뱅이 던지는 그런 돌무데기 있거덩, 그런 돌무데기를 그 공자왈 맹자왈 읽은 그 죽은 마누라 돌무데기 무덤이라고 하는 기라. 전설로 죽어 삐린다고 그렇게 어렵게 산 시댄 기라. 시대가 이라카니라.

[용주면 설화 15] T. 5 앞

고품리, 1998, 4, 3., 5조 조사.
김태형, 남 · 80.

죽었다 살아난 장자

즈 사람이 강변에 무덤 앞에 내 앞에 부지깽이를 부지깽이를 하고 있는데, 새로 쎈 뭰데 내게 부쳐주자 하는데, 그래 당신 봐서 와 내게 부쳐줄라 하고 있소. 이렇게 한게 안에 부인이 부쳐줄라 하는데,

"우리간에 죽은지 한 사날 되는데 이 무덤에 흙이나 마른담에 나랑 배닿고 싶어서 카서 흙 좀 섞지 말라고 부채질 하는 기라."

하는데 이렇카그덩.

"그런 부인한테 그런 소리를 하는 사람이 있다니, 예끼 망측하기 망측하기."

그이가 참말로 장자이라. 장난으로 시름시름 아프더라. 갑자기 죽는데 죽고나니 께네, 문상객이 짜잔하구만. 그 사람 이름난 사람이거든. 젊은 문상객이 참 젊고 나이 젊고 참 미남 문상객이 온 기라. 문상하고 있는데 미남자고 정도 가는 기라. 그것 참 여기서 시키는데 하루는 널을, 관을 그 부인이 저 남자를 내가 데리고 살아겠다는 욕심이 생기는데, 그 미남자를 보는데 관을 열고 도끼로 때릴라고 여자가 하는데,

"아이고 내가 살았소."

하고 쑥 나오니 그 여자가 달갑을 하고 나가 자빠진 기라. 무슨 낯이 있어. 나 고마 죽어 삐린 기라. 그렇게 해놓고 단 남자한테 반해 가지고 그래 해놓기 가래로 죽어놓게,

"아이고 여기 내가 살았소."

기암을 하고 죽었다는 말이 있어.

합천군 대양면

I. 조사마을 개관

1. 대양면

대양면은 고려 때는 대양궁이라 불리었으며 조선조에 이르러 대양현과 양산면으로 분면되었다가 1914년 행정구역 개편 때 2개면이 합쳐지고 초계면 일부가 흡수되어 오늘에 이른다. 16개의 행정리·동과 45개의 자연부락으로 형성되어 있으며, 합천읍과 5Km 밖에 떨어져 있지 않기 때문에 면소재지에 상가들이 형성되지 못하는 단점을 지니고 있다.

대양면의 농경지는 황강의 하상보다 낮아 비가 오면 범람으로 물난리를 겪고 가뭄에는 겪어왔다.

늪으로 변한 정양지는 244,000평으로 원래는 비옥한 옥토였으나 황강의 하상이 높아지면서 편의 중심부를 흐르는 하천의 물이 강으로 빠져들지 못해 하류지역이 늪으로 변해버린 것이다. 늪이 된 논에서 가물치, 잉어, 메기 등이 서식하여 농사를 주업으로 하던 주민이 민물고기를 잡아 가계를 꾸려 나가는 어민으로 변해 버렸으며 지금도 5~6가구가 늪에서 고기를 잡아 시장에 출하하고 있다.

대양사람들이 자랑하는 것 중 하나가 애국혼이다. 3. 1운동이 일어나자 이곳 출신의 뜻 있는 사람들이 동지를 모아 합천 장날인 3월 19일을 거사일도 정하고 500여 장꾼들을 규합하여 독립만세를 외쳤으나 일제에 의해 투옥되었다. 다음날 대양면 주민들은 결사대를 조직하여 경찰서를 습격 투옥된 애국인사들을 석방해 줄 것을 요구했으나 경찰의 발포로 많은 사람들이 죽거나 부상당했다.

전해오는 유적으로는 백암리 동사지에 보물 제381호인 석등이 있으며, 그리고 이곳의 단기들은 임란때 격전지로 전해지고 있으며, 아홉살재는 6. 25때 북한군과 아군이 치열한 격전을 벌인 곳으로도 유명하다.

2. 대양면 마을 1 - 대양면 안금리

안락과 부를 의미하여 안금이라고 불리운다. 안금리는 내안금, 중촌, 삼학동, 뒤절골이라는 네 곳의 부락이 모여서 이루어졌다. 중촌은 안금과 삼학동 중간에 있는 부락이므로 중촌이라고 불리우고, 삼학동은 부락 산지형이 학과 같다 하여 삼학동이라고 불리운다. 그리고 뒤절골은 옛날에 절의 뒷골에 있었다고 하여 후사동, 즉 뒤절골이라 불리운다.

안금리는 합천읍에서 버스를 타고 20분 정도 들어가서 또 40여분 걸어 들어가면 도착할 수 있다. 우리가 동네까지 들어가는데 비를 맞으며 걸어 간 것이 매우 인상적이었다. 버스가 아침에 한 대밖에 없다고 한다. 그래서 마을에는 집집마다 차나 혹은 오토바이가 한 대씩 있었던 것이 인상적이었다.

3. 대양면 마을 2 - 대양면 도리

1914년 행정구역 폐합시 도동의 도자를 인용하여 도리라고 불리운다. 도리는 도동, 구시골, 점촌이라는 세 부락으로 이루어져 있다. 도동은 도리구며 내에 길이 많아 길 도(道)자를 따서 도동이라고 불리운다. 구시골은 소가 구시에 엎드린 형격이라 구시골이라고 불리우고, 점촌은 옹기 제조하는 부락으로 옛날부터 방언으로 점촌이라고 불리운다.

그리고 도리의 유명한 곳으로 아등재, 도리저수지, 수리봉이라는 곳이 있다.

아등재는 옛날에 한 도인이 이 지형을 보고 아동이 금반을 받은 형상 같아 아
동재라고 한 것이 후인들이 아등재라고 하여 불리워 진다. 도리저수지는 1953
년 준공된 저수지로써 도리구역 내에 있어 도리저수지라고 불리운다. 수리봉은
시리봉의 오전인 듯하다. 이 산 상봉에 떡찌는 시루와 같은 바위가 있고 산 형
태가 시루를 엎어 놓은 것 같다고 하여 시리봉이라고 불리운다.

　도리는 안금에서 도로를 따라 2km를 더 가야하며 마을까지는 조금한 길을
따라 또 2km을 더 가야한다. 도리도 안금리처럼 교통이 불편하여 개인이 소유
한 교통수단이 평균적으로 한 대씩 있었다.

Ⅱ. 조사 기간 및 일정

1. 조사 기간 : 1998년 4월 1일 ～ 3일

　4월 1일 : 4시 조금 넘어 합천읍에 도착한 우리는 한 시간 가량 필요한 물건
을 구입하고 5시 30분께 대양면으로 가는 버스를 탔다. 대양면에서 안금리까지
비를 맞으며 1시간 가량 걸어서 안금리에 도착했다. 동네 주위로 물이 흐르고
산이 편안히 에워싸고 있어서 보기에도 정말 편안한 동네라는 생각이 들었다.
이장님께 인사를 드리고 마을회관에 짐을 풀었다. 이장님이 비 맞은 우리에게
오느라 고생 많았다면서 저녁까지 해주셨다. 저녁을 먹은 뒤 마을회관에서 이
것저것 준비를 하고 있는데 8시 반 무렵부터 마을 어른들께서 오시기 시작하였
다. 남자와 여자가 일을 분담하여 여자는 대개 대접할 음식을 장만하였고, 남자
들은 어른들과 이야기를 하며 분위기를 돋구었다. 처음엔 무슨 이야기를 해야
할 지 몰라하시다가 시간이 지나고 분위기가 화기애애해 지자 모두들 부담없
이 이야기를 해주셨다. 그래서 조사에는 그다지 큰 어려움은 없었다. 첫날이라
서 미숙한 점이 많았지만 마을어른들의 도움으로 다양한 이야기를 들을 수 있

었다. 11시가 되어 대부분들 돌아가셨다. 12시 가까이 되어서 홍명수 아저씨가 혼자 찾아 오셔셔 몇 가지 이야기를 해주셨다. 아저씨가 가신 뒤 1시 30부터 자체 평가를 하였다. 조금 미흡한 점이 많았다는 것과, 내일 해야 할 일을 정리하고 2시쯤 잠을 청했다.

4월 2일 : 어른들에게 예의 갖추려고 아침 일찍 일어나 활동을 시작하였다. 8시가 되어서 이장님께서 와보시고 국거리를 가져다주시고 가셨다. 아침을 먹은 후 9시가 되어 이장님께서 방송을 통해 마을 사람들을 회관으로 불러 모으셨다. 그리고 어제부터 말씀을 많이 들었던 이말순 할머님을 모시러 갔었다. 동네가 멀었는데 이장님이 차를 태워 주셔셔 모시고 오는 데는 큰 어려움은 없었다. 생각보다 훨씬 많은 분들이 모이셨다. 많은 분들이 차례로 돌아가며 오전 내내 이야기를 들려 주셨고 우리는 조사하기에 정신이 없었다. 여러분들 중 백미는 이장님께서 차를 태워 데리고 오신 이말순 할머니였다. 이말순 할머니는 이야기와 민요를 한없이 계속 말하고 불러주셨다. 마을 분들이 흥이 돋우셔서 선창과 후창을 주고받으며 민요를 부르셨다. 이 민요 가락은 이장님이 특별히 배려하여 회관 스피커를 타고 온 마을에 울렸다. 온 마을이 흥에 겨운 분위기였다. 어쨌든 오전의 일과는 마을사람들과 우리 모두에게 유익한 시간이었다.
  점심 때가 되니 마을어른들은 한 분, 두 분 자리에서 일어나셨다. 이장님 주도하에 화기애애했던 자리는 잘 정리되었고 우리도 안금리에서의 조사를 정리하고 도리로 떠날 준비를 하였다. 도리로 떠나기 전 조원들의 의견을 모아 부족한 잠을 조금 보충하고 가기로 하고 모두들 조금 쉬었다. 조금 지나서 한 아주머니께서 싱싱한 딸기를 한 광주리 가져다 주셨다. 그러고 나서 다시 휴식을 청했는데 갑자기 교수님께서 방문을 열고 들어오셨다. 우리는 무슨 죄라도 지은 듯이 당황했었다. 교수님과 잠시 이야기를 나눈 뒤 우리는 교수님과 이장님의 도움으로 차를 타고 도리까지 이동하게 되었다. 도리에 도착해서 이장님께 인사를 드리고 회관에 짐을 푼 뒤 조사준비를 하였다. 저녁식사를 하고 이장님께서 방송을 통해 마을사람들을 회관으로 모으셨다. 안금리처럼 많은 분들이 모이지는 않았지만 고마운 마음으로 이야기를 조사하게 되었다. 안금리에서 부침개를 다 부쳐 대접할 것이 없어 민망했다. 과자와 술만 대접하였던 것이 죄송스러웠다. 이장님의 아버님이신 최경영 할아버지께서 많은 도움을 주셨다. 최경영 할아버지는 새벽 1시까지 열의를 가지고 이야기하셨고, 야한 이야기도 하셔서 서로 얼굴을 쳐다보며 어색한 웃음을 짓기도 하였다. 저녁의 조사량이 부족한 듯하여 내일을 기약하며 우리는 오늘 하루의 일과를 잠시 이야기한 뒤 잠자리에 들었다.

4월 3일 : 아침에 일어난 우리들은 찬물에 머리를 감으며 일과를 시작했다. 간단히 아침을 먹은 뒤 마을사람들이 모이기를 기다렸으나 불행히도 오늘은 합천 장날이어서 마을의 많은 어르신들이 외출하셨다. 우리는 집집마다 찾아다니며 어른들만 보면 이야기 좀 해달라고 졸라댔다. 이런저런 일이 있은 뒤 우리는 논두렁에 앉아 조사를 했고 낮잠을 주무시던 할머니들한테서도 재미있는 이야기 등을 들을 수 있었다. 마을 회관에서만 조사를 하다가 이곳저곳 돌아다니면서 조사를 하려니까 힘든 것도 있었지만, 지금 생각해 보면 그것이 훨씬 기억에 남는 것 같다. 합천 여관에 모일 시간이 다 되었는데, 조사한 것이 별로 많지 않아 걱정과 서운한 마음으로 마을 어른들과 이장님께 인사를 드리고 마을을 떠났다. 걸어서 도로로 나오던 중 마을분의 도움으로 봉고차를 얻어 타고 편안히 합천읍까지 올 수 있었다.

2. 제보자

〔 대양면 제보자 1 〕

안금리, 이순이, 여 · 75.

다소곳이 앉아 계시다가 조사자들이 옛날 이야기를 해달라고 조르자 마지못해 이야기해주셨다.

설화 : 1.

〔 대양면 제보자 2 〕

안금리, 홍명수, 남·37.

.

일찍부터 찾아오셨다. 마을 분들이 다 가신 후에 따로 찾아오신 것처럼 많은 관심을 보여주셨고 많은 이야기를 해주셨다. 책을 꼭 한 권 보내달라는 부탁을 하셨다. 청중과 호응을 이루어가는 능숙함을 보여주었다. 이야기를 재미있게 잘 하셔서 동네분들도 좋아하시고, 우리도 재미있게 들을 수 있었다. 이야기를 듣고, 이야기하는 것을 좋아한다고 하셨다. 아직 결혼을 못 했다고 하셨다. 올해 안으로 좋은 소식이 있었으면 한다.

설화 : 2~8, 11.

〔 대양면 제보자 3 〕

안금리, 심재인, 남·59.

마을 이장님이시다. 오랫동안 이장 일을 맡았다고 하셨다. 마을에 도착했을 때 우리가 비에 젖어있자, 측은해하시며 저녁을 대접해주셨다. 조사도 하고 마을 사람들도 같이 즐기자면서 마이크를 빌려주셔서 노래를 부를 때 동네에 그 노래가 울려퍼지게 하셨다. 덕분에 앉을 때가 없을 정도로 많은 분들이 모이셨다. 인정이 많으셨다. 학력에 관하여 물어보지는 않았지만, 학식이 많아 보였다. 이야기도 많이 해주셨고, 옛날 이야기를 많이 알고 계신 분들을 직접 찾아주셨다. 마을 분들을 잘 이끌어주셔서 조사하는데 큰 어려움이 없었다.

설화 : 9.

〔 대양면 제보자 4 〕

안금리, 김영재, 남 · 65.

마을 노인회 회장님이시다. 우리가 도착하자 오셔서 우리에 관해 물어보셨다. 경북대를 졸업하고 교단에 계시다가 작년에 퇴임했다고 하셨다. 이야기를 조리있게 잘 해주셨다. 이장님과 더불어 많은 도움을 주셨다.

설화 : 10, 12.

〔 대양면 제보자 5 〕

안금리, 이말순, 여 · 71.

마을 분들 사이에서 가장 잘 한다고 정평이 나 있었다. 마을 분들은 양산댁이라 부르셨다. 아침에 이장님과 같이 차를 타고 5분 정도 가서 모시고 왔다. 민요를 많이 불러주셨고 이야기도 해주셨다. 가장 많은 주목을 받았다. 노래도 잘 부르셨다. 구연하면서도 몸짓과 분위기에 맞는 목소리 등으로 청중을 이끌어가는 능숙함을 보였다. 그래서 이야기가 길었음에도 지루하지 않게 들을 수 있었다. 더 많은 이야기가 남았음에도 불구하고 주위에서 가자고 성화를 해서 더 조사할 수 없었던 것이 아쉽다.

설화 : 13, 14, 16∼18.

〔 대양면 제보자 6 〕

안금리, 정조야, 여 · 75.

별 다른 말씀 없이 앉아 계셨다. 다른 어르신들이 말씀하시자 조심스레 한 마디 이야기를 해주셨다.

설화 : 15.

〔 대양면 제보자 7 〕

도리, 최경영, 남·80.

　이장님의 아버지이고, 마을의 노인회장이라고 하셨다. 연세가 여든이신데도 정정하셨다. 이가 몇 개 없어 청취하기가 힘들었다. 설화도 많이 해주시고 민요도 많이 불러주셨다. 모두 돌아가신 후에도 늦게까지 구연하는 열성을 보이셨다. 지신밟기를 잘 하신다고 마을 분들이 이야기하셨다. 다음날 아침에 들으려고 했는데 할아버지가 산에 약초 캐러 가셔셔 듣지 못한 것이 안타깝다.
　설화 : 19, 20, 22, 24, 26~28.

〔 대양면 제보자 8 〕

도리, 배봉환, 남·67.

　노인회 총무라고 하셨다. 동네에서는 문장으로 정평이 나 있었다. 이야기를 조리있게 잘 해주셨다. 목소리가 좋아 많은 박수를 받았다. 최경영 할아버지와 함께 늦세까지 계시면서 조언을 아끼지 않으셨다. 성공의 비결은 정직, 성실, 화합이라 하신 말씀이 아직도 기억에 남는다.
　설화 : 21, 25.

〔 대양면 제보자 9 〕

도리, 최익상, 남·60.

　동네 이장일을 십 년이 넘게 맡으셨다고 하셨다. 서울 부근의 공고를 다니시다 이 마을로 들어와 농사를 지으며 산다고 하셨다. 다른 곳에서도 조사하러 많이 왔다고 하시면서, 마을분들을 잘 이끌어 주셨다. 연세는 50대 초반쯤으로 생각했는데 60이라는 말에 깜짝 놀랐다. 말씀을 조리있게 해주셔서 청취하는데 큰 어려움은 없었다.
　설화 : 23.

〔 대양면 제보자 10 〕

안금리, 옥서희, 여·85.

보라색 웃옷을 곱게 차려입고 이집 저집 다니시면서 뭔가를 주고 계셨다. 처음엔 따라다니며 이야기 좀 해달라고 했더니 아무 말씀도 없으셨다. 알고 보니 귀가 잘 안 들려 크게 말을 해야 알아들을 수 있다고 하셨다. 도랑 옆 도로에 앉아 이야기를 들었다. 우리가 도둑이야기 등을 해달라고 하자 그런 나쁜 사람들 이야기는 들으면 안 된다고 화를 내셨다.

설화 : 29~31.

〔 대양면 제보자 11 〕

안금리, 김순교, 여·65.

저녁 때 오셔서 민요를 불러주셨다. 다음날 아침에 옥서희 할머님의 이야기를 조사하고 있는데 일을 하시다가 우유를 들고 찾아오셨다. 매우 자상하셨고, 노래와 이야기를 해주셨다.

설화 : 32, 33.

〔 대양면 제보자 12 〕

안금리, 정우순, 여·79.

어디를 가시고 계셨는데 우리가 민요를 불러달라고 하자 할머님들이 많이 계신 집으로 데려다 주셨다. 그곳의 할머님들한테서는 아무 것도 듣지 못하고 이 할머님을 졸라서 몇 가지를 이야기를 들을 수 있었다. 자신의 이야기가 다 떨어졌다며 다른 할머니집까지 직접 데려다 주셨다.

설화 : 34~36.

III. 설화

〔 대양면 설화 1 〕 T. 안금 1-1 앞

안금리, 1998. 4. 1., 6조 조사.
이순이, 여 · 75.

메구(여우) 이야기

* 처음에는 아는 게 없다고 하시다가 자청해서 하시기 시작했다. *

　이전, 이전 이바구 하라꼬? 이전에, 이전에 친정에 여 커 가지고 시집을 갔는데 친정이라꼬 온게네 친정이 막, 막, 막 쑥대밭이 대갔고, 대문하고 쑥문하고 친정 동네가 아무도 없더란다. 메구가 고마 다 잡아 묵어 삐렀어 (조사자: 메구가요?) 하마, 메구가. 그래 저거 오빠가 친정온게네. 저거 오빠가 한게 있어 아이고 오빠를 보고, 저거 오빠를 보고마, 오빠 한때 말 한때 저거 오빠 한때 말 한때. 인자 오빠를 한때 잡아무을라꼬 그 메구가 뒤에 따라오미, 막 저거 오빠를 막 저거 오빠를 잡아 묵으만 한때를 이진다꼬. 오빠 한때 말 한때 오빠고 뭐이고 다 잡아 묵었다케. 그래 마 그기마. 앞진에 그 이바구 억시로 들었는데 그거 한때 억시로 한 했쌌나. (청중: 그래 나도 들었다.) (조사자: 계속 해 주세요.) 그래 메구한테 그래 막 그 밤을 자구 나만 맨날 말이 툭 넘어갔삐구 넘어갔삐고. 무시 자고 나만 맨날 말을 넘어띠리는 고, 다락에 오라가서 본께네. 말 그시기 그 오줌 누는데 그게로 손을 막 집어너 갔고, 간을 삭 빼가 내가 무군께네 말이 턱턱 아침 자고 나만 한 마리 죽어있어. 메구 이- 그래 그렇찮나? 그래 전부 사람이고 말이고 그래 메구가 그 집 딸이 하나 메구던 기라. 막 그기 다 잡아 묵었다 카네. 그래 저거 오빠를 잡아 묵을라꼬 메구가 오빠 잡아 묵어만 한때 여우 잡아 묵어만 한때 그리는 기라.

〔 대양면 설화 2 〕 T. 안금 1-1 앞

안금리, 1998. 4. 1., 6조 조사.
홍명수, 남 · 37.

부자 되는 묘자리(탄금봉)

* 이야기가 안 나오고 모두들 제각기 이야기만 오갔다. 그러든 와중에 홍명수씨가 이야기
를 꺼내놓았다. *

근데 저 앞산 이걸 옛날에는 탄금봉이라 캤어요. 나중에 어른들 오시만 물어
보만 알 끼라. 상세하게는 모리는데 탄금봉. 탄근이라 캤어. 탄근봉. 옛날에 그
임금이 쓰는 모로 그걸 탄근이라 아라는 데요. 그기 무슨 가만가 카만 타는 가마
가 아이고 솥가마. 그기 우리가 앉아가 타고 가는 가마가 아이고 솥가만데. 그
솥가마에 뭔가가 안 쳐져서 불을 때뿐만 삶끼뿐다. 이런 뜻으로 탄근봉으로 묘를
쓰구로 그래. 탄근봉이라 카는기 하도 이상해 갔고 왜 탄근인가 그래 탄근은 어떤
자리고 이야기 하는가 그래가 서점가 찾아보이 큰 책이 하나 있더라꼬. 탄근봉이
라카는 따 내 맘에 더는 한 구절이 있어. 뭐라꼬 적히는가 카만 찾아봤는데. 옥녀
탄근봉이라꼬 옥녀. 이기 옥녀라카는기 보만 옥녀가 하늘에 있어. 옥녀가 옥녀가
하늘에 있는데 그 옥녀가 앉아 있어니까 그 옥녀가 피리분다 캤어. 피리를 그
근데 피리를 불고 있는데. 그 탄근봉이 그기 명당자리라 있다카데. 명당자리가
있는데 그 명당자리에 묘를 쓰며는 그 그는 인자 모리고 그 자리가 어덴지도 모리
고 그런 자리가 있더라 이기지. 책에는 그래 나와있어. 그래 그게로 묘를 쓰면은
안마당 귀생이 춤을 추고, 전구로 키고, 촛불을 키고 기생이 춤을 치고 들어온다
이기라. 기생이 춤을 치고 들어오만 그라만 부귀영화를 누린다 이 말이거든. 그
지리풍수적으로 해석은 해논데도 옥녀 탄근봉이라꼬 하여튼 그런 쪽으로는 모리
겠고 그래 짓기 때문에 사람이 무고 사리부터 지났는데 언제 짓는지는 모르고
연튼 그 자리에 묘를 쓰만 대대로 부자가 된다 캤어. (조사자: 가마봉으로 이름이
바뀌었다면서요?) 그래 그 자리에다 묘를 써서 가마봉으로 바깠어. 그래도 탄근

봉 명당은 있는 기라.

[대양면 설화 3] T. 안금 1-1 앞

안금리, 1998. 4. 1., 6조 조사.
홍명수, 남·37.

묘 쓰면 비 안 오는 자리 1 - 대암산

* 앞 이야기에 이어서 계속하셨다. *

이쭉에 여 보만 대암산이라꼬. 대암. 큰 대(大)자, 바위 암(岩)자. 그는 대암산 그는 부묘가 들어가만 사람 신체가 들어가만 그 집안에 장군이 난다캐. 장군이 그 이야기 들었어요? (조사자: 아니요.) 못 들었어요? 이 동네에서만 그런 이야기만 나오는데. 나도 그 이야기 어릴 때 마이 들었는데 들었는데, 그기는 덕석설이라꼬, 덕석이라카는 거는 옛날에 나락을 덮구로 해났는데, 지금으로 말하만 바둑설. 바둑 그걸 보만 줄이 쭉쭉있거든, 덕석 그것도 보만 줄이 쭉쭉 있거든. 그래 그 자리에 가만 부묘만 들어가만, 무조건 하만 그기서 묘를 쓰만, 비가 안 온데요. 그래 인자 비가 안 오는데, 저쪽 초계사람들이 이쪽 사람들은 전설이 있어. 자꾸 묘를 쓰게 되고, 저쪽 초계면에 있는 사람들은 비만 안 오만 그레 올라간다케요. 올라가갔고, 동네 사람이 전부다 꽹이들고 파민은 신체가 나온다케. 신체로 파가 확 내삐뿌만, 그 비가 온다케. 내리오만 비로 맞고, 흠뻑 젖어 내리온다케.

[대양면 설화 4] T. 안금 1-1 앞

안금리, 1998. 4. 1., 6조 조사.
홍명수, 남·37.

묘 쓰면 비 안 오는 자리 2 - 황매산

* 앞 이야기에 이어 계속 하셨다 *

　합천에 황매산에 가만, 황매, 황매산. 황매카는 거, 거 이거는 하늘에 나는 매가 허공을 나르는 매가, 매 황금색이라 이기라. 그래서 황매산이라꼬. 저는 그래 알고 있는 다룬데 들어만 또 우떨란가 모리지. 그 황매산에 내가 두 번 가봤어요. 그 황매산 그래 묘를 쓰만, 고 그게 황매산 정상에 팻말을 써났어. 정자에 가만 좀 근사하게 팻말을 어북 큼직하게 이래 써넣어. 정자에 지금은 털거했삐고 혹시나 누가 들어가까 싶어서 혹시 누가 들어가까 싶어서, 지금은 자그맣케 이래 써났는데, 고 고자리로 어떻게 해석해 났나하만, 비룡이 비를 물고 댕기는 용이 여의주로, 여의주를 물고 하늘로 승천하는 행국이라. 그런데 그도 모만 쓰만, 비가 안 오는 그에요. 근데 여의주가 뭐꼬 카만, 사람 신첸기라. 죽은 사람이 들어가만 그기 여의주가 되는 기라. 산이 생기기로 돌삐산인데 고 자리만 가만 딱 똥그라만한 구멍이 있는데 딱 모 쓸 만하게 하여튼 고자리만, 들어가기만 하믄, 요게나 신체만 넣어만, 용이 여의주로 무는 형국이 되잤고, 날라올라 가뿐다 이기지. 그랬뿌만은 그기 쓰여갔고, 계속 지속되민은 대대로 부기명화를 누린다. 그랬그던. 그기 그대로 지속될 것 같티만, 다른 사람은 비가 안 와, 죽는다 카는 기라.

〔 대양면 설화 5 〕 T. 안금 1-1 앞

안금리, 1998. 4. 1., 6조 조사.
홍명수, 남·37.

무학대사의 도술 1

* 김영재 할아버지가 무학대사 이야기를 하셔서 그것에 대하여 여쭈어봤더니 알고 있는 것만 말씀해 주신다면서 구연하였다. *

　그 무학대사가 합천에 그 대댕에서 나셨는데, 나게 된 동기는 내 잘 모리는데, 처녀가 아를 났다카거던. 처녀가, 처녀가 처녀가 아를 낳다카거든. (조사자: 무학대사가 처녀가 아를 낳은 그 아들입니까?) 그러죠, 그러죠. 그걸 인자 우째가 아를 뱄나 이래 물은게. 어떤 사람들은 빨래 빠는데 무시가 떠내리와가 무시를 묵어서 아를 뱄다카고. (웃음) 그래싸도 이야기지. 들어서 이야기고, 그래 무학대사가 해나기 있어. 해난기 고기 어댔쯤이가 그건 모르지만은 저거 엄마가 밥 얻으로 댕기고 바느질해가 묵고 살았다카데. 몬 생기기는 억수로 못 생겼다 카데, 곰보고. 지금 무학대사 엄마가,

　"내 보고 뭐라 칼라. 갈대. 밥 얻으로 댕길라 칸께네 뭐 허여 이래갔고 그기 토째비가치 무섭다."

고 그래 가지고,

　"인자는 괜찮을 낍니다."

　그래 가보인께네 그기 크다가 피지를 못하는 기라. 그기 갈대라 가는기 알지요. 이기 갈대만 피가지고 이기 허여이 이래 너풀너풀 이라거던. 그래 이기 도술을 써 가이고, 그 이듬에 못 피구로 만들었는 기라. 요기 딱 올라오다가 요기 볼록하이 이래 됐는데, 이기 안 피지 그러고 인자, 한 번은 칡넝쿨이 걸 리가 넘어지는 기라. 넘어지는데,

　"아이고, 야야 밤길 댕긴께 칡넝쿨이 나와가 발에 걸리 너머짓다."

　그래가 이야기를 한께 그래,

　"인자 괜찮을 낍니다."

　그래 가보인께네. 이기 칡넝쿨이 한발을 안 나간다 이기라. 딱 오물이 갔고. 그래 인자 또 한 가지는 물이 이래 떨어지는데 밤으로 달빛에 물이 떨어지고 이라만 일렁거리가 좀 그런 것도 있거던, 그래 물이 그기 '어떻더라 이카거든.' 그래 인자 이 사람이 반구를 큰걸 갖다가 돌을 빡씨맀다카데, 그래,

　"그걸 우째 들고 왔게노?"

　그래 그 튼걸 글 물은끼네.

　"'팽이로 치갔고, 왔다."

카데. 그것 말이지 우째 팽이로 치와. 하여간 대사니까 도사님이니까 그럴 수도 있끼야 있지마는 하여튼 물이 돌 밑으로 내리가뿌리고 만은 물이 내리올때는 위

로 내리가지만은 작은 물이 평상시에 내리올 때는 돌 밑으로 내리가고 다 없어진
다카데, 그기 어딘지는 모르지마는. 그렇다카데. 무학대사가 그랬다카데.

〔 대양면 설화 6 〕 T. 안금 1-1 앞

안금리, 1998. 4. 1., 6조 조사.
홍명수, 남 · 37.

무학대사를 만나러 간 사람

* 무학대사가 아직도 살아있다는 이야기를 들었다고 하시며 이런 이야기를 들려주셨다.
이야기를 다 끝내시고 요즘은 이야기를 들을 수가 없다고 했다. 텔레비젼이 들어와서 모두
집에 TV만 본다고 이야기했다. 그래서 우리가 찾아와 동네 어른들한테 이야기도 듣고 참
좋다고 말씀해주셨다. *

요게 쌍백 메꼴. 메꼴이라카는데 얼매 안 되거든. 요 아동재 딱 너머가만 그
동네 그 우리 집안 아재가 있는데, 우리 아재가 이야기하는데. 그래 옛날에 대병
저쭉. 옛날에 어디 사람인고 첨엔 이야길 안 들었어. 쪼금 있다가 들었는데 어
이래 섣달 그믐달 저녁쯤에 데만, 예살에 사람들이 이래 정장해 가지고 정장 카만
갓씨고, 두루마기 입고, 이래 재실 거튼데 놀고 그랬거던요. 그래 놀고 그랬는데,
그 사람, 인자 한 사람이 꿈에 인자 선몽을 했던 모애이지. 무학대사가 보고 싶거
든. 근데 그 사람이 항상 무학대사를 보고 (마을 분들이 갑자기 많이 들어오셔서
소란해짐.) 싶어 했어. 그래 이야기를 혼자 궁시렁 대던 모양이지. 그 사람을 보고
보고싶거던 그럴 악기산이라꼬 물랐가카네. 악견산, 악견산이라꼬 악견산. 그기
악견 무슨 견짠지 모르겠지만, 옛날에는 그걸 악끼산이라꼬 물렀어.
  '악끼산에 꿀을 떠러오는데 그 섣달 그믐달 저녁에 아무한테도 말만하고, 내
로 만나러 오만 내를 만날 수 있을 끼다.'
  그래 그 꿈에서 선몽을 했다 이말이지. 그래 이 사람이 그래 인자, 이 사람이
그믐달 저녀게 제실에서 놀다가 밖에 밖에 한밤중 돼서 나간게, 그거 자꾸 이상하

지 생각하거든. 사람들이,

"이 사람 자꾸 어데 가노? 어데 갈라카노? 가지 말지 오데 가노?"

"지금 가는 기 아이다."

이루카고, 옛날에는 밤 씨두룩 이야기하고 노는 갑두만 인자 재실에 앉아갔고, 그래 인자 생진 않거카거든 사람이 그래 자꾸 갈라 캉기네 이상하거든. 그래,

"와 카노, 와 카노?"

그래 이야기 하고 가라 이기라. 무슨 일 때문에 가는거지 그래 인자 할 수 없이 털어놨다케.

"내 인자 악견산에 무학대사를 만나러 가는데 천상 만나러 갔다 와야겠다."

그래 아무한테도 이야기를 하지 마라 캤는데 영갬이 이야길 했는 기라. 그래 인자 올라간게 아무리 올라가도 정상을 몬 올라가는 기라. 뱅뱅도는 기라. 뱅뱅 돌아다니다가 그래 온몸에 옷에 벌꿀이 칠갑은 했는 기라. 무학대사가 오긴 온 모양이지. 악견산에 벌꿀 떠러 그래 얼마 안 된 이야긴데, 그래 무학대사 만나러 갔다가 벌꿀만 무치왔다 카는 이야기가 있다 카는 기라.

〔 대양면 설화 7 〕 T. 안금 1-2 뒤

안금리, 1998. 4. 1., 6조 조사.
홍명수, 남 · 37.

도깨비 씨름

* 이야기를 재미있게 해주셔서 모두들 웃고 재미있다고 칭찬이 자자하셨다. *

새파란 치마 저고리를 압고 그래 딱 나와가지고,

"아저씨 어디 가세요?"

그래,

"내 아무데 가만 뭐하고, 그래 인자 우짤끼냐?"

그래,
　"나도 아무데 그리가는데 같이 가자."
카더라케. 그래 인자 같이 떡 올라 온게네, 온게네 막 중간쯤 오더만 왠기도 옆으로 가는 기라. 옆으로 옆으로 가민서,
　"아저씨 이 길인데 왜 그리 가십니까?"
이라고 있는 기라. 자꾸 오시라꼬 손짓을 하는 기라. 그러치 그래 홀리는 홀리는 중인 기라. 그래 아인데, 술을 이빠이 묵어노인께 자기도 모르는 기라. 옛날에는 고길이 고길 것고, 요길이 요길 것고, 옛날에는 길이 안 좋았거든. 그때는 야거도 겨우 댕기는 길이었응께. 길이 그랬는데 이래 길이 이래 폭이 안 넓었거든. 길이 그랬는데, 자꾸 오라캉께 그래 인자 따라 갔다케. 따라갔다케. 그래 인자 따라가 갔꼬, 오래 산게네 다 저 밑에 모퉁이 반구 밑에 민장 논 있는데, 옛날에는 그 그서 나온다 아입니까. 그서 그래 인자 '참 오래 사인께. 그래 인자 인도하는가 싶어가꼬. 다른 길인가 싶어.' 가보인께 들가운데로 가는 기라. 이 처녀귀신이 새파란 저고리를 입은 사람이 그래 그것도 맑은 날 나오는 기도 아이라. (청중: 참 그래 그걸 귀신 방구라 카더라.) 그래 이야기 들어보이소. 이야기하는데, 방해….
(청중 웃음) 그래 자꾸 오라쌍께 어짤 수 없이 인자 비가 보슬보슬 오고 이랑께. 오라케 갔다말야. 그래 인자 가다봉께 여 이거 아이거든 그래 인자 참 정신을 바짝 차리본께, 인자 아이고 이거 홀렸다 싶거든. 그래 그래 가 인자 자 우짜노. 집에 갈라만 싸워야지. 집에 갈라카만, 그래 갔고,
　"그 이 아인데 그리 이래 갔다 이래 오라카노. 이리 갔다 이리 오라카노. 난 이리 갈란다."
　그래 인자 막 잡아 땡기는 기라. 잡아 땡기는 기라.
　"놔라 고마 난 갈란다."
　이거 잡고 안 놔주는 기라. 그래 술은 한 잔 묵어째 딱 째리가 있는데 그래 진땀은 얼마나 나노.
　"놔라 갈란다. 놔라."
　"몬 간다."
　잡고 있거든 사람이 그래 인자 우짜노 (청중 웃음) 옛날에 이거 허리 매는거 이거 뭐라 캄니꺼? (청중: 허리띠?) 옛날에 그 바지 그 한복 입어만, 이거 (청중:

헐 것?) 헐 것. 그래 이걸 인자 그놈을 끊어갔고 매는 기라. 쌔리마. 모가지 졸라매고, 다리 몽댕이 묶까고, (청중 웃음) 그래 가 인자 그래 가 인자 꽁꽁 묶까노코, 그래 가 인자 돌맹이를 하나 줍는 기라. 해 보자. 뚜디리 대는 기라. 죽이든 살리든 지 죽지 내 죽나. 뚜디리 패노코 싸운기라. 그래 인자 이기 조용하다 싶은께네, 딱 뿌리 치고 딱 팅기라. 딱 가게 됐어. 그래 이걸 오다 쥐고 (바지를 헐러내리지 않게 잡는 쉬늉을 하심) 삼십육계 날랐다네. 줄행랑을 칭 기라. 그래 집에 온게네, 옷은 다 젖었고 흙, 흙투성인데, 그래 가 인자 술 깨갔고 탁 생각을 해본께네, 내가 어쩌녁에 고서 누구랑 싸우긴 싸웠는데 누구랑 싸웠는지 모르는 기라. 그래 인자 곰곰히 생각을 해가. 그 자리에 떡 가인게 빗자리 몽댕이를 꽁꽁 무까까노코, 돌빼이로 쌜 리가 박살이 났다 이기라. 그래 이기 왜 그렀냐하만, 옛날에는 빗자리 그걸 좀채로 버리지도 않고 태우지도 않는다데. 미신이라 빗자리는 않 태운다데. 태우는기 아이라케. 옛날에 밀 빗자리 방 빗자리 옛날에는 빗자리 이기 귀해갔고, 몽당 빗자리 될 때까지 쓰는 기라. 사람이 땀 날 때도 있고 안 날 때도 있지만, 이걸 및십 년씩 쓰는 기라. 부엌 쓸고 뒷담 쓸고 그래 이기 인분이 묻어가지고, 비가 보슬보슬 오미는 옷바이 똑똑 맺히만, 불이 새파라이 나는 기라. 이따마이 커다랗게 보이는데 그래 이걸 술을 이빠이 묵고, 비가 보슬보슬 오고 술을 이빠이 묵어만, 그래 고기 인자 술 묵은 사람 눈에만 보이는 기라. 그래 인자 그래 불빛이 푸리다네. 난 실제로 안 봤는데, 고기 그래 나온다케. 이뿌지 않어만 않따라 간다케. 이뿐게 이걸 따라 가는기라. 도깨비 한테 홀끼만, 이래 간다케. (고개를 위로 들며) (청중: 치다보만 키가 자꾸 커고 내리다 보만 자고.) 술만 고주망탱이만 되만.

〔 대양면 설화 8 〕 T. 안금 2-1 앞

안금리, 1998. 4. 1., 6조 조사.
홍명수, 남·37.

열녀비

* 막노동을 하러 갔다가 들은 이야기라 하셨다. *

삼가 저쪽에 가면 ‘전설에 고향’에 나왔다카는데 우물이 하나 있어. 우물이 우물이 하나 있는데 그 옛날에 그 동네 사람이 그게 나와서 우물에 동네 사람이 나오갔고, 나물거리도 씩어가고 그랬는데, 그 옛날에 국도가 그 거창 가는 국도가 진주에서 고리 가도 국도가 고리 있는데, 작년에 그 포장을 했는갑데요. 포장공사 노가다로 갔었는데, 그게 ‘우물이 있다’ 이기라. 그래 우물이 ‘그걸 만들어 죠야 된다’ 이기라.

“그래 왜 그걸 만들어야 되느냐.”

그랑께,

“‘전설에 고향’ 나온 유적지라서 그걸 해야 된다.”

그래,

“그기 우째서 전설에 고향에도 나오고 그런 이야기가 있느냐.”

그래 물은께, 옛날에 그 처녀가 애쁜 처녀가 그 마을에 살았는데 그 처녀 아이만 이야기 안 할라켔는데, (청중 웃음) 그래 예쁜 처녀라 그래. 예쁜 처녀가 그래 우물가에 뭘 씩꺼로 나왔는 갑지. 뭘 씩꺼로 나왔는 갑지. 그 처녀만 나온기는 아이고 동네 사람 천부다. 물이 상당히 좋더만. 아무리 가물라도 물이 나오는 자린데. 고 어데 파보니까 가는 황토땅인데, 그는 그 진흙땅이 딱 돼갔고, 물이 안으로 새니리 가지를 않는 기라. 돌 속도 아닌데 흙 속에서 물이 속속속 번지 올로 나오는데, 물이 어북마이나 저 저기 술 붓는(맥주를 따라드리고 있었는데 그것을 보시고 그러셨다.) 저런 식으로, 졸졸졸 부는 식으로 계속 물이 올라오는데, 그래 처녀가 예쁘니까. 아가씨들 있는데 이야기해도 될랑가 모리겠다. (청중 웃음) 전설에 고향이니까 그 일본님이 예쁘니까, 즉 일본놈이 지나가다가 처녀가 예쁘니까, 그래 그때만 해도 그 그 미른 새끼지. 그래 그 일본놈이 처녀 젖을 만지 뿟는 기라.

“아이고 예쁘다.”

이래가 처녀 젖가슴을 만지니까 처녀가 그 아직까지 그것도 아닌데 때 묻은 것

도 아닌데,

'이 순결한 처녀의 가슴을 만졌다. 그것도 왜놈이.'

그래 가이고, 칼로 집어들고, 젖을 자기 젖가슴을 짤랐다케. 그래 고마 이기 죽었뿟어요 (조사자: 어머나!) 그래 이기 열녀다. 그래 가꼬 '열녀비가 들어섰다' 카데. (청취자: 그기 저 새미실 그도 있어.)

〔 대양면 설화 9 〕T. 안금 2-1 앞

안금리, 1998. 4. 1., 6조 조사.
심재인, 남 · 59.

무학대사의 도술 2

* [T. 안금 1-1. 앞]에서 하시다가 그만 둔 무학대사 이야기를 이어서 해달라고 김영재할아
버지께 부탁드렸다. 할아버지가 처음 조금 구연하시다가 이장님이 이어받아 계속 구연해
주셨다. *

(김영재 할아버지: 이성계 왕사가 말하는데. 후 무학은 합천지구 여기서 난 그 분을 후 무학이라 하고 이러카고 있어. 어떤 학자들은 '통틀어 한게 뿌이다'이 루카는데.) 무학대사가 이성계가 초개라 카거던, 초계서 났는데 저기 양반의 출생이 아이거던. 그 저거 우에 부모는 우떤기든 한 사람은 완전히 종으로 났다 안카나. 종으로 어마인가 아바인가 종으로. 전에는 어마이가 못 묵고 산께네 저 항상 너머집 동네에 가서 일을 해 주고 품을 팔아주고 사는데.

저 산 그 등을 넘어댕긴다 카거던. 산등은 하나 이래 두고 넘어와야 되고, 젤, 거 넘어올 때 지금카마 풀이라 카는데 산에 가만 풀이라 카는기 있어. 지금카 만 민들패기라 카는데 풀이 있는데, 이기 인이라 카는기 날라 들어가만 불을 씬다 카거든 불을 쓴다 카는데, 이기 밤에 오만 인자 불이 번쩍 산께네,

"이기 인자 젤 무섭다."

캤는기라. 이기 밤에 재를 넘오온게 아들한테, 인이 돌아댕기미 뭐 불을 썼산께.

그래 무학대사가,

"그런 거터만, 내가 없애주께."

그거 했다카나, 이기 뭐시 이카노. (사진찍음. 청중 웃음) 그런데 무학대사가 어떤 수를 썼던지 그 인을 없앴다카데, 그리고 그 소그랑(냇가)에 물이 내는 소리 난께. 그기 저검마가,

"그기 소리가 딛기 싫다."

칸께. 도랑을 없애뿟다이 카는데. 무학대사가 그 말 꼬삐를 여 석자를 노은께네, 나오가지이고 말 꼬삐를 이래 모꼬가는데 무학대사가 저라카데. 전설에 본께 (청취 불능) 양반이 타고 이래 인자 당나귀를 타고 무학대사이기 젊었을 때, 말 꼬삐를 이래 몰꼬가는데,

"영감마님. 이래 인자 참시만, 여기 서서 계시소."

내리가더라카네. 내리가디만, 이 솔잎개비로 껌어가 껌띠 이래 밑에 강에 내리가 물로 찧가이고 그래 시시뿌리더라캐. 저 북쪽으로 보고, 그래 그기 이상해서, 이 양반이 이상해서 올라오는 걸 그 무학이 한테, 물은께네,

"니 인자 그가 뭐하고 왔노."

이카니까. 그래,

"해인사 큰 법당에 불이 나서 불 안 껐습니까?" (청중 웃음)

그기 그래가이고 그기 양반이 아무리 생각해도 이상해서 알아가이고 해인사 큰 법당에 여 해인사 백 리뿌이 않돼. 여 합천 해인사가. 그래 여 가 인자 해인사 가서, 그래 해인 가서 알아본께네, 뭐 난데 없는, 열두 시라커던가 언제. 지금이라 카마 정각 열두 시택이지.

"한낮에 남쪽에서 구름이 몰리오디 불이 나니, 북쪽에서 각중에 소내기가 와서 불을 껐다."

카데, 그때부터 이 무학이 그런 도술을 징깄어. 대병이라카재. 아매. 그래 짚고 댕기던 늙어가이고 한번썩 짚던 작대기를 꼬바났다 카는데 이기 한 오백년이 됐는데도, 아직 쪼매나이 이래있어.

안금리, 1998. 4. 1., 6조 조사.
김영재, 남 · 65.

무학대사의 도술 3

* 심재인 할아버지가 이야기하시자, 바로 이어서 무학대사가 행한 이적을 덧붙여 말씀하셨다. *

　자기 어마씨가 동냥을 하러 댕기는데 늘 냇가로 갔다. 이런께 신발을 벗고,
"이렇게 추운데 겨울에도 그러니까 어무니 발이 시리다."
　지금도 그 댐한데 그 우에 골짜기 그 가만, 물 밑에 소리는 나오는데, 큰 돌을
전부 나가이고, 저거 어마씨가 물을 안 건넜다카데. 또 칡덩불도 이렇게 한발 이
상 전부,
　"모든 칡넝쿨은 이 산에 있는 모든 넝쿨은 한 발이상 길지 마라."
　명을 한 기라. '한발 이상 길지 마라.' 이깼는 기라. 그래 아직도 여기는 저
가만 한발 이상 길지 않는다카는 기라.

〔 대양면 설화 11 〕 T. 안금 2-2 뒤

안금리, 1998. 4. 1., 6조 조사.
홍명수, 남 · 37.

욕대회

* 이야기에 욕이 많이 들어간다면서 거친 욕은 제보자가 스스로 하지 않으셨다. *

　욕대회가 있었는데, 뭐 욕이 시시한 거는 씨발놈이, 개새끼부터 시작해서 하
는데, 그 나중에 끝에 가서 욕을 최고 잘핸 사람이 뭐라꼬 얘기를 했냐 하면은,
이 이기 냇가에 여자가 뭘 이고 가는 기라. 옛날에는 이 뭘 이고 건너 갈라카만,
그 뭐라카노 이 징검다리 팔딱팔딱 건너가는 그걸 딱 건너가는데, 고걸 보고 딱

욕을 했는 기라.

　"죠 씨발넌 뭐이고 가는 저년 팔딱팔딱 이고 가다 죠 팍 쳐박히 콱 죽어삐라."
　그런데 죽어삤는 기라. 그래 갔고 이깄어.

〔 대양면 설화 12 〕 T. 안금 4-1 앞

안금리, 1998. 4. 2., 6조 조사.
김영재, 남·65.

시집살이 이야기 1

　"아야 시집살이가 어떻터노."
　"누서 떡 묵기 덥니더."
아카더라케. 쉽단 말이지. 그래 가고 자기 아부지가 실제로 떡을 갔다가 인자 떡
을 묵어 보는 기라. 콩고물도 흐로고 아요. 이거 막 목이 메이서 말이야 떡 앉았다
가 눗다가 이기 잘 안 너머가더라케. 그래 저거 아부지가 해석하기를 이기 쉬번기
아이고 쫌 어렵다 그런 뜻이다. 이래 해석을 하더라 캅니다. 어떤기 맞습니까?

〔 대양면 설화 13 〕 T. 안금 4-1 앞

안금리, 1998. 4. 2., 6조 조사.
이말순, 여·71.

시집살이 이야기 2

　* 김영재 할아버지가 이야기하시자 비슷한 이야기를 해주셨다. *

또 저 옛날에 어른들은 이래하내. 딸을 가따가 참 외동딸을 가따가 곱기 키아 갔고, 참 각시 키아갔고 시집을 떡 모내났어. 참 가문도 좋다. 살림도 부재다. 이래 썼는데, 그래 딸이 친정에 오는데 바짝 말랐는 기라. 그래,

"아가 시집잘이가 어떠터노?"

"아이고, 아부지 누서 명주뿌리 실까기보다 더 디요."

"야, 야 딸 영판 잘 챘구나.(시집 잘 갔구나)"

누서하는 일이 오죽 술해. 그래 인자 명지비를 떡 나가지고 영갬이 누서 까는 데 반개도 못 까더라캐. 고때는 인자 아이고,

"내 자석 가따가 영 독사가문에 쳐너꾸나"

그때서야 인자 타계를 하더라꼬. 누서하는기 딱 잠뺏끼 없데이. 잠도 안 오는 걸 누우만 눈만 깜고 있어만 몸부림이 쳐서 못 살아여 누서 하는기 아무 것도 없어.

〔 대양면 설화 14 〕 T. 안금 4-1 앞

안금리, 1998. 4. 2., 6조 조사.
이말순, 여 · 71.

이야기 주머니의 복수

* 앞 이야기에 이어서 계속 구연하였다. *

내가 이야기를 하나 더 할께요. 여기 누가 이약 질기는(즐기는) 사람 있는가? 어데가 한 자리 들어만 고놈을 쓰고 고마 일루하기 싫고, 조선 팔도를 댕기민서 이약 사로 댕기는 기라. 그래 인자 주무에다 한 거석 너가이고, 천자 그 딱 달아났 는 기라. 이약 들어가꼬. 들어만 적고, 즐어만 적고, 달아났고 자. 이놈을 내나니 내가 입담이 없써서 하지는 못 하고. (청중: 적기는 뭐할라꼬 적어.) 할 시간도 없고. 백 년이나 되구로 천장에 달아났는 기라. 이노무 자석 이기 이야기 내틸이

야(내어버려야) 될낀데. 가따 노으니께 이기 삭아된기라. 그래 삭아 되가꼬, 이 사람이 인자 아들로 낳는데. 요거를 인자 응가 커고 고 이약을 생전 끌러 내놓지를 못하는 모양이라. 하리 찌녁은 그 사랑방에 머슴이 가마이 누버선께 이루카거든.

"영 우리가 가까바서 몬 살겠다. 이노무 자석이 우리를 가따가 벌써 근 백 년을 가따가 가다노코 있어이 다른 은혜는 할 끼 없고, 저 자석 저거 장가가거든 대반에 직이기로 하자."

삭아되가 그래 이야기를 하거든 머심이(머슴) 그 말을 듣고,

'우리 도련님이 장개날을 받았는데 이 장개를 가만 틀림없이 직이리다. 그러니고마, 내가 하는 의견을 따를 끼 없다.'

그래 가지고 인자 참 그 신랑을 밀고 저거끼리 무슨 이약을 하는고 카마.

"너는 무시 될래?"

이약을 각주 적어노코 이약이 이야기를 하는 기라.

"너는 뭐시 될래?"

"나는 이거 새 도령 장가 가는데 물이 되가꼬 목을 바짝 마르구로 할란다. 그 물을 묵어만 그 자리에서 직살되구로 할란다."

"또 너는 무시 될래?"

"나는 딸기가 되가꼬."

막 가뭄 때 그거 참 맛있구만요.

"막 줄렁줄렁 달리가꼬 그리 한 분 따묵고 접어 따 묵어만 그 자리에서 직사하구로 딸이 될란다."

또 이약 한 가지가 뭐라카는기 아이고,

"나는 천두 복숭이 되가이고 열고 있어만, 아무리 지놈이 그거 따 묵을라 카지 않따 묵을라 카니는 않을 끼다. 나는 복숭이 될 끼다."

또 이약 하나가 뭐라 카는기 아이라,

"나는 대추우왕 벌이 대가이고."

저런 내가 거꾸로 하는구나!

"나는 송곳이 되가지고, 그 엎디서 절하거들랑 땅바닥에 박고 있다가 송곳티로 찌러서 직이 뺄란다."

또 이약 한가지가, 이약도 여러 자루던가 보지,

"나는 큰 대추우왕 벌이 되가지고, 방 천자 저 딱 들어오는데 저 붙어있다가 사모를 딱 벗거들랑 뒤통수를 쏘가 직이삘란다."

그래 이약을 하거든. 아 어느 나불에(경우에) 죽어도 죽겠거든. 그래 요 사램이 딱 듣고 그래고만,

"널랑 어쩌든지 집에서 집을 잘 보거라."

그래 저거 어른이 이약을 하거든,

"아이고 가야 됩니다. 질랑 꼭 가야 됩니다."

"이눔이 우쩔라꼬 갈라카노."

막 이래싸도 꼭 갈라칸게로 칸게네 그래 대꼬 간 기라. 실어가꼬 미고간께, 인가이 가디 마는 새 신랑이 가메 안에서 여 목이 타서 죽으니,

"참 좋은 물 한 그릇 묵어야 산다."

막 야단을 하거든. 대략천불 그 물을 들고 뛰뿌리는 기라.

"요노무 자석을 어째 직이도 집에가서 내가 내가 직이재."

요래 생각을 하고 갤심을 묵고 밑 발 안 가서 딸기가 있는 기라. 이 말 한 가지는 그 지내삐만(이야기 하나가 변한 것을 이기면) 안 묵고 짚은 기라. 딸기를 그 한 주묵 따달랐고, 또 고마 그 놈을 불끈지고 고마 가드란다. 가는기라. 아 또 밑 발 안 가서 복싱이 있는 기라. 그래 복숭 저기나 따나 한 개 따도라캐도 또 한기라.

"아이고 고마, 입에 가기만 하만 너는 내 정질에 죽었다."

이래치고, 그래덜 간다. 그러구로 인자 예(禮) 지낼라꼬 나왔는데, 그래 나와서 인자 떡 절을 할라캉께 요 사램이 인자 히떡 밀어삐. 뒤로 휘딱 자빠졌는 기라. 그래 그런 그시기 없는기라.

"이리키 나를 이사를 시키니 이눔은 삐도 없이 내가 직이다."

꼬 길심(결심)을 묵고, 한분 그래 삐만 싹 살아지뿌는 기라. 구래 그러구로 예를 치고 참 딱 사모를 벗을라캉께 뒷꼭지를 따라들어와 가이고, 대디를 딱 쌔리서 딱 엎지러뿌리거던. 그런께로 확 날거리다(벌이 날다가) 어퍼져뿌린께네 못 싸는 기라. 그래 방안에 달려들어 후추떤지 뿌리거든,

"이놈의 것 나를 따라 댕기민서 일일이 의사를 시킨게 저몸을 었제케 해야

되겠노."

그래 이 사람을 인자 점슴을 해가지고고 묵고 집에 보내고 저는 그래 죽음을 피해고 괴씸해서 고마 샘일(3일) 신랑을 하긴데 있지로 못하겠는 기라. 그래 이튿날 일찍 집에 왔다. 집에 온게내 똥물을 한양푼 떡 푸네고 오까이 그래 딱 기다리고 있거든 개떡이나 눈에 눈에 천물이나 못 있겠는데,

"참 서방님 잘 살아 왔습니다."

"잘 살고 못 살고 이노무 자석 너는 내 성질에 죽는다."

"아이고 서방님 아뭇 소리도 말고 서방님 웃방에 모시지 말고 글방에 가지도 마 말고 오늘일랑 내랑 사랑방에 같이 자봅니더."

조걸 내가 어째 뚜디리 지기꼬 싶어서 칼을 한 가락 갈아가지고 품에 너가이고, 딱 야루고 있은께 어떠기 매루를 떨고 이래 쌌든지,

"오늘 저녁만 자고 내 죽을 걸 아 압니더. 내 죽어도 오늘 저녁일랑 내랑 사랑방에 자봅지더."

그러치만은 과게하고 어북 그석한 사램이 이기 무슨 조화고 그래 한방에 잘 수가 있나. 어떠기 애구를 떨든지 밤을 세왔는 기라. 조고 직일 연구만 내고 다부락 다부락 그 방 가서 그리고 있은께 고마 이약 주메가 살아난 기라.

"참 이노무 자석 밍이 댓줄기라. 천기, 운기를 띄고 난 놈이다. 저 머슴 저거 아니만 이놈은 죽으낀데 우리가 및 분을 직일라꼬 고로커롬 애를쓰도 요 머슴 요거 때문에 못 직있써니. 잘 살아가두룩 내또 두고, 나를 가따가 우띠키 해도 사용도 안 하고 천하추동 요로키 가깝구로 해났이니 요놈을 직이야 된다." 꼬 그래 이약을 단디 하거던. 그래 고마 고마 깜짝 놀랜기라. 그래 고마 깜짝 놀래가지고 이약 주머니를 부떨고,

"그래 어떻기 하만 이 거석을 안 맞구로 풀어주꼬꼬."

그래 주머니 안에서 이카는 기라.

"나를 가따가 저 한강물에 가따가 띄아돌라."

그래 한강물에 띄울라캉께 이약이 아까바서 못 띄우는 기라. 그 석에 동구는데 대들보 우에다밖에 딱 달아났어. 그래 고마 달아 논께 해(害)를 친 기라. 그래 고마 그래 해를 치는데 저거 어떡키 치노카만, 그집에 고마 호식을 시키는 기라. 밤마다 고마 이거 호래이가 되갔고 밤마다 소를 한 마리씩 물어가고, 물어가고

물어가고 이랬단 말이라. 그래 인자 한 저 집에는 우찌든지 밤마중 호석해가고 이랬다카는데. 영 집구석은 막 소를 맞은께 가보라카거던. 동네 싹 들어온께. 그래 인자 하로 밤에는 그 집에 가서 실실 둘로본께 그럭저럭 일년 통기(통계)가 넘었든가, 하룻밤에 하나씩 고마요 싹 물어가삐리고, 고마 이 사람도 장개를 가도 그 솔찌가지고 그 마누래로 타치도 안 하고 돌아댕기는데, 그래 삥삥 돌아본께로 첩방에는 불써 문지가 않았고, 오래 문꼬틀에 피로 묻고 이래 이렇코, 고안 방안에 밎방을 들어간께 금수동 사람이 그래 삥삥 돌아본께 요 비름빵요래 차라본께로. 요 말간 중롱 꺼내키(끈)가 하나 달리 있는기라. 꺼내키로 불끈 땡긴께 문이 열리더란다. 고기 던가비라. 그 안에 고마 처녀가 처녀가 고마 깜짝 놀래 가지고, 놀래민서,

"누가 내를 이러키 하느냐?"

꼬 이약을 한께 그래,

"내가 어느 말에서 왔는데 이 마을 들어온께네 그래 이집에는 그래 그래 우짠 일인고 싶어서 내가 이래 들어온다."

이커구든. 그래 이약을 하거든.

"한 일 년 가량을 다 돼가도 밤마중 와서 참 아부지, 엄마, 올케, 오라바이를 전부 다 데리가고 오늘 밤에 내 모가친데 할 수 없어 내가 이래 앉아서 밤을 새고 있다."

그래 이 사램이 가마이 앉아서 생각을 한께 옛날에 저거 오빠 씨든(쓰든) 총이 하나 있는 기라.

"이 총 이거는 우리 오빠가 사냉도 하고 이래 씨든 총이다."

그래 고마 총을 가지고 딱 불을 피아노코 있신께 시방 돌 밑에 딱 엎디리가 있은께, 한방중 댕께 모든 짐승이 마당에 삥하이 모이들더라카데, 그래 호래이가 젤 큰 짐승이가 보지.

"오늘 저녁에는 우리가 마지막이다. 그러이께 책력이나 한분 보고 그 그석을 하자."

그래 다른 사람은 안 부르고 토끼, 옛날에 토끼책이 그러키 영하더랍니다. 그래,

"토끼 선상 불러시라."

캉께 토끼가 쪼매난기 한 마리 홀쩍홀쩍 뛰오디만, 딱 앉띠 책을 팔락 넘기더만,

"예 호래이 선상님은 총을 맞고 마당에 꼬리를 퍼떠리고 늦을 끼고, 나는 후 디끼서 뒷동산 바우 뒤에 숨어서 오줌을 싸미서 가슴을 팔딱팔딱 할 낍니다."

"쳬 이 이놈 잘 몬한다. 다시 한 분 더 봐라."

그래 또 책장을 두고 폴폴 날린께네 그래 고마 다른 사람 볼 끼있나. 호래이를 총을 나뿌린께 그래 고마 참 호래이는 꼬래이를 퍼뜨리고, 누버삐리고, 토끼하고 다른 짐상들은 도망을 가삐렸는 기라. 그래 있다. 그 처녀가 총바람에 놀래서 그래 엎고 간께네 갈아믹이서, 참 그석하고 그 총난 그 사람이 고 그석안에 주묵이 하나 달 리가 있거든. 그래 고 주무이가, 무신지 본께 이약이 밑 장인지 주무에 똘똘 말어서 너나뜨란다.(너어놓다) 그래 이 사람은 이걸 불에 살라 물에 띠아 보내 뿌고, 그래 이 사람하고 잘 살더랍니다.

(청중: 아이고 잘 했다. 모두 박수.)

〔 대양면 설화 15 〕 T. 안금 4-1 앞

안금리, 1998. 4. 2., 6조 조사.
정조야, 여 · 75.

벼이삭도 훔치지 못한 착한 사람

내가 이야기 한 가지 할게. 이전 사램이 어떠끼 못 살던지. 못 살던지. 저 가을대만, 고마 배가 고파 죽을 상 싶은 기라. 들에 가서 나락이 누런데,

"나락 그걸로 쥑꺼리 묵어만 안 살겠소. 그것 좀 훑어가 오소."

그랑께 나가더라케. 나가디, 농사 잘 지서 누런 나락이 추렁추렁 있는데, 댓 두렁으로 올라서도 그 나락한 이삭을 못 이수는 기라에. 저 농사 진거 소미기고 할긴데,

'내가 저래 손을 대 가꼬 대겠나.' (청취자: 그것 참 천심이다.)

댓 두름을 그석해도 못 하고,

"그래 좀 훑어가 왔어예?"

"아이고, 이 사람아 못 훑어내재. 너무 농사 수두룩 지논거 미기고 할낀데 아무리 해도 몬 하겠다."

머리 이슬만 보야이 맞고 오드라캐.

"자네 가 보게."

컨께,

"내가 나가보지요."

참 나가본께 나락 추렁추렁 있는거 못 훑터서 댓 두름으로 또 그석하고 이슬만 보야이 맞고 왔는 기라.

"아이고 나도 못 훑터냈소. 우리 고마 굴머 죽읍시다."

이래 그래 고날 저녁에 꿈을 딱 꾼께네. 하늘에 옥황선녀가 하는 말이,

"너그 밤 차도록 나가서 고상하는 거 보고 아무데 삼거리 그 나오거라."

선몽이 되고 딱 깨이거든, 그래 인자 두루매기 허허 입고 아무데 삼거리 가서

"저 두루매기 고름에 차고 나오라."

카더라캐. 그래 있응께 총객이 하나 빼짝 마른 총객이 하나 씨를 툭툭 차미 그 중에,

"내 따라가자."

그래 인자 따라간께, 한 군데 초생이 나서 들썩들썩 풍수를 열도 들이대도 믹짜리가 없어.

"저 거네 못 저기 큰 강저기 저기 믹자리 있다."

카거든. 그래 인자 총객 저기 머라꼬 머라꼬 요술해서 강에 물이 싹 빠졌거든, 그 못 가운데 믹자리가 있다켔거든, 그래 고마 믹자리를 딱 썬께네 물도 안 개피고 요래 요래 그래 이집에서 한 달로 어찌 좋든지, 한 달로 이 사람들 풍수를 믹이 살맀는기라. 믹이 살리고 있은께네, 그래 인자 총객이 집에 가야 않될까 그래 인자 돈을 천바이 이전 돈은 천바이(전부다) 막 전바이 꿔차고, 뭐시니 삼거리 거서,

"나는 옥황상제 아들인데, 나는 내 갈 때로 가야된께 집으로 가소."

고 그 가디 그커고 가디 총객은 어디로 갔는지 보이지도 안코, 이래 집에 온께네

집이 억만으로 부자 되가이고, 집도 잘 짓고 집도 잘 짓고 이래가,

　"당신이 어데서 한 달 이따가 오는야?"

이카내께네,

　"아이고 내가 참 꿈에 옥상선녀가 날 살릴라꼬 나고 묵는기 선심이라서 그놈을 쭐쭐 훑터씨만, 않되는데 요래 만치고, 갰 두름을 만치고 그 선심으로 옥황상녀가 되고 너를 믹이 살리야 되겠다."

　그래. 그석해서 그래 부자가 되드란다.

〔 대양면 설화 16 〕 T. 안금 4-1 앞

안금리, 1998. 4. 2., 6조 조사.

이말순, 여·71.

척떡(부침개) 덕에 된 부자

　내가 한 개 더 해야되겠다. 니가 한 이래(이렇게) 집이 이래 엄청시리 참 가난한 기라. 그런걸 가따가 서당에다가 공부를 시킬라 칸께 시상에 밥 묵고 갈끼 없는 기라. 그래 하도 엄쓰서 이리 싼께네, 저그 어매가 머라카는기 아이라.

　"야이 이노무 자석아 니가 공부만 할끼 아이라 아무래도 선상인데 선상님한테 가가이고."

　그때는 선상이 아이라 접동이라 캤어. 그래,

　"접동한테 가서 우짜만 부자가 되는고 한 분 물어봐라."

　그래 그칸께 그래 가가지고,

　"선상님 우짜만 부자가 됩니꺼?"

칸께네, 여럿이 있는데 선상님이 썽이 나서 하는 말이,

　"야! 이노무 자석아 넘한테 적신하만, 부자가 된다."

이루카거든, 그래 캤는데 이기 집에 가가지고,

"아이고 어마이 적떡(부침개)을 마이 꿉어가지고 오만 부자된다 카더라."
이루카거든, (청중 웃음) 적떡을 꿉을라카이 뭐이 있나. 참 뭘로 뭘로 보리니 머시
니 막 뽀사가지고 막 다 너가지고 적떡, 보리떡 한 그석 꿉었는 기라. 그래 꿉어가
지고 저거 아들한테 보낸께,
  "선상님 적떡 꾸가지고 왔습니다."
  "야! 이눔아 적떡 뭐할라꼬 꿉어가꼬 오노."
  "어제 선상님이 적떡 꿉어가지고 오만 부자된다 안 캤십니꺼."
  "아이고, 참 내가 적신하라 캤지 적떡 꿉어오라카더나."
  "선상님이 그래 캐노코."
이래 쌌커든, 그 없는 살림에 그만치 꿉어올라카만 그런 심이 없는 기라. 이걸
우짜꼬 시퍼가꼬 나노코 주 모다노코 우더커니 앉잤다. 그르구로 여러 시간이
댕께로 아들이 쪽 놀로가디만 뛰들어 오디,
  "하이고 선상님, 아모데 질에 사램이 하나 어퍼져 죽어가 있심더."
  그래 선생이 갔다. 가본께네 중이 댕기다 그 배가 고파 기절해가꼬 딱 씨리지
있는기라. 그래,
  "녀그 어서 가서 적떡 소고리 가지 오거라."
  그래 인자 소고리 가오고 물로 떠오고 그래 선생이 앉자가지고, 적떡 그걸
떠여코, 물로 믹잉께 세 분까지는 고기 안 넘어가더란다. 그래 세 분까지는 물고
기 조르륵 내리가디 입맛을 다시고 어북 한 뭉테기를 믹이고 물을 믹이고 이란께
묵고 일어나거든. 그래 고마 선생이 데리고 간 기라. 그래 와가 그놈을 내노코
갈라묵고 그래 인자 선생이 이루칸기라.
  "이거는 그래 접동님 이거는 우뜬 떡인데 이러키 나를 살렀는고?"
이루칸께,
  "그기 아이고, 자네도 묵었으니 시험이 참 많다. 시험이 마느이께네, 묵고 그
기 있으만 않되니께네, 오데가서 신호지를 잘 잡아조라. 아무끼나 없고 싸서, 내
한테 우떠씨 하만 부자가 되노싸서 적신을 하만 부재가 된다싸서 적떡을 꿉어가
꼬 왔는데, 자네 한테 적신을 했다."
  고짝 적신이 고리 맞아 들어간 기라. 그래 적신을 했다. 그래 가마이 생각한께
그래 가마이 생각을 한께 그래 이 산신에 잔이라도 한 잔 부아노쿠로 준비를 해오

라칸께. 그래 인자 잔을 한 잔 붓고, 그 어린기 그그하고 중하고 대꼬 가가지고
그래 인자 산자리를 한 자리 사라캐. 그래 산 그 자리를 하나 사고 그래 가지고
구디를 판 기라. 그래 고마 영장을 갖다가 샛또라 가따가 꺼꿀로 딱 시아 논 기라.
꺼꿀로 시아논께로, 그날밤에 대반에 쏘나기가 울매나 오든지 고마 싹 떠내리깄
는 기라. 아침에 모도 논에 간다꼬 나가이께네 저 논에 저 냇가 또랭이 강맹이로
있는데 둥떠온다.

　"야이 이 사람들아 막 금떵거리 내리간다. 건지라."
이루카께 일꾼이 달라 들어가지고 막 막 건지고 본께네 영전이라. 그래 중 그기
시번짜리를 옛날에 엽전을 가오라 이래 막 가지고 오라캐 가지고 가이. 가지고
온께, 그래 저 건네 산에다 파고 더문더문 묻은께 아무 것도 모리는 사람은,

　"저 산이 밍산인데 저게 파만 금이 마이 나온끼네 파라."

　막 전신에 여자고 남자고 파재끼는 기라. 고곳도 재수 존 사람은 십원짜리나
따라 점두룩 파도 내 복에 안 되는 사람은 못 파는 기라. 그러구로 쌔리 파논게네
아주 밍당자리가 된기라. 그 잉가이 파고 난께,

　"그 고마 파도 된다."

　그래 밎자리로 그 잡아서 노코 이래 노코 그래 거 대사가 그루카기를,

　"여 오래 까지는 않가끼다. 요 샘일만 있어만, 좋은 수가 생길낀데, 그래 그래
알아라."

　이약을 이래 하거든. 인자 이전에는 없어가지고 둥구리 쪼가리 이것도 부석
에 묻어 났다가 아직에 불을 붙이고 하고 우리들도 해꺼든요. 그 숯불 붙이깄고,
불붙이고 요 그래가 나노코 둥구리 묻어노코 나가만, 내 뿌리서 불을 탈탈 직이고
물을 내 뿌리고 가삐리고 없거든.

　"하이고 야 미 파서 부자된다꼬 미 파서 옮기고 그랬는데 인자는 불이 없어서
몬 해묵고 인자는 더 몬 살지 싶다."

　내가 밤으로 지킬낀께 어마이가 나와서 삼 일을 지키도 그루매도(그림자) 몬
보는 기라. 그래 고 총객이 나와가지고 총객이 딱 지킨께,

　"엄마, 내가 한 분 지키보께."

　하루 나와기지고 딱 지킨께 처녀가 고마마 참 인물도 조코 참 그런 처녀가
딱 들어오디 그 쏙빼가지고 떤지삐리는 기라. 그래 가이고 옛날에는 참 일찍 장개

를 열여섯에 갔다카든가, 그래 그 사람을 붙잡아 논께 그래 그 사램이 살림은 참 부자고 착실하고 그루칸데 종이 집에 밎놈이 있든 모양인 게비라. 그루이께 엄마, 아부니 다 죽이삐리고 또 오라바이는 역적에 말리서 가삐고 없고, 그 종이 처녀를 욕끼(욕심)를 내가이고 부짭을라꼬 난리를 치는 기라. 그런께 자꾸 요기 그 포시를 내미는 집에서 누가 나를 찾지 시퍼가지고 인자 멀리멀리 숨어서 댕기다 고와서 그루고 그랬든 모애이지. 그래 천석 문서를 몸에다 품고있네. 그래 한께 붙잡고 사정을 그 집에 할 수 없어서 살게 되는 기라. 그래 본께로 집문시 논문시 아랫마을 큰 동네 고향문시 지고왔네. 그래 석 달도 안 되가지고 천 석을 하더라네 그래 적떡 한 그릇들어가지고 그러쿠롬 잘 살더란다.

〔 대양면 설화 17 〕 T. 안금 4-1·2 앞~뒤

안금리, 1998. 4. 2., 6조 조사.
이말순, 여 · 71.

구렁덩덩 신선비

* 앞 이야기에 이어서 하셨다. *

　그런데 이 한 늙으이는 신랑도 없는데 아를 하나 낳는 기라. 온 동네 사람이 쑥덕거리는 기라. (청중: 저거는 거짓말이다.) 왜 거짓말이라 내가 봤다. (청중 웃음) 그래서 넘이 부끄러바서 방에 노내 노코 뒤안에 갔다가 눕히낳는 기라. 그래 눕히노코 장 이래 고민을 하는데 또 앞에 할마이가 호부래 딸을 세 명 나나 노코 이래 딸이 무럭무럭 자라 인물이 참 조코 그라는 기라. 그래 인자 저거꺼정 쑥떡거리거든.
　"아이고 저거 뒷집에 할마씨 아를 낳다카는 소리 듣고 우리가 놀로 아 낳다는 소리 듣고 가본께네 아는 없고 오데다 나뒀는가 없드라."
　"안 낳지예."

그래 큰 딸이 와가꼬,

"아이고, 할마시 아 낳다바디만 그래 오대 있는고 한 분 봅시다."

이루칸께,

"아이고 야야 볼 꺼 뭐 있노. 뒤안에 굴뚝 뒤에 삿갓 자리때기 피노코 삿갓 딱 덮어났다. 그 가봐라."

살짜기 가가꼬 삿갓 살째기 들고 보이까네 큰 구리가 쌔를 내서 (청취자: 아이고 무시라.) 있거든. 아이고 고마 삿갓 탁 나코 뛰나오미,

"아이고 할마이 구리를 나노코 아라꼬?"

이루카거든. 고기 가서 씨불이놓께 가운데끼 또 왔는 기라. 또 와가지고,

"그래 할마씨, 보자."

이루카거든 그래 또,

"뒤안에 가 봐라."

그래 또 보디 또 막 얄궂거든 구리를 나노코 아라. 하도 그래 쌋게로 막내이딸이기 온 기라. 막내딸이 와 가이고,

"그래 할마씨 아 낳다카디 오데 있는고 한분 봅시다."

"아이고 뒷뜰에 남부끄럽다. 가봐라."

가서 딱 디다보고 나오디 만은 그 구리를 싸르르 씨다 듬디마는,

"하늘에서 보낸 새 선부네."

이루카거든. 아이구 마마마 구리가 좋애서 고마마 우짤 도리가 없는 기라. 꼬리를 치고 감고 서고 이루거든. 그래 오디마는 그 때는 할마씨를 보고,

"엄마, 엄마, 참 하늘도 부러운 새 선부를 낳아서 참 좋십니더."

카거든 그래 인자 울매간 있다가 뭐 줄라꼬 골목 뒤 들어간께네 구리가 하는 말이,

"엄마, 엄마 낸 셋째딸한테 장개 갈란다."

그래 인자,

"내 장개갈낸데, 장개 안 보네 주민은 엄마 니 나오든 구녕으로 들어갈란다."

그래 고마 이거 낭팬 기라. 들어가도 큰 일이고, 그래서 인자 그 큰딸한테 가가지고,

"우리 아가 너그한테 장개를 올라카는데 올래?"

"아가, 할마이 뱀한테 시집갈 사램이 어데있다카는데."

또 가운데 딸한테 그쿤께 자기도 뱀한테 시집 안 갈라카거든. 막내는 이거는 컨께네,

"아이고, 내가 우리 엄마한테 물어보고 엄마 하자카는데로 하겠십니더."

그러카거든 이거 큰 것들에 눈에는 뱀으로 보이는데 막내이 이거 눈에는 새 선부로 보이는 기라. (테잎 뒤집음) 그래 고마 일꾼을 구해가이고 작수를 시아서 장때를 시아노코 그래 인자 그날 예를 치루낀데, 큰 집동거튼 구리가 장때를 타고 술술 가가이고 그래 고마 이집에 썩 들어섰거든. 그래 인자 예를 치고 첫날밤에 자로 들어가는데 그래 인자, 밤중 된께 이노무 가스나들은 뱀하고 잔다꼬 전부 문꾸녕으로 디다 보고 오만 지랄을 다하거든. 그래 밤쭝된께 자로가거든 자로 가는데 그래 이 뱀이 허물을 딱 벗어삐린께 이거 참마 영마 하늘에서 생긴 신사라. 그래 벗어서 주민서 그래,

"내 허물 요놈을 가따가 요 동전을 따고, 동전에다 딱 씻치가 입고 나는 인자 이질로 오늘밤에 자고 나민은 과개하로 서울로 간다. 가니께네 정실이 씨로 세낱을 주민서로 조 마당끝에다 심어 노코 알뜰이 거두고 절때 머리도 빗지 말고 여우에 옷일랑 갈아 입지도 말고 동전을 따지도 말라꼬."

그래 딱 씩이노코, 그래 인자 이튿날 자고 서울로 가개하로 가삐릿어. 이래 가논께 아이 영 가스나들이 그 소리를 들어눈고 우쨌는고,

"야이 아무개야 머리도 깜아 비서라. 그래 머리로 빗어라. 막 저고리도 갈아 입어라."

어뚜께 들쑤든지 참 삼 년 가량을 있을라카만, 그냥도 몬 있고 누가 뭐도 머리를 딱 가마빗은께 큰 방매이 거튼기 집으로 고개를 삐꿈이 쳐다보이 곧 오는 기라. 이래 돌아오는데 이래 딱 뱀이 노랑 내(냄새)를 억수로 싫어하거든. 그래 이것도 사부르삐리거든(사라져 버리다). 그래 인자 서울로 사부르고 도망치거든. 그래 고마 저고리 그놈을 딱 사부리리 삐리거든 그래 점실이 서울로 그래 고마 신랭이 소식이 없는 기라. 그래,

'내가 이래 가지고 우째 사노. 참 보고접기도 보고접고, 이래서 고마 싸가 가삐리겠다.'

그래 고마 서울로 가삐맀는 기라. 그래 인자 서울로 살살 더듬어서 올라강께

마느래 둘로 얻어가지고 그러키 잘 사드란다. 그루키 잘 사는데 그래 들어간께네, 첫째 어마이가 저한테 말하는 것도 고맙고 시집 올라카는 것도 고맙고 그래 가지고 고마 길심을 못 하는기라. 그래 고마 첩둘이가 무신 선부 내가 좋다. 무신 선부 내가 조타. 이거는 아무 말도 안 하고 가마이 앉았선께 니 가거라 이말을 못하고 그래 선부가 영을 내는 기라.

"너그 서이 나가가꼬 우째뜬지 호래이 눈썹을 시낳을(세가닥) 빼가 오민은 그것가 오는 사람을 (청중 웃음) 내가 들고 산다."
이루카거든, 그래 고마 서이 나선 기라. 그래 나서가지고 이 큰 오마이가 첩첩산중 들어간께 호부라이 할마이가 한채 살고 있거든. 그래 인자 들어가민서,
"사람 있느냐?"
꼬 소릴 한께로 깜짝 놀래는 기라.
"여는 새도 한 마리 몬날라 오는데 우째 젊은 청춘이 여서 까부냐?"
꼬, 클란다꼬 그래,
"지 살아나갈 밥을 주오."
이루카는기라. 그래 밥을 해가지고,
"그라만 퍼뜩 묵꼬 독안에 들어가라."
카는 기라. 그래 큰 여 독 있는데 들어가 안자쓴께 땍깔로 딱 덮고, 볼끈마 싸자매서 모마마 한밤중 된께 고마마 할마이 자석이 전바이 호래이라. (청중 웃음) 요기 인자 둔갑을 해가지고 할마이가 되가 있는 기라. 그래 인자 들어오디마는,
"아이고 내금이야 오늘 만날와도 안 그러턴데 인내가 난다."
"야야 여 새도 한바리 몬날라 들어오는데 머신 인내가 날끼고, 절대로 그런 소리하지 마라."
그래 고마 개로 잡아온걸 잡아다 뜯어가 준께 저는 빠사서 묵고,
"일찍 가거라. 사냥하구로 일찍 가거라."
그래 싼께네 늦가 와논게 저쪽 방에서 막 퍼디리 자는 기라. 그런께 막 도가지 문을 열고 그래 살째기 자는데 가가지고 그래 호래이 눈썹을 빼가지고 세 낱을 주민서 칠십를 해서 여자를 딱 주민서,
"아무데 조게 산만디 저게 닭이 안 울어서 도착해야 당신네들이 살지 조게 몬 올라가서 닭이 울만 당신네들은 우리 아들한테 잡아묵힌다."

이루카거든. 그래 이놈을 들고 어떠끼 죽을 똥 살 똥 뛨는지 만당에 쑥 올라선께
닭이 횃철치고 우는 기라. 전신에 땀이나서 몸이 다 젖었는 기라. 그래 그래 가지
고 첨에 이것들이 약속하기를 첩실들 하고, 아무 데고 만당에서 우리가 만내자.
그래 딱 이논을 했는데, 그래 인자 그 만디 떡 간께네, 벌써 첩실이 둘이는 기다리
고 앉았는 기라. 앉아가 있으미,

“행님은 뭘 핵가지고 왔는교?”

“나는 아무 것도 몬∙했다. 없더라. 아무 것도 없더라. 내가 눈이 캄캄하이 아무
것도 안 비이더라.”

그래 막 닭터래기, 꽁(꿩)터래기 막 토끼터래기 막 주가지고,

“아이고 우리는 이런 터래기도 주꼬 이런 터래기도 줬다.”

막 주싸가지고 좋아서 오는데 그래 이거는 아무 말도 안 하고 따닥따닥 온다.
집에 온게 그래 인자 큰 오마이가 먼저 드간 기라. 먼저 드간께 그래 선부가 딱
앉자있거든. 그래 딱 앉아있은께, 그래 고마 접은 채로 이걸 살짝줬다. 그래마
보게치(포켓) 딱 너노코는 그래 마,

“다 들어오라.”

그래 참,

“아이고∙저 행님은 아무 것도 몬 주도요 우리는 이것도 주꼬 이것도 주꼬
(청중 웃음) 막 줬다.”
이기라.

“암말도 말고 여 딱 갔다나라.”

가따노코 본께 그래 닭터래기도 있고 꽁터래기도 있고, 토끼터래기도 있고
막 오만거 다 있거든. 그래 요리싸다 갯주무 여나뜬거 보이주께로 두말 안 하고
호래이 눈썹 가왔거든 그래 두말 없이 가삐고, 이 사람은 일평생을 참마 그러키
잘 살았다 캅니더.

〔 대양면 설화 18 〕 T. 안금 4-2 뒤

안금리, 1998. 4. 2., 6조 조사.

이말순, 여 · 71.

호랑이와 의형제 맺은 게으름뱅이

* 앞이야기에 이어서 해주셨다. *

　　그래 나 또 이렀는기라. 학생들은 부지런하인께. 여까장 왔쩨. 깨으러만 몬산데이. 그래 이 사람이 어떠끼 깨얼받든지 주거매가 밥을 얻어가지고 와 가지고 하루 더 묵을 끼라꼬, 그놈을 쌂아 가지고 한 바가지씩 그걸 묵고 사시사철 누버 자는 기라. (청중 웃음) 그래 누버 잔께 할마이가 밥도 얻다 와야되지, 나무도 해가지고 와야되지. 방이 어름짱가치 찬 기라. (청중: 영감도 방에 눗고예?) 아이 영감도 죽꼬 없고, 영감이 없으만 안 괴안켔나. 자석은 박봉이고 그래서,
　　"야이노무 자석아, 야이노무 자석아. 내가 살았응께 요만치라도 응가(얻어다) 주는데 내 죽고나만 니는 굶어죽는거 아이가. 그래 나무나 따나 한 짐 해가 오이라."
　　"오매, 나무하러 가까?"
　　"오야. 나무나 해가 오이라."
　　그래 지게로 하나 질머지고, 돌아댕기. 요레 싹싹 베기가 싫어서 못 베는 기라. 그냥 지게만 짊어지고 돌아댕기는 기라. 그래 한참 돌아댕기고 난께 캄캄하이 어둡는구로, 돌아댕기고 난께. 이노무 얼매나 멀리 왔는지 집에도 못 오겠고, 뭐 땅을 분빌을 몬 하겠는 기라. 그래 한 군데 들어가본께 한 정지나무 큰 기 아름찬 기 한 개 있는데, 고 고마 가지를 타고 올라가는 기라. 그 올라가서 비지기 눗다. 배는 고파도 눗응께 핀커던. (청중 웃음) 그래 캄캄하이 있응께 저 한밤중 댕께 호래이가 한 마리 온 기라. 부르르 타고 올라오다 툭 널찌고 부르르 타고 올라오다. 툭 널찌고, 그와 널찌는 카만 그 나무 목신이 여 둥근나무 이거는 목신이 있거던. 귀신이 있다꼬. 그 귀신이 밀었뿌고 밀었뿌고 논게 그랑께. 툭 널찌고 각신각신 요레 손을 잡을라카만, 밀었뿌고, 밀었뿌고. 그래 세 번을 널찌고 하는 말이 목신, 인자 귀신이란 말이라. '목신, 목신' 불러.
　　"그래 왜?"

"내가 미칠 사흘을 굶다가 내 여 밥이 여왔는데 내 밥좀 주이소."
호래이가,
"예 이놈. 내 집에서 온 손님을 갖다가 너를 줄 수 있느냐?"
그 사램이 필이 백필이라 성은 백가고 이름은 백필이라. 백필이 모친이 춘하추동 안 자가이고 호래이 밥이나 되만, 호래이 밥이나 되만, 인자 묵을 껏도 없고 이러인께, 와 나는 안 죽노 호래이 날 잡아묵어라 장 이러켔는 모양이지.
"그래 쌌는데 가 잡아 묵어라."
그래. 그런께로 새벽께 날이 세던 모양이지. 그래 고마 백필이 모친 잡아묵어로 내리가던 모양이지. 내리가다가 그래 고마 이 사람이 뒷발로 따라니리 와가지고 본께 오데 가이마는 복선치로 가다마는 휘딱휘딱 복선을 넘디 아주 고마 중이 되가이고, 그 저 장삼 너죽이 짊어지고 개렁어시렁 니리가거든. 호래이가 내리가는데 백필이가 뒤에 따랐는 기라. 따라 가가지고, 중이 되서 내리강께 그 저 대사 뒤에 따라강께,
"가는 거 봉께 요 아랫마을에 그 모디매기 백필이 모친 잡아묵어러 가는가베?"
"아이고 우째 압니까?"
그커더라카네.
"내야 말은 안 해서 그러치 세상 일은 다 알고 있다."
둥근나무한테 듣고 그런 소리를 하는 기라. (청중 웃음) 고마 몬 가는 기라. 멀치마이 서디마는,
"아이고 고마 우리 의형제간을 맺읍시다."
"그라만 맺지."
그랑께 인자 나이 많은 께 백필이는 성이 되고 호래이는 동상이 됐는 기라. 그래 인자 가미 지금 인자 가만 백필이 즈거 오매가 오매가,
"우리 오매가 지금 가만 죽었는지 살았는지도 모르겠고, 지금 밥도 굶고 있었 끼고, 쌀로 좀 팔아가야 되긴데."
이루캉께,
"아이고 형님 걱정 마이소."
그래 내리간다. 아가 하나 열댓 살 묵는기 저거 누우 집에 가가이고 쌀을 한 말 일어가지고 딱 짊어지고 오는 기라. 짊어지고 저도 인자 저거 엄마한테 가는데

호래이가 앞에 딱 쫓아가가이고,

"어훙."

아가 고마, 마마 벗어 내삐고 내 죽자꼬 기함을 하거든. 그래 고마 기함을 한께 호래 등에 짊어지고,

"형님 갑시더."

그래 인자 집에 간께 주구메는 자석 그거 있을 찍에는 다문 얻어가이고 물이라도 끼리 묵었는데 자석 없응께 귀찮애서 눗는 기라. 그래 오마이가 배가 고파 요래 가꼬 있거든.

"아이고 엄마, 밥 좀 하소."

"야이노무 나무 하러 간 놈이 와 인자 오노. 이놈아 나는 죽었는지 알았다."

"옴마 내 쌀 팔로 안 갔는요."

고마 그놈 쌀을 밥을 허여이 해가이고 아들도 한 그릇, 저도 한 그릇 그래 해묵은께 울마나 존노. (청중: 호래이는 않주고예?) 호래이는 가뿌고 없는 기라. 돌아댕기미 호래이는 인자 돌아 댕기민서 밥 묵나 묵고 돼지도 잡아묵고 그래 돌아댕기미 한 분썩 퍼뜩퍼뜩 오는 기라. 그래 그러구로 묵고 한 일 년된께. 백필이 이놈은 나도 만코,

"행님 장개 안 가고 접픈교?"

"장개는 가고 접지만도 동생 니 말 들을라꼬 이래가 있다."

"행님 내가 처녀를 하나 구해가 올끼오."

나가이디마는 오데 큰 호래이를 한 마리를 물고 내리오는 기라. 오데 죽은긴 모양이라.

"행님이거 빗끼소. 빗끼소. 비끼가꼬, 큰 판때기다 이래 노코 막 그와 못을 쳐서 멀리 노라."

카거든. 그래 벌리 노코 그 무리를 쌀 짓는 무리를 한그석 갈아 노코 (조사자: 뭐라구요?) 무리 무리 쌀 갈아논 무리 뜬물. 그래 그 갈아노라칸께, 그래 고마 호래이 가뿌리고, 서울 김영수 딸이 모레 시집을 가끼라. 정승의 딸이 고마 모욕하로 나온 걸 둥치 엎은 기라. (청중 웃음) 그래 엎고 방에다 싹 들와삐린께 그 자무러치었을거 아이라. 그 뭐 호래이야 날라 댕기는 긴데. 그래 고마 할마이하고 그래가꼬 무리를 가라 가꼬 디루이께 그래 깨어나거든. 그래 어리뚱하이 봉께,

할마이 하나 좀 늙은 총객하나 그래 있거든.

"하고 나를 우째 날로 이래 붙잡아났냐? 내가 아무래도 호식해 가꼬 모욕하러 나온께 나라와서 우째댕기냐."

아 밖에 저보라꼬.

"저 호래이가 물고 오는데 내가 저 잡아가이고 남기에다 널어노코 당신을 무리를 갈아가꼬 내가 이래 사리났다."

인자는 집에 가라꼬. 엄마 찾아가라꼬. 저 아나 서울서 여 왔는데. 모리는 기라. (청중 웃음)

"아이고 내가 은혜도 몬 하고, 또 가지도 못 하고 질로 몰라서 고마 내 여 살란다." (청중 웃음)

그래 고마 참 장개를 들어꺼든. 그래 산께네 한 살림을 산는 기라. 그래 또 일 년을 사는 기라. 산께네 이놈이 퍼뜩 오디 또 그루카거든. 밥을 묵어도 안 자도 도저히 안 묵거든.

"아이고 눕니꺼"

"동상이다."

신랑이 그랑께,

"그래 와 밥을 안 자십니꺼?"

그래 이란께,

"우리 동상은 밍이 짤라서 절에 가서 절물을 묵고 생식을 하기 때문에 익은 곡석은 안 묵는다."

이루카거든. 그래 그러줄 알았는 기라. 그래 동생이 오디,

"형수 친정 안 가고 저픈교."

"아이고 친정은 가고 접지마는 데령아 오데로 가는지 알아야 가지."

"우리 갑시더."

일 년이 된께. 지 물고 온기 돌시가 딱 됐는갑지. 그래 벌 모레가 돌시라. 그래 자가미 세가미 서이 가는 기라. 석 달 열흘로 가야 옛날에는 걸어갔다네. 요새는 하루만에 다와도 되지예 그래 인자 떡 서울로 간다 저는 퍼뜩 댕기민서 개나 돼지나 잡아묵어민서, 요 이거는 바가치로 하나들고 '얻어 묵어라 카는데' 얻어묵고. 또 밤이 되만, 빈 집에 가 자고. 요르구로 요르구로 가디마는 한 집에는 가디마는

사램이 벅신벅신하이 있는데,

"형수 저 가서 지사로 지내는가 떡도 좀 얻고 고기도 좀 얻어가이고 행님 좀 주소."

그래 뭘씌고 막 떡을 굽고 그래.

"아이고 이집에는 잔치가 벌어진 모얘이요."

그래 떡 좀 도라꼬 이루캉께 주그메가 이리 썩 나오미,

"아이고 잔치가 아이고 작년 오늘 우리 딸로 호시끼 갔는데 내가 하도 원혼이 지서 밥이나 한 그릇 믹일라꼬 이래 장만을 한다."

카거든. 대반 쳐다봉께 주그메라.

"엄마, 내다."

"아이구, 야야 예쁜아 오데 있다가 니가 호식끼 갔는데 니가왔노."

고마고마 울음 꽃이 터져가이고 고마 막 엄마, 예쁜아 고마고마 마 그래 되만 얼매나,

"우리 이쁜딸아 니가 왔나."

그래 쎄리마 통곡을 한께네,

"엄마 엄마 울지말고 저 정지나무 껼에 앉은 저 사람이 그래 나를 호래이가 옆고 가는 걸 나를(아마 호랑이를 잡았다는 이야기 같다.) 잡고 나를 살리냈다. 그래 친정온다꼬 우리 시동상하고 둘이 왔다."

"그래 그루커든 얼른 대꾸오이라."

시동상은 어데 가뿌리고 없는데 그래 쪼차나가가지고, 데꼬 온께 나이도 많고, 몬 생기도 좀 시원찮애 보이도 호래이를 잡았응께 똑똑하거든. 그래 고마 그 장만해 논 음석에 먹거치 묵는 기라. 자 그래 서너 달 그루커로 있은께. 주거매는 죽었든지 몰라. 그러이께네 저그 끼리 서너 달로 살지. (청중 웃음) 서너 달로 있응께네 고마 나라에 통문이 돌아뻐렀는 기라.

'아무데 시골 백필이는 정승딸 호식끼 간 걸 가따가 호래이를 잡고 자기 집에 왔단다.'

고마 소문이 난 기라. 장개갈 그 사람이 소문을 듣고 마누래 그기 찾고 시퍼서 고마 쫓아온 기라. 쫓아와가이고 돌라 소리는 못하고,

"아이고 보소, 당신하고 내하고 바둑을 두가꼬, 당신이 낼로 이기만, 천 냥을

주끼고 내가 이기미는 마누래를 날로 줘야 된다." (조사자: 바둑을 두가지고요?)

하모. 바둑을 두가지고 아이고 야야 바둑을 두아봤나. 사시로 자빠짓는 놈이 무신 바둑을 두겠노. (청중 웃음)

'세상에 서울까지 와 가이고 바둑을 두가지고 지집을 빼끼고 내 혼자 우째사노.'

시퍼가꼬 고마 밥이 맛이 하나도 없는 기라. 고마 고민을 하고 이래가 있응께네 저 저녁겡 두울낀데, 해가 다 져간께 호래이가 퍼뜩날라 오디,

"행님 큰 일 났지요?"

"아이고 동상 내가 안 아나. 아이고 알지마는 내가 동상 니 입이 떨어지도록 내 기다리고 있다."

"그래요. 행님이야 뭐 빤하지. 뭐 그래도 행님 함부래 아무 소리도 말고, 그 사람하고 바둑을 뚜거든 내가 조 문구녕으로, 비룩을 떤지 줄낀께 비룩 앉는데마다 바둑을 두시오" (청중 웃음)

그래 인자 그래도 고민이 되는 기라. 내가 지집 뺏길까 시퍼서, 그래 지다리고 가마이 앉았응께네, 그래 참 바둑 두울라꼬, 돈을 한 보따리 싸가지고 삼천 냥인께 한 보따리 아이가. 아주 저거는마, 서울에 똑 및 번째 정승 아들인께, 저 떡 앉았는데, 똑 조은 기라. 그런데 이거는 마 헌거지 같은데 아무 것도 없는 기라. 그래 가 앉았응께 바둑을 두넌데 너머 눈에는 안 비이도 지 눈에는 비룩이 팰짝 팰짝 뛰거든. 뛰는데 마다 바둑을 뒀다. 한 분 이깄다. 또 천 냥, 두 번 해가이고 이깄다. 또 이천 냥. 시 분을 한께 천 냥을 딴 기라. (청중 웃음) 이노무 자석이 지집 일코, 돈 일코 어찌키 양하노. 그래 인자 하는 말이 이쿠는기라. 머라카는기 아이라.

"우리 이라지 말고 말을 가이고 저짜 대동강이 있는데 내 말이 저 강을 뛰넘어 미는 저 당신 마뉘래를 나를 조야 되고, 당신이 뛰너머만 천 냥을 또 주꾸마." 이루카는 기라. (청중 웃음) 이노무 자석 자 그래 간 놈이 말이 있나. 우째도 지집은 노치는 기라. 그래가 아침 묵꼬 딱 연구를 내고 있응께, 또 호래이가 날라오디,

"행님 또 큰 일 나찌요."

"그래마 큰 일 나도 내가 안 알고 있나. 그러치만도 내는 니한테 다 미라(미루어) 노코 있다."

“행님 저 벌까 가만 비루무 살이 없는 존말 말고 당나귀 고고 한 바리만, 가오만 되어.”

그루카고 이놈은 천리말을 살이 번득번득한 걸 척 가따 매났는 기라. 저거는 서 달내 굶어서 어룬 눈비 맞아서 살이 없는 당나구를 한바리 모라다 났는 기라. 까짓꺼 요고는 이긴다. 요래 자신을 했는데 그래 노코 인자 떡 하는데 천리마 저놈은 먼저 뛰끼라. 호래이 저기마 다른 사람 눈에는 안 비는 기라. 요래 뛰넘어 오긴데, 요짜게 딱 앉아가 조놈이 뛰서 넘어오는데 ‘오홍’ 하미마 소리를 질러뿐께. 말이 막 오다 옹기가 물에 팍 빠지는 기라. (청중 웃음) 그래 호래이가 저리가 비루묵은 당나구 그걸 똥짜바리 잡아 저리마 지버떤지는 기라. 저쪽에 건너갔다. 그래 또 삼천 냥. 그래 마 또 천 냥을 받았다. 사천 냥. 마누래는 지 마누래고. (청중 웃음) 시상이 번듯하이 그런 기라. 나중에는 마 임금이 영사를 내리오는 기라.

“자 시골에 백필이는 호래이를 직이고 저 마누래를 또 저 정승의 마누래를 차지해 가지고 그래 오고, 바둑을 뚜가지고 삼천 냥을 따고 말을 대동강을 건네게 해가지고, 천 냥을 땄다 카는데, 백필이는 호래이를 잡을 끼라. 서울 천지로 마 아고 개고 다 지기삐리는 기라. 영 마 서울마 씨로 볶는 다꼬 날 뛰는데 천상마 호래이를 잡아야 서울이 평화가 댄다.”
꼬 떡 영사가 내리온 기라. 아이고 마 총질을 할 줄 알아야지 그러코 또 저 호래이는 몬 잡는 기라. 지 동생인데 그러키 도와주는데 잡을 수 있나.

“아이고 참 또 나는 큰 일이다. 큰 불은 껐는지 알았는데, 나는 또 이루쿠나.”
그래 있응께, 호래이가 난데 없이 떡 나타나가이고,

“행님 또 영사가 하나 내렸니요.”

“그래 동상, 내가 너를 직이고 우째 사노.”

“행님 그기 아이고 내가 인자 나는 나가 많애 가이고 내일 오시 되만 나는 저절로 가오. 가이께네 내가 서울 그 마루대청에 앉아자았응께 꼬리고 비틀고 앉아있응께, 큰 황소 같거든. 아무도 무서버서 가지를 못할 낀데, 내가 그 앉았을 낑께, 행님이 나를 보고 쏘지 말고, 여분데기를 보고 헛총을 놔라.”
이기라. 놔도 오시, 열두시 시간만 되만 나는 저절로 넘어 가끼라. 그때는 서로 붙잡꼬 통곡을 하는 기라.

"그러네 다른 사램이 껍질이라도 썰라꼬, 막 뻿길라꼬 쌌걸랑 그러지 말고 양지 묻어달라."

꼬, 그루캉께 묻어죠야지. (청중: 하모 묻어 줘야지.) 그래 인자 서로지고 울고 서로 이빌을 하고 그래 인자 서울 천지 사램이 다 모있는기라. 막 근바 막 이래 막 꽉 섰는데, 총 한 개 울머지고 마뉘래하고, 장모하고 그래 거둥을 해서 이래 그래 가가이고 그래,

"행님 두 말 말고 호랭이 저 총 노커들랑, 옥새부터 먼저 받으세요."

아무껬도 모리는데 옥새 받아 뭐 할라꼬.

"그래 알았다."

그래 마 호래이를 보고 있다가 총을 마 여분대기를 쾅 노인께, 호래이가 지맨대로 썩 넘어간다. 이이고 그래 고마 직이노코는 그래 사람이 응가이 많캤노. 그래 옥새부터 받아가, 호래이가 혼맹이 도왔는지 몰라도 아무 것도 몰라도 그 사램이 정치하고 는 우리 나라가 그러키 잘 됐다케. 그래 가이고 그 사람이 그때는 정치 잘 했어. 지금은 그 사람 맹키로 목 똑똑는가. (청중 웃음) 그래 가이고 잘 살더라케.

〔 대양면 설화 19 〕 T. 도리 1-1 앞

도리, 1998. 4. 2., 6조 조사.
최경영, 남·80.

노인에게 시집간 처녀

* 이야기의 비약이 너무 심해서 이야기가 어떻게 진행되는지 알기 힘들었다. *

산청에서 그 노래 나온긴데 내 아들오 이바구 할 끼라. 이 노인이 아들 한 개 낳는데, 죽었삐릿는 기라. 죽어난께 이 영갬이 살림은 부자지, 내 신세 조지삐릿는 기라. 요 여게 산청에 산청. 그래 누버 자는데 처녀가 존기 있었어. 문을 따바이 본께,

"그래 이 사람아 사정이 그렇다."

칸께 처녀가 듣거든. 내가 그런데 자네 딸을 날 주고 이루칸기라. 나이 칠십세 살인가 이래 됐는데, 그래 처녀가 가마이 있다가 그래 내 고마 하나 주마 엄마이 아바이가 잘 살상 시푸거든, 그래 보고 들어온 기라.

"아부지 허락 하이소."

응락하라카는 기라. 그래 처녀가 허락하만 그 좋은 산판에 솔쌨꼬, 논이 있거든. 그거 다 준다캤는 기라. 그래 그 처녀가 들은께 내 몸 하나 희생되봐야 엄마이 아바이 잘 사는 기라. 그래 가이고, 그리 가이고, 그 집에 아들 하나 나가이고 첫날 저녁에 아들이 핑풍을 치노코 못 나오구로 한 기라. 어이 못 나오구로 했는 데 그래 처녀가 모래를 한 푸대 싸노코 오줌을 누보라캉께, 제우 오줌쭐기 세미서 쪼매 패이드라캐. 그런께 옆에 핑풍(병풍)을 치노코 못나오구로 하거든, 그러미 이기 죽은기라. 죽어뻬릿는기라. 처녀가 직이뻿다 카는기거든 그래 핑풍을 치노 코 못 나오구로 한기라. 그래 그 노인이 참 아들은 죽어도 그래 가지고 아들을 낳아 성공한기라. 여기 산청에, 산청에 그런 일이 있었어.

〔 대양면 설화 20 〕 T. 도리 1-1 앞

도리, 1998. 4. 2., 6조 조사.
최경영, 남 · 80.

삼쾌정

내가, 옛날에 삼쾌정이라꼬 있는데 (청중: 호래이 이야기 해달라 안 카요.) 산천에 저 삼쾌정, 삼쾌정이 와 삼쾌정이 됐는고 카만 세 군데서 어사가 원수를 갚은 기라. 그래 그 사램이 어사 비슬(벼슬)을 얻어가지고 충청북도 떡 니리 온 게네, 한 집에 저 정승의 집인데 풀이 마당에 콱 차서 사랑방 콱 찼거든. 그래 그 어사가 그 옆에서 인자 주인 세아노코 그 원수를 갚아달랐꼬, 원수를 갚아줄라꼬, 하숙을 지아노코 있은게. 가마이 칸께네 옛날에는 별당. 처녀가 있으만 별당이 있어. 별당 처녀 혼재 누자는 별당이 있는데 그래 인자 며느리를 봐가 한테 자는데 간보가 들어 가지고 옛날에 간보가 서자서 마이 나왔어. 서자. 서자서 나오니 요만하거 처녀는 여일곱 살 국어만 혼갭이고, 부재는 살림살이 좋으만 열한 살 묵어서 장개를 보내는 기라. 열한 살 묵어서 그런께 간보가 생기는 기라. 그런 사램인데, 가마이 술래를 그 집에 돌아본께네, 어느 님이 담장을 뛰넘는 기라. 그런께네 그 여자가 간보를 들어가지고 남자를 똘똘 뭉치서 연못에 여삐릿는 기라. 그래 그 어사가 원수를 잡아가지고 그 원수를 풀어주고.

그래 여여 충청남도 떡 내리오니까 큰 사우있는 기라. 무슨 사우냐 카만 애가 없는 사람들은 참 처녀를 보고 총객을 보고 장개를 오라켔는데 외삼춘이 그걸 욕심을 내가이고 그 애를 지기삐고 남근으로 나무찜에다 싸서 정지에다 묻어노코, 그 아로 장가를 간 기라. 장개를 간게네, 이 처녀가 고마 이 총객이 아이거든. 그래 남북을 해가지고 그 집을 술래를 돌아삐렸는 기라. 그래 그 처녀가 술래를 돌아본께 그래 터자꼬 그래서 참 어사가 수렴을 해본께 외삼춘이 저거 아들 장개 보낼라꼬 나무찜에다 너 지기 뺐는기라. 그래 그 집에 인자 원수를 갚아주고.

그래 인자 우리 햅천군에 오가리 혼지서이 오가리 여게 그래왔는데 떡보이 이놈이 중님이 동냥을 들어간께네 오가리 여게 그가 삼쾌정이라. 새댁이가 남편 죽고 없는데 동냥을 주고 시픈기 어데 있겠네. 하도 그래 싸서 동냥을 쪼금 준께네 이님이 중놈이 여자를 처다보디 환장을 하는 기라. 몬 나가. 걸음이 안 걸리는 기라. 그래 보니 남자는 근본이요 여자는 절래라. 여 요새는 살로(재혼하는 것을 두고 하는 말인 것 같다.) 그래 싸치만은 머스마 하나 보만, 자석 하나 노만 그 자석을 위해서 살로를 못 가고 그런 세월인데, 이 노무 중놈이 본께 기여이 말을 안 듣거든. 그래 그 여자를 직이뺐는기라. 직이논께네 동네고 무시고 소문이 나고, '씨아바아이가 들어가서 그랬다.' 그래 모함을 쓴 기라. 그래 어사가 동네가 물은 기라. 물어보이 여게 햅천에 해인사. 알재? 해인사 그 중놈이 동냥하로 그집에 가 그래 된 기라. 그래 그 어서드러 모함을 안 갚았나. 그놈을 잡아가이고, 그런께 시아바이가 모함을 버슨 기라. (청중: 잘 했네.) 하모 씨아바이가 그 미느리 방에 들어갈라카는걸 씨아바이가 직이뺐다. 소문이 팔짝 돌았는기라. 그래 여 인자 삼쾌정이라 카는 책이 나와 있더라꼬. 그래 이나 어사가 삼쾌정 세 군데 원수를 가파줏다캐서 삼쾌정이라 카는 기라.

〔 대양면 설화 21 〕 T. 도리 1-2 뒤

도리, 1998. 4. 2., 6조 조사.
배봉환, 남·67.

도리의 유래

　　우리 마을로 참 도고도 된 기고 참 길 도(道)를 썼는데, 길이 많애서 도곡을 쓴 기라. 왜 길이 많냐 카민은, 요 앞 질로 요리 옛날에는 신작로가 없었거든. 신작로가 카는 거는 도로. 도로가 없기 때문에 앞으로 요리 가민은 백여골로 넘어가고 또 요리 너머 가면은 용주 팔사리라 카는데로 넘어가고 저 밑에 골로 가삐만 삼가로 넘어가는 기라. 여 전부 사통호달이 갈 리가 가는데 그래서 길이 만타꼬 도리가 된 기라.

〔 대양면 설화 22 〕 T. 도리 1-2 뒤

도리, 1998. 4. 2., 6조 조사.
최경영, 남·80.

해골 묻어주고 잡은 호랑이

　　옛날에 호랭이가 자꾸 사람을 물고가는 기라. 그래 숙종정때 서울캐도 몇 집 안 살았는 모앵이지. 그래 참 그 대방이 조선 팔도 포수를 다 그슥 했는 기라. 그래 이놈들은 뭐 오시 멜로 돈 있는 사람들은 총을 메고, 조타꼬 그래 서울 모이는데, 저 함경북도 촌에 그 사람은 돈도 없고, 총은 한 자루가 있던가 서울까지 걸어내리 온 기라. 그래 비가 좀 온게 산태가 났는데 두(머리)가 하나 있더라. 그래 인자 그 두를 총을 노코 그 두를 꽹이를 하나 빌리가꼬 묻어주고 그래 왔는데 그러이 그꺼정 서울까지 내리올라카만, 그래 니리 오다가 누자는데 꿈에 그 노인이 우는기라.

"야야, 니가 나 두를 묻어주서 내가 은혜를 해준다."

귀신이 그루는 기라.

"내 두를 가따 묻어주쓴께, 내 은인이로 삼는다. 은혜를 갚아주마."

그래 시키는 기 우짜는 기 아이라. 그 근네 부녀자들이 빨래를 하거들랑 그 옆에 중놈이 그 누버서 이를 잡을끼다. 그걸 잡아라. 그래 어느 포수들은 모도 사램인지 알고 그냥 있거든. 니리 가본께. 허 그 참 돈제이들은 말을 타가지고 이 사람은 돈도 없지 총만 미고, 니리 와가지고 운둔이 앉았더래. 호래이 잡으러 나왔는데,

"호래이가 나오냐?"

물은께,

"안 나온다."

이기라. 이 사람이 꿈을 딱 꾼 기라. 이 사람이 두를 묻어주고, 그 서울 압록가에 부녀자들이 안자 빨래를 심대로 뚜디리고 그라만, 그 근자서 어떤 중님이 옷을 벗어서 이를 두둑히 잡고 있거든. 그래 가이고 그 놈을 총을 쌌뺐는기라. 총을 쌌는데 복신을 세 번을 넘는데 호래이더라 이기라. 그래가 이거 호래이를 잡았는데 서울 호식해 가는걸 호래이를 잡아가이고 막은 기라. 그래 그 사램이 그 두를 안 묻어줬어만, 노인이 선몽을 그기 참 안 해주쌀긴데, 영영 그래 그 노인이 그래,

"가거들랑 빨래를 하고 있거들랑 각단지 중님이 이를 잡고 있을끼다. 그기 호래이다. 그걸 잡아라."

씩인기라. 그래 이 사람이 우떠끼 사램이.

"니 비슬을 주께 뭘로 주꼬?"

인자 왕이 이런께, 젤 큰 비슬을 가따가 정식으로 주긴데, 젤 진사를 진사 진사만 해도, 그 정도만 해도 호래이 잡는기라 카는데, 고마 마 마 마 그래 이 사램이 서울을 부정하는 해를 끼치는 호래이를 중놈이 이 잡는걸 잡은게 그기

호래이더라. 그래 서로 구경하러 갔다가, 서울을 핀케한기라. 그래 호래이가 둔갑
을 해가이고 그리 있응께 못 잡거든 그래 그걸 잡았다카는 그런기 있어.

〔 대양면 설화 23 〕 T. 도리 1-2 뒤

도리, 1998. 4. 2., 6조 조사.
최익상, 남 · 60.

고려장이 없어진 이유 1

    학생들 딴에 여서 옛날에 고려장 그기 있제 고기 인자 고려장이 어째서 없어
졌다는 전설 그러거 들어봤나. 고려장이 하다가 우째서 없어졌냐 하민은 옛날에
산이원 가방에 사는 사램이 법에서 하라는 고려장을 안 하고 자기 어머니를 모시
고 살은 기라. 살았는데, 중국에서 우리 나라에 와가지고 중국에서 문제를 제시한
거야. 우리 나라를 중국은 대국이고 우리 나라는 섬나라니까 문제를 하나 내 낳는
데 어떤 식이냐 하면은 재를 가지고 새끼를 까라카는 기라. 저 불에 탄 재를 가지
고 새끼를 까라카고, 그 담에 아래우에 있는 나무를 가지고 대가리 꼬리를 찾으라
카는 기라. 그러니까 모르거든. 그래서 나라 임금이 그걸 풀 사람을 찾았는데,
아무도 그걸 모르는 기라. 그런데 고려장을 안 시키고 숨카논 그 할아버지가 자기
아들을 불러서 그걸 문제를 아르키 줬으요.
    '나무는 물에다 당구면은 머리하고 뿌리하고 나오고, 고 다음에 재를 가지고
새끼는 우리가 기존 까난 새끼있재. 그걸 가따가 소금물에 담았다가 말랐다가
살라민은 재가 않 빠지고 딱 새끼가 되는 기라.'
    그래 그 노인이 그 아들한테 그걸 가르키 줬어요. 그래서 우리 나라가 국난을
모민을 했어요. 그래서 우리 나락 국난을 모민해 가지고, 과연 이 조선에도 그런
천재가 있는가 그래 수소문을 하니까 그 나만(나이가 많은) 할배가 가르키줬거
든. 그 이후로부터 고려장을 폐지 했어요. 그래서 이래 나라가 사는구나 그래서

고려장을 완전히 폐지했어요.

〔 대양면 설화 24 〕 T. 도리 1-2 뒤

도리, 1998. 4. 2., 6조 조사.
최경영, 남 · 80.

거짓말 잘 하는 사위

　아가 내가 사우를 봐야 되는데 젤 거짓말 잘 하는 사우를 봐야 되는 기라. 봐야되는데 거짓말 잘 하는 사우를 봐야 되는데 이노무 꺼 조선팔도를 다 댕기봐야 거짓말 잘 하는 사우가 없어. (청중 웃음) 머리가 흐흔 몽달총객이 오는데 그래 저놈을 사우 삼아야 되겠구나. 그래 거짓말을 잘 해야돼. 그래 재해년에 정슴을 싸와가이고 솔로 치는데, 이노무 자슥 니리와가 도시락을 싹 까묵꼬 고마 똥을 한 무디기 싸났는 기라. (청중 웃음) 그래,
　"빙장 어른, 빙장 어른?"
　"와?"
　"점슴 묵으러 가입시더."
　"이노무 자슥 점슴 때 아직 되지도 않았는데."
　"빙장 어른 점슴을 오래 나두만 똥 됩니더." (청중 웃음)
　그래 점슴을 묵으러 갔다 이노무 꺼 밥그릇에 똥이 꽉꽉 차 있다 이기아. 진짜 이누무 자슥이 거짓말을 잘 하는 기라. (청중 웃음) 그런께 이노무 자슥이 미리 알고 점슴을 딱아 묵고는 똥을 한 무디기 싸났는 기라. 그래 잘 하더라 그런 전설이 있어.

〔 대양면 설화 25 〕 T. 도리 1-2 뒤

도리, 1998. 4. 2., 6조 조사.
배봉환, 남·67.

고려장이 없어진 이유 2

* 이야기하는 도중 마을 분들이 모두 돌아가셨다. 배봉환 할아버지와 최경영 할아버지 두
분만 남아서 계속 이야기를 들려주셨다. *

효자가 참 왜 생겼느냐. 참 평으로다. 살았어. 살았는데, 참 옛날에 (청중: 이
야기 하다 오이소.) 그 고려장 시대에 그 참 고려장의 마지막 단계 그 와가지고
그 사람이 들어가지고 고려장을 없앴다. 다 너머 자석이 되가지고 평으로 사는
엄시 살면서도 그만큼 부모한테 효도를 했어. 효도를 했는데. 참 너머한테 살민서
참 밥을 어드다가 부모한테 효도를 하고, 이렇게 어 고려장 말년이라. 만년인데.
저거 엄마가 그때는 나이 칠십만 되미는 산 사람을 갖다가 업어다가 고려장
을 시켰거든. 하도 이 사람이 효자가 되노니까 참 저그 아부지 칠십이 됐는데,
갖다가 묻어야 된다 이기라. 칠십한 살에 근년에 칠십한 살이라. 업고 여게 지게
에다 담아지고, 저 산을 간다꼬 가는 기라. 가는데, 아주 깊은 산골짝에 먼 데
가야 몬 찾아온다꼬, 그래 저거 부모는 아들은 짊어지고 가는데, 행여나 나를 어
데다 갖다 묻을 낀지는 모르고 있고, 참 갖다 묻오도 넘 모르는데 갖다 묻을라꼬
참 기픈 산골짜기 드갔는데 지게 지간 아부지가 가민서 포시를 다해 줏어. 나뭇가
지를 똑깍똑깍 꺾어준 기라. 꺾어 줏는데 하도 멀리 간 모애이지 어데 꺼정 간
건지. 그래서 그 좀 저그 아부지를 갖다가 깊은 산골짜기 몬 살아나오구로 말이지
골래골래를 시키는데 산 사람을 고마 묻었어. 묻고 밤중 오래 되고 그래서 고마
그서 밤을 세운 기라. 이튿날 지 온데를 찾아 올 수가 없는데 희안하게도 이기
사람이 안 꺾었시만 꺾을 이유가 없다. 그래 나뭇가지 지이가 가민서 양쪽 손으로
자꾸 나뭇가지 나뭇가지 꺾어줬어. 이기 사람이 꺾었으니까 분명이 내가 이 길로
온기다. 그래서 이 사람이 마지막에 와가지고 참 그 애길 했는데, 정부에 애길
했는데, 요새 말하자만, 정부에 애길했는데, 너거치 효성이 지극한 사람은 있으니
까, 고래를 없애야 된다. 산 사람을 묻을 순 없다. 너거치만 효도 하미는 그래서

고려장이 없앤 기라.

〔 대양면 설화 26 〕 T. 도리 2-1 앞

도리, 1998. 4. 2., 6조 조사.
최경영, 남·80.

시집가는 날 첫눈 오면 부자된다

　　내가 너그 듣는데 좋은 이백이, 너그가 듣는데 해주께. 옛날에 수원 밑에 평택
에 사는 사램인데, 옛날에 저 평택, 수원 밑에 평택. 그 사람이 살았는데 이놈
하주 마마마 어려서 어무이 애비 다 죽고 갈 때가 없어서, 갈 때가 없어서 어렸을
때 그래 논께 일가가 있는 중도 모르는 기라. 그래 그러니까 그래 어마이 아바이
는 다 죽고 업고 그래 다 죽어 삔께네 어느 부잿집에서 그 애를 키았는 기라.
　　키았는데, 쇠꼬삐이 쇠미기고, 그랬는데, 이야기 하는거 본께 스물 대여섯 댕
께 머리가 희끗희끗한데 이걸 참 짝을 마차줘야 되는데, 짝을 마차 줘야되는데,
오데 처녀가 오겠노이기라. 나이 삼십이 묵은 노미 나이 열하나 묵은 그러 처녀한
테 장개를 떡 갔는데 뱅(방)이 없는 기라. 머슴 한방 누자는거 본께 하 저기 짝을
마차 줬는데, 안 돼서 그래 그 사람이 텃밭에, 우리 동네로 치만 저 동네 커리에
그 있는데 그 터를 얻어가이고 담을 싸아가이고 정지 하나, 방 한 칸을 맨들어
가이고저거 내외 자라꼬 그래 해났는데, 이노무짝 그러구로 참 뭐 아이 처녀가
열대여섯 살 묵어가이고 올배살 열세 살이만 아를 놓거던. 이러쿠로 첫분째 아들
을 논기 가시나를 놓고, 두 분채 노기 머스마를 논 기라. 그래서 아를 논 기라.
그래서 이거 참 이런께 부인이 하는 소리가 뭐가 아이라,
　　“보이소, 보이소. 우리 아들을 하나 더 노입시더.”
　　“그러시더.”
칸기라. 그래 마 당신은 안구석에 누코, 나는 문 앞에 누코, 아 서이는 속에 누피

고 이루논께 남자가 환장을 하는 기라. 그래 여자 보고싶어서 해필이만, 그날이 그믐날 밤인가 보지. 그래 할마이는 문 앞에 누었다꼬 할마이를 찾아 자꾸 뺑뺑이를 도는 기라. 참 이노무꺼 마누라는 할마이는 그걸 알고 자꾸 뺑뺑이를 도는 기라. 이노무작 문구녕이 캄캄하다 본께 그믐이라 난께 문앞에 가만 있지 싶어간께. 자꾸 뺑뺑이만 도는 기라. 그런께 머스마가 머루커는기 아이라.

"아부지, 와 자꾸 뺑뺑이 도노?"

큰 놈이 자고 있다가,

"이노무 자슥 아무 소리도 마라. 벌써 시 바쿠 채다"

아이구 아바씨가 그 소리를 들은께 정신이 돌아왔다. 너머 집 살던 그 집에서 일도 하기 실코, 마눠래는 한분 만나 봐야 되긴데 머슴아를 서어가 막어삔께 만날 수가 없는 기라. 쪼그만 단 방에 돌아봐야 허뺑뺑이만 도는 기거든.

"애라 이거 가시나 저거 열두살 묵은 거 저거 치아야 되것다."

그래야 방이 안 느러나. '그래 치아삐야 되겠다' 생각하고 일하고 들어와 가이고 그래,

"우리 아무개 저걸 치우세."

그래 임자가,

"치아자."

그래 누버 이래 본께 세상에 너머 집 떨어진 옷 갖다 입피지 처녀가 신을 맨발로 댕기거든. 그래 늙은 어르신한테 물어본께 그루자 카는기라. 이걸 구혼을 해본께 똑 저와 같이 머스마 나 많은데 그 데이거든. 그래서 서울 저 시방 말하자만, 서울 어데 무슨 고개가 그게 총객이 인자 하나 나왔는데 그래 그래 고마 딸을 차아자. 그래 이논을 지아가 그래 하는데 총객이 장가 보내야 찬물 한그릇 몬 얻어묵고 인자 예만 치고 정때(점심때) 처녀 신랑 따라 가야 될꺼 아이가. 그래 참, 찬물도 한 그릇 몬 얻어묵꼬 인자 온 총객은 인자 맨 입으로 저그 집 오고, 처녀는 저그 마느래는 올끼라꼬 생각하고 떡 먼저 가삐고, 그런께 처녀 아바이는 가야되고 처녀 열두 살 묵는 거 시집간 께 가야되고, 그랬을꺼 아이가. 그래 그런께 이걸 옛날에 강목있다 아이가. 옛날에는 강목 모시 이래 너븐거. 그걸 인자 옷을 한벌 해입피고, 신은 옛날에 인자 골, 돗자리 자리 짜는거 골수를 가이고 우리도 신어봤다. 고걸 신으로 삼아가이고 푸른 걸 붉은 걸 꽂을 맨든다. 요래

맹글라 가이고 입히논께 어띠키 조튼지, 처녀는 이노무꺼 새 옷을 떨어진 거 헌
누데기 입고 강목으로 새 옷을 입고, 꽃신을 신어논께 좋애서 움질움질 뛰코 애비
는 이 가스나 가만 마느래 볼끼라꼬 덜벅덜서벅 막 동네를 움주리는 기라. 그래
수원들 안 느러나. 그제. 수원들 수원들. 하매 서울 밑에 간께 눈이 두디디데.
눈이 시집 간 날 저녁에, 장가 간 날 저녁에 첫눈 오만, 부재된다 안 캐싸터나.
그런 설로 눈이 쌔리 오는데 들어갈 때가 엄꼬, 그래 이래 찾아본께 거름을, 거름
아재 거름. 그놈을 수억 모아다가 질가다가 요래 지노코 지놓은 집인데 그서 둘이
서 인자 눈을 피아는데. 그래 인자 눈이 썩 근치는 기라. 막 밑에서,
　　"어라, 봐라, 쉬이."
　　싸미 감을 지른께 기집애이기 요리조리 나가 보거든 내다 본기라. 그래 대왕
이 오다본께 딱 쳐다 본께 저 애가 아들을 노만 임금을 놀상을 가진기라. 아한테,
　　"니 어데가노"
　　"시집가니요."
　　"니, 내 딸할래."
　　"야."
　　아들이 열두 살 묵은께 철부지 아이가 고마 대는대로, '야'이루카거든, 대분에
고마 하인들한테,
　　"거 내 옆에 실어라."
　　그래 너는 장가 간 놈을 어푹 내따라오이라. 그래,
　　"오데가노?"
　　"서울 오데 오데리오."
　　그래서 뭐 나라 임금이 상골을 싹 들이댕께 저그 잡아 직일낀가 시퍼서 싹
피해 뿌리는 기라. 사램이 없는 기라.
　　"그래 이눔아 큰 방으로 모시라."
　　그래 모시노코 임금은 임금대로 갔다. 너그 창덕궁, 덕수궁 용상을 봤재. 나도
그 용상을 봤는데 그날 자고 난께 임금이 부르만 돈 막 쌀아이가. 막 실어다 주는
기라. 그 뭐 임금한테,
　　"내 딸하래?"
　　"예."

캐싸논께 있는 거 막 쌔리죠. 일순 막 부자가 되는 기라. 그런께네 장가가고 시집
간날 저녁에 눈이 오만 부자된다 카는 그런기 있는기라. 그분이 참 임금을 낳다카
는 그런 이백이 있어.

〔대양면 설화 27〕 T. 도리 2-1 앞

도리, 1998. 4. 2., 6조 조사.
최경영, 남 · 80.

정승 딸 세 명에게 장가 간 사람

참 정승이 삼 대를 외길 아를 낳는데, 이애가 딱 호석캐 갈 사람이라. 호석캐.
그래 어느 도사가 삽자꺼리 동냥을 돌라카는데 그래 그 아들을 보듬꼬 나온께
동냥을 드린께. 아들을 보듬꼬 있는걸 보디마는,
　"참 도령님은 조타마는…."
말을 하고 가는 기라. 그래 그 정승이 방에서 그 말을 들었다.
　"어펑 그 도사 데리고 오이라."
그래 부재만 옛날에 종, 종 안 있나. 그래 지금으로 치만 저 저게 저마치 떨어
지 가는데, 아무리 불렀는기라. 그래 돌아보는기라. 그래
　"'우리 정승이 오라카더라."
중이 죽일랑가 시퍼서 겁을 내미 갔다. 가기는 그래 문 앞에서 물패을 꿇꼬
그래 있응께네,
　"도사 나한테 할 말이 있재."
그래 지가 생각해 본께 '도련님이 조치마는.' 이 소리는 했거든.
　"네 그랬십니더."
　"와 그렇노?"
그루칸께,

“도련님이 삼 정승의 딸 한투로 시집을 가야 호석끼 않가고 산다.”
카거든. 이노무 삼 정승의 딸한테 시집을 가겠느냐 이기라. 정정승, 이정승 뭐시고, 뭐 뭐시드라. 세 정승의 딸한테로 장개를 가야 된다 이루캉께,
“호석께 가만 우리 집구석은 망한다.”
그래 총객이 보따리 짊어지고 서울로 간 기라. 그래 서울 가서 떡 보니 이거 뭐 촌애가 아무리 정승 밑에 살았다케도 어리뚱한데, 지북지북 골목을 댕기미 주인을 찾아 볼래카니 어느 호부랑 할마이가 하나 있는데, 그 집에 인자 주인을 정했다. 주인을 정해 노코 이백이를 하미 사실은 그루타 그런께, 고 할마씨 딸이 그 처녀 몸종으로 있더라꼬.
“아이고 그루만 우리 딸이 그 집 몸종으로 있다.”
그래 해 보재꼬, 그래 그참 그 처녀가 어마이한테 한 분 나왔는데 그 소리 한 가라. 이거 살리기는 살리야 되긴데. 호석까 안 보내야 되긴데 큰 걱정이 태산 같은 기라. 그래 걱정을 한께. 그 처녀가 하는 소리가 하루 지녁에 달고 가는 기라. 그래 마 이리 들어가만 정승방 들어가고 아는 방에 들어가만 정승 마느래 방에 들어가야 되는데, 불을 생진 이래 써 노코 있는기라. 그래 이 처녀가 총객을 살리기는 산리아 되는데 그래 꾀를 내꺼든. 같이 들고 들어가민서 문을 팔짝 열미 마 놀래서 치매자라을 어풍들어 불을 꺼삐고, 들어가삐고, 그 정승 그 정승방을 드가삐고 그로부터 그 할매씨 방도 문을 팍 열미 놀래 불을.
“애이요 마년.”
막 호적을 내리거든.
“아이고 마님 지가 오다가 오데가 놀래가 이루썹니다.”
이루카거든. 그 꾀 안 존나. 처녀가 그래. 그래 여분데기 끼고 싹 데려다 준기라. 그래 그 총객이, 아 처녀 참 빌당에 문 앞에 데리다 노킨 델다 났는데. 걱정이 태산 같은 기라. 그래 그 정정승의 딸이 젤 행이라. 삼정승의 딸이 그 장노는 기라. 천상 그래서 문을 연게 방으로 데로 들어오거든 총객이 뭐루카는기 아이라.
“내가 삼정승의 딸한테 시집을 가야 호석끼 않간다케서 들어왔다.”
이거는 뭐 정승 애비 자리해야 들어가는 자린데, 그래서 그 정승 딸이 밖에 나가 본게 총객이 있더라꼬. 그래 아 꼴아지는 아 그것도 참 정승의 아들인께 앞면도 훌륭하다꼬 그래 됐다. 하루찌녁에는 그 처녀들을 부른 기라. 그래 그 정

정승의 딸이 이백을 한 기라.

"아이 임마들아 동상 들어봐라. 이런 총객이 있는데 그 세 처녀가 있는데 말을 안 들어가꼬 호석끼 갔단다."

그러캉께,

"애이고 그놈에 가 기집애들 살리주지, 와 호석께 보내."

말이 인자 그래 나오거든. 그래 처녀 바루캉기라.

"옛날도 아이다. 이야기 이렇다."

총객을 쑥내노코,

"이 사램이다."

그 처녀가 한 말이 있는 기라. 그래 할 수 없이 말 들었다 이기라. 그래 삼 정승 딸이 장개 된거 아이라 그재. 그래. 넬 저녁꺼치 호석해 갈긴데 삼 정승의 딸이 전부 이놈 하루에다 불을 벌거이 부아노코, 윤디 아나? 윤디. 옷다리는 윤디. 딸이 세 처녀 딸이 불을 꺼실라 노코 윤디기를 벌거이 달개 놓고 있는데 호래이라는 놈이 감을 지르는 기라. 총각은 그러께 방에 가다노코, 호래이가 문에 쭈굴씨 앉는데 이노매 처녀가 벌거이 퍽 댄다. 이 놈이 처녀가 푹 댄다. 세노미 푹 댄께. 호래이가 놀래서 감을 지르고 도망을 간 기라. 그래 호석을 민한기라. 그래 가이고 그 처녀가 서어서 장개를 들어가꼬 시집을 오는데 그 동안 아배씨는 죽어가 죽고 없고, 집안에 풀이 전바이 꽉 찼는데 주구메가,

"아이고 저런 사람은 얼매나 팔짜가 좋아 타고 저래싸꼬."

이래싸미 인자 내 한이 있응께 그런 노래를 부르는 기라. 고마 쳐다보이 저그 집으로 들어오거든 아이고 노래 들어갔다. 아들이 삼 정승의 딸을 장개를 들어가이고, 며느래 서이를 데꼬 들어오는 기라. (청중 웃음) 그래가꼬 그 사람이 호래이를 호석끼 안 가고 잘 살았다 이기라.

〔 대양면 설화 28 〕 T. 도리 2-1 앞

도리, 1998. 4. 2., 6조 조사.
최경영, 남·80.

세 총각에게 시집 가는 처녀

* 이야기가 야해서 민망했는데 할아버지가 계속 강조하셔서 조금 황당했다. *

옛날에 아바씨는 술재이라. 내 멜로. 외동딸을 키아 낳는데, 이노무 자석 서이
한테 술로 얻어묵고 아,
　　"사우해라. 사우해라."
이캐뺐는 기라. 이 우떠캤노. 그래 서이서. 그래 술이 가마이 깨보니 꼭 나같이
술쟁이라. 이노무 사우 서이를 볼래꼬 확 답을 해났는데 이거 큰일 아니냐. 그러
께 아바씨가 인자 그때는 술이 깨고 난께 군담을 할 수 없는 기라. 한숨을 시리고
있는데, 그래 처녀가,
　　"아부지 와 이카요?"
　　"그래 이거는 니 들끼 아이다."
그래 그러카미 사흘을 이불 깔고 눕는 기라. 그래 처녀가 자꾸 물은께네,
　　"야야, 니 하나를 가따가 사우 서이를 본다꼬 확답을 해났어이 어짜만 존노."
처녀가 꾀가 좋은 기라.
　　"예, 그래요. 날을 한목(한꺼번에) 받으이소."
　　그래 날로 한목 받아가 처녀 서이다 총객 서이다. 한목 장개를 오라카는 기라.
(웃음) 그래 요시는 예식장에서 하지만 옛날에는 사복감투하고 마당에서 일 안
쳤나. 세 놈이 떡 섰는데, 처녀가 떡 나왔다. 처녀가 한 사람한테 물었다. 뭐라카는
기 아이라,
　　"우리 아부니는 어떠코 우리는 부재고."
이른께네,
　　"그 돈 많고, 살림많은 걱정이 많은께네 자기는 물러가소."
이래꼬 그래 물러가라캉께 할 수 없지. 또 총객 한 놈한테 물었다. 물은께네 뭐
우리집이 집안도 많코 이루카거든 그거 뭐 안면 조코 이루캉께네,
　　"당신은 내 남편이 아이다. 많으면 뭐 하꺼냐. 허끼이 많타. 물러가라."
　　세 놈째는,
　　"나는 아는 배다. 살림도 없고, 나는 아는 반데 나는 조때빼끼 없다. 좆빼끼

없다."

"아이고 좆 큰 남자는 내 남자다."

처녀가 둘을 후차삐고 고래 남자를 만낸 기라. (청중 웃음) 여자 재주 조채. 그래 고 사람하고 결혼해서 잘 살은 기라.

〔 대양면 설화 29 〕 T. 도리 2-2 뒤

도리, 1998. 4. 3., 6조 조사.
옥서희, 여 · 85.

삼천동자 동방삭이 잡힌 이유

* 조사 두 번째 날 아침부터 할머지, 할아버지들을 찾으러 다니다가 지나가는 할머니를 만
나 조사를 하였다. 할머니가 처음엔 잘 응해주지 않으셨는데 손주 같아서 해준다시며 이야
기를 시작하셨다. *

옛날에 삼천갑자 동방삭이가 삼철년을 살았어. 삼천년을 살다가 저승에서 저승차사가 암만 잡을라꼬 내보내도 않재피. 않재피서 그래서 인자 저승에서 비밀로 했어, 비밀로 했는데. 그래 인자 저 그 인자 저승차사로 가따가 숯을 한 가마이 갇고 나갔어, 숯 시커먼. 동방삭을 잡을끼다, 잡을끼다, 이루캉께. 그래 참 저승에서 식이는 대로 했어. 암만 잡을라 캤아도 몬 잡아. 삼천년을 살아논께 둔갭이 되가이고. 그래서 인자 그 저승차사가 인자 숯을 한 가마이 노코 돌 우에다 씩끄든. 저저, 저 동방삭이가 고때는 죽을 때가 딱 된 기라. 죽을 때가 닥 됀기라. 그래서 인자 저 뭐꼬 동방석이가 지나가거든, 숯을 씨끈께네 지나가는데, 동방석이가 지내가는데 그래 인자 동방석이 뭐라카거든,

"우짠 일로 이래 숯을 씻느냐?"

이루카거든 저승차사한테,

"숯 씨꺼 희단 소리 듣고, 그래 숯을 씻는다."

그래 인자 동방삭이가 하는 말이 고 죽을 때가 됀는갑지 그래

"헤 참, 삼천갑자 동방삭이가 살아도 숯 씨꺼 희단 소린 첨 듣네."
그루카거든. 그래 인자,
"삼천갑자 동방삭이가 살아도 숯 씨꺼 희단 소리는 첩듣네." (웃음)
"그래 아이고 니가 동방삭이가."
그래 탁 잡아 직있어. 그기 참 옛날 이야기다.

〔 대양면 설화 30 〕 T. 도리 2-2 뒤

도리, 1998. 4. 3., 6조 조사.
옥서희, 여 · 85.

죽 덕분에 살아난 할머니

옛날에 호래이가 할마이가 저 산에 가서 폿밭을 메는데 폿밭을 메는기라. 그래 호래이가 할마이를 잡아 묵으러 왔어. 그래 잡아묵으로 오가이고, 너그 댕기는 성이를 생각해서 이래히준다. 나도 힘이 들어가 하도 몬하는데. 옛날에 들은 소리만 있지. 그래 옛날에 그래 인자 할마이가 폿밭을 메는데 저 산중에 가 폿밭을 메는데 호래이가 엉금엉금 기오거든 폿밭 메는데 그래,
"얘구 할마이 할마이 뭐하노?"
"폿밭 안 메나?"
"할마이 니 잡아묵자."
잡아묵자칸께 할마이도 간도 크지 그래 인자,
"아이구 내가 이래 폿밭을 메가 폿죽도 한 그릇 못 묵고 잡아묵키."
이루컨꺼네,
"그루만 글만 내 좀 메주께, 여 폿 그거 머키아라."
그래 폿을 메는데 앞발로 썩썩 그래 고마 메서 다 메삐렀어. 그 그저폿 할마이 그거 잡아묵을라꼬 폿 열구로 기다린다. (청중 웃음) 기다린다. 그러구로 세월이

가서 폿이 꽃이 피서 열매가 열었거든. 그래 할마이 집을 찾아온기다.

"할마이 할마이 인자 폿이 열었더라."

"오냐, 내 가본께."

가본께 폿치 아직 새파랗커든.

"폿이 노라이 익어야 딴다."

"오, 그래."

얘기라 그러치 참말로 그러까. 그런데, 그런데 그래가이고 그래 또 갔다. 그래 인자 또 미칠, 미칠 여러 달 있응께네 폿치 익었어. 폿이 익어서 할마이가 폿을 따로간께 폿이 노라이 익었더라내. 그래,

'내가 이 폿을 묵어 호래이한테 잡아 묵키긴데 오래 내이 폿을 따다가 죽이라 도 한 그릇 끓이 먹이야지.'

폿다러 갔다. 그래 폿을 이마치 따가이고, 호래이 이야기 해달라카께 내가 이래한다. 그래 인자 떡 따가이고 집에 와가이고, 솥에다 솥에다 푹 삶아 가이고 꼬아가이고 죽을 한 가메 끓인다. 동네 사람 다 주고 잡아 멕킬라꼬. (청중 : 아이 구.) 그래 인자 그래 죽을 낄이노코, 그래 그날 저녁에는 호래이가 할마이 잡아 묵으로 올끼라 올낀데, 그래 그릇 그릇이 짜더라 이래 퍼 노코, 인자 막 저저 있다. 해가 거울거울 진께네 그래 저저 뭐꼬 그래 인자 해가 거울거울 진께 그저 뭐꼬. (청중: 호래이가?) 그래노코 짜드라, 그래 노코 그래 짜드라 운다. 죽을 일 을 생각하고 할마이가 그래 운께네 불을 써노코 운다. 운게네 그래 포래이가 한 마리 횅 날라 오디 불을 탁 꺼삐리 (조사자: 파리가요?) 불을 딱 꺼비리. 그래 호래이가 오거들랑 그래 씩이 씩이는기라. 호래이가 오만 그래 하라꼬 씩이는 기라. 불로 탁 꺼거들랑 그래 인자 저저 뭐꼬 호래이로 저 저 부서캐 윤구딩이 윤구디 갈로 가라캤거든 그래 간게네 그래 또 인자 달걀이, 한 마리 달걀이 하나 두불뚱 두불뚱 굴러오거든.

"할마이 할마이 와 우노?"

"그래 호래이가 날로 잡아 묵을라 캐서 폿죽이나 모두 낄이주고 묵고 죽을라 꼬 그래 운다."

그래 인자,

"할마이 할마이 폿죽 한 그릇 내 주라. 내 안 죽꾸로 해줄게."

그래 참 말이 그러치 달걀이 폿죽을 묵나?

"인자 할마이 나를 부서캐 딱 묻어나라."

또 그래 주고 또 앉아 운다. 앉아 운께네 살푸거든 앉아 운께네 깨가 한 마리 거문거문 걸어 오거든 들었나? (조사자: 아니 못 들었어요.) 깨가 거문거문 기와 가이고,

"할마이 할마이 와 우노?"

그래.

"호래이가 날로 잡아 묵을라캐서 운다."

이러본께네,

"할마이 내 폿죽 한 그릇 인도라. 내 안 잡아 묵꾸로 할께."

그래 준께네 김통 간다 여 놔라. 하모 김통, 오만 찍었뿔랐꼬 그래 인자 그러디 아는 가랭기 하나, 가래기 하나 두불뚱 두불뚱 굴러 오는데,

"할마이 할마이 와 우노?"

그래.

"호래이가 날로 잡아 묵을라캐서 운다."

이러본께네,

"할마이 내 폿죽 한 그릇 인도라 내 안 잡아 묵꾸로 할께."

그래 또 죽 한 그릇 주따.

"날로 가따가 부석 앞에다 딱 가따 묻어놔라 묻어노만 살구로 해 주께."

그래 놔따. 그래 논께 또 더색이 하나 두불뚱 두불뚱 굴러 오거든 덕색이. 덕석이,

"할마이 할마이 와 우노?"

그래.

"호래이가 날로 잡아 묵을라캐서 운다."

이러본께네,

"할마이 내 폿죽 한 그릇 인도라 내 안 잡아 묵꾸로 할께."

그래 또 한그릇 주마. 그래 반그릇 또 주고 이랬디마는 또 지게가 그러구 나서 또 지게가 두불뚱 두불뚱 굴러오디만 지게가 지게가,

"할마이 할마이 와 우노?"

그래.

"호래이가 날로 잡아 묵을라캐서 운다."

이러본께네,

"할마이 내 폿죽 한 그릇 인도라 내 안 잡아 묵꾸로 할께."

그러구로 인자 해가 다 졌다. 그러구로 호래이가 올때가 되따. 짜들어 울어싼께 그래 문을 연께네 파래이가 불을 딱 꺼삐리는 기라. 파래이가 불을 딱 꺼삐리,

"아이구이 문을 연게네 바람이 둘어온게네 불이 꺼졌다. 부석케 불 가이고 오느라 윤구디 가이고 오거라."

이주한께 부석캐가 윤구대이가 올라꼬 할마이 자묵을라꼬 윤구대이 갖고 올라긴 그래 인자 저저 허지긴 께네 달걀이 뚝 튀가이고 눈이 누이 눈이 고마 빠지 삔기라. (청중: 아이고.)

"아이고, 할마이, 할마이 내 죽는다."

고마 울거든. 기냥 푹 주지 앉는기라. 주지 앉은께네 가래이 똥구녕을 쑤시뺐어. 가래이 똥구녕을 쑤시삔게 기념물에 담가라. 기념물에 담가라. 기념물에 담근께 네 깨가 막 고마 거머서 막 떴는기라. 그래서 고마 호래이가 죽게 되는 기라. 하모 죽게 된께네 덕석이 구불뚱 구불뚱 굴러오디 굴러오니마는 쭉 펴디마는 고마 호래이 그걸마 그머쥐고 둘풀둘풀 마는 기라. 그래 고마 지게가 고마 굴러오가 이고 저 저 삽짝꺼래 지다 내삐는 기라. (조사자: 웃음) 그래 고마 할마이는 살았어. (조사자: 웃음) 내 이얘기 잘 해주제.

〔 대양면 설화 31 〕 T. 도리 2-2 뒤

도리, 1998. 4. 3., 6조 조사.
옥서희, 여·85.

지청이와 감천이

토째비가 저 뭐꼬 아래 웃땀에 저저 지성이가 살고 감천이가 살앗는데, 지성이가 살고 감천이가 살았는데. 지성이는 동생이고 감천이가 싱(형)이라. 싱인데 그게 밥을 인자 아래 웃담에 맨날 아랫담에 얻어 묵고 웃담에 얻어 묵는데 얻어 묵은께로 인자 그래 인자 그 저저 감천이 그기 지성이 동상을 시기는 기라. 그 저 시기는데, 저는 뭉퉁뭉퉁 연기나는 데로 갈라카고 동상은 말랑련기 나는 두로 가라 카는 기라. 말근 저저 연기 나는 데로 갔거든. 뭉퉁연기 나는 두로 간게네 막 할마이 호부랭이가 불 땐다꼬 청솔깽이를 넌게 연기가 뭉퉁뭉퉁 나거든. 아무 것도 없다. 말간 연기 나는데 동상은 간게네, 동상은 저저 지사 지낸다꼬 저저 마른 둥구리를 너 노코 떡시루를 얹이 논께네 말간 연기 소소 나는 기라. 그래서 떡시리 떡도 얻어 묵고 떡도 얻어 싸고, 밥도 얻어 싸고, 한 바기지 싼 기라. 성이는 빈 걸로 오고 너그 원하기 때문에 해주는 기라. 그래 인자 밥을 얻어가 왔다. 그래 한테 묵는데 그래 그밥을 좀 돌라카만 되긴데 그래 그 저저 동상 그거 밥 빼껄라 묵을라꼬 동상 누깔을 쏙 잡아 뺀 기라. 고마 동상 눈깔을 쏙 잡아 빼삐고 밥을 기이고 간 기라. 그래 밥을 가갔는데 밥을 훔치가 밥을 묵었는데 그래 인자 이래가이고 더듬더듬 눈을 빼이 논께네, 이래 울고 도랑을 이래 간다. 밥도 빼끼고 그래 간 게네, 토째비가 막 그 토째비 노는 장소라. 그래 저래 간 게네, 토째비 노는 장손데 아이구 저저 알아, 아는 기라.

"아이구 저저 저거 싱이한테 눈도 뺏기고 밥조차 뺏끼가고 울어쌌네."

그래 고 옆에, 가만 옆에 가만 약새미(샘)가 있다. 고 약새미 고따 눈을 딱 씩꺼가이고 박아 삐리만 박아서 조선 천지를 댕기미다 얻어 묵는다 카거든. 아 그래 더듬더듬 나간 게 아이고 참말고 료롬한 새미가 있어 그래 이길 토째비 시킨 데로 이래 이래 씩인데로 앞눈이 고마 톡 배기삐리. 시이는 고마 그질로 도망을 가가 그래 뭐 얻어묵는가 그래. 그질로 저리 갔어 쪼매 간게네, 그래 간게네 내나 그 토째비 모이가 있거든.

"니, 그래 애써지 말고 애써지 말고 저 아무고데 그 가마 아무고데 그 가만 막 시방 도탄재이 나가이고 모를 몬 심구고 도탄재이 나가 하늘만 치다보고 있다. 하늘만 치다 보고 있는데 가서 그 가만 둥근 남귀 있는데 둥근 나무 그걸 톱질을 썩썩하만 막 백옥거튼 물이 쏟아질끼라 카거든 쏟아지만 그동네 사람이 그동네 사램이 그물을 가이고 농사를 다 진다. 다 지느느데 그 인자 가거라."

그래 오두로 찾아 가꼬 칸께, 오두로 오두로 찾아가라꼬 질호 가르치 주는 기라. 그래 인자 참 찾아갔다. 찾아가가이고 참 저저 인자 둥근 남귀 밑에 논다. 논게네 막 참 그가 그다. 비가 안 와서 논은 백폐기(갈라져) 나가 있고 도탄재이 나가이고 하늘만 치다 보고 있는 기라. 하늘만 치다 보고 있는데, 그래서 동네 사람과 지성이랑 그저 뭐꼬 매기(내기)를 맺아 가이고 애기를 맺아 가이고 그래 매기를 맺아 가이고 지성이는 그래 톱을 가이다 주만 나무를 베가이고 이곳 농사 는 다짓는다 커고, 그래 인자 그 동네 사램은 인자 뭐 얻어 묵우로 온 사램이 뭐 알까 싶어서 모루거든. 내기를 걸었어, 내기를.

"만약에 이 나무를 베가이고 베가이고 농사 질 꺼 거트만, 여거트만 이를 한 쪽이고 이를 한 쭐이라 저 도라이 하나 있는데 저들 한 쪽이고 이들 한쪽이라."

그래 이거는 토째비 말말 듣고 토째비 말만 듣고 이 사람은 씨부린다 말이다. 저 사램들은 애기를 걸었어 애기를 걸었는데,

"만약 도탄재이 나가이고 백폐기가 나가이고 농사를 몬 짓는데 농사를 짓게 되미는 저 한 쪽은 니 지해 줄 꾸만 한 쭉만 묵고 한 쪽은 니 지애 줄꾸만." 이래 했구든,

"그래 하자꼬."

그래 인자 참 산지를 지내고 그래 인자 나무를 베았다. 나무를 벤게로 동우 거튼 물이 막 천사하사 내리가이고 백옥거튼 물이 쏟아지는 기라. 그래 고마 온천지가 물인 기라. 그래 그 동네 사람이 농사를 짓어, 짓는데 그래 농사를 지가이고 한 쪽은 지성이를 지애줬어 그래.

그 동네 사램이 우에는 이정승이 살았고 김정승이 살은 기라. 그래 그 동네모 큰 모양이라. 그래 농민서 이래 논께노 거왕 막 기도 차도 안 하거든. 그래 참 좋은 기래. 그래 아랫 담에 김정승이 따로 하나 키아논기 있던 모애이라. 무남독 녀 딸로 키아논기 하나 있던 모애이라. 그래 사우 할라꼬 달라드는 기라. 그래 김정승이 사우 삼았어. 그래 사우 오라카는데 장개를 갔어. 그래 그 고대강실 높은 집에 이북고 찬 찬 음석도 오만 음석 다주재. 그래 목덩거리라. 토째비가 들어서, 토째비 이야기 해달라캐서 안 해주나. 그래 복덩거리라 그래 살민서 저 방에 다 이래 해노코 여름으로는 대로 이래 주름지라 논거 대로 해는거 이래 있거든 그걸 해노코 그래도 세이가 눈쿠녕을 빼도 잘 됐거든 그래 환화이 보이는 기라.

그 주름이 그래 보고 장있다 이래 있는데 그래 그 뭐뭐 인물이 좋아논끼 오죽 존나. 그래 가 참 있을거네 및 달이 됐던고 삽문 밖에 섰는 거지가 저거 새이라. 저거 새이가 그게 얻어 묵어로 왔어. 그래 가이고 저거 좋하고 연들하고 이래 가이고 사랑으로 밥도 주지 말고 모시드리라 그래 안자 그러쿤꺼네 모시티맀다. 그래 이노미 밥 얻어 묵으러 가따가 좋은 사랑으로 모시디린께 죽을 낀가, 살낀가 모리거든 막 겁이 나는 기라. 그래 가이고 좋은 음석에 좋은 이복에 이래 가이고, 짱개를 안 들이도 통녕갓을 씨아가이고, 그래 안차 노코 석 달로 믹인께 인물이 막 호인이라. 시이(형)라 소리 안 하고 그래 그런께네 저거는 죽일까 싶어서 염려 라. 감천이 저거는 그래 효도하는 줄은 모르고. 그래 웃담 이정승이 김정승 사우 가 한테 온기라. 당시는 인재 사우를 봤는데, 고마 인재라 조선 천지 다아는 인재 라 고마. 그 사람도(형을 말함) 오죽 조컸나. 이정승이 고마 딸이 하나 있는데 사우를 삼온기라. 사우를 삼을라 캐서 그래 고마 갤혼을 한기라. 그게 갤혼을 해 가이고 둘이 만나가이고 동상인 줄 알고 싱인 줄 알더란다. 그래 만나가이고 잘 사드란다.

〔 대양면 설화 32 〕 T. 도리 3-1 앞

도리, 1998. 4. 3., 6조 조사.
김순교, 여 · 65.

꼬마 신랑

　　예전에 초록대이가 조맨한기 장개를 갔는기라. 장개를 갔는데, 각시는 지보다 세 살을 더 묵었는데, 그래 이놈이 시근이 없어논께 만날 이놈의 각시를 갖다가 톡 때리고 자고나면 각시 좋은동 모르고 때리는 게라. 때린 게 각시가,

　　"와 때리노, 와 때리노? 밥 없으면 밥 줄께고 옷 없으면 옷줄께고 밤이 되면 안고자고 낮이 되면 와 때리노?"

크거든. 각시가 그래인자 부른께네, 그래도 신랑제이 초록대이 쪼매한게 그라드
란다.
"네가 니를 때릴 적에 아프라꼬 때리더냐, 사랑에 못 잊어 때렸다."
각시가 하는 말이 딱하다 당연한게,
"안말손가 안말손가 니가 나를 안말손가."
신랑그게 엄청시리 똑똑해 그래,
"못하마리 못하마리 내가 너를 못하마리."
신랑 그 쪼매한기 그래 또,
"삐낄손가 삐낄손가 니가 나를 삐낄손가?"
첫날 저녁에 옷도 안 삐끼 주는 기라. 그래서 각시가 하도 한심해서 '삐낄손가
삐낄손가 니가 나를 삐낄손가.' 신랑이 탁 받아가,
"못 삐끼리 못 삐끼리 내가 너를 못 삐끼리?"
카거든, 뒷동산에 곰방낫을 쪼매한 낫 공방낫을 뒷동산 만당을 풀을 깎으면 다
까아내리 오거든, 고란께니 신랑 고기 아분지런 해가지고,
"내가 너를 못삐끼리 쪼그만 곰방낫이 뒷동산 만당을 삐끼는데 내가 너를
못삐끼리."
또 각시가 있다가,
"후알손가 후알손가 니가 나를 후알손가?"
신랑이 또 탁 받아가,
"몬 후알손가, 내가 너를 몬 후알손가. 꼬끄만 칡닝쿨이 땡땡 감아가꼬 왕대
끄틀 딱 자빠트리는데 내가 너를 몬 후아가꼬 살것나?"
카머슨 고러긴 신랑이 참하고 연구가 너무너무 연구가 신랑이 더 낫더란다. 그래
가꼬 사람을 후아가꼬 살더란다.

〔 대양면 설화 33 〕 T. 도리 3-1 앞

도리, 1998. 4. 3., 6조 조사.
김순교, 여 · 65.

예쁜 처자 보고 돌아선 대장부

　　예전에 참 정승이 살고 있는데, 딸이 인물이 엄청스레 잘났거든. 그래 또 한 정승이 한 고을에 사는데 그 집 딸이 인물이 잘났다 하여 한 번 가가 볼라까네 한 번 가도 못 보고, 두 번 가도 못 보고, 삼세 번을 간께네 처녀가 대청 끝에 나와가 앉았거든. 그래 총각이 가마히 인자 옷 입은 맵세를 본께네 참 안에 속옷을 보께네 거문닝기 다소것을 납딱납딱하게 참노즘을 잡아서 입고, 고 우에 이조 나오주름을 잡아 입고, 또 고 우에는 인조 대자고름을 찌단히 달아서 입꼬, 또 고 우에는 버선을 신었는데 얼마나 잘 신었는지 넵세가지고 접어 신은 기라. 접어 신고, 고 우에는 처다본까네 머리가 댕기를 땄는데 얼마나 잘 땄는지 모르는 기라. 잘나기는 잘났지만 총각이 내가 한 번에 이렇게 반해 병이 나면 사나이 대장부가 아니다 돌아서며서 이러는 기라. 총각이 그래 이야기를 하면서,

　　"삼사월 해가 진데 점심 굶고 못살레라, 동지섯달 긴긴 밤을 안만 여자가 잘났건만 임없이 어째사노?"

카면시 올디란다.

〔 대양면 설화 34 〕 T. 도리 3-1 앞

도리, 1998. 4. 3., 6조 조사.
정우순, 여 · 80.

호랑이도 자기 새끼 귀여워하면 좋아한다

　　* 점심을 먹은 뒤 시장가셨다는 할머니들이 돌아오셨다는 말을 듣고 부랴부랴 찾아나섰다.
　　마침 할머님들이 모여 계신 집을 찾아가 이야기를 청해 들었다. *

　　저 합천 오데, 오데 사램이라 카더라. 서이서 나물로 뜯어러 갔거든, 봄에 저

산에 나물로 뜯어로 갔는데 한 사램이 인자 앞에 올래가미 뜯고, 둘이는 따라오미
뜯는데. 그래 한 사램이 앞에 올라가서 뜯은깨네 큰 방구가 있더라네. 방구 밑이
뻐꿈하이 이래있는데, 호래이가 새끼를 나났는데, 반들반들 하이 참 고마 그래서
나무 소쿠리는 나놔코,
　"아이고 이쁘네."
　호래으를 보듬과 참 얼래쌌는데 반구 그서 고마 호래이가 고마 조타코 '어흥'
캐논께네 고마 마 노래가이고 비락같이 후딨끼가이고 막 뒤에오는 사람 다따라
오고 그래 도망갔어. 그래 왔는데 집에 와서,
　"아이고, 큰 일 날 뻔했다."
그래가 있은께, 아직에 자고 난께네, 집집 마중 그 서이 집집 마중 나무 소구리
딱딱 다 모다 났다케 지새끼 이뻐했다꼬. 그래 사람을 도와주만 앙구하고 짐승을
도아주만 그란다 카데.

〔 대양면 설화 35 〕 T. 도리 3-1 앞

도리, 1998. 4. 3., 6조 조사.
정우순, 여 · 80.

호랑이가 잡아준 묘자리

* 앞 이야기에 이어서 하셨다. *

　또 한 사램은 남근을 하러갔는데, 남근 하러갔는데. 그래 깔비를 껌을라꼬
산만대이를 비실이 돌아댕긴께 산만댕이 저리 펑펑하이 깔비가 있는데, 그래 참
올라간게네 호래이가 누런님이 이래 턱 자빠가 누버가이고 할마이가 나무를 하
러 올라간게네 떡 질 까운데, 갈질이고(가리고) 누가이고 안 비끼주더라 이기라.
(조사자: 호랑이가요?) 하마 호래이고 질까 갈질이고 눗는데 비끼라꼬, 여가서
가만 여가서 가르고, 저가서 카만 저 가서 가르고 그래 가라더라카네. 그래 가라

서,

　"이 짐승아, 어쩔라꼬 나를 못 가라꼬 가라노?"

그런께 입을 떡 벌린께 각시를 잡아묵고, 비녀가 여 떡 찔리가 있더라카네. 각시를 잡아묵꼬. 그래 그 빼돌라꼬 그래. 그 비녀 빼돌라꼬 이래가 있더라캐. 빼준게네 그래 조타꼬 모가지를 꾸부중 꾸부중 했싸민서 그래 졸졸졸 올라 가더라네. 그래 따라 올라간게 앞발로 썩하고 뒷발로 썩한게네,

　"그래 여 우짜란 말고, 이 짐승아."

이란께네 죽어민은 여 누어야 된다꼬 눌자리를 잡아 주더란다. 그래 참 명산을 자리를 잡아주는데 그따 묘를 쓴 게 그래 집이 잘 되드란다.

〔 대양면 설화 36 〕 T. 도리 3-1 앞

도리, 1998. 4. 3., 6조 조사.
정우순, 여 · 80.

동삼이 걸어 들어 온 이야기

* 옛날에 어렵게 살 때 이야기를 하시다가 이야기를 들려주셨다. *

　시집 올 쩍에 가지고 온 불을 참 정지에 재를 퍼붓고 재짜리를 요래 해노코 시조모가 시집 올 때 가이고 온 불을 미느리 때까정 이사꺼던(잇다) 미느리대 뭐, 손주 미느리 때 가장 이사야 된다 카더라네. 손주 며느리가 시집을 온께네 그래 참, 불을 앓꺼줄라꼬 시집을 오가이고 밥을 해묵을라카는데 아직에 고마 불둥구리를 쏙 빼 떤지뿌리고, 빼 떤지뿌리고 그칸다데. 내 떤지고 가뻬고 또 그래 신랑이 그걸 부치서 불을 살라주고 그랬는데. 그 날 밥을 해묵고 그래 사흘 저녁을 지킸킴다카네. 사흘 지녁을 지긴께네 몽당 총각이 와가이고 그래 불로 배떤지고 가뻐릿다카데 동삼이 와가이고 (강말봉 할머니가 옆에서 다른 이야기를 하심) 그래 인자 내 이야기 하다 말았따. 삼 년은, 인자 삼 년채 손주미느리가

왔는데 사흘 지녁을 지킨께네 총객이 머리를 죽 니준 총객이 와가이고 부뚜막에
이래 지키고 앉아뜨라캐, 그래띠만 불로 빼떤지고 가거던, 그래 그날 저녁에 신랑
이 살라주서 밥을 해묵었거던 그래 인자 처매로 옛날에 시집온깨 그 처매로 동삼
이 산에서 걸어와서 그래 그때 인자 따라간기라. 그래 새딕이 니리다 본께 반구틈
에 이래 동삼이 그득 하거든. 그래 치마 꼬바가이고 그게 치미 쨰논데 보고 그래
집에 찾아온기라 그래 동밥을 캐가이고 부재가 되더런다. 손자 며느리가 와 가이
고, 그래 될라카만 동삼이 걸어들어온다 카더라.

조희웅

국민대학교 국어국문학과 교수, 고전소설

조흥욱

국민대학교 국어국문학과 교수, 고전시가

조재현

국민대학교 강사, 고전소설

영남 구전자료집 6

2003년 5월 10일 초판 발행
2003년 10월 10일 2쇄 발행

지은이 조희웅 조흥욱 조재현
펴낸이 박찬익

편 집 홍현보 김숙영
영 업 김인수 박찬일

펴낸곳 도서출판 **박이정**
130-070 서울시 동대문구 용두동 129-162
전화 922-1192~3 팩스 928-4683
http://pjbook.com, e-mail/book@pjbook.com
온라인계좌 국민576037-01-001536 우체국010447-02-011581
등록 1991년 3월 12일 제1-1182호
ISBN 89-7878-644-8 93810   값 13,000원
*잘못된 책은 바꾸어 드립니다.